Las Rémoras

Seix Barral Biblioteca Breve

Eloy Urroz
Las Rémoras

Diseño colección: Josep Bagà Associats

Primera edición
en Editorial Seix Barral: abril 2002

Provenza, 260 - 08008 Barcelona

ISBN: 84-322-1129-X
Depósito legal: M. 11.598 - 2002
Impreso en España

Para Lety

Para mi hermano Ricardo
y a la memoria de mi abuelo Héctor
que nació en La Paz
muy cerca de Las Rémoras

Es preciso preferir lo imposible que es verosímil a lo posible que es increíble.

Aristóteles, *Poética.*

Porque la obra principal no está en dezir la verdad de la cosa, sino en fingirla que sea verisímil y llegada a la razón.

Alonso López Pinciano,
Philosophía antigua poética.

0

novela

Las Rémoras

por

RICARDO URRUTIA

1

Como todas las noches, ese primer lunes de agosto me acuclillé dentro del guardarropa y dispuse la mirada para encontrar allí, casi enfrente mío, a mi madre. El vestidor de mi cuarto daba justo enfrente al de ella como si éste fuera una prolongación del mismo, sólo que más amplio y mejor iluminado. Desde que murió mi padre, tres meses atrás, el ritual se cumplía justo; sabía perfectamente el minuto que ella debía escoger, no más de media hora luego de despedirme en el comedor o en el vano de la puerta de mi cuarto. Entonces me dirigía al buró junto a mi cama, encendía la luz de una pequeña lámpara que proyectaba una mancha inconsumible en la almohada vacía, me desvestía con lentitud, desamarraba las agujetas de los zapatos, y entraba al baño sin hacer ruido. Allí, en calzones, demorando unos segundos la vejiga, orinaba alargando el placer mientras me contemplaba el pecho rubicundo y peludo en el espejo. Inmediatamente después me lavaba las manos y los dientes. Todavía había tiempo de sobra aunque no sabía aún por qué hacía esto. Lo hacía, sencillamente. Cerraba el grifo luego de haber hecho correr litros de agua de manera absurda, mirando el líquido irse o contemplando, otra vez frente al enorme espejo, mi cuerpo apocado, pálido, con bastante vello. Sólo un medio círculo rojo podía mirarse arriba de las dos tetillas, el hemiciclo de un sol que se hubiese obstinado con aquella franja. Me ponía una camiseta blanca, limpia, sin mangas. Era muy común que las sudara durante las noches, más si hacía frío —razones inextricables del cuerpo en esas duermevelas tristes e insondables. Ponía el libro de Federico Ross abierto, de revés, sobre la almohada. Entonces, sin pantaloncillos, me acercaba al guardarropa que, comparado al de mis padres, era minúsculo. Menos de sesenta centímetros hacia adentro, el lugar exacto para poner dos filas de zapatos en el suelo. Encima, dos largos tubos donde ponía los sacos, algunos pantalones y un par de chamarras de piel. A un lado, escalonadas, seis repisas para la ropa interior, los calcetines, las camisetas, las camisas. En una de ellas, hasta abajo, guardaba los poemas que le había escrito a Laila, unas cuantas cartas, y el cuaderno con los apuntes de *Las Rémoras* que tenía varias hojas sueltas, a punto de desprenderse del resto. En esos momentos recordaba que debía pegarlas, pero luego lo olvidaba por completo. Así habían pasado varias semanas y una amargura lenta se depositaba sobre ese cuaderno cada noche que veía postergar, incomprensiblemente, el momento de arreglarlo y continuar con la historia. Sólo si quitaba algunos pares de zapatos podía acuclillarme fácilmente. Venía una pequeña punzada en las rodillas, un ardor, que sin embargo se podía suplir al apoyar una mano en el intersticio practicado en la pared y otra al cogerme del tubo, con lo que hacía levitar un poco el peso fláccido, tenue, de mi cuerpo. La brecha ya estaba allí, detrás de un cajón. Sólo debía abrirlo y a un lado estaba el orificio: nítido, insignificante. Yo me había dado a la tarea de abrirlo un poco más una de esas tardes. También había dispuesto que uno de los vestidos de mi madre no obstruyera la visión y, en cambio, sí cubriera esta especie de atalaya donde por escasos minutos —un tiempo vago, indefinible— sumergía mi cabeza sin ningún pudor y sin amenaza. Era justo enfrente de esta parte del vestidor donde podían vislumbrarse los innumerables sacos que había dejado mi padre antes de morir. En ese espacio, precisamente, daba inicio la ceremonia inaudita y extraña pues aún vestida aparecía mi madre, incluso antes de ponerse el camisón, antes —lo sabía— de haberse dirigido al baño a cepillarse los dientes o a utilizar el excusado. Podía imaginarme en qué pasaba esa media hora o esos veinticinco minutos en que yo no la veía y ella a mí tampoco. La miraba recostarse contra el ancho almohadón con un forro amarillo de encaje, abrir una de las cartas que mi padre le dio en los primeros años, cuando aún eran novios o cuando ella me tuvo en la Ciudad de México mientras él terminaba el último semestre de maestría en la UCLA. Desde ese momento, ella había perdido la noción del tiempo y del lugar que le tocaba vivir; la veía sola, obstinadamente cerrada al mundo, a sus presagios, a cualquier posibilidad de amor o de acicate. De pronto se reconocía allí, casi indefensa, y las lágrimas empezaban a aparecer. Era quizá el regodeo de esta agua rodándole por las mejillas lo que provocaba más lágrimas, unas ganas intensas de llorar, un gozo incierto, improbable para otros. Podía verla de nuevo en la lectura, cambiar impaciente de hoja aunque, luego de unos cuantos minutos, seguro la realidad —al menos la suya— la reconvenía, venía a sacarla de allí, de ese tiempo pasado, espurio, en que él, mi padre, debía abrazarla o deslizar una mano entre sus piernas. Ella debía agotarse en la lectura, pues en el tiempo convenido —un poco más o un poco menos— aparecía en el recuadro que yo observaba apostado allí, sin apenas parpadear. Mi madre abría uno de los dos ligeros cristales, puertas altas y angostas que daban paso al vestidor, y aproximaba titubeante su cuerpo, como una fiera perseguida o apaleada, a los trajes de papá. Allí, como si fuese alguien a su acecho, se escondía; volvía a aparecer. Repetía varias veces esta faena sin sospechar que un ojo contemplaba más de la mitad de su cuerpo: desde el cuello blanco y desnudo hasta los tobillos. La miraba envolverse con los trajes, cubrirse la cara, empezar a oler las mangas, las axilas, el forro. Lo hacía con tristeza al principio, sin demasiado ahínco. Luego, después de estar metida en ese vaivén enfermo, acompasado, una súbita premura o un éxtasis venido de ese olor la llevaba a aspirar con tenacidad, como si este olor huyera, como si se estuviera yendo para toda la eternidad. Y entonces se aferraba aún más mientras yo oía cómo sus fosas inhalaban con denuedo. Pensaba que quizá era normal pues después de unos minutos el olfato suele acostumbrarse a las formas y éstas lentamente pierden consistencia (continúa allí el olor, no es que la fragancia se extinga sino que sencillamente la nariz y los sentidos son los que de pronto no funcionan o no se adecuan. Hay que esperar, y eso es lo que ella no hacía). La miraba gimotear, tirarse al piso con uno de los pantalones oscuros, a rayas, que mi padre se puso hasta el último día; la contemplaba obcecarse con la nariz, con el cuerpo que ardía desesperadamente y podía ver yo. Nada, nada en absoluto. El olor debía desaparecer y con ello los intentos de mi madre por recuperar a su esposo, al amante pocos meses antes fallecido. Se adelgazaba, la contemplaba cerrarse como un feto o un camarón, rendida en la alfombra y dándome la espalda, a punto de llorar. Todavía esperaba yo allí, sigiloso, inconmovible. El guardarropa se volvía un reducto cálido, cerrado a lo demás; allí también me protegían los abrigos, los pantalones, algunos sacos que apenas me ponía. Había aprendido a mantenerme en absoluto silencio. Debía controlar cualquier pudor que pudiera hacerme retirar el rostro, el ojo de la abertura. Esos eran ruidos. Debía protegerme de ellos como mi madre se protegía del espanto con el sudor de mi padre. Yo no conservaba ese olor; jamás lo distinguía. A ella, en cambio, podía olerla, no claramente pero sí en retazos, como si se me ofreciera una orilla de ese olor maravilloso, salutífero. Lo demás no me importaba. Toda la escena no me perturbaba un átimo, no conmovía una sola fibra de mi cuerpo. Tampoco el llanto pausado, frágil, de mamá. Sabía que esto era un sueño, y si no lo era, al menos debía ser una ilusión desencajada de la vida. Aunque es cierto: no tanto como para moverme y provocar un ruido, no tanto como para impedir olerla a ella o ser incapaz de hacer inteligible lo que mi madre sí olía. El cuadro en cierto modo era irreal, repito, pues luego de observarla recoger del suelo los sacos o el pantalón, después de verla salir como si cruzara a través de los cristales con ese ademán casi cínico con que se recogía el pelo o se plisaba la falda, yo entendía que éste era un sueño o una simulación gastada que se representaba, sí, en la vida, sin porqués aunque tampoco con ningún efecto. La escena debía ser teatral, no había remedio; solamente teatral. Pero en el fondo, otra vez, reconocía que esta explicación no era cierta, lo intuía sin arrobo, de manera cínica e idéntica a ella que, también, debía reconocerlo. Había en mi madre un cinismo que de pronto, con gesto irónico, buscaba anular la realidad o al menos enmascararla. Y es que esta realidad superpuesta resultaba imposible de creer y sumamente absurda, ya no digamos para los otros, sino para ella misma; igual la recompensa o el provecho que debía sacar de su juego, de la exhibición que hacía para sí misma y para ningún otro. Seguro de que ella no estaba aún en el vestidor, salía despacio del reducto, sin temblor y sin un solo recuerdo. Ya en la cama, apoyando contra la almohada el cuerpo tibio, intentaba empezar a leer, iniciaba el mismo párrafo dos o tres veces, cambiaba una página o dos, sin avanzar. Cansado, cerraba el libro de Federico Ross y reconocía que no había comprendido nada, que debía abrirlo otra vez mañana y volver a intentar. Empañados los sentidos, dormía sin olvidarme de Laila, mi vecina, en mi sueño.

2

Las Rémoras es un pueblo más o menos lejano, más o menos próximo —según se quiera ver—, olvidado por muchos, apenas recordado por algunos, en la parte central de Baja California Sur.

Éste es el mapa:

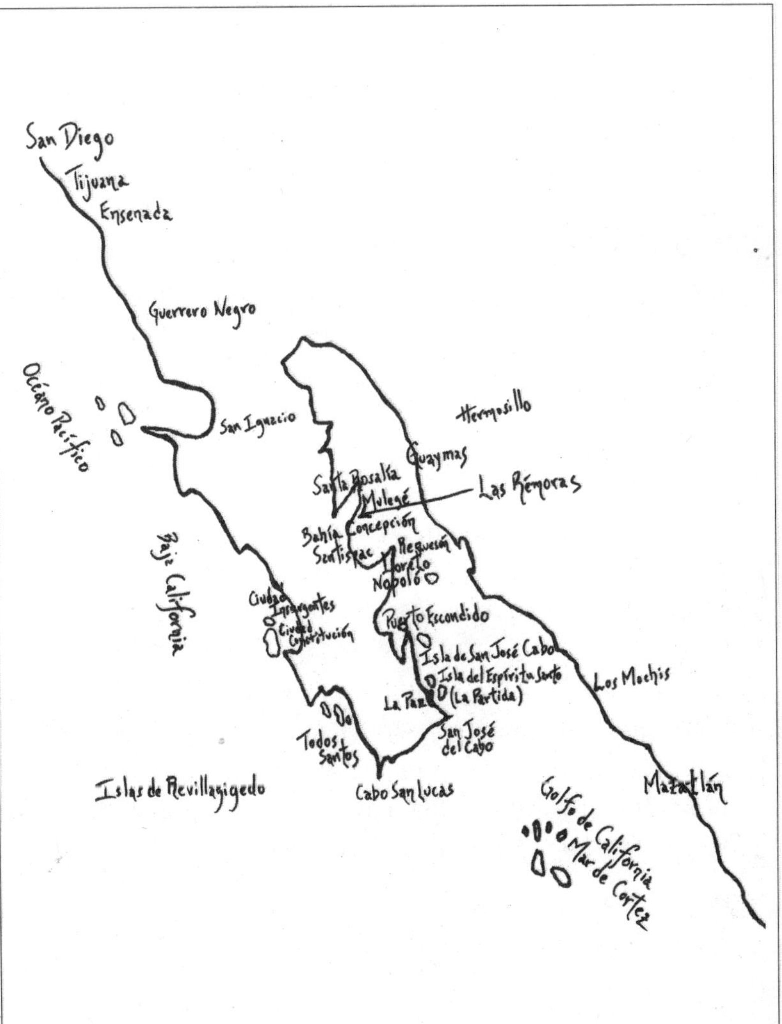

A dos horas y media de La Paz, la capital del Estado, junto al mismo golfo de Baja California, se encuentra Nopoló, un pequeño centro vacacional rodeado por una bahía que alguna vez intentó atraer aquellos turistas que preferían Cabo San Lucas, Bahía Concepción o, incluso —yendo un poco más lejos—, Mazatlán. Sin embargo, el proyecto —debido a unos franceses— fracasó muy pronto y no quedó de todo ello sino los dos enormes hoteles que hoy ya nadie visita a excepción de algún turista despistado.

Muy cerca está Loreto, una ciudad que alberga a los hombres y mujeres que trabajan durante el día en Nopoló. La pléyade más alta de visitantes viene en el invierno desde California en sus relucientes camionetas; de allí que prefieran quedarse en un *trailer park* o, si el clima se presta a ello, en una playa lo suficientemente segura para poder acampar sin problemas; existen algunas acondicionadas, las cuales aprovechan sobre todo las familias que llegan por mar en sus fastuosas embarcaciones. Éstas —yates, veleros, botes más pequeños— se ven costear durante todo el año por el golfo sin que un norte las detenga. Sin embargo, las rampas en toda esa zona son muy escasas y por eso no resulta increíble encontrarse con un par de gringos maltrechos, perdidos allí varios años atrás, lustros a veces, felices, esperando eternamente que alguien les arregle la quilla averiada a su velero que, sin embargo, saben, nadie va a arreglar. Se hospedan, primero, cerca de alguna posada y al final terminan trabajando para ella, naturalizándose con el tiempo y olvidando a sus parientes de allá.

Aunque las murallas que rodean el hermoso estuario de Nopoló son pocas, sus habitantes se sienten orgullosos de ellas; se trata de las incipientes ruinas de una fortaleza del siglo XVI, de la que apenas queda alguna roca en pie. Se divisa la entelequia de lo que antes pudieron ser, cuando los bucaneros y los mercenarios del golfo y de las islas de Revillagigedo se escondían allí preparando sus asaltos, Sir Francis Drake a la cabeza de todos.

Uno de estos hoteles, Isla Negra, está cerrado desde hace algunos años «por reparación». Parece, sin embargo, que se olvidaron por completo de él, pues hoy permanece idéntico al día en que lo cerraron. El otro hotel es del gobierno del Estado y alberga —con cierta regularidad— algunas parejas de sórdidos amantes o siniestros fugitivos de la ley. En un comienzo los habitantes de otros pueblos más pequeños, como Santispac o Requesón —donde no hay trabajo y tampoco hay jamás nada que hacer a excepción de tirar, cuando el calor mengua, las pesadas redes al mar— llegaron a instalarse a Loreto pensando que aquí podían ser diferentes las cosas. El asunto, sin embargo, no pasó de allí y hoy no hay más trabajo en el hotel del Estado y sus alrededores del que intentan simular esos primeros setenta costeños.

Un poco al norte, a unos doscientos kilómetros, se encuentra Mulegé, una suerte de oasis en medio del desierto de Baja California. Antes se ha cruzado, a través de una carretera serpenteante, Bahía Concepción, la cual encierra una serie de playas tranquilas, de agua fría —capaz de hacer crispar la piel a cualquiera— y arena ingrata; a su vera se encuentran algunos *trailer parks*. Al contrario que Nopoló —mal planeado, artificialmente ubicado para el turismo norteamericano que jamás llegó y siguió prefiriendo Cabo San Lucas, Todos Santos o La Paz—, puede encontrarse allí, en Mulegé, el trajín insulso que anima, aunque sea imperceptiblemente, una ciudad de unos cuatro mil habitantes. Un río la divide —el delta, a su vez, es el mismo que baña la ciudad y la pinta de verde durante todo el año—, mientras que una misión y una cárcel quedan, desde hace doscientos años, como reliquias en uso. Son muy pocos los que hoy día pasan por esta especie de manantial u oasis; sin embargo, cuentan que por alguna causa los gringos se detienen y llegan a quedarse muchos años sin deseos de volver a su país.

Una hora antes de llegar por carretera a Mulegé, hacia el sur y pasando Santispac —todavía más pequeña y en pleno intercambio fluvial y comercial—, está Las Rémoras, algo más que un tranquilo caserío de pescadores, villorrio inmutable y soleado, sin una sola señal que guíe al viajero: se puede ver a lo lejos un malecón mal trazado frente al mar, algunas tiendas y quioscos lamentables, una cancha de basket, dos restaurantes cerrados, unas cuantas loncherías de mala pinta, el ayuntamiento, el llamado por los oriundos Altozano, una playa diminuta y hermosa con la forma de valva en su lado izquierdo destruida y, por último —perpendicular al mar—, una especie de avenida con camellón, la única, Libertad, que podría fácilmente compararse a una rambla de Sitges o Vilanova i la Geltrú. Incluso cuentan que un ingeniero catalán —por alguna extraña razón perdido en Las Rémoras— construyó hace algunos años, con la ayuda de sus habitantes, Libertad, la única calle extensa y asfaltada.

Ahora mismo, al final de la playa, sobre un peñasco hirsuto, está el escribidor, el hijo del pueblo, el único que guarda llaves de la biblioteca de Las Rémoras: trescientos ejemplares que nadie, aparte de él, Rosales y Roldán, conoce. Desde hace algunos días se halla sentado sobre la roca, pensativo, cabizbajo, sumido en la más profunda inapetencia.

3

Fue tal vez esa noche o la siguiente cuando tuve el primer dolor. Venía de la boca del estómago. Surgió tenaz aunque todavía incierto, luego aumentó, continuó convirtiéndose en dos, tres, cuatro dolores, ondas concéntricas del mismo dolor inaugural. No sabía qué podía ser; era un dolor nuevo, como un sabor que todavía nos falta conocer. Tuve que levantarme de la cama, cruzar la negrura de la habitación y tropezar con algún zapato o rasguñarme con la hebilla del cinturón, hasta llegar al baño. Allí, sentado en la taza, comprendí la trampa, el embuste. Había dentro, ilocalizable, una sensación, un intento del esfínter, pero nada más. No había razón para sentarme y evacuar. Después de unos minutos volví a la cama, infantil, malhumorado, comprendiendo que esto iba a repetirse. Así fue. Se repitió de manera absurda varias veces durante esa noche. El vacío que sentía —el cual buscaba cubrir poniendo las manos o estrujando sin piedad la barriga— permaneció hasta la madrugada cuando por fin, olvidándolo, pude dormir.

Por la mañana no encontré a mi madre; sólo estaba la sirvienta haciendo algún quehacer irreconocible, fugaz. Nada importaba más que mi cuerpo, esta forma de dolor suspendido, alternado, que otra vez comenzaba a obstinarse, a pasear de un lado a otro. El hueco estaba allí, pude reconocerlo, y, aunque traté de desentenderme de él, era imposible. Me vestí a medias, con dificultad. Fui a la cocina y saqué, pronto, lo que pude. Después de masticar pan con jocoque y un cereal con leche, el hambre continuaba allí moliéndome la boca del estómago, esta vez sin disminuir un instante. Y lo peor: tampoco disminuyeron las inconsumibles ganas de morder, de masticar hasta el hartazgo, de sentirme ahíto y liberado.

Por fin, no sé a qué hora, empecé a sentir barruntos de sueño; luego escalofríos. Fui a la recámara de mis padres y sin desnudarme, medio vestido aún, me arrebujé en las colchas suaves, calientes, refractarias al mundo y a la calle. Encendí el televisor y lo último que recuerdo haber visto fue una escena de una película de Hitchcock, *Frenesí*, en que el protagonista ahorca sin misericordia a una mujer. No tengo otra remembranza, ni siquiera un sueño o un atisbo de realidad, hasta que sentí, llenos de bruma los ojos, la mano de alguien sobre la frente. No, no podía ser mi madre, a ella la presentía cerca pero no allí, enfrente mío, sino a un lado, insegura, observando a veces de perfil, a veces entristecida y concentrada en el cuerpo enjuto de su hijo tendido como un perro en su propia cama. Adiviné que la mano puesta allí, sobre la frente ardiendo, era la del amigo de mi padre, Humberto Lascurain, el doctor de siempre, el eterno señor de las apariciones en las enfermedades de la casa. Él representaba, invariablemente, el mayor cúmulo de sufrimiento, de dolores incubados, por ejemplo, en el centro del cuerpo: la boca del estómago.

—Levántate —me dijo—, anda, haz un esfuerzo.

No quise escucharlo; me encolerizó oírlo, suave, paciente, un poco tierno conmigo. Dudaba de su voz, de sus manos apoyadas en el respaldo de la cama, sus piernas cruzadas con los lentes abiertos, puestos en su rodilla. Su aliento hosco, amargo.

—Ayúdame —oí que le pidió a mi madre.

Sin vislumbrar mucho aún, pude sentir tres, cuatro, cinco manos, un pólipo que me rodeaba y trataba de quitarme la camiseta; luego, tendido otra vez, exhausto por el esfuerzo, las manos gelatinosas, blancas, del doctor, sus uñas limpias, inmejorablemente recortadas, rozándome la piel. Yo sin poder hacer nada, destruido, sin un punto de apoyo o energía suficiente para combatir o defenderme del agresor, de sus manos tibias que me palpaban, que preguntaban cosas incongruentes, sin ningún sentido, puesto que eran aquéllas exactamente las que debían ser, las mismas que yo debía responder asintiendo, moviendo el mentón, esa parte endurecida del cuerpo.

—¿Sentiste hambre? ¿Más de la acostumbrada? —litúrgica, nítida, la voz de Lascurain.

Y asentí, en parte con los párpados, en parte con el mentón, prolongación aérea de mi rostro.

—¿Sientes un hueco, un dolor punzante, desacostumbrado?

Lo mismo: asiento, guiño un ojo, colérico. No entienden, ni él ni mi madre. Ella sigue callada, virgen, en su rincón.

—¿Obraste? ¿Te fijaste si obraste negro?

Sí, no, contesto. Ahora sé que podría ser mudo y no me importaría. También sordo para no tener que oír tamaño desatino: obrar por cagar; obrar por evacuar al menos, pienso. Nada. Cada minuto odio más al doctor Lascurain, a Humberto, al amigo de mi padre.

—Helena, ¿Ricardo no bebe, verdad?

—No, no —titubea, oigo dudar la voz de mi madre, ¿por qué? Ella sabe que no bebo, nunca tomo una copa—. Vino, sí, una copa. Poquísimas veces una cerveza.

—¿Irritantes? ¿Café, chile?

—Sí, mucho.

—Bueno, bueno —siento el vaho de su boca en mi cara: cebollas, carne, frijoles, natas de postre, quién sabe; Lascurain no se lavó la boca antes de salir de su casa o de su consultorio.

Así que mi madre lo ha de haber urgido a venir, un poco histérica, sin contenerse. Qué habrá pasado en esas siete, ocho horas, quisiera saber, quisiera imaginar la voz de Helena preguntando a la sirvienta. Volvía a sentir flojos los párpados, húmedos de melancolía y de ese agrio olor a cebollas trituradas, inseparables aun de la saliva de su boca y sus dientes. Ningún frescor, ni siquiera una menta: un puro olor a podrido. Comida, grasa, un tejido adiposo pegado al paladar del doctor, formas procesadas de alimento. Humberto Lascurain a punto de obrar, a punto de cagar, de comerse su excremento, su propia inescrutable mierda.

—Helena, definitivamente Ricardo tiene una gastritis o un principio de úlcera —dice Lascurain y enfatiza el «definitivamente» cuando él supo desde antes que ninguna otra cosa podía ser—. Esta fiebre es normal... No debes preocuparte. Una trajo a la otra.

—¿Cómo? —me atrevo a balbucear pero no parece haberme oído; quizá no dije nada.

—No son retortijones ni gas. Son nervios. Mira, lo que pasa es que el duodeno...

Llego a intuir una explicación, una meliflua disertación que en el fondo sólo busca ablandar y seducir a mi madre, aprovecharse de su hospitalidad para el dolor, para cualquier forma de sufrimiento ajeno, en esta ocasión el mío.

—Si sigue así, llévamelo al consultorio el viernes. Dejémoslo reposar estos días. Si es necesario le dices a mi secretaria que tienes una cita y me lo traes: le aplico una endoscopia. Este joven es un manojo de nervios, Helena, y puede llegar a complicársele lo de la úlcera. Para la fiebre, ya sabes, supositorios. Luego se le pasará.

—Oíste, Ricardo, eres un manojo de nervios. También las porquerías que comes por allí, ¿no es eso, Humberto?

—Sí —melifluo otra vez, insoportable.

—¿Oíste? —repite mi madre.

Oí, oí, pero no me importa nada. Cómo puede importarme si en este mismo instante se agrupa de nuevo el dolor, me traspasa, se transmina por mi carne. Cierro los ojos. Ningún apretón del músculo facial es suficiente para detener esta nueva sucesión de ardor, de vacío, que me increpa. No puedo distender un músculo ni tampoco cejar un instante para olvidar esta ola reciente que invade mi cuerpo desde el centro e irradia con prisa. No encuentro una posición, alguna forma alterna que sustituya —por una milésima al menos, por una partícula de segundo— este fragor, este vacío que hiere insistente, próximo, desde el centro, diluyéndose en la piel. Estoy a punto de quedarme dormido, lo deseo pero no lo permite el sufrimiento. Siento frío, humedad, tiemblo un poco, quizá llueve afuera.

Escucho a Lascurain recetarle unos medicamentos a mi madre, nombrarlos con precisión mientras se los escribe al mismo tiempo. A ella puedo imaginarla allí, con la vista fija, al borde de la desesperación para no perderse una palabra del doctor, no olvidar una pegajosa sílaba de Lascurain. Ella se agota en los nombres, los repite.

—A zan tac, tabletas. Azantac.

—Sí, dos veces al día, por la mañana y por la noche. No más.

—¿Leche?

—Nada de leche, ni refrescos ni jugos, Helena. Todos son ácidos que pueden perforar aún más el intestino.

Sí, ¿entonces qué?, quisiera reclamarle. ¿Té de manzanilla, de yerbabuena? ¿Todo el día tés? Jugos no, refrescos tampoco, leche menos.

—Algunos doctores recetaban la leche antes, por el calcio, pero se ha visto que, al contrario, es pésimo. Los lácteos actúan siempre en detrimento, Helena.

—Y las otras pastillas, ¿cómo dices que se llaman? —pregunta mi madre con vehemencia; ya no quiere oírle más explicaciones a Lascurain. La conozco; quiere que se vaya. Salir cuanto antes, detrás de él, por las recetas, buscar cualquier farmacia.

—Ditopax. Éstas las masca. Son buenas, saben bien. A naranja, un poco a tierrecilla, pero bien —hace una pausa y voltea a verme, desentendiéndose artificialmente de mi madre—. Ricardo, no dejes de tomarlas.

No asiento, no muevo un músculo. Le pido en silencio que se vaya pero nunca va a entender, prolongará su estancia en casa hasta que mi madre lo pueda despedir, insinuarle cualquier cosa. Él lo sabe, se aprovecha un poco nada más. Seguro Helena ya percibió el olor de su boca, el sarro aún sujeto a las muelas como un musgo reciente. Unas mentas, un chicle, le harían bien, lo harían menos odioso, menos digno de asesinar. Sin embargo nunca he aborrecido a nadie sólo por su aliento, seguro es la primera vez. Al mismo tiempo que sopeso el volumen de mi odio, dejo que corra como un fluido: aparece de pronto un estentóreo dolor en la boca del estómago. Es una pena, una lástima: mientras segregue jugos gástricos —los que ahora explica a mi madre Lascurain—, no podré odiar a nadie. Es el colmo: tenemos un organismo deficiente y tan frágil, que apenas resiste la inquina que secreta el cuerpo, la sublevación, la furia. Debo calmarme, ser sumiso y no odiar nunca a mis semejantes; debo ir en contra de mis instintos nerviosos: apaciguarme, amarlo a él, a Lascurain, a mi madre, a la misma Inés, que de pronto se asoma a la puerta para averiguar qué pasa. Amar a mis semejantes por el bien de la úlcera, amarnos los unos a los otros por el bien de todas las úlceras y las gastritis del mundo.

4

Elías contemplaba el mar desde aquel peñasco, el último en la playa; oteaba los cerúleos fierros de los lomos, el plateado artefacto de las olas, sin prestarles mayor atención. Pensaba: «Hay actitudes y gestos de una mujer por los que a veces sufro en balde. No puedo continuar así, quejándome por alguien, sin ningún sentido, permitiendo que la vida se detenga y sólo gire en torno a esa mujer y no me mueva de este sitio. Roberta tiene razón: ella no va a cambiar. Ésos son sus gestos, y ésa la actitud que, dice ella, entiende como la única honesta, invariable. Sufro, sin duda, y no quiero sufrir por nadie. No busco una mujer para sentir tristeza o languidecer bajo su sombra, su desprecio, su falta de amor, el placer que quizá ella obtenga en entregarme lo que a medias da y ella tal vez llame amor. No, la entiendo. Ella no puede entregarme más ni entregarse más. Primero, porque es cierto: yo no me entrego totalmente y eso ella lo sabe. Segundo, porque ése es su talante, algo así como una actitud ante la vida, ella me lo dijo, tal vez me lo explicó de otra manera, con otras palabras. La comprendo y me duele, pero no puedo agonizar en vano, sin recibir nada a cambio, por el simple goce masoquista.»

Elías, el dueño de las llaves de la biblioteca, buscaba

que Roberta lo quisiera, nada más. Ser abrazado por ella, mimado, besado en los labios hasta que ambos tuvieran la boca seca y gastada como hacían antes, por las tardes, cuando se conocieron. Quería que ella lo buscara más, se enterneciera al verlo, acaso lo adorara aunque, de ningún modo —lo iba a saber de cualquier forma— fuera cierto. En cambio, la actitud de Roberta era de despertenencia, de amor, sí, pero ajeno, frío, desinteresado. Esa tarde y otras junto al mar, Elías creía firmemente que el amor debía ser interesado, algo así como una cosa de vida o muerte, impostergable, necesaria. Era cierto; esa tarde frente al mar, sentado en el último peñasco, sufría por lo que Roberta llamaba con cinismo o con miedo «mi manera de ser».

Él se sentaba allí, solo, mirando las olas y calculando el pleamar al mediodía, después el bajamar por la noche, cuando desde ese otero el cielo apuntaba a extinguirse. Elías sufría por ese gesto displicente y seguramente falso con el que ella se protegía de él, de alguien, de todos los hombres, del mismo que antes le hizo un hijo. Sí, eso era. Al principio él tuvo miedo del niño (nadie quería amar a alguien con un hijo aunque algunos, como él, tuvieran de antaño ese vicio), del trabajo que hacía ella para mantenerlo, de los hombres que iban expresamente a la casa de Inés a buscarla. Ahora no sucedía igual. Todo eso había aprendido a soportarlo. En Las Rémoras eran casi siempre los mismos los que visitaban a Inés y a las jóvenes que contrataba ella o la gringa; eran parte de una familia e Inés era la madre joven, es decir: los comprendía un poco a todos. La mayoría —los hombres al menos— sabían algo o mucho del amor que los unía a los dos, a Roberta y Elías, o lo que imaginaba cada cual que podía unirlos. Nadie se hacía ilusiones con ella; con Roberta se obtenía placer, y punto. Un buen regusto tal vez tras el amor. Ella, qué duda cabía, hacía su trabajo con esmero, sin prontitud..., lo hacía bien. No alardeaba y tampoco fingía. Eso les gustaba a los costeños, a los remoreanos. Era invariablemente cariñosa pero siempre desapegada; una actitud que alguno debía llamar desamatoria. Amarla, pues, era en balde, parecían decir sus ojos. Amarla como hacía Elías era sufrir por amor, y casi nadie tenía intención de hacerlo por alguien, sufrir por un amago que no fuera el preciso, el esperado del amante. Los hombres por lo general lloraban más de lo que cualquier mujer nunca sospechó. Por eso todos, tarde o temprano, aprendían y se volvían humildes en el amor, al menos así en Las Rémoras. Era ése un aprendizaje adolescente que nunca se acababa de aprender. Quizá sufrieron una vez por sus esposas, por sus novias; ahora eran más o menos humildes en el amor, no se arriesgaban y por eso tampoco deseaban sufrir gratuitamente por una hermosa puta de Ciudad Insurgentes o Tijuana que, tarde o temprano, se iría a visitar otros puertos, otros pueblos. Elías, sin humildad, se había obstinado en la pasión, la había estado retando.

La casa de Inés —o la que regenta por otra dueña (la gringa, la llaman) que ninguno sabe quién es y vive en San Diego— la conoce bien cada habitante de Las Rémoras. Entre la calle de Atuneros y la de Pescadores, en medio de una pequeña manzana a las afueras de la ciudad —o en sus últimas calles: puro polvo y muladares, una especie de lote baldío que hace varios años quedó en construcción (o fraccionamiento, como decía habitualmente una Inés sabihonda)—, puede verse esa casa devorada por la pobreza. Sin embargo, todos saben, la pobreza es solamente exterior. Adentro hay más lujo que en cualquiera de las otras casas de Las

Rémoras. A un lado hay tres faroles rotos que nadie se tomó nunca el tiempo de arreglar, y la casa, antes verde, ahora está completamente desteñida por un sol que fustiga con rencor. Aunque en Las Rémoras hay tiempo de sobra —horas suaves, minutos dorados como lagartijas tomando el sol—, nadie debía tenerlo. Había antes, en ese mismo lote, algunas casas construidas al desgaire con láminas de asbesto, pedazos de cartón y corcholatas, bardas con piedras hacinadas que, al salto de un transeúnte o por culpa de un soplo fuerte, se desmoronaban; sin embargo, la casa desteñida, de un verde claro o glauco como el del agua sucia de un estanque —nadie sabía exactamente su color por lo que, al final, la bautizaron, dado el uso, con el nombre de Inés, la Casa de Inés, y punto— había sacado no hace mucho esos cuantos *paracaidistas* que maldecían a sus clientes habituales. Poco a poco fueron yéndose como habían llegado, algunos con la familia a cuestas, hasta desaparecer. Inés, qué duda había, tenía sobrado poder sobre el presidente del municipio, un hombrecillo tieso y viudo originario de Los Cabos, el cual había llegado hacía algunos años y a quien, sin embargo, querían bien los hombres y mujeres de Las Rémoras, especialmente por su gran filantropía con los contados delincuentes y por las venias que hacía al pasar junto a alguien. Inés tomó las medidas y, sin que mediaran incidentes, los que allí habitaban tomaron para Mulegé o quizá más para el norte, nadie sabía. Desde entonces todos en Las Rémoras constataron la autoridad que Inés imponía sobre el presidente municipal, licenciado Raimundo Rosales.

Este licenciado —que no lo era como nadie era lo que se suponía en Las Rémoras, así el presunto «arquitecto» Iginio Jasso, su amigo— había nacido en Cabo

San Lucas hacía cuarenta y tres años y nadie ponía en duda que había llegado directamente de Guadalajara, donde había estudiado leyes. Así como nadie en Las Rémoras ponía reparos a Rosales tampoco se lo ponían al rumor de que la misma Inés en persona prestaba sus servicios al hombrecillo. A los comerciantes de paso, a los jóvenes y a los lancheros y pescadores del pueblo, los remitía, en cambio, a las muchachas que contrataba ella —a su gusto—, o que de plano le enviaba la gringa desde Tijuana. En su casa no se podía escoger, cada cual era asignado con su pareja que, según el gusto de la propietaria, debía hacer buenas migas con el visitante y simpatizar. En eso Inés parecía tener mucho colmillo. Sin embargo, lo de Elías con Roberta se había salido del guacal y era, dadas las circunstancias, un poco más que una enorme inconveniencia. Los adolescentes melancólicos, poetastros melifluos, dizque bibliotecarios, podían sacarla de quicio, y más aún si se trataba de un necio enamorado escribiéndole cartas de amor y poemas incomprensibles a una de sus más solicitadas jovencitas. Así lo de la tortuga que Elías le obsequió fue sin lugar a dudas la gota que darramó el vaso. Definitivamente nadie en sus cabales iba a gastarse sus ahorros con una muchacha así, es decir, bajo la consigna de que estaba medio enamorada de otro. Y todos en Las Rémoras, mal que bien, lo sabían.

Eran las siete y media o las ocho de la noche cuando el licenciado Rosales cruzaba el malecón con paso menudo y discreto. Desde allí atisbó, tras sus lentes ovales, verdinegros, la figura de Elías, agachada, casi eterna, sobre el peñasco. Si lo vio de espaldas, aun en la oscuridad naciente, también supo a leguas que era él. Idéntico, sentado allí, recóndito, dulzón. Ni siquiera causaba lástima, tampoco molestia. Nadie en Las Rémoras se preocupaba del escribidor. Quizá empezaran a acostumbrarse últimamente a esa efigie incrustada sobre el último peñasco, una de las piedras que no prestaban sino aquella sensación de que la valva perfecta de la playa —ese medio círculo— estaba destruida o inconclusa en uno de sus bordes.

Primero siguió su paso, continuó por el malecón, pero un instante después, antes de entrar en Libertad, se detuvo. Rosales dio marcha atrás. Se quedó unos segundos mirándolo. El joven no se había dado cuenta aún de que unos ojos con lentes lo observaban, lo veían ahora, casi colmados de esa silueta que conformaba él sentado, como estampado en el cielo, respirando o pensando en Roberta, su imposible amor. Rosales se acuclilló y se quitó los zapatos: no iba a ensuciar un par tan fino traído de Los Ángeles y que entonces sólo se ponía las noches que iba de visita a casa de Inés, casi nunca en el día. Ni siquiera Santa, su sirvienta y la del cura Roldán, los tocaba.

A un paso de la piedra, a punto de decirle algo —no sabía qué—, se detuvo de nuevo. Elías no había prestado aún atención a ese hombre, el mismo que iba a decirle unas palabras consoladoras y evidentes como: «No te encapriches muchacho, ella te quiere; no sé por qué, algo me lo dice; y si no, qué importa, hay otras, ya verás.» Rosales, sin embargo, calló, no sabía si por miedo o por respeto o porque sus palabras iban a sonar opacas, aplacadas por el ruido impertérrito del mar. Volvió sobre sus pasos. Ya en el malecón quitó la arena de sus calcetines negros y se puso los zapatos boleados por su propia mano antes de salir. Por última vez giró y se percató de que la figura del escribidor seguía allí, hierática. Sí, ahora sabía por qué calló, por qué no había dicho nada al joven: su amor le infundía un misterioso respeto.

5

El mismo día que nací, mi madre, la señora de Urrutia, fue al salón de belleza. Sólo después les contó a todos que ella creía que el niño debía ser bien recibido, casi como si se tratara de una recepción o un banquete.

Puedo verla pedir un taxi al salir esa mañana del departamento de su madre, augurar para ella misma —para sus adentros— que esa noche, o por la tarde, deberá estar en camino al hospital. Los dolores que sintió esa noche (la anterior a su cita con Conchita en el salón) debieron ser los indicadores para que ella la llamara y le pidiera verla a más tardar a las diez y media, sí, diez y media, ni un minuto más, Conchita. Luego podía ser demasiado tarde.

A nadie se lo dijo; a mi abuela le hubiese parecido un despropósito, casi un crimen. Tal vez ella ni siquiera le hubiera permitido salir esa mañana. Puedo imaginarla inventar una artimaña, cualquier cosa capaz de despejar las incógnitas de su madre y sus ruegos insistentes. Daría una vuelta al parque, se sentaría a tomar un café, le escribiría a mi padre. Algo, un pretexto, un invento trivial. De cualquier forma, ella se sentía perfectamente bien, le habrá dicho.

Sorprendida, Conchita habría salido del salón para abrirle la puerta del taxi o ayudarla a bajar. Una pedicurista estaría dispuesta a hacerla pasar y ofrecerle una buena silla a Helena, a la señora de Urrutia, que está a punto de dar a luz, se le puede ver a leguas, pobrecita. Sonriente, mi madre aceptará esos cumplidos, cualquier brazo que le den para apoyar el enorme peso del cuerpo. Otra vez la pedicurista le ayudará a levantar las piernas, luego a quitarse con delicadeza los zapatos. Unos pies hinchados, unos empeines que aún mantienen las marcas, mostrarán un estado grávido sin necesidad de ver y de tocarle el vientre.

Curiosa, un poco impertinente, Conchita le preguntará algo, cómo se sentía, cómo estaba su madre, mi abuela, hará dos meses que no viene por acá. Empezará a peinarla, a sujetar el pelo con los tubos calientes. Imagino a mi madre soportándolo todo, los golpes fuertes en el vientre, la hinchazón, los pies enrojecidos, las preguntas de Conchita o la señora de al lado. Las punzadas cada vez peores, más resueltas, atormentándola. De pronto la relajación, el olvido, algún recuerdo para sustraerse momentáneamente al dolor, a la fatiga temprana. Y de nuevo, menos de un minuto después del anterior golpeteo, las punzaditas, un toc toc calculado.

Hubo tiempo suficiente para que Conchita terminara con el pelo, quitara los tubos, la peinara como si fuera directamente a un bautizo o a una boda, también para que la pedicurista hiciera los pies y las manos con parsimonia desigual, un poco distraída y nerviosa. Entonces sobreviene, reconociéndolo, un dolor fecundo, intenso. Mi madre ya no puede moverse, sólo patalea mientras la mujer de al lado hace señas a la joven de la caja para que marque el número de Helena. Seguramente fue mi abuela quien contestó y le pidió a Conchita que la llevara al hospital, allí se encontrarían.

En medio del trajín, de la suspensión total de labores, de algunos gritos de dos jóvenes sentadas en un rincón, Conchita y la señora cargaron por los hombros a mi madre, detrás la pedicurista. Puedo oír, nítidas, las quejas, el intento desmesurado por callarlas, al menos disminuirlas. Todo imposible.

En el auto de Conchita, pintado con letras rojas en las portezuelas, mi madre sentada con las piernas abiertas, atareada un poco en su peinado, en las pestañas que el viento intenta remover. En vano, no puede dar vuelta a la manija de la ventana que antes la pedicurista ha abierto para ella y entonces se dedica con una mano a cogerse el cabello, con la otra a sujetarse la barriga. En lugar de ponerse las dos manos en el vientre, defendiéndose un poco del golpeteo, deja una allí y con la otra cubre los ojos, el cabello aún tieso. Impensable que sea de otro modo, imposible que suelte esta mano y la ponga también sobre su barriga hinchada y dura.

Ahora puedo imaginar a Conchita que pregunta, rebasando al mismo tiempo un auto descompuesto en mitad de la calle:

—¿Es que no presintió el dolor, es que no sintió nada?

—Al contrario —descubre mi madre quejándose otra vez, desencajada pero ansiosa—, sabía que hoy tenía que ser. Lo supe por la noche y hoy por la mañana estaba segura. No lo puedo explicar, simplemente lo sabes, Conchita.

—¿Entonces para qué el peinado, Helena, el pedicure, todo? —le pregunta nerviosa, desesperada.

—¿Cómo para qué? ¿No comprendes? —pregunta y afirma mi madre cubriéndose un ojo, pestañeando un segundo: una brizna quizá.

—No —alcanza a responder la peinadora, la dueña, aún confusa—. No entiendo.

—Hay que recibir como se debe al niño. Imagínate si no fuera así —dice resuelta mi madre, apoyando esta vez una mano en el portacajuelas—. Cuidado mujer, con calma, no te frenes de esa manera.

—¿Quiere decir: recibirlo vistosa, bella?

—Sí, bellísima. Es un recibimiento importante, ¿no crees? El más importante, y no es todos los días —dijo para sí interrumpiéndose otra vez pues un dolor eterno se apoderaba de ella nuevamente.

No era una sucesión de golpes en esta ocasión, tampoco la sensación de vacío y lleno intermitentes. Era la pura prolongación del sufrimiento extendiéndose por todas partes, hasta cualquier rincón, hurgándolo todo, rasgándola por dentro. Creyó sentir que la cara, los párpados, le dolían; ya no lo sabía a ciencia cierta, no reconocía las particularidades del dolor. Aun así no quitó su mano del cabello un solo instante. Si ahora lo pienso —lo veo tan claro— de veras se lo agradezco aunque me parezca un poco absurdo y sin la debida significación —la que ella debió darle—. Un suplicio exagerado para traer a alguien al mundo.

Cuando oigo contar la historia a mi madre o cuando se la escuché decir a mi padre —quien no la presenció, pues estaba en la UCLA todavía y llegó tres días más tarde—, no logro atinar a decir nada excepto que vine al mundo de manera harto distinguida, harto aburguesada. Son pocos los que pueden preciarse, supongo, de haber nacido igual, con tanta belleza y barullo.

6

El licenciado Rosales cruzó —sin ninguna premura y haciendo algunas venias a diestra y siniestra— la calle

Libertad, perpendicular al mar y al malecón. Muchos sabían a dónde dirigía sus pasos, justo a la misma hora y por los mismos sitios, cronometrados. Con una costumbre inveterada, y desde hacía casi un año, a las ocho pasaba por allí, saludando, inclinándose con suavidad ante las señoras que hacían lo mismo con afables señas de reconocimiento. Primero fueron una o dos veces por semana, luego tres y ahora hasta cuatro las ocasiones en que visitaba a Inés.

Tal vez, y eso nunca lo hubiera aceptado el licenciado, no había hablado al joven escribidor en la playa, no por otra razón que por la de no contrariar esa costumbre de llegar puntual a casa de Inés, entre Atuneros y Pescadores. Sin embargo, el respeto hacia el misterio del amor lo conmovía. A su edad ya había dejado algo muy claro o al menos eso creía. Distinguía bien, como los demás no sabían hacer o pensaba que no hacían, entre aquellos que saben de amor y los otros que sólo saben de mujeres. Aunque a primera vista pareciera una y la misma cosa, ambas eran diametralmente diferentes sin que se excluyeran (Jasso, en un sentido frustrado, por ejemplo, era uno de esos casos mixtos, pensaba). Es decir, el que sabe de amor normalmente no sabe casi nada de mujeres, o sabe de muy pocas o de una sola. Aunque éstos podían llegar a enamorarse de una mujer ideal, inventada, eso sin embargo no importaba demasiado, según él. Lo que sí importaba era enamorarse para siempre, aun de una muerta como había hecho el poeta Leopardi con la hija de su jardinero. El que sabía de mujeres, al contrario, casi no debía saber de amor. Decía que amaba, podía jurarlo a veces. Pero no, en realidad el mujeriego no podía saber de amor como tampoco el que apenas, un día, conocía a alguien.

El mujeriego, el experto, se enamoraba, eso nadie

lo dudaba. Cada vez debía poner más empeño y, sin embargo, esta porfía era proporcional a su necesidad y también proporcional a su imposibilidad de amar sustancialmente. De allí el aciago destino de amor que le había tocado cargar a él, pero quizá —viéndolo con cuidado— no tan aciago como el de aquel otro que amaba una sola vez en su vida: éste era víctima y señuelo del amor casi siempre. El otro podía ser víctima de las mujeres, carnada y presa fácil de ellas. Esto, por lo pronto, lo comprendía Rosales bien desde aquel día en que enviudó y supo que nunca volvería a querer a nadie. El tiempo perdido en el amor lo ganaba ahora —lo consumía— en el trato con mujeres. No iría a ser un experto a estas alturas de la vida, tampoco un mujeriego consumado, de ninguna manera. Su aspecto no le ayudaba a ello; tampoco era lo que se dice un don Juan. Tieso, magro, breve de omóplatos, con una cintura como de muchacho de quince años, unos lentes ovales de color verde, simulando más timidez de la que realmente existía, Raimundo Rosales se había convertido poco a poco en un cliente asiduo de la casa de Inés —al principio sólo frecuentando a las muchachas que le enviaba la gringa y cada tantos meses renovaba, y ahora en cambio endilgándose una botella de champán o vino blanco en la misma habitación de la dueña.

Antes de entrar, todavía aguardando en la calle oscura de Atuneros bajo el farol roto que apenas lo alumbra —una luna exactamente encima de la casa hace las veces de foco—, Raimundo Rosales escucha claramente las tonadas de un bolero que no recuerda haber oído jamás pero que, sin embargo, lo fascina. Se detiene un segundo antes de llamar, la voz de una mujer que no es Inés y de pronto Rosales no distingue, acompaña y desentona los versos que toca el viejo tocadiscos:

Porque ya me cansé de estar queriendo
a quien no me quiere a mí.

No puede evitarlo, el licenciado se entristece pensando otra vez en Elías —¿un amante, un mujeriego?, quién sabe, tal vez las dos cosas— que piensa en Roberta y se entristece sólo recreándola incansablemente. Incluso siente asomársele dos lágrimas al oír la letra de esa canción. El sentimentalismo lo vence, a él que es todo excepto lo que se dice un sentimental de pacotilla. Con asombrosa voluntad digna de un pugilista, Rosales logra no sólo contener esas lágrimas en sus cuencas de origen, sino que —casi a punto de caer éstas y darse cuenta de que ruedan por sus mejillas— las vuelve, las regresa a su sitio, rompiendo así cualquier ley de gravedad suscrita.

Por fin llama a la puerta. Luego de apagar el tocadiscos —¿por qué diablos lo apagan?, no entiende el licenciado— se oye un trajín, un alboroto, la caída de alguien, una queja amortiguada —efecto seguro del golpe—, hasta que por fin se ve a la joven cantante abriendo la puerta y sobándose una rodilla. Es Josefina con un vestido de faralaes rojo.

—¿Te golpeaste, Jose? Discúlpame —dice Rosales al mismo tiempo que hace una venia y entra sin ningún reparo: es su casa. O como si lo fuera.

—Ya ve, por venir a abrirle... —contesta la muchacha disimulando mal su sonrisa—. Es mi culpa. Como no ha llegado nadie, cantaba.

—Sigue cantando, por favor, no debiste apagarle —dice todavía entre sueños el licenciado, un poco amodorrado—. No la conocía, ¿quién la canta?

—Lolita —contesta Josefina pronto y se entusiasma—. ¿Verdad que es bonita? La patrona no soporta su voz. Dice que detesta a las españolas, especialmente a las andaluzas. A mí en cambio me enloquecen, licenciado, me fascinan. «Porque ya me cansé de estar queriendo a quien no me quiere a mí», ¿a quién no pueden gustarle esos versos?

—Has visto bailar flamenco, supongo —le dice.

—Nunca.

—Te gustaría mucho —responde mientras mira bajar la escalera a la patrona.

Se acerca a ella con una caballerosa y ardiente venia —agachando los hombros hasta la cintura (o eso parece); entonces ya no le da tiempo de oír a Josefina que le pregunta algo sobre las andaluzas. Sigue a Inés por las mismas escaleras que poco antes bajó, se arregla la montura de los lentes y, mientras sube, los desempaña. Continúa pensativo, con el espectro de un joven inmóvil metido en los ojos. A punto de entrar en la recámara principal, todavía en el rellano de la escalera, se encuentra a Roberta en un rincón, sobre una silla. Ella no lo ve, ni siquiera se ha vuelto hacia él, está embebida en una revista, el rostro conspicuo, frágil, las medias negras resbalándole y los labios rojos, grandes, que se fruncen cuando encuentra los ojos curiosos del licenciado. Tiene que saludarlo: es presidente municipal y predilecto de la dueña. Las dos cosas, nada menos y nada más. Le sonríe. Vuelve a la revista. Rosales reconoce una vez más la belleza de esa mujer blanca, casi transparente, de labios maduros, abultados, al mismo tiempo que pasa a la recámara de Inés. Imposible no enamorarse de ella, se dice, seas mujeriego o amante empedernido; comprendo perfectamente a Elías. Sí, es casi imposible, se repite con insistencia mientras deja a un lado la corbata y comienza a desabotonarse la camisa.

7

Todavía sumido en una apacible oscuridad, entre dolores repentinos en la boca del estómago —más prolongados que al comienzo— fue a visitarme quien nunca imaginé que vendría, detonante de mi ulterior lucidez.

Primero fue la voz tímida, mojigata, de Inés que preguntó si podía entrar; luego esa misma voz de carne y hueso quien me dijo que afuera, en el recibidor, aguardaba la vecina. Hice un gesto entre intrigado y escéptico: simplemente no podía creerlo. Casi estoy seguro que Laila no se hubiera enterado de mi enfermedad si mi madre no le avisa.

En mi sonambulismo, a mitad de la arremetida gastrointestinal y la fiebre —empezaban a gustarme esos nombres que había oído pronunciar a Lascurain—, me avergonzó ver que Inés hubiese sospechado el temor que sentí al oírla dar la nueva. En otras palabras: podían ser dos vergüenzas. La original, por culpa de Laila, la vecina; y la segunda, por Inés, que debía vislumbrar la pena e incluso solazarse con ella. En dos o tres días no había probado el agua de la tina y tampoco sentía el menor deseo de darme un baño. La postración se volvía un vicio secreto. La cama sucia, el sudor empapando las sábanas, un cuerpo inválido y húmedo por la transpiración intermitente podían convertirse en la calma añorada: hundirse y olisquearla como si ella, esa calma, esa seguridad, la segregara yo y pudiera asirla con los dedos, desmenuzarla y comérmela. Lo único que no me mantenía quieto era la imposibilidad de presenciar el rito en el guardarropa si es que no había cesado ya. Empezaba a reconocer así mi olor, casi me lo hacía tangible, igual que el de los otros. Podía imaginar, aspirar incluso, ese olor un poco viejo de papá que antes ni siquiera columbraba.

Sin preguntar, sin esperar siquiera a que Inés hubiese salido, Laila apareció sonriente, con el pelo cayéndole en el rostro. No pude impedir el aceleramiento del pulso, la respiración agitada. Le dije que era un milagro verla o posiblemente sólo imaginé que lo decía y me agoté en el intento. Me había cansado muy pronto.

—No, no, recuéstate —dijo al ver que hacía un esfuerzo por levantarme y apoyarme en los codos sobre la almohada—. Apenas puedes moverte. Por mí no te preocupes, yo me atiendo. Inés me dio esta pastilla para ti. Tómatela.

Hice un esfuerzo denodado por no perder la escena. Ella, acercándose a mí, ligeramente compungida, sosteniéndome con una mano al mismo tiempo que la veía sentarse a mi lado, desparramando una sábana con las caderas. La sentí removerse, levantar las nalgas para jalar la sábana y cubrirme lo que había destapado de mi cuerpo. Después la sentí estirar la mano y ponerme la pastilla en la lengua; acercarme un vaso.

—¿Cómo fue? ¿De pronto? —dijo ella sin esperar que yo le respondiera, sin importarle realmente, previendo mi incapacidad—. Hace más de un mes que no te apareces por la casa, mi mamá pregunta por ti, ya se nos hacía raro. ¿Cómo van *Las plegarias del cuerpo*? Federico se parece mucho a ti. ¿Sabes? Él fue novio de mi mamá hace veintitantos años, cuando eran jóvenes, ya lo verás cuando llegues a la tercera parte. Te dije que te gustaría esa historia, casi puede leerse de un tirón o, ¿por qué no?, en cuatro días —y se rió haciendo alusión a alguna parte del relato que yo no comprendía—. Que esto te sirva de lección, Ricardo. Eres muy nervioso, siempre te lo he dicho.

Dejaba de prestarle atención, incluso rogaba por que se callase y así tuviera que entretenerse en cobijarme, tocarme la frente o cruzar las piernas. No lo hacía, continuaba así, indiferente a mi silencio, al ruego implícito que cargaba mi mudez; y hablaba, hablaba sin desfallecer un segundo. Mi respiración, aún entrecortada, a veces ruidosa, empezó a fatigarme aún más, mientras que Laila volvía a pasar una mano por mi frente y me acariciaba ambas mejillas con los dedos, con las puntas de los dedos o las uñas largas, filosas.

Laila sabía que yo la amaba. Es verdad que también yo lo había exagerado y, a su vez, ella con las amigas (posiblemente también con mi madre). Nada de esto me daba rabia, sencillamente lo dejaba crecer, incubarse en el abdomen como un molusco tibio. En el fondo deseaba contemplar —entre morboso y tímido— qué debía, qué podía suceder con ella. Tampoco me amargaba verla con otros, verla salir con Carlos, el vecino de enfrente. No pasaba nada entre ellos. A ella la conocí primero de vista, pues la miraba cruzar por la calle desde hacía algunos años; por fin, luego de meses de ensayar frente a un espejo, reuní fuerzas y una tarde me acerqué: iba a misa y le pedí acompañarla. Ella no me respondió. Sentí que se me abría el pecho. Entonces la seguí, comulgué detrás de ella y recé al mismo tiempo que permanecía arrodillada. Laila no decía nada; ni siquiera me observó con el rabillo del ojo. Me arrodillé a su lado y pude observar la extensión blanca de las piernas, las corvas, y sus zapatos que entonces, crispado por dentro, quise besar. Quería lamer también el empeine de sus pies blancos, desnudos, sin que ella pudiera siquiera imaginarlo. Por eso rezaba.

Para su edad, Laila era físicamente abundante; a veces, si se descuidaba en Navidad o en verano, podía parecer rolliza, ligeramente pasada de carnes. Pero aun así me gustaba. Verla desparramarse sobre mi cama, sobre unas nalgas decididamente duras y fuertes, vestida como una mujer de veintidós o veintitrés cuando sólo tenía diecisiete años, me hacía pensar cómo iba a ser esta joven cuando tuviera la edad de mamá, pues en el fondo tenía la esperanza de casarme con ella.

Al fin, luego de súplicas y taimados requiebros, Laila se había dejado besar. Intentarlo me daba siempre miedo. Pero ¿por qué? ¿Qué provocaba ese temor? No lo sabía o lo intuía apenas: se trataba de la certidumbre que significaba caer, a través de nuestros besos, en un abismo sin fondo, una suerte de túnel húmedo y legamoso. ¿El túnel del enamoramiento? Tocar sus labios me producía una sensación de vértigo sólo comparable —imaginaba— a la que sufría James Stewart en el campanario —hacía unos meses había visto la película de Hitchcock y todavía ahora, en medio de la fiebre, me perturbaban sus tomas aéreas siempre a punto de desplomarse, y uno junto con ellas.

A Laila sólo le había escrito unas cartas y varios poemas poco menos que insufribles; la mayoría los había destruido. Guardaba algunos, los últimos, los cuales me demoraba siempre en leer, fastidiado de trajinar por la casa, por sus corredores, cansado de releer las páginas escritas de *Las Rémoras* y de ver televisión ese verano lluvioso y monótono. Repasaba los poemas en silencio, es decir, me oía —callado— leerlos; se trataba de esa extraña sensación que uno experimenta cuando se lanza a repetir *ad infitum* una reacción química; después de una hora la adivinas y deletreas su contenido. Luego me aburría y los últimos tres o cuatro poemas los quemaba.

Había algo indefinible y próximo al espanto en el mero hecho de tirarlos, doblarlos o esperar que mojados se disolvieran en el inodoro —era el miedo a que perduraran, supongo. Debían hacerse humo o cenizas después que los guardara unas semanas. Lo mismo con las cartas que le había escrito.

Esta vez cambié de opinión.

—Laila —susurré.

—¿Sí? Te duele —indagó pronto, exagerando.

—No, no —respondí, me daba pena por ella, por su torpe actuación—. Abre el guardarropa.

La vi dudar, levantarse de la cama, caminar hacia allá, volverse entusiasmada para mirarme.

—Ábrelo. Sí, ábrelo —insistí, alimenté con misterio su entusiasmo—. Ahora abre la última de las repisas. Ya, ¿las tienes?

—¿El cuaderno dices, quieres que te lleve este cuaderno? —preguntó exaltada—. ¿*Las Rémoras*?

—No, no, déjalo allí —grité a través del empañado légamo de la fiebre—. Disculpa, me equivoqué. Deben estar a un lado, sí.

—¿Qué? —preguntó Laila—. Dime qué quieres y así te lo traigo más fácil, ¿está bien?

—No son para mí, son para ti.

—¿Qué? ¿Estas cartas? —preguntó meliflua, encantada, pues era evidente que se daba cuenta, que rectificaba la sumisión de esas cartas y, a la postre, mi sumisión.

—Sí, son tuyas. Quiero decir, son para ti —dije extenuado. Casi de inmediato me preguntó:

—¿Puedo leerlas? ¿Aquí, ahora? —segura de que le iría a decir que sí, abriendo la primera antes que yo asintiese o se lo impidiera.

En el fondo me gustaba la idea, no sé por qué, me gustaba imaginarla leyendo esa misma línea que conozco tan bien; rastrear lo que ella siente, su pudor, su alegría, la desnudez que puedo hacerla sentir si atino con una frase, quién sabe.

Mientras ella lee, descubro nuevas ansias; es preciso que vaya al baño. Es una sensación todavía torpe, primigenia. Es decir, puedo equivocarme y realmente no tener necesidad aunque tengo la experiencia ya, el equívoco que es la mera sensación. Al mismo tiempo descubro que no puedo levantarme, es imposible que apoye una mano en el respaldo o un codo sobre la almohada. Esta vez no puedo. El cuerpo de Laila me estorba, cubre el lado vacío de la cama, y en el otro me impiden salir el muro y los corchos. No puedo decirle nada. Ella lee, inexpugnable, contenciosa a cualquier ruego. No me muevo, la espío, ya no logro seguirla en la lectura de esa segunda carta, no sé qué pueda decir, qué pueda estar leyendo. Calla, sonríe apenas, observo sus comisuras un poco despectivas, ligeramente compadecidas de mí.

Otra vez el ansia, las ganas de cagar, suaves, más como un líquido o un montón de arena que se escapa por los dedos, que una verdadera sensación de alivio. Inmediatamente después desaparece el ansia, justo cuando la oigo decir, entre lejana e inmensa:

—¡Qué linda! No entiendo por qué no me las diste antes —esperó un segundo, puso su mano cálida sobre mi sien, y continuó—: No me las pensabas dar, ¿no es cierto? Aparte ya no te pertenecen, desde que las escribes dejan de ser tuyas. ¿Sabes que existe una ley, no sé si en Inglaterra o tal vez es en todo el mundo? El dueño de las cartas es quien las recibe, siempre. Sí, así como lo oyes. Y éstas son mías y de nadie más.

Se ríe. Tengo miedo, otra vez entro en la sombra, al depósito oscuro del espanto que Laila domina. El dueño de las cartas es quien las recibe. ¿«Siempre» quiere decir hasta la eternidad? Pero ella no las recibió, nunca las recibió de mí ni de nadie. ¿El matasellos? No lo tienen. Su nombre en el lomo del sobre, tampoco. Ya no controlo las ganas de cagar, voy a gritar a Inés y pedirle ayuda, insinuar a Laila que se vaya con alguna excusa, decirle que me siento mal, que es urgente que me beba este jarabe, cualquier cosa. No puedo mover un solo músculo, no puedo responderle nada, tampoco sonreír como ella hace. Quiero moverme y me lo impide su cuerpo, su mano sobre mi hombro mientras continúa impasible, contenta, leyendo, desmenuzando sin piedad mis absurdas cartas de amor.

Por fin, más tranquilo, después de haber superado las ansias y el deseo de cagar, la súbita desesperación por salir de allí, siento un beso que roza apenas la comisura de mis labios. Un premio, sí, la cabrona lo ha hecho como si se tratara de un regalo. Por fin ella sale, ancha, contenta, moviendo unas caderas considerables, prominentes.

8

Cuando el licenciado Rosales entró en la recámara de Inés, Roberta se compuso, tiró la revista a un lado y apareció lo que, oculto, nadie más que ella podía ver: el poema que Elías le había escrito hacía unos cuantos días. Roberta no entendía demasiado, le gustaba, lo releía cuantas veces tenía tiempo para hacerlo, pero no lo comprendía. Se ponía a descifrarlo mientras consultaba un diccionario que la dueña le prestó. Ponía su máxima atención durante la lectura. Sin embargo, a la postre, era imposible no cansarse: menguaba el interés luego de unos cuantos minutos.

No había duda que el muchacho, un año menor que ella, sabía mucho, como decía el arquitecto Iginio alabándolo y hasta el mismo licenciado Rosales. ¿Lo quería? No sabía aún. O sabía al menos que nunca buscó que él se enamorara de ella; hubiera deseado todo excepto que Elías la quisiera. ¿Por qué? Quizá porque ella lo quería a él aunque eso fuera una contradicción. Deseaba quererlo pero él se empeñaba en amarla más, en amarla primero. Ella daba vueltas y vueltas al asunto y no sabía aún qué responderse. Seguramente lo quería, sí, pero no como él debía esperar que lo amaran: Elías quería imponer su amor, ser estimado por el amor que daba y nunca por él mismo. Sufría mucho, ya se lo había dicho él. Sufría con la actitud de ella, provocada por la presión de él. Roberta tuvo que decírselo así, tal cual, fríamente, pues Elías no parecía entender otras palabras: «Ésa es mi actitud y qué», le dijo con crueldad, sin perturbarse, «no voy a cambiar nunca por nadie, y si sufres: no es mi culpa.» Y era eso, lo sabía Roberta, lo que más le había dolido a él, lo que más había odiado de ella desde que se conocieran. A eso se remitía ese extraño poema que le había dado la última vez. Todavía sentada allí, en el rincón del pasillo, volvió a tomar la revista, lo ocultó, y comenzó a leerlo:

La señal

I

Las personas que quiero las desquiero
con la naturalidad

con que aflora por mi cuerpo un descariño
tibio, oscuro y consuetudinario.
No amo a nadie y no temo
sino desamar la carne
más de lo que ahora no la quiero.
Tengo en la sangre una señal desamatoria,
un morbo que se ensaña y me avergüenza.
Amarte, Roberta, créemelo, es desamarte para la eternidad,
besarte es besar el odio en sus labios desleídos.
Amor se desacredita si te amo.
Por eso no te amo, Roberta, te odio.

II

En la carne, despacio, se mete
ese fuego desnaturalizado, obsedido de amor,
este quemor de muerte,
el intento de sufrirte
para amarte,
inundarme de dolor
para no temerte ni adorarte.
Lejos de ti no temo a nadie,
hay un resquemor de vida solamente. ¿Sabes?
Las personas que quiero las desquiero
con naturalidad y tibiamente.
A nadie amo ni odio, Roberta, más que a ti, Roberta,
y esto es idéntico a decir
que amo tu corazón para comérmelo sin hambre.

No había duda, era extraño, difícil, lleno de contradicciones que, a pesar de todo, creía comprender, o al menos intuir. Y le gustaba tanto como todo lo que él le había dado hasta entonces: cartas, poemas, flores. Y una tortuga que encontró en la playa y que, al parecer, le dijo, buscaba suicidarse. Ella la puso en el estanque de la casa pero a los dos días murió. ¿Cómo lo hizo? ¿Cómo se suicidó? Nadie supo; así que se la comieron Ruth, Jose y las demás muchachas después de cocinarla a fuego lento y guardar el caldo para toda la semana.

Los dos se conocieron allí, en el prostíbulo, una tarde tan caliente y sofocante —eran las cuatro— que una iguana murió ahogada en el mismo estanque luego de haber querido darse un chapuzón. Fue una de las primeras veces que Roberta se acostó con alguien en Las Rémoras, casi recién llegada. Tenía veinticuatro años, él veintitrés. A partir del primer encuentro, el futuro —poco previsible, según supuso mal la dueña— estaba vaticinado. Cualquiera podía decir que Elías sentía inclinación por las madres solteras —también, es cierto, por los niños sin padre, lo que es lo mismo pero no es igual. Esta vez, sin embargo, se conjugaban ambas cosas para su beneplácito —y para su mal—, pues el niño de Roberta vivía en un cuarto separado de la casa. De cualquier manera, se paseaba durante el día por el corredor de arriba o por la sala donde deambulaban las demás mujeres, fumando o bebiendo, cuando no estaba con otros chicos nadando en el mar o sacrificando aguamalas. Tenía seis años y su padre había muerto o nunca existió, nadie podía saberlo. A ese respecto, Roberta siempre guardó un silencio perdurable.

Luego de la segunda y tercera vez que se vieron —todas la misma semana—, la oscura semilla estaba allí, creciendo dentro de ellos, destruyéndolos y alejándolos por ese mismo poder de atracción que tienen los cuerpos cuando están cerca del mar. Una paradoja que ninguno podía soportar y menos suplir de alguna forma aunque, podían jurarlo, lo desearan con ímpetu, aniquilándose incluso por ya no amarse más. Habían pasado seis o siete semanas y las cosas continuaban iguales, suspendidas, como pasa invariablemente en el pueblo de Las Rémoras: Elías pensando en Roberta desde ese hirsuto peñasco al final de la playa, y Roberta pensando en Elías mientras contemplaba algunos cuerpos indiferentes sobre el suyo. La incandescencia de la pequeña ciudad los mantenía allí, anquilosados y repitiéndose, cada uno cavilando la mejor manera de olvidarse y lograr huir del otro. Cuanto más tiempo pasaba sin que se vieran, sin que durmieran juntos, más se amaban y menos podían deshacerse uno del otro. Esas tardes parecían a punto de agotarse en la pasión: una especie de reflujo causado por los días que no pudieron verse. Roberta podía alternar el dolor de amor, o al menos postergarlo, abrazando a su hijo, cuidándolo o llevándolo a pasear por las mañanas por el malecón. Comían juntos, se hablaban, se besaban. Los domingos lo llevaba a la misa del padre Roldán con Josefina e Inés a su lado. Ella mitigaba su pena, rezaba a la Virgen, reforzaba su actitud hacia Elías.

También es cierto que en lo suyo (lo de ambos) no había ninguna solución, ningún garante que pudiera convencer al otro. Pero ¿convencerlos de qué? ¿De alejarse? ¿De huir? No se trataba de garantías, tampoco de convencerse cuando ya lo habían hecho —no se entendían, no eran compañía del otro, sufrían más de lo recomendable, ella tenía un hijo, él era mujeriego (o eso se creía o quería llegar a ser), no podía condescender, ella tampoco, etcétera—, y lo suyo entonces se reducía a una cláusula específica: esperar, sí, esperar como única contraseña. Y, al mismo tiempo, lo único que podían esperar ambos era que el amor desapareciera, los dejara en paz. No cabía duda al respecto: uno de los dos —si no ambos— debía sufrir las consecuencias. Las del amor, está claro.

Elías, que se sentía sin ataduras, libre, conocía al mismo tiempo el montón de ataduras que lo embargaban. El más libre de los hombres es el más atado siempre, el más comprometido, se decía allí, sentado estúpidamente sobre la piedra. ¿Por qué el más comprometido? Era evidente: porque siempre estás a punto de hacerlo, a punto de querer a alguien. A Roberta le pasaba igual. Existía una atadura, una cadena que, de pronto un día, sin darse cuenta cómo, la cogió, la sedujo. Ahora estaban allí, ambos enfermos de odio y de amor por el otro. Cada aproximación los entumía en el lecho, los crispaba al final, pues reconocían lo que pasaba con absoluta claridad: se amaban con desesperación, sin saciarse, y hambrientos, una puta y un mujeriego se amaban, quizá la peor combinación. Había también mucho miedo; un exceso de amor llega a provocar oleadas considerables de miedo. Incluso Inés, luego de un tiempo, prefirió quedarse callada, amortiguar su encono, no entrometerse ni ayudarlos, aguardar estática ante el misterio del amor —lo mismo que Rosales, que reverenciaba el suceso íntimamente—, dejarlos dos o tres horas durmiendo, besándose sudorosos mientras un ventilador apenas podía secar las fibras desgastadas de sus cuerpos.

9

Una luz muy tenue, opalina, se depositó en mis ojos y garabateé un poema. Poco después —acaso unas horas— la pequeña luz desapareció.

Este mes de agosto las mañanas amanecen frías, sin cambio, iguales. Apenas sale el sol, de inmediato se protege y abriga con un gigantesco saco gris: una suerte de cielo elaborado con una sola nube larga, de un blanco lechoso, emporcado. Es como si de pronto una masa de agua espumosa fuera a cernirse sobre la ciudad, una enorme coliflor a punto de estallar sobre los hombres y sus animales.

Desde las nueve o diez de la mañana oigo el ritmo acompasado del agua: una llovizna de ozono y monóxido; una típica lluvia que con su mansedumbre y exactitud no tarda en fastidiar el alma de los transeúntes, arruinándoles la cara y marchitando su entrecejo. La Ciudad de México se convierte en un pantano tórrido, caliginoso, que en lugar de infestarse de insectos, barniza las aceras con gruesos cuajarones, tristes gotas cayendo sobre la frente y confundiendo los sudores. Antes del mediodía, antes incluso del primer alimento, las muecas son torpes, los gestos nulos, indistintos y húmedos. A las cuatro de la tarde el cielo parece una turquesa helada y misteriosa. Sin un solo cambio aparente, transcurren las horas en la tiniebla de la casa.

Hasta ahora, la fiebre y los dolores habían quedado un tanto amortiguados —o eso creía—; me atenazaba el recuerdo de Laila en mi recámara, sentada al lado mío, dos o tres cosas que me había dicho y todavía me parecían extrañas, bastante imprecisas. Era improbable que ella hubiese venido a mi casa, no cuadraba en absoluto con las expectativas que yo me hiciera de ella, de su costumbre —¿pero qué sabía yo de sus costumbres?—, su carácter esquivo y reticente. Y, sin embargo, era claro: estuvo allí, divagando al lado mío, sobre mi cama, sonriendo. ¿Cómo se había enterado, por mamá, acaso por Inés o por Carlos? Inmediatamente recordé, corrí al guardarropa y abrí la puerta; me acuclillé y busqué en la última repisa las cartas: no hallé ninguna. Estaba el cuaderno deshojado aguardándome, nada más; *Las Rémoras* detenidas desde hacía tiempo. ¿Pero si hubiera quemado esas cartas, todas tontas, breves, al punto de la cursilería y la ridiculez? ¡No, definitivamente no! ¡Podía estar seguro! Yo había guardado una semana atrás las últimas tres o cuatro. Entonces... ¡era verdad, las tenía Laila!, maldije, ¡ella vino con la excusa de mi enfermedad y se las di! «¿Sabes que existe una ley, no sé si en Inglaterra o es en todo el mundo...?» y «...El dueño de las cartas es quien las recibe, siempre». De nuevo una frase fuera de lugar. Quizá durante la fiebre yo mismo me lo dije, me lo repetí como una letanía. Lo había leído o escuchado antes —ahora no recuerdo dónde— y había construido un soliloquio espasmódico, más o menos congruente, que entonces (afiebrado como estaba) me convenció.

¿Y Federico Ross? ¿Cuándo diablos me había prestado el librito de Ross, *Las plegarias del cuerpo*? ¿Cuándo... si yo lo había robado de la biblioteca hacía tiempo? Y aún más: ¡atreverse a mentir que su mamá conocía al autor o que había sido su novia! Imposible. La historia, debo decirlo, me interesó cuando alguien me comentó que transcurría en La Paz y pensé que tal vez me serviría para escribir *Las Rémoras*. Era imposible, entonces, que ella me lo hubiese dejado. ¿Y Carlos? También mentira: ¡nunca había sentido celos de Carlos porque jamás había salido ella con él!, al menos nunca los había visto juntos. Quedaba preguntarle a mi madre, así que decidí aguardarla para verificar mis suposiciones. Esperé un largo tiempo o lo que a mí me pareció que era muy largo. Pero de pronto un nuevo pensamiento me atenazó: ¿Inés? ¿Cómo no había reparado en Inés si ella la trajo, la metió?, lo recordaba apenas. La llamé. Enseguida vino, pidió pasar y preguntó solícita:

—¿Se le ofrece algo?

—¿No pasaste a Laila a verme ayer? —pregunté de inmediato, sin darle tiempo a pensar, lo que yo creí que debía hacer antes de contestarme. Quería atraparla.

—¿La vecina, dice? Sí, pero no ayer, fue anteayer —dijo melancólica, chata.

—¿Y por qué vino, cómo se enteró?

—No lo sé, no tengo idea.

—¿Mi madre no le habrá avisado por teléfono? ¿Le habrá dicho que yo estuve enfermo, quiero decir: a la madre de Laila? —repetí malhumorado.

—No sé; que yo sepa su madre no ha hablado con la señora Laila últimamente. Cuando llegue le pregunto... si usted quiere.

—No, le pregunto yo, Inés; mejor no digas nada —la interrumpí, dudé un momento—. ¿A qué hora vino?

—A mediodía, a la una tal vez. Su mamá de usted no estaba. Primero la hice esperar y luego la pasé. Se lo dije... —Inés representaba lo que era: la candidez.

—¿Se lo dijiste? —pregunté—. ¿A mi madre?

—Sí.

—¿Y qué dijo?

—No dijo nada, sólo se rió.

Sentí vergüenza de oír a Inés. Mi madre riéndose al saber de Laila aquí en la casa, visitándome. No había nada más que preguntar; no tenía ningún caso, todo estaba resuelto. Salió Inés, bajita, sin despedirse. Me quité la ropa de dormir y me dirigí al baño. Una barba cerrada y oscura impedía ver la sonrisa de mi rostro y la boca que, imperceptiblemente, decía Laila con los labios. Puse un poco de crema sobre el rostro y empecé a afeitarme. Un chorro de agua hirviendo corría del grifo y empañaba el espejo hasta opacar mis ojos, también mis manos, que conducían la navaja.

En ese preciso instante, aún frente a mi imagen,

comprendí todo y recordé: la risa de mi madre, la risa que Inés acomodó a mi madre se debía a que Laila notó el olor, las heces mojando la pijama. Eso era. O quizá no lo hubiera notado; pero ¿cómo saberlo? Tampoco iba a preguntarle nada a mi madre, saber sobre Laila y la absurda invitación que nadie más que ella debía haberle hecho, las estúpidas razones que tuvo. La fiebre me hacía delirar, me confundía y yo aún no me daba cuenta.

Por eso otra idea vino a atenazarme al lado de ésta, una hija de la primera suposición. Fue un relámpago que atravesó mi mente cuando vi el leve corte en la mandíbula, la sangre que brincó sobre el lavabo. ¿Cómo no lo había pensado antes? La sonrisa que yo ponía a mi madre como una máscara no era otra que la risa incipiente, macabra, de Inés. Me engañaba culpándola a ella; no podía ser de otra manera. Ni mi madre invitó a Laila ni ella se apareció jamás. No supe darme cuenta en medio de la fiebre y los temblores recorriéndome los huesos: la «voz tímida, mojigata», que pidió permiso para entrar era la misma que robó esas cartas, Inés era Laila.

10

Elías no salía aún de esa modorra, mitad meditación mitad melancolía de amor: «Nadie sabe dónde está metido sino hasta el día en que sale o intenta comenzar a salir. Así el amor. No sabemos hasta dónde queremos a alguien sino hasta ese día infame en que dejamos o intentamos dejar de quererlo. Antes todo es confuso, nebuloso, como una zambullida que no acaba. Un hombre conoce a una mujer, no importa quién, pues todos se conocen o terminan por hacerlo. La humanidad por naturaleza es promiscua. Imposible que sea de otra manera. Crusoe puede pasársela sin conocer a alguien, pero aun él recuerda a una persona y hace cuadros con esa imagen o la sueña o se masturba con ella. Crusoe amó un día a ese otro y sobrevive. La cuestión es entonces bien simple. Nadie sabe a ciencia cierta cuál es su relación con ese otro, cuál es la esencia de esa comunión y qué se construye o se vive. Y es aún peor la incertidumbre, la ambigüedad, cuando la relación es ante todo amorosa. Entonces nadie sabe hasta qué punto (ningún desentendido, ningún hiperbóreo) está metido en ese foso de mierda que es el amor, sino aquel día en que comienza a salir de él o lo intenta.

»Está, por ejemplo, E, que conoce una tarde a R y se acuesta con ella. A E le resulta muy fácil, pues paga y solventa la situación, es decir, la despersonaliza, hace del amor una cuestión de asepsia. Luego se va y se olvida, o al menos piensa que se olvida. Ella, R, igual. Cobra, se desnuda pronto, espera sin ningún pudor. Si hubiera resguardo o pudor, intimaría —ella lo sabe— con el otro, ese desconocido con el cual nunca hay que intimar o mirar a los ojos. Pero, ¿qué pasa en el interludio, en todos los interludios de la vida, cuando el hombre está solo y sabe que está solo —dos cosas distintas y alguna vez reunidas en contra o a favor de un mismo hombre? Los interregnos pueden ser lamentables, subliman muchas ideas más o menos sedimentadas, más o menos apaciguadas en el alma.

»Por ejemplo, ¿qué sucede en ese ínterin en que E se desviste frente a ella, o bien de espaldas o dándole el perfil, mientras R espera sin darle demasiada importancia?

¿Qué pasa? Entonces ninguno de los dos cree que pase nada. Se trata más bien de un simulacro de amor sobreentendido. Ninguno traicionaría este *performance*. Todo concuerda, sucede con tal facilidad y es tal el acoplamiento que resulta fácil suponer que algo raro crece en el fondo o que ya estaba. Todo lo indica así, el calor que desprenden los cuerpos desde que se han visto, o mejor: desde que se contemplaron con la parte anterior de los ojos, se entendieron sin decir palabra, y él la sigue, y ella aguarda, sí, aguarda ansiosa en el rellano de las escaleras y no lo sabe aún: R espera el cuerpo de él sobre el suyo y entonces puede jurar ante todas las Biblias del mundo que no es cierto, que no espera ese cuerpo ni nada hay que un nuevo cuerpo le pueda ofrecer ya. He allí, en esa espera, en esa sima que se abre de pronto en el tiempo, ese primer interregno, el cómplice adecuado del deseo que lleva siempre a dos seres a sumergirse, sin adivinarlo, en el foso de mierda del amor.

»Sin embargo, tal vez las cosas no resulten así, tal vez la relación entre R y E no pase jamás de ese primer encuentro, sino que algo importante carbura hasta el segundo, o el tercero. Pero esto, si se analiza, no es verdad. Porque siempre el tercer encuentro lleva indefectiblemente al segundo, y éste al primero. Cualquier encuentro lleva al anterior (incluso los no pronosticados, los que suceden sin querer o por casualidad), a aquel encuentro anterior a que dos individuos se conocieran. Los hechos fortuitos demuestran esta realidad. Y es muy común. Los amantes se empeñan en descifrar, desmantelar los recuerdos, buscar los signos con denuedo y añoranza. Pero, ¿sirve realmente esto para algo? Seguramente no. Es pura superstición de los amantes. Lo mismo que es superstición la de quien dice: Maldito el día en que la conocí o Maldito el día en que le hablé, la vi, o la besé, o lo que sea. Y esto, paradójicamente, es cierto asimismo. Hay días malditos en la vida del hombre. Incluso entre dos viejos que cumplen sesenta y tres años de amor, de matrimonio, de coitos sin interrupción, de fidelidad, aun ellos maldicen el día en que se conocieron cuando alguno de los dos se va a morir y el otro se queda para verlo, o bien el moribundo contempla cómo el compañero se queda a vivir mientras él desaparece... solo. El amor caduca el mismo instante que comienza. Y, sin embargo, esto algunos lo tachan de ergotismo, un sofisma idéntico a aquel de quien dice que uno cumple años *menos de vida*. Pero lo peor, si se ve con ojos claros y sin mentirle al corazón, es que es verdad. Así el amor.

»Iginio Jasso, una vez sentados en la lonchería de Tony, me dijo: Elías, ¿sabes qué es lo que más me gusta del amor? No, le contesté. Su comienzo, me dijo, el inicio es un deleite. Los comienzos del amor son los que mejor se recuerdan. Bienaventurados los que comienzan muchas veces. O los que renuevan el amor. Y también me dijo: Lo que sigue luego de su inicio es costumbre, ganas de atiborrarse de lo que un día se sintió cuando ya no existe, cuando ya no hay. Muchacho, créeme, vale la pena comenzar muchas veces. Cuantas más, ¡mejor! Es lo más dulce pero también lo más difícil, ¡qué remedio! Pero ¿por qué va a ser lo más difícil?, al contrario, le dije a Iginio asombrado, sarcástico, hace unos tres o cuatro años. Y él me respondió: Porque se sufre un chingo. ¿Y a quién diablos le gusta sufrir, dime, a quién diablos? A nadie que yo sepa. Es el precio que debes pagar, Elías, y resulta módico si te acostumbras, si lo miras con cuidado. Sí, créeme, también a la pena te puedes acostumbrar después de un rato, de unos cuantos años. Depende de ti, de tus argucias. Incluso el dolor guarda algo bueno —continuó—, y es que, igual que el amor que perdura muchos años, a éste te acostumbras y le pierdes un poco el respeto. El dolor de amor se te vuelve una costumbre, sí. Pero hay que saber remediarlo a tiempo —terminó el arquitecto Jasso— buscándote pronto un nuevo amor.

»Yo no sabía entonces —tenía dieciocho—, que lo que Iginio me recomendaba era volverme mujeriego. Ésa era quizá la solución. Él era un mujeriego frustrado, lo sabíamos todos en Las Rémoras. Sin embargo, desde entonces algo se ha ido aclarando para mí: las mujeres creen equivocadamente que los hombres no sufrimos, hay una especie de consenso, una superstición malsana que les dicta a todas que nosotros no lloramos o que al menos soportamos mejor que ellas la pena que deja una pasión. Y es de allí precisamente, de esa superstición estúpida, de donde las mujeres pueden llegar a convertirse en lo que a veces son, es decir, en unas hijas de la chingada, sí, pero por error o falta de cálculo, estoy seguro. No las culpo, no hay alevosía en su traición, en su despertenencia. Hay sólo una equivocación atávica, ancestral, entre un hombre y una mujer, lo que cada uno de los dos supone y espera del otro. Como que están confiadas en nuestro poder de inmunidad. Pero ¿cómo diablos hacerles comprender que están equivocadas? Por ejemplo, un día Inés me dijo: Los mujeriegos o los que están en vías de serlo, Elías, aprenden a no enamorarse. Y yo quisiera poder contestarle, después de varios años, después de amar como amo hoy a Roberta, y lo sabe mejor ella que nadie..., que no es cierto, que son ellos precisamente los más susceptibles de sufrir. Y esto no es un chantaje ni autocomplacencia ni un alarde sentimental. No, Inés, te digo desde este peñasco en el que estoy sentado, aunque no me oigas y estés durmiendo con el presidente municipal, que estás completamente equivocada, y hay una explicación bien sencilla para demostrártelo. Son ellos, Inés, los mujeriegos, los grandes, los chicos, como tú quieras, los más susceptibles de enamorarse y, por tanto, de fracasar y, por tanto, de sufrir, como ya queda explicado. Así que son ellos, los mujeriegos, los que se exponen más, los que proporcionalmente están más próximos a perder el pellejo, pues son ellos quienes lo arriesgan más. ¿No entiendes? Así, te digo yo a ti, Inés, que crees saber tantas cosas y conocer a tantos hombres y eres quien maneja esa casa que maldigo por amor, que existen sólo dos leyes. La primera dice que a mayor exposición, mayor dolor, pero también mayor el gozo (confirmo aquí lo que Iginio Jasso piensa), y la segunda ley: que a menor exposición, menor dolor, y menor será asimismo el goce.

»Pero volviendo con R y E. Pero ¡qué eufemismo, Elías, para no decir lo que tanto trabajo te cuesta decirte a ti mismo, para no decir que eres un pobre imbécil enamorado de Roberta! Sí, pero volviendo con R y E, repito...

»Es precisamente en esos cortos pero intensos interludios, primero, y luego en los más largos —aquellos en que esperan ambos impacientes la llegada del otro—, que se desarrolla, crece como pólipo, el amor. Y pronto extiende sus tentáculos. Y ninguno de los dos percibe nada, ninguno se da cuenta, pues llaman pólipo o medusa al deseo que los toca, y llaman mar a un depósito que guarda solamente detritus y en el cual, desesperados, se sumergen sin saber cuándo lo hicieron, cómo, ni por qué. También el amor es una mantarraya. La pisas y al principio no te duele, sólo existe una ligera comezón. Pero cuando sales del agua miras el tajo que su cola te ha hecho y simplemente no lo puedes creer. ¡Es bárbaro el picotazo y la herida es peor! Entonces, a partir de ese interregno, cuando aún no sales del mar y sientes sólo comezón, el sufrimiento de amor está dado. La sumersión se ha llevado a cabo sin consentirlo, sin la aprobación de nadie. Y también resulta curioso ver cómo sucede esto, sobre todo porque ninguno de los participantes lleva escafandra, es más: parece gustarles el olor de la mierda de amor, la peste, el sabor que los inunda, o por lo menos parece que se acostumbraran pronto. Y si un día se les preguntara, se les dijera si es cierto que les gusta la mierda de amor, responderían que no, de ninguna forma son ellos, los amantes, unos coprófagos infames. Son ellos, dicen, los primeros que detestan la mierda, es decir, el amor. Pero allí están, sin escafandra, pues han olvidado la mierda que los rodea y los inunda cada día. Así es exactamente la pasión cuando se vive, cuando se sufre su proceso voluntario-involuntario de sumersión.

»Ahora bien, ¿por qué no es posible mantener los corazones incorruptos, cuidarlos, preservarlos en formol? Y la respuesta es que si R y E se besaron y luego vuelven a hacerlo y luego otra vez y una vez más, como un vicio que se fomenta, es que definitivamente hubo algo en ese primer beso, en apariencia despersonalizado, que los sometió al segundo y éste al tercero, *ad infinitum*. Así sucede lo que llaman corrientemente la predestinación del amor. Sólo no se cumple ésta en una circunstancia: si los dos, R y E, no se hubieran besado nunca. Por lo tanto, si los dos no hubieran dormido juntos una tarde en casa de Inés, si los dos no se hubieran visto, si Josefina hubiese estado esa tarde en la puerta esperándolo, si R no se hubiera ido a Las Rémoras a vivir con su hijo, si no se hubiera muerto el padre del niño, si E no hubiese tenido dinero esa tarde y simplemente se hubiera masturbado, solo, feliz de no hacerle daño a nadie, contento de que nadie le hiciera daño, eyaculando aséptica y pacíficamente, en otras palabras, si todo aconteciera así, otras cosas acontecerían en el mundo y en Las Rémoras principalmente. Pero es ocioso y es pura superstición pensar así, pues entonces la tragedia no existiría. Sin embargo, es cierto, Elías: incluso el mismo amor lo lleva a uno a la superstición más imbécil e indigna. En eso se enfrascan los enamorados cuando lo están; si no lo estuvieran —o fuera cosa del pasado realmente—, obvio: se enfrascarían en otras miserias y otra sería su ociosidad...

»De cualquier forma, Elías, reconócelo, estás en pleno proceso de salida, y es ahora cuando sientes los metros de profundidad en que te fuiste metiendo en estos meses. A veces la salida es violenta, y cualquiera puede sufrir una embolia si no se cuida bien. Lo mejor es tomárselo con calma, salir sin prisas, sin que se note o el cuerpo lo sufra demasiado. De peores cosas has salido. Intenta mirar hacia arriba: queda aún mucho para salir, el foso de mierda de amor en que estás sumergido siempre es más hondo de lo que cualquier conmovedor amante (sarcástico o no, mujeriego o no, sabio en amores o no, hiperbóreo o no) piensa. Incluso los que inteligentemente se habilitan de una escafandra previendo la sumersión, falsean la realidad, se engañan, pues es bien sabido que quien se mete más de una vez con la misma persona, llámese como se llame, dedíquese a lo que se dedique, no la lleva puesta, está averiada o simplemente se le olvidó...»

Elías continuaba sentado en el último peñasco de la playa. La luna reflejaba su rostro contra las olas que iban a chocar allí. Continuaba inmóvil, a esas altas horas de la noche, cuando el licenciado Rosales pudo atisbar su figura pétrea, contenida, en la oscuridad, sin embargo esta vez no intentó decirle nada, siguió de largo por el estrecho malecón. No pensaba en el muchacho ni en Roberta, a quien volvió a encontrar dormida a la salida de la habitación, tumbada en un ancho sillón desfundado en la esquina del comedor mientras oía cantar a Lolita, la andaluza. Raimundo Rosales pensaba sólo en el sexo de Inés, en cómo diablos es que se iba enamorando de ella... y esta vez sí se daba cuenta.

11

Lascurain no lo sabe: la gastritis tiene una razón de amor. Quizá todas las gastritis y todas las úlceras deterioradas no tengan otra razón más que el amor, o su pérdida. Es decir, la locura de amor. Mi madre y el doctor no pueden saberlo, ellos no ven la conexión entre la gastritis y la fiebre, entre la fiebre y el amor, entre el amor y la gastritis.

12

Luego de haberse despedido de Santa esa mañana, puntual como siempre en sus citas, el licenciado Raimundo Rosales enfiló hacia la lonchería de Tony, ajustándose los quevedos color verde botella. Tres veces por semana, a las ocho, desayunaba con el arquitecto Iginio Jasso. Allí, sentados, bajo los parasoles que arrojaban sombra a las cuatro mesas que sacaba temprano su dueño, podían darles las diez o las once de la mañana sin ningún reparo. Cualquiera sabía en las oficinas del ayuntamiento cuándo y qué días se podía encontrar al licenciado conversando con el arquitecto; los días que Rosales no desayunaba allí, Santa le preparaba unos huevos rancheros —de tortuga, si había—, unos frijoles refritos que nadie como ella sabía preparar, y un jugo de naranja recién exprimido. Por eso Raimundo, al contrario que Iginio, jamás pedía huevos en la lonchería de Tony. Comía fruta o almejas chocolatas.

Esta vez no pasó por el malecón, por lo que no pudo cerciorarse de si Elías estaba allí, sentado como siempre, sin haberse ido a dormir o haciéndolo cuando nadie lo miraba. Era una incógnita que todos en Las Rémoras tenían desde hacía algunos días y que, sin embargo, pronto se adormiló, por lo que realmente nadie jamás mostró tanto interés como para montar guardia, ver descender al chico de esa piedra y observarlo irse a su casa. Esa mañana Raimundo Rosales tomó otra calle, anterior a la que va a dar al malecón. Normalmente no tomaba ese camino, pues era imprescindible echar una ojeada al mar antes de desayunarse, pensaba. Sí, eran las siete cincuenta y siete cuando miró su reloj y decidió no desviarse: no llegaría a las ocho ni a las ocho y cinco si tomaba hacia la playa, si se detenía a mirar el encrespado plumaje de las olas.

Hizo en el trayecto un par de amables venias —que le hacían perder unos cuantos segundos, los cuales, sumados, podían ser minutos que él debía tomar en cuenta—, entró por la calle Libertad, la que tenía visos de parecer una rambla, cuando por fin vislumbró bajo la luz del sol el cogote sin cabello de Iginio Jasso. Las ocho y dos. Apenas justo, se dijo. Ni siquiera se saludaron con la mano —tal era la asiduidad entre ambos— cuando fue a sentarse a su lado, allí donde el sol no podía darle ni siquiera de refilón. No compartía en absoluto el gusto del arquitecto por los bronceados que, según decía el otro, le hacían un inmejorable bien por las mañanas. A esa hora el sol no quemaba, repetía, tampoco hacía que la piel transpirara y, al contrario, calentaba lo suficiente para desear no volverlo a ver durante el día.

Fue en el momento de arrastrar la silla hacia la mesa, cuando Rosales descubrió que había aplastado una lagartija insomne con sus pies.

—¡Carajo! —dijo—. ¡Mire nada más, Iginio!

—¿Qué? —respondió el otro, que no había reparado en el residuo de animal que tenían junto a los pies.

—Aplasté una lagartija, arquitecto. ¡Hija de puta, quién le manda, quisiera yo saber! Por lo menos no traigo los zapatos de ayer.

—¿Qué zapatos?

—¿Cómo, cuáles? Si usted ya me los ha visto un millón de veces, Iginio, los que me traje de Los Ángeles. Los italianos que me llevo cuando voy a ver a Inés. Una preciosura de mocasines marrones que yo mismo boleo. Por cierto —se interrumpió haciéndole un guiño a su amigo—, ¡qué mujer esta Inés! ¡Qué concha! ¡De puta madre!

—Lo sé, lo sé, no necesita decírmelo, recuerde que la conocí antes que usted. Tenga cuidado, Raimundo —lo advirtió medio en broma, medio en serio—. El coño de Inés devora hombres. La llamaban el Triángulo de las Bermudas en sus buenos tiempos. Allí desaparecieron muchos, o perecieron.

—Ahora es el triángulo de Baja California —dijo el licenciado con júbilo, entrecerrando los ojos, como si tratara de rememorar un olor característico e indefinible—. ¿Verdad que nadie se creería que ya va para los cuarenta o más? Le juro, Iginio, que parece de treinta. ¡No cabe la menor duda, es un mujerón inagotable!

—Ella sí es inagotable, Raimundo, los que nos agotamos somos nosotros.

—Para qué lo contradigo si es verdad... —respondió el licenciado justo en el momento en que Tony salía contento de la lonchería, saludaba respetuosamente, increíblemente alto y maricón, mientras ponía los desayunos sobre la mesa.

Cuando se hubo ido, Jasso no tardó en preguntarle al licenciado, casi a hurtadillas:

—¿Y qué me dice de Roberta?

—Para serle franco no me he acostado con ella. Más de un año de compartir el lecho con Inés no facilita las cosas, créame. Además, ¿sabe? No se me antoja, está como ensimismada la pobre, ida, con lo del muchacho, ya sabe, que si se quieren, que si no, que si es un sueño imposible. No, francamente, no puedo meterme con alguien así, necesito que le pongan más vida, ahínco, quién sabe, que me quieran un poquito y no tengan la mente puesta en otras cosas. Usted me entiende, Iginio. Tal vez sea que Inés le echa ganas, los kilos... Y quizá hasta me estoy enamorando.

—Tal vez lo quieran conquistar, licenciado —se rió Iginio dándole un sorbo a su jugo—. ¿No se ha puesto a pensar en eso? Presidente municipal, viudo, sin hijos, con algún dinerito, su casa y su mucama. Aquí todos lo respetan: las viejas, los jóvenes, los lancheros. ¡Qué más se puede pedir!

—Una mujer como Inés, créame, eso me hace falta.

—Claro, Raimundo, pero que se dedique a otros menesteres. Y no a puta, ¿no es verdad? Como que eso le hace a uno comezón.

—Para qué le digo que no, si sí... Y sin embargo,

¿qué se le va a hacer? —dijo mientras daba un zarpazo a la piña con canela que tenía puesta en el plato—. Como que uno debe guardar la dignidad...

—Las apariencias...

—Como quiera llamarle. De cualquier manera, ya le digo, ¿qué se le va a hacer?

—Pues irse casando con ella. O arrejuntarse —sonrió Jasso al mismo tiempo que lo decía.

—Mire nada más, y ese mismo día las señoras de Las Rémoras mandan un telegrama a la capital y me despiden, Iginio. Ya no más presidente ni qué ocho cuartos. Se dice fácil, pero es más difícil de lo que usted piensa —dijo justo cuando Tony los interrumpió. Preguntó, casi como si lo dijera su bigotito bien peinado, si el licenciado y el arquitecto deseaban más café. Asintieron. Les sirvió. Al unísono bebieron de sus tazas, se escaldaron al unísono, pero Iginio fue quien preguntó:

—¿Cómo ve usted lo de Elías, allí sentado, sin inmutarse? Sencillamente no es posible.

—Sí, lo sé. Nadie lo ha visto moverse. Como un muerto o una efigie. Estuve a punto de acercarme ayer, Iginio, pero no, qué bueno que no lo hice. Ya sabe usted cómo es el muchacho, sólo frunce el ceño, lo mira a uno, no responde, ni siquiera asiente. Qué caso tiene. En las cosas del amor nunca se puede ayudar.

—No se puede ayudar, pero se puede hacer compañía, licenciado —sugirió Jasso al mismo tiempo que remojaba el pan en una de las yemas que tenía en su plato.

—¿Y cómo, Iginio? Si el chico no quiere, no se mueve de allí y parece siempre a punto de tirarse, de darse muerte contra las rocas.

—No creo tampoco que sea para tanto.

—Pues yo sí creo —dijo Raimundo mientras sorbía

de nueva cuenta su café—. Ayer me encontré a Roberta, ¿sabe?, ni siquiera hace el mínimo con los clientes, no da de sí, no saluda a nadie, no sonríe, aunque también es cierto que entre semana no hay mucho que hacer en casa de Inés y medio les da permiso de estar a sus anchas.

—Pues se lo tenía usted calladito, Raimundo. ¿Con que ayer estuvo con ella? ¿No que una vez por semana? Ya ve que se pasa de la raya. Para mí que ésta se lo come enterito.

—Ni se haga ilusiones. Un viudo aguanta por diez.

—Y seguro usted me dice que los viudos ya no tienen nada que perder —sentenció el arquitecto mientras daba un bocado a un tenedor repleto de huevo y frijoles estrangulados.

—Pues aunque no lo crea, sí —aseguró Rosales—. Dígame, por ejemplo, ¿usted de veras piensa que Roberta tiene algo que perder? Puede alguien perder algo cuando a los veinticuatro ya lo ha perdido todo, un marido, padres, hogar, tierra. Le queda su hijo, y vive por él. Con Elías no tiene nada que perder, en cambio el muchacho pierde cantidades.

—No se crea. Es cierto que la muchacha vive por el hijo, pero también vive por ella. No es tonta. Y déjeme decirle que está más hambrienta de amor que él, o al menos más necesitada. El muchacho pierde sangre, no lo dudo tantito. Pero Roberta pierde a alguien que de veras la quiso. Y nadie quiere a nadie hoy día. Luego se va a arrepentir.

—Y entonces, ¿por qué no acepta al chico, por qué tan renuente y decidida a perderlo? No entiendo. ¿Qué sentido le encuentra al sufrimiento caprichoso?

—No lo sé, le juro que no lo sé, Raimundo. Para mí que ninguno de los dos se acepta como es. Nadie quiere un hijo. Nadie busca enamorarse de una puta, Raimundo, aunque a veces, ni qué decir: pasa. Y cuando pasa, y el amor es correspondido, lo cual es el caso, todo hace *ploff*, no hay para dónde irse ni cómo huir. Lo mismo Roberta. Ella mejor que nadie sabe que el escribidor no le conviene.

—¿Y por qué diablos no le va a convenir?

—Para empezar porque es mujeriego convicto. Sí, a los veintitrés es un hijo de puta convicto, o un convicto hijo de puta, que no ha aprendido, sin embargo, a no sufrir. Yo una vez se lo dije aquí mismo y no ha hecho caso. En lugar de salir de su modorra, continúa allí, sentado, cabizbajo, lamentándose y escupiendo al mar sus estúpidos versos, sí, escupiéndolos, ya que ni Roberta les hace el más mínimo caso. Si ha decidido ser mujeriego no debe permitirse sufrir tanto por amor. O se es o no se es, ¿de acuerdo? —e interrumpió para beber un sorbo de café; lo mismo hizo (aprovechando la coyuntura) el presidente municipal—. En segundo lugar, Rosales, él fue el primero en alardear que no le convenía ella; y todavía peor, se lo dijo, ¿usted cree? Se lo restriega a la joven. Y por más dura que ella sea, le duele, claro, le duele. Le están diciendo: no te quiero, te lo juro que no te quiero, Roberta, mientras que le hacen el amor tardes enteras. Y las palabras, licenciado, terminan por convencer. Claro, los hechos son otra cuestión: Elías se anda muriendo por ella y cualquiera en Las Rémoras lo sabe. Y ella tampoco se queda muy atrás. Pero bien ha dicho usted: la joven no tiene tanto que perder como él. Lo único que pierde es a alguien que la quiso en serio. Y ahora bien, aparte de restregarle su escepticismo amoroso, una especie de cinismo que cansa a cualquiera y lo amilana, hay que decir que Elías no tiene un centavo, y por lo que Roberta vino a Las Rémoras, enviada por la gringa, es por dinero. La comprendo, créame, incluso le doy la razón. No sólo de versos vive el hombre, y menos la mujer. Y es lo único que el muchacho sabe hacer.

—Pero, si como usted dice, Elías le restriega la verdad, al menos es honesto —dijo el licenciado poniendo cara contrita, solidaria.

—Pero en el amor no caben honestidades. Con honestidad no va a enamorarla ni va a llegar a nada escribiéndole sus versos, por muy sinceros que le nazcan.

—Pues no se crea, Jasso —dijo Rosales—. Mire lo que me encontré ayer. Un poema escondido en una revista de mujeres. Para que vea cómo también las putas se conmueven con un verso.

Raimundo Rosales sacó del bolsillo de su saco un papel. Las líneas de la hoja estaban perfectamente alineadas una cerca de la otra; con letra mesurada podían verse una serie de versos que entonces comenzó a leer el arquitecto Iginio, siempre bajo un sol que atormentaba al licenciado. Cuando acabó de leer, bastante conmovido, Jasso vio a lo lejos, subiendo por la calle, a un guardia y a la secretaria del presidente municipal, Rosinda. Poco antes de llegar, Tony salió de la lonchería con una cafetera en la mano. Así que los tres, Raimundo, Iginio y Tony, alcanzaron a escuchar las palabras de la secretaria mientras el guardia, sonámbulo e idiotizado, asentía con la cabeza:

13

Volvía a darle vueltas a la idea de Laila; mi memoria no hacía sino repasar cualquier momento que hubiese pasado con ella. Tal vez por ese motivo yo entendía que aceptar a Laila dentro de la casa, sentada en mi cama, besándome y leyendo sus cartas —mis cartas—, era aceptar la inocencia de Inés. No podía creer que Laila no hubiese ido y sin embargo tampoco —¡paradójicamente!— podía aceptar la salvación de Inés. Buscar a Laila, encontrarme de frente con la verdad absoluta, hubiese roto el encantamiento. Así que me recluí en mi conciencia delirante y la alimenté con más pensamientos.

A veces pensaba si Laila sospechaba cómo sufría yo por ella. Cuando uno ama —se dé cuenta o no— invariablemente imagina que la otra persona se aprovecha de él. Es la ley, imposible derogarla. La otra persona no sabe qué pasa, de qué se trata —o quizá sí—, pero eso nunca lo sabe el amante. Eso, pues, es el amor: un descenso vertiginoso, sin concesiones, hasta las heces puras del infierno... donde todo duele, donde todo arde, todo sugiere y es dudoso, donde todo es falso, posible, ambivalente. El amor es un descenso y a la vez una inmovilidad. Se detiene el alma y se paraliza el cuerpo. Las llagas se abren solas y uno hace para abrirlas más, inconscientemente. Los amantes se despellejan el cuerpo solos hasta quedarse en cueros, tiritando, felices. Amar es entonces una vulgaridad, una descortesía hacia los otros, una porquería que haces para que contemplen los demás y lloren o se escandalicen. Pero cabe añadir que es sólo una bajeza por parte de aquel que ama, pues el otro se refina en forma inversamente proporcional, crece, aumenta. Los amados son preciosos; los que aman, unos cerdos. San Francisco se equivocó, también Pablo de Tarso, y como ellos muchos se han equivocado. Laila aún no lo sabe. Inconsciente, involuntariamente, vive refinándose a sí misma, para su gusto, para su ego. No es tanto que se ame como que a ella la aman, como que yo la amo ahora mismo. Y eso ninguna mujer puede ignorarlo. Mejor: ningún amado puede no saberlo, de lo contrario no sería amado. Los amados están para eso, y no para descender al érebo. Los que aman... descienden, se humillan para amar, se internan en un mundo de arrebatos fríos y onanismo, una suerte de infierno suficientemente insano para vivir consigo mismos y emporcarse, gozar su inmovilidad, la porquería en que se refocilan, todo su infinito y asqueroso amor. Los que aman se beben su porquería, digo, se la comen. Sencillamente no pueden abstenerse, no saben hacer otra cosa más que amar, he allí su placer y he allí su pecado. Pero aun así no les importa: ellos gozan sufriendo y amando, y es un goce terrenal, tal vez más intenso que el del otro, aquel que está allí para ser deseado y amado, y lo sabe. El amado es excelso y es soberbio; el que ama es vulgar y soez. Laila es la amada; yo, Ricardo Urrutia, Ricardo el cerdo, quien la ama.

14

—Inés amaneció muerta, señor licenciado. La mataron en su habitación.

Ésas fueron las palabras que Rosinda, la secretaria, dijo casi entre sollozos, horrorizada, mientras el guardia insistía en no mantener la compostura al mismo tiempo que movía el mentón y las orejas asintiendo, corroborando aquella letanía que la muchacha, parada allí, no se cansaba de espetar a los oídos de Rosales, Iginio y Tony, increíblemente alto y maricón.

—Inés amaneció muerta, señor licenciado. La mataron.

El arquitecto estaba perplejo. El presidente municipal de Las Rémoras se levantó de un respingo. Entonces, por primera vez desde que el guardia y la secretaria se acercaron a la lonchería, las miradas de Iginio Jasso y él se cruzaron un instante. Algo indescriptible pudo apenas atrapar Raimundo en los ojos de su amigo, algo que quizá quería decir: usted la mató, licenciado, me lo ha venido diciendo esta mañana aunque no se hubiese atrevido, aunque sólo me lo haya dicho entre dientes y de refilón.

Atrás, bajando la pendiente de la calle que viene desde Pescadores, Josefina, Roberta y un par de chicas más corren y alborotan con furia sus manos, gritan algo ininteligible. Rosales, sin embargo, no tiene tiempo de verlas ni tampoco a los dos esbirros y al hombre que viene detrás, sus lentes están completamente empañados por la calina que invade el aire.

15

LA FALSA MUERTE DE INÉS

Voy a contar, aunque no quiera, la falsa muerte de Inés, su dispuesta y añorada muerte.

Dos días después del accidente con el rastrillo, la breve tajada que me hice en la barba al darme cuenta de la verdad, la llamé a mi habitación.

No había nadie en casa.

Papá había muerto hacía algunos meses.

No asfixié a Inés con premeditación, no reflexioné cómo debía matarla. Sólo lo reconocía de una manera filial, casi fraternal, como pasa en *Frenesí*, de Hitchcock; se trataba de un augurio, de una necesidad trágica: Inés moriría por Laila, es decir, por nadie, es decir, por mí. En esos dos días había entendido, por fin, una vez al menos, el sentido del amor: su significado profundo. Sin Laila no lo hubiera conocido.

Durante esos dos días me hundí en las entrañas más suaves de la conciencia, en las partes más blandas de mi cuerpo. Había caído en la cuenta del amor. Laila me había llevado a ello sin saberlo, incluso sin quererlo.

De una cosa estoy seguro: el amor es irreversible.

Por tanto la muerte.

Así la muerte de Inés.

Luego de preguntarme si podía pasar, Inés dijo:

—Su mamá me pidió que le dijera...

—No importa —la interrumpí.

Le pedí que se sentara, allí, en el borde de la cama destendida aún. Pude observar sus ojos y su boca consternada. ¿Qué le iría a pedir el joven? Anhelante, inquieta por saber, toleró no preguntarme, callar, esperar que yo cogiera la almohada.

—Es para asfixiarte —le dije.

No pestañeó, no se inmutó, parecía que ni una sola fibra de su cuerpo se hubiese alterado. Pero comprendí al instante que no tenía miedo. Sabía que iba a morir y por eso no tuvo jamás un átimo de miedo. Sentí un respeto o una extraña admiración al verla allí, sin ni siquiera defenderse y reclinando el cuerpo cuando yo acerqué la almohada y la puse encima de ella.

Inés gimió. Yo empujaba cada vez con más fuerza. Volvió a gemir. De pronto opuso una leve resistencia; era el espanto quizá u otra cosa indiscernible, no-humana.

Sin embargo, Inés se guardó muy bien de demostrar su muerte.

Tendida, yaciente, amoratada, me acerqué a ella lo suficiente como para poder besarla. No lo hice, sólo quería oír su respiración. Inés ya no me veía a mí, observaba adentro de sí: inquiría, aquilataba su muerte. Sólo un aliento entrecortado se podía oír en esa habitación. El mío.

La cargué y la llevé hacia el baño. La metí en la tina y con parsimonia fui quitándole la ropa. Por fin la vi desnuda. Al mirarla allí, blanca como la moldura de la tina, cambié de opinión: la cargué y la llevé a mi cama. Levanté el rodapié y la oculté bajo las tablas.

Qué pronto podía cambiar la vida, quedarse súbitamente comprometida con la muerte, su rara prolongación.

No me apenaba por Inés, tampoco me entristecía por mí. No vino una sola sombra a empañar mi rostro. La vida seguía igual, leve y sin fisuras. Lo entendí: la muerte es como decir la vida, un modo natural y distinto de vivir, sólo que la mayoría no lo sabe.

Inés con su muerte me había ayudado, apenas lo supe entonces. Me había ayudado a cargar con mi terrible amor por Laila, me salvó de morir sepultado por esa inmensidad. Ahora podía desamarla sin miedo y sin piedad.

¿Sintió dolor Inés? No lo sé, creo que no. En cambio, sé que sintió lástima. Sin embargo, yo querría decirle, explicarle que, como ella, comprendo perfectamente el significado de la muerte: ninguno. No hay significado. Se perdió en alguna parte del mundo. Querría decirle, pues, que no existe tragedia. Se anuló al perder significado la muerte. Querría decírselo mil veces.

Idéntica es la muerte que la vida, Inés.

Sólo el amor encuentra su significado, su centro, y por eso es puerco, rastrero, salaz.

También porque, recuérdalo, uno ama el amor y ésa es acaso nuestra desgracia. Mi relación con Inés estuvo exenta siempre de esa suciedad. Entre ella y yo sólo hubo vida y muerte: la misma cosa. Dos caras de una misma moneda.

Con Laila hubo amor, hay amor. Jamás hubo vida y jamás existió la muerte.

Por eso no mato a Laila.

Por eso la amo o la desamo.

A Laila. ¿Estaré delirando?

16

Inmediatamente después de que llegaron los esbirros y las prostitutas de casa de Inés, los concurrentes pudieron ver acercarse al edil, el segundo del mismísimo presidente municipal de Las Rémoras. A bocajarro, sin chistar, Francisco Sigüenza preguntó:

—Señor licenciado, aquí las chicas dicen que estuvo ayer con la dueña, ¿es verdad?

Todavía sin dar crédito a lo que escuchaba, el licenciado volvió a tumbarse en su silla, esta vez sin cuidarse del sol y las lagartijas. El edil, parado en medio de los dos nuevos guardias, repitió la pregunta. Por fin el otro respondió ante la expectativa de los que estaban allí presentes, con rostros confusos o azorados: Tony, que no soltaba la cafetera, el arquitecto Iginio, que lo miraba de arriba abajo, la secretaria de cutis rojo, y los demás:

—¿Pero de qué se trata, Sigüenza? Dilo de una vez

—dijo Raimundo Rosales con los anteojos todavía empañados y poniéndose cada vez más pálido a pesar de la incandescencia del día.

—Se trata de que tenemos que encerrarlo, licenciado. Hablé ya con el gobernador y eso ordenó, discúlpeme. Vendrán mañana de La Paz a interrogarlo. Mientras, debo reunir pruebas a su favor o en su contra.

—No puedo creer lo que estoy oyendo —repitió medio sonámbulo mientras los demás lo miraban con el mismo escepticismo con que él se miraba las manos temblorosas. De pronto sugirió—: ¿Es una broma, no es cierto, una broma pesada? Les juro que los refundo a todos y los mando a Mulegé, a la cárcel, por estar tomándole el pelo al presidente municipal. Se los juro.

—Nosotras lo vimos salir, licenciado —dijo Roberta con aplomo, con las ojeras de la noche anterior todavía frescas.

—Lo vimos y fue el último y también el único —dijo Josefina inmediatamente, confirmando ante los demás lo que Roberta había dicho—. Ya no se nos ocurrió buscar a la dueña en la noche. Pensamos que estaría dormida y, como de todas formas ayer no había clientes en la casa, no quisimos molestarla. Usted salió muy campante. Eran más de las doce.

—Lo vi cuando bajaba —aseguró Roberta—. Seguro usted pensó que yo estaba dormida. Sabía también que estaba vacía mi habitación.

—Si no lo niego, muchacha, no lo niego. Yo estuve allí, sí, hasta muy tarde, y quizá fui el último, quizá el único, como ustedes dicen. Pero yo no la maté. ¿Para qué diablos iba a matarla? —dijo Raimundo desesperado cuando por fin salieron un par de lágrimas de sus cuencas férreas, las mismas que sabían hacer retroceder cualquier anticipo de tristeza. Esta vez, lo vieron todos, no las supo contener y aunque los allí presentes pensaron que lloraba de ira, en realidad estaba llorando por Inés. Entonces supo, reconoció, que la había querido, sí, la había querido. Esto, sin embargo, los demás no podían imaginarlo.

—Permítame, licenciado —dijo Francisco Sigüenza al mismo tiempo que daba la orden a los esbirros para que lo esposaran.

Así lo hicieron y, a la vista de todos —algunas señoras que a esa hora cruzaban por allí, un par de vendedores ambulantes, un pescador, Tony mismo, el arquitecto Jasso, que no había dicho una palabra, una Rosinda estupefacta, Roberta, ojerosa, junto a las otras tres chicas, el primer guardia escoltando a la comitiva, etcétera—, el licenciado Rosales, sin oponer resistencia, fue conducido por los esbirros. Tomaron por la calle Libertad, que iba en declive hasta topar con el malecón. El sol estaba en su cenit, sin una sola nube que lo amortiguara.

Antes de llegar al mar y virar hacia la izquierda, Rosales pudo vislumbrar al otro lado de la playa, justo sobre el último de los peñascos, al joven bibliotecario. Estaba allí, serio, mirando o contando las olas, quién podía saberlo. Parecía que ningún rayo de sol iba a hacerle mella jamás, que sólo pasaría el resto de sus días pensando en Roberta.

Antes de penetrar por la única puerta que da a las oficinas del ayuntamiento, rodeando antes una cancha de basket, Rosales preguntó a Sigüenza:

—¿Y cómo diablos murió, muchacho?

—¡Es el colmo, licenciado! —dijo el edil mostrando una sonrisita que a leguas quería decir: el mando ahora lo tengo yo y, por favor, no sea tan cínico, no me esté preguntando lo que usted mejor que todos sabe.

—¿Cómo carajos dices que la mataron, cómo carajos la maté, Sigüenza? —insistió Rosales tembloroso, zafándose de uno de los brazos del guardia, quien inmediatamente lo cogió con más fuerza.

—Asfixiada, licenciado. Oculta bajo la cama —luego tomó aire y preguntó—: Si no es una impertinencia, Rosales, ¿podría saber en qué pensaba usted cuando lo hizo? ¿Por qué ocultó el cuerpo bajo la cama de Roberta? ¿Con qué objeto? Por más que pienso y le doy vueltas, no logro entender.

El otro ya no respondió, tuvo un acceso de náusea que, sin embargo, supo reprimir a tiempo. Ahora pensaba sólo en otra cosa: si Jasso mostraba el poema o se lo entregaba a Roberta, las cosas se empeorarían para él y menos iba a tener una oportunidad de salvarse. En otras palabras: su culpabilidad incluía una prueba palpable, un poema de Elías que seguramente —dirían los otros— él, Rosales, había robado del cuarto de Roberta.

Aparecieron en sus mejillas nuevas lágrimas de amor.

17

Son las seis. Despierto de esa falsa muerte de Inés o lo que sea. Miro el sol despeñarse lentamente y, como un filtro, observo cómo la ventana de mi cuarto logra rescatar algunas manchas pálidas pero ninguna forma sanguinolenta de la luz. Desde las más tristes honduras emerge mi alma y descubre cada cosa alrededor, se apropia de ellas, se fusiona.

El sol enciende la alfombra un instante, de nuevo vuelve a apagarse. Lo mismo el cuarto: luego de haberse encendido un instante, volvió a apagarse. Algo añejo, indescriptible, comienza a invadir la recámara hasta el corredor. Algo que no sé decir, que no sé nombrar, y a lo que sólo pongo aquí el nombre de amarillo. El aire enrarecido e inmóvil, tal vez por el mismo filtro de la ventana, tal vez por el hedor apenas distinguible del cuerpo de Inés, es amarillo. Pero no es el color de los rayos del sol, es otra suerte de amarillo: opalino, triste, enfermizo. No sé explicarlo. Tampoco sé decir cómo emergió mi alma ni de dónde precisamente lo hizo. ¿Acaso estaba en brumas? No, simplemente pasó de un lugar a otro lugar y sucedió justo al escuchar el timbre de la casa, cuando pregunté quién era por el interfón, y oí la voz de Laila responderme: Laila.

La falsa muerte de Inés tenía respuesta ahora, tenía su debida significación: hacía que las cosas tomaran su curso, no se estancaran. Así, la falsa muerte de Inés fue la esclusa obligada para que el alma no se obliterara y fluyera.

Al abrir la puerta, Laila saludó afable, como siempre; yo perdí de pronto la timidez que me ganaba al contemplarla. La hice pasar.

Arrastrando los pies, sin una sola razón para hacerlo, fui siguiéndola. Todavía no había una palabra sobre mi salud. Era evidente que, si había ido a abrirle, la fiebre había terminado o al menos disminuido. Igual los dolores en el vientre.

Pasó a la sala, se sentó sin mirar siquiera a la cocina, plisó rápidamente la falda, y sonrió. No a mí, lo supe. Era una sonrisa vacua, perdida. Sentado cerca de ella, sin temor —considerablemente cerca, quiero decir—, la observé fría, fijamente. Laila puso sus ojos en los míos. Esta vez la sonrisa que vino era para mí, se dirigía a mi cara. No lo agradecí ni con un gesto inteligible ni con otra sonrisa que fuera la justa respuesta a la suya; todo lo contrario: mi rostro no expresaba nada. Quería expresarle la nada o la no-sonrisa. No sé si Laila se desconcertó o no se dio cuenta. Quizá pensó en los rescoldos de mi enfermedad. Me preguntó:

—¿Supiste que vine?

Primero no oí o más bien no comprendí qué preguntaba. Luego contesté por intuición, imaginando por sus labios lo que había inquirido sonriente:

—En realidad dudaba si habías venido. Pregunté a Inés y ella me lo dijo. Entonces recordé.

—¿Y ella?

—No está.

Luego de una pausa la vi reflexionar y preguntarme:

—Estabas demasiado enfermo. Quizá no debí haber venido.

—No, al contrario. ¡Qué bueno que viniste!

—Encontré a tu madre en la calle y ella me lo dijo.

—¿Ella te invitó?

—No, a mí se me ocurrió.

No dije nada.

—¿Y ella dónde está? —preguntó.

—No sé, supongo que llega más tarde.

Distinguí su respiración entrecortada: idéntica al ruido de un ala fugitiva golpeando en los cristales. Sonreí justo cuando el ala golpeó en un cristal. Un pájaro cayó muerto afuera de la casa.

—Gracias por las cartas, las leí todas. En realidad vine a decirte que nunca imaginé... —se interrumpió, dudó un instante y me dijo—: Por cierto, ¿qué son *Las Rémoras*, Ricardo? Te prometo no decírselo a nadie.

No me sonrojé. Continué impasible, sin responder, absorto en sus movimientos, en sus gestos afables, en la forma de su cuerpo y los sitios que invadía ese cuerpo al moverse o hablar. Como si fueran dos criaturas distintas: Laila y su cuerpo. La representación de Laila y la invasión que hacía Laila del espacio. Ahora yo simplemente adivinaba su cuerpo, lo contemplaba sin prisas, sin aspavientos. Continuaba ausente, oyéndola, espiándola con la parte anterior de mis ojos. Entonces la descubrí: sus labios empezaban a temblar cuando hablaba, cuando quería explicarme lo que sintió al leer esas estúpidas cartas, aquello que nunca imaginó... Pude observar sus mejillas oscurecerse, sus orejas salir del frío en que estaban. Ausculté su cuerpo con mi intuición (como un arma), despacio merodeé en él sin que ella se diera cuenta; fui abismándome en su piel y lo hice justo con el revés de mi cuerpo. La cogí de la mano, la apreté con fuerza y la vi callar, la vi no soltar mi mano: cogerla. Vi a mi cuerpo acercarse primero e inmediatamente conducirla por la sala, cruzar la primera recámara, continuar por el pasillo y entrar en mi habitación. La vi no decir una palabra; aún la recuerdo antes de entrar. Comprendo todo antes que suceda nada. Sólo a veces oigo su respiración entrecortada. Luego olvido que respira, olvido que hay un alma viviendo dentro de ella. Laila es un cuerpo y, sin embargo, durante unos segundos olvido que lo es. Inmediatamente me esfuerzo, cavilo y lo recuerdo, sí. Junto las partes de su cuerpo, las pienso con exactitud, y ya lo tengo allí, a mi lado, reunido. Hago memoria, me esfuerzo. Yo también soy un cuerpo que emergió de Laila, que salió poco antes del amor para entrar por primera vez en él, en el amor. Y así lo hice. Así lo hicimos. Laila y Ricardo se acercaron a mi cama sin decirse nada. Laila y yo nos tendimos en la cama donde había una muerta. Ambos nos desvestimos o yo la desvestí sobre la cama donde reposaba un cuerpo inerte. Un hombre y una mujer, los dos muy jóvenes, yacieron en un colchón donde había una muerta que había hecho posible su pasión. Ricardo y Laila se amaron. Ricardo y Laila se dejarían de amar. Y es que no se amarían siempre... porque eso es precisamente el amor.

18

Eran las doce en punto, el cielo parecía en Las Rémoras una inmensa claraboya que permitía pasar toda la luz del mundo, toda la angustiante presencia de Dios. Las olas tenues y monótonas no cejaban en su empeño y horadaban todas las rocas de la valva, los promontorios, el enorme peñasco al final de la playa donde Elías, el hijo del pueblo, cavilaba su amor: «Ahora que lo he hecho no puede haber remedio, no puedo retractarme ante mí ni ante nadie. Lo que hice fue por Roberta, para salvar nuestro amor. Claro que no se lo dije. Diría que estoy loco, se alejaría de mí. Jamás comprendería que Inés, con su implacable obstinación por separarnos, debía morir. Que Inés, como una verdadera puta que era, no creía en nuestro amor, no creía en el amor, y que en el fondo lo desaprobaba: mentía cuando nos dejaba tardes enteras solos para nuestro placer. Ella sólo deseaba que nos agotáramos. Eso cuando no te exigía que vieras a otros clientes porque estaba yo allí. ¿Y sabes una cosa, Roberta? Te equivocas si crees que ella me estimaba o que por lo menos te quería a ti. A ella le importaba apropiarse de la casa, despojar a la verdadera dueña, la gringa, y quedarse con ustedes, Ruth, Jose, tú, quedarse con el licenciado, apropiarse de Las Rémoras entera, devorar nuestra pobre ciudad somnolienta. Ésa es Inés, ninguna otra.

»Ayer por la noche, cuando pasó el licenciado por aquí, oí sus pasos; creía que iba a detenerse, pero no, gracias a Dios no lo hizo, algo se lo impidió y siguió hacia su casa. No había un alma a esa hora, quizá fueran las doce y media o la una. Bajé de aquí, crucé el malecón, tomé hacia arriba, hacia la calle Libertad; en cierto momento pensé que había alguien en la lonchería de Tony, él mismo tal vez, pues había luz. Me equivocaba, la luna se reflejaba nítida contra el aparador, era idéntica a la luz de un foco. Continué hacia arriba, llegué a Atuneros y luego a Pescadores, las dos calles estaban completamente desiertas. Nunca encontré un perro, ni siquiera el ladrido de alguno. Fuera de la casa, parado allí, escuché la música: una mujer, una andaluza, cantaba algo que no pude distinguir. En lugar de saltar la barda por delante, lo hice por detrás: hay un pequeño montículo en el terreno baldío, ¿sabes?, el lote que está al lado y dejaron hace un tiempo unas familias. Es más fácil por allí.

»Te quería ver, Roberta, no resistía más las ganas de mirarte. Había estado pasando las últimas noches lamiendo mis heridas, consintiéndome a mí, el más ufano de los hombres, lamerse las heridas igual que hacen los perros. No soportaba más mi cuerpo, mi olor, mi presencia, no me toleraba a mí, ¿comprendes?, sentado en esta piedra, cabizbajo, aguardando nada, absolutamente nada, porque —los dos lo sabemos— no hay nada que esperar. Por eso tenía que encontrarte, volver a hacer el amor contigo aunque tuviera miedo, aunque me hubiese prometido no volver a tocarte, aunque me fuera a morir. Quería consumirme a tu lado por última vez. Consumirme yo, no consumir nuestra pasión, que era lo único que Inés deseaba en el fondo. Nuestro amor jamás iba a acabarse, Roberta, nosotros tal vez sí. Por eso entré en su cuarto. Al ver que no estabas en el tuyo, al oír más claramente la canción abajo, en la sala, comprendí que estarías allí, sola, pensativa, fumando un cigarrillo aunque casi nunca lo haces. Así que entré con sigilo en la recámara de Inés, junto a la tuya. Pensaba que estaría dormida, sin embargo, en medio de las tinieblas y el calor del cuarto, ella preguntó cariñosa, meliflua: ¿Raimundo, eres tú, volviste? Primero yo no respondí, y sólo antes de acercarme, a dos pasos de su cuerpo tendido, dándome la espalda, emití un murmullo, algo que quiere decir: sí, calla, estoy aquí, a tu lado, shhh. Todavía tuve tiempo de sentarme al borde de la cama. Cogí la almohada que seguramente había usado Rosales una hora antes, y la empecé a asfixiar. Ella se resistía, pataleaba, movía todo su cuerpo. Así que tuve que ponerme sobre ella, una pierna a cada lado, y sujetarla. Mis brazos no cedieron un instante. Una última patada y su falta de resistencia hacia el final me hicieron comprender que Inés ya estaba muerta. Pobrecita, murió creyendo que era Rosales quien la ahorcaba. No sentí pena ni alegría. Lo hice sin ningún pudor, sin ningún miedo ni sentimiento, sin tener que sobreponerme a nada, lo que tal vez yo creí que pasaría. Simplemente me veía hacerlo, sí, me contemplaba en el acto de asfixiarla. Todo por nuestro amor, Roberta, para salvarlo.

»Luego de haberme levantado del cuerpo inerte, me aproximé a la puerta y la entreabrí. Continuaba el disco de Lolita la andaluza, seguías oyéndolo allá abajo. Volví a la cama y la cargué, Inés casi no pesaba, no había un alma dentro de ella, sólo un cuerpo imbele. Todo fue tan rápido que apenas te puedo decir, Roberta, lo que cruzó como una ráfaga en mi mente: debía ponerla bajo tu cama, ocultarla allí, como una ofrenda que rendir a nuestro amor. Lo comprendí todo en ese instante. Era la última de las alternativas que nos quedaba. Tal vez su muerte podría sacarnos de nuestra modorra, de nuestra inmovilidad, quizá pasaría algo, no sé, no sé. Podría sentarme a escribir de nuevo, Roberta, ir a la lonchería, decidir qué hacer con mi historia, continuarla. Amarte sin esta pesadumbre, sin esta soledad.

»Aquí unos chicos, sentados a mi lado, intentan construir un castillo, una muralla igual a la que hubo en Loreto alguna vez. Toman el sol olvidados o acostumbrados a mi pétrea soledad, sin hacerme ningún caso, contentos. Ellos no lo saben: lo agradezco, estimo más que nunca su desinterés, su inopia. No me he movido pues necesito disimular, no remover la conciencia de nadie. Sí, sobre todo ahora que he visto a los esbirros conduciendo a Rosales. Lo he entendido: creen que él es el culpable, ¡qué remedio!

»Lo demás ya lo sabes, Roberta. Subiste las escaleras media hora más tarde, después de apagar el tocadiscos —eras la última en dormirte esa noche—, inmediatamente abriste la puerta de tu cuarto y me encontraste desnudo, boquiabierto, sobre la cama, esperándote aunque tú no me esperabas. Me dio miedo entonces. Tú también sentías miedo, lo sé. ¿Cómo reaccionaría la piel luego del breve interludio? ¿Sería peor intentarlo otra vez?, pensabas. ¿Adónde nos llevaría la pasión, el desmedido afán de morirse en el coito? Debíamos hacer el amor sobre el cuerpo de Inés, debíamos hacerlo para salvarnos: era acaso nuestra última oportunidad, quién podía decírnoslo. No lo imaginabas, ¿verdad, Roberta?, no podías saber que dormíamos sobre un cuerpo asfixiado. Sin embargo, te lo juro, no pude escapar al miedo esta vez hasta que por fin terminé y me sentí absuelto. Y no, no había ninguna luz, Roberta, ningún foco encendido alumbraba, era la luna filtrándose en la alcoba del cuarto.

»Ahora intentaré ir a casa y rescatar la historia que

escribo, que tanto tiempo se quedó anquilosada. La que tú, Roberta, no permitiste que siguiera por causa del amor, porque el amor tiene sus grilletes y tal vez no lo sepas. La historia que por culpa de la pasión o del deseo estuvo largamente detenida, estancada entre un montón de antiguos legajos. Roberta: por fin decidiré qué hacer con Ricardo, con su vida. Es urgente que lo haga. Es como salvar mi propia vida.»

Unos minutos después los dos niños vieron con asombro descender a Elías de la roca e irse caminando por el malecón. No sólo eso: Iginio Jasso pudo adivinar su silueta desdibujándose entre la brisa que despedía el mar y opacaba el brillo del sol. Más tarde, una hora o menos desde que algunos más pudieron observarlo cruzar la calle de Sardineros y luego la de Encaladores dirigiéndose a su casa, volvía por el malecón con un cuaderno en la mano, lo que antes solía hacer yéndose por las mañanas a la lonchería de Tony. Esta vez, sin embargo, evitó la calle Libertad, bajó a la playa, y no sólo ante los ojos de los niños sino de algunas mujeres y de un guardia allí parado y perplejo, subió a la misma roca y, frente al mar y un cielo ardiente, curtiéndose la piel del rostro, se sentó a escribir lo que faltaba:

19

Es sabido que la vida del amor —su duración— es muy breve cuando se aman dos jóvenes de diecisiete. Por eso hasta aquí dos cosas son una sola verdad indudable. La primera, que Laila y Ricardo se amaron. La segunda, que inmediatamente después de haberse amado, dejaron de amarse para siempre. Ambas cosas son una sola verdad y no hay contradicción entre ellas. Son perfectamente reconciliables. Si alguien le hubiese preguntado a Laila, ella respondería que es verdad, que amó a Ricardo esa tarde. Y si alguien le preguntase a Ricardo, él diría que es verdad, que amó a Laila esa tarde sobre un colchón que ocultaba el cuerpo asfixiado de Inés, la sirvienta de la casa.

Por la noche, cuando Helena volvió con Lascurain, y Laila, absorta, se hubo ido, Ricardo tenía dispuestas las cosas para iniciar muy temprano el viaje, la peregrinación. Ahora Ricardo, prudentemente acuclillado, miró por la hendedura practicada en el guardarropa y descubrió que no era Lascurain el hombre con quien su madre había entrado en la casa. Era otro, un señor alto, ancho de espaldas, que orinaba con los pantalones caídos hasta tocar con la hebilla los zapatos.

Encontró su figura a través de los cristales que separaban el breve recuadro del vestidor y el baño propiamente dicho: el lavamanos, la regadera y el excusado. Ricardo no estaba intrigado por lo que estaba a punto de pasar, sino por el hombre, por su rostro —su ceño, los labios, las cejas pobladas—, parecido al del otro: su padre. La semejanza era muy grande.

Lo demás fue como si nunca hubiese acontecido puesto que cuando Ricardo Urrutia reaccionó se dio cuenta de que se había quedado dormido entre los zapatos y la ropa colgada. Volvió a asomarse pero ya no encontró a su madre y tampoco al hombre. Tal vez había pasado una hora o quizá unos minutos. Con sigilo, acostumbrado al acto de entrar y salir de esa guarida, sacó su cuerpo con lentitud y se puso de pie. Se dirigió al baño, abrió la taza, y orinó al mismo tiempo que observaba, extrañado, el semicírculo rubicundo y velludo en el pecho. Se talló largamente los párpados y por fin, sin averiguarlo más, terminó de empacar las cosas que faltaban. Miró el reloj sobre la mesa de noche, eran las tres y media, lo que quería decir que se había quedado en el guardarropa varias horas; no tenía caso intentar dormir ni siquiera hasta el amanecer, antes de partir. Empezaría a leer el libro que Laila le prestó —o que, según recordaba, él había robado de la biblioteca—, luego partiría: daría por fin inicio a su peregrinaje. Así que lo último que hizo antes de leer fue guardar en la faltriquera del pantalón los billetes que había robado a su madre, abrir el último cajón y sacar el cuaderno donde escribía la historia de *Las Rémoras*, que durante tardes ociosas había ido inventando. Lo guardó. Inmediatamente, recostado en la almohada de su cama empezó el relato de Ross y de un solo tirón leyó toda la primera parte:

LAS PLEGARIAS DEL CUERPO

(Primer día)

Esa noche me llevaron. No advertía que era despojado de mi primera sensación: tener un cuerpo. Entonces, sin saber, lo perdí; quizá sólo para recuperarlo. Desde ese día lo recobro en la memoria, para mantenerla, para todavía estar vivo.

Escribo.

Esa noche me llevaron, hace muchos años, en La Paz. No importa qué noche: cualquiera. Todas las tinieblas son la misma. En el espacio, estoy seguro, hay una sola noche, idéntica. A veces la miramos, otras veces sabemos que es la misma y nosotros los que somos diferentes. Ella, en cambio, es eterna y majestuosa al contemplarnos.

—Federico, hoy vas a ponerte contento —rió Cecilio; los demás en el auto también rieron.

—Así que un santito niño virgen. ¡Está suave! —dijo Hugo con sorna—. A las putas les encanta. ¿Sabías eso, Fede?

Los demás celebran, me celebran. La noche está cerrada y las ventanas sucias del Ford azul la opacan más aún. La oscuridad se interpone entre las cosas y nosotros, nos cela. ¿Estaba ligado a ellos en el trayecto, en su celebración que era, a final de cuentas, mi propia celebración? ¿Sentía acaso el mismo ardiente júbilo que ellos? Se trataba, sin embargo, de un unánime festejo puesto que se me despojaba de esa última inocencia. En el fondo, en un nivel aparte de mi conciencia o de mi alma, no sé si comulgaba con sus cuerpos diversos y confiados. Tal vez sí o quizá sólo comulgara con la memoria de ellos cuando fueron una sola y única sustancia. No sé responderme. Entonces menos. *Ahora* me angustia el peso de tanto deseo hundiéndome. Lo descubro: es el peso flagrante de las ilusiones, su forma amarga, contenida, inquiriéndome, pues en unas horas dejarían de ser lo que habían sido hasta entonces, lo que siempre fueron: deseo puro.

—Si tu papá se entera estamos muertos, Fede —dijo Cecilio—. Conste que estamos yendo por ti, ¿o alguno de ustedes también quiere mojar brocha?

Todos reímos. Si escuchara *hoy*, después de tantos años, mi risa, tal vez descubriría en ella el timbre de un dolor que se anticipa y corta, la fatiga que nace de la misma angustia del deseo.

—Oigan cabrones, está lejísimos —dijo Hugo—. Esta carretera de mierda me pone muy nervioso, no hay señalamientos ni nada. Los que regresan siempre vienen pedos. Ten cuidado Cecilio, nomás no te apendejes. Oigan, platíquenle ustedes algo que si no se nos va a quedar dormido. Carajo, Fede, abre el hocico de una buena vez, ¿a poco se te hincharon los güevos de repente?

—Al pobre se le puso la pirinola de rábano —dijo Cecilio al mismo tiempo que soltaba el volante.

—Tú maneja y no te distraigas —le dijo Solón, su hermano, siempre más callado, más retraído.

—Sí, tú maneja, pinche Cecilio —repitió Hugo remedando la voz afeminada de Solón.

Ahora Hugo está muerto. Ocurrió un par de años después. Me avisó mi primo Cecilio. No le creí al principio: por teléfono las cosas son casi imposibles de creer. También su muerte, de alguna forma, fue una angustia, un caer en el abismo. Era cierto, es cierto porque sencillamente han pasado muchos años desde entonces y Hugo desapareció. Cuando alguien desaparece significa que está muerto. Cuando te lo cuentan, el finado se muere dos veces: es confirmación, hay permanencia de la muerte, se trata de Hugo (el amigo al que se amó) *evidentemente muerto*, aquel que nunca más va a aparecer frente a nosotros con su barriga enorme, siempre locuaz y nervioso. Es quien jamás va a estar. Ése fue el primer deceso de que yo tuve noticia. El primero, al menos para mí, experimentado y verídico. Antes las muertes no habían sido sentidas de esa forma; existían sólo en las películas. Todo esto pasó, lo recuerdo bien, dos años después de aquella noche en que acepté perder, de una vez y para siempre, la sensación. El cuerpo.

Ahora sé muy bien que la muerte y el amor nos dan la vida. ¿Cómo? Mermándola, extinguiéndola. La muerte y el amor nos regalan la memoria perdurable de la vida. Uno se da cuenta si cierra los ojos un instante y *ve*. Y luego piensa. Entonces *recuerda*. Pensar es recordar, hacer variaciones del recuerdo. La vida se va perdiendo y la memoria permanece. Es tan natural como lo puede ser el amor y la muerte, y creo que sólo los niños no lo saben.

No extraño demasiadas cosas en mi vida —esto es lo mismo que aceptar que no todo merece mi recuerdo. ¿Por qué? Aún no sabría decirlo. *Ahora* justamente sólo logro vislumbrar tres larguísimos salones a un lado de la carretera, a mitad del descampado y de la noche. Desde la orilla del camino alcanzo a escuchar un murmullo de música, un vagido complaciente apenas; observo cómo la luz de los salones logra lastimar el aire, la tiniebla espesa, el tiempo suspendido al que *ahora* intento penetrar y abandonarme. El Ford brinca ese breve trecho de tierra suelta hasta el burdel. Siento un malestar inidentificable en el bajo vientre: son los saltos imprevistos del Ford, los apretujones, el calor pegajoso de la noche y las risas, la música que, poco a poco, aviva los oídos y los humedece. El malestar que siento es tal vez producto de ese ansia que tengo por perder mi cuerpo, su inocencia. *Ahora* lo comprendo: todos los hombres tratan de recuperarlo, al menos aquellos que entienden que sobrevivimos por el cuerpo y su inocencia. Al mismo tiempo un poeta portugués y un poeta griego lo saben. El primero va a negarse a cualquier cuerpo, el segundo vive recuperando la memoria del suyo. Muy distintos, sin embargo, los dos sobreviven a su modo. Los dos tienen razón, pero uno tiene miedo. El primero, Pessoa, escribe:

Con qué gesto de alma
doy el paso de mí a la posesión
del cuerpo ajeno, horrorosamente
vivo, consciente, atento a mí, tan él
cual yo soy yo.

El segundo, Cavafis, dice:

Cuerpo, recuerda no sólo cuánto has sido amado,
no solamente los lechos donde has yacido,
sino también aquellos deseos que por ti
brillaron abiertamente en los ojos
y en la voz temblaron —y un fortuito
obstáculo los hizo vanos.

Ahora buscaré callar lo mejor que pueda esas voces, el bullicio de la gente y mis amigos; oiré los ruidos de las cosas que no tuvieron ruido: el paisaje inerme, aquellos seres vulnerables y sus sombras. Entenderé el sonido y su silencio y, al contemplar, al recordarme viendo, fundaré el lenguaje de las sensaciones. Recordaré deseos que ni siquiera ellos, mis amigos, saben que tuvieron. Diré aquí las palabras que no hablan, las que nada son y *naturalmente* se comprenden: lenguaje de aquel que observa una película muda y absorto *sabe*, entiende lo que no se escucha. Mortificaré el sentido sólo por recordar otra vez y crear aquello que vivo y muero apenas; borraré el significado y quitaré los nombres a las cosas. El lenguaje que conjuro será visto, *deseado* como si lo engendrara la nostalgia.

Bajamos del Ford. Alguien de repente me abraza, no sé cuál de mis amigos, no los veo. Tengo miedo, *ahora* no quiero quedarme ni tampoco irme de aquí, sólo quisiera que este momento no hubiera llegado. Sé que no podré nacer dos veces y sólo por un instante lo olvido y me hundo nuevamente en la desesperación. Observo: nadie me compadece. ¿Cómo olvidas eso, Federico?, me reprocho.

Entramos en el primero de los salones. Arriba —en un letrero de neón resquebrajado— se lee: *El Ranchito*.

Justo entonces un hombre desvaído, borracho, me roza; él no lo nota pues no sabe de su piel o de su cuerpo. *Ahora* soy indefiniblemente frágil y sensible. *Ahora* ¿cuándo? Cualquier *ahora* en que logre ser frágil, no importa. Por ejemplo, *ahora que escribo y recuerdo* —...que ha sido poco antes de que escriba—, *ahora* mismo que entro en el primer burdel y un hombre nauseabundo, que no sabe de sí, me toca.

Escucho la música; la banda no se cansa de tocar desde una tarima al lado de la pista. Las parejas bailan; hay algunas mujeres perfumadas, ataviadas vulgarmente con lilas, verdes y azules; otras con guantes de terciopelo negro toleran el calor y abrazan a cualquier hombre. Una de ellas es cualquier mujer; igual un hombre. Lo mismo ambos si se abrazan en la pista de un burdel, si no se abrazan y jamás se han visto, si se aman y no han dormido juntos o si alguna vez, para su desgracia, duermen juntos y creen que se aman. Todo es difuso, irremediablemente condenado a ser cualquiera. Escucho atento las cumbias y *ahora sé* que esos músicos no se cansarán jamás de tocar para esa pista de *El Ranchito*. Esto que percibo es quizá la Eternidad o al menos un simulacro de ella.

Las mujeres se dejan manosear un poco, nunca demasiado, «perderían su lugar». Nosotros las miramos. Observo con cautela (sin que lo noten) a Solón, el más tímido, a Cecilio, a Hugo el gordinflón y a Octavio. Ellos tienen miedo, lo sé; sin embargo, se sonríen, intentan disminuir su nerviosismo. Al mismo tiempo vemos cómo una mujer abraza a un hombre y, sin embargo, ella también tiene miedo; el hombre por su parte teme a la mujer aunque la abrace; yo, igual que ellos, me arredro porque adivino bajo la tensión de los cuerpos cómo el temor logra hacer estragos: se comparte equitativamente, se le intenta engañar, hacer, quizá, que disminuya repartiéndose entre todos. Lo descubro y de inmediato me contagio de él, ayudo —sin impedirlo— a la distribución de ese miedo universal.

Comenzamos a caminar por el salón, andamos muy despacio, juntos; somos distintos, esos hombres nos reconocen diferentes y nosotros lo sabemos; nadie lo dice porque no hay nada que decirse, nadie habla porque aún no hay quien nos llame, no existe quien nos diga una palabra soez o de pronto nos increpe. Entonces, pienso, nos querrían buscar y preguntar qué queremos, qué diablos fuimos a buscar allí, entre las putas.

Vamos entre las mesas despatarradas, zigzagueamos hasta abordar (como si se tratara de un barco o de una isla) la otra orilla del salón, muy próxima a la cantina: un refugio entre tanta ominosa oscuridad y ruido. Aquí la gente nos observa menos. Los meseros corren de un lado para el otro y gritan a los hombres que preparan las bebidas. Hay trabajo: nadie nos mira porque el movimiento difumina el espacio y nos protege. Cecilio se acerca a uno de ellos y con voz delgada, pusilánime, pide unas cervezas para todos. El mesero no lo atiende, se va. Por un segundo escudriño a mis amigos; ellos, en cambio, no reparan en mí; se hacen muecas, disimulan su miedo conmigo, el menor.

Octavio dice que salgamos. El aire está viciado, lo atrapa a uno y lo emborrona. Vamos saliendo del salón igual que entramos, uno tras otro, ridículos, embozados a mitad de un tiempo y un estado indefinible de precisar: cuando los cuerpos se asientan y el espacio se prolonga. Siento que me miran. Mis primos, Solón y Cecilio, tienen diecisiete y dieciocho años, Hugo diecinueve; Octavio sólo quince, yo catorce: no soy alto, no seré jamás muy alto. Imagino que esto lo saben los demás y por eso observan mi cuerpo pequeño, oculto entre los de mis amigos. Camino a su ritmo y, por fin, rendidos, descubrimos la puerta por la cual entramos. Allí una mujer vestida de azul me clava sus ojos, me ausculta; la miro y parpadeo. Inevitablemente desvío los ojos de ella; ahora —sin querer— contemplo sus piernas, pues las sube a la pared. Levanto las pupilas y encuentro la amplia espalda de Octavio, descanso la mirada en él como si se tratara de un último reducto, un bastión donde aún no existe el miedo. Detesto los ojos o la vista, son otra parte de mi cuerpo —extraña y fuera de mí—, no me pertenecen e inciden siempre en entregarme al *otro*. Me tiemblan los párpados, me los masajeo pero luego, inevitablemente, me lloran los ojos. Tal vez sea el humo del cigarrillo o el calor. El bochorno se desparrama en cualquier sitio y me agota. Salimos.

Varias personas caminan afuera, un borracho entre los autos abraza bruscamente por detrás a una mujer. El calor de agosto es idéntico al fuego interior de los cuerpos que todo consume y vicia dentro del salón. Oímos claramente los reclamos impostados de ella y entre nosotros nos reímos. No queda más que reír por esos falsos reclamos de mujer. Octavio insiste que entremos al salón de al lado, a no más de veinte metros de allí. Arriba, sobre la puerta de la entrada, igual que en *El Ranchito*, leo: *El Ferry*, y lo recuerdo bien, dice así porque aquel es el salón donde justamente me encontró ella, donde me halló mirándola y sólo entonces pensé, equivocado, que la había encontrado yo. Siempre una mujer lo encuentra a uno; hay un error congénito, ancestral, en suponer que uno ha encontrado a una mujer, que uno la descubre mirándonos y no es cierto: ella se descubre ante nosotros a propósito, se quita el velo, y espera que nosotros descubramos algo en ella. Así nada es verdad en unos ojos de mujer.

Ella, la prostituta, está apoyada en la barra y platica, de lado, con el cantinero. Hay muy pocas personas. Nadie baila, sólo se escucha extraviada, en algún rincón, una consola de monedas: murmura tranquila y canora sin intervenir, respetando la paz de este recinto de amor. Sin quitar los ojos de la barra, percibo a las parejas conversando. Beben poco, fuman, escuchan y no entienden, respiran, contestan. La mujer es morena, delgada, casi con el cuerpo esbelto de un muchacho de trece o catorce años que se estira apenas: casi mi cuerpo reflejándose. Es breve de caderas y de senos; su rostro, ante la luz, es afilado. Los pómulos revelan una especie de mirada insomne y cálida justo cuando se detiene, abre los labios y me enseña los dientes. Sonríe. Los ojos le brillan con intensidad a pesar del tiempo acumulado de inmediato, es más, *ahora mismo están brillando*. Comprende lo que quiero como ninguna mujer lo había hecho antes, la desesperación que muestra esta boca rígida, inexpresiva; comprende lo que ni siquiera soy capaz de entender yo y me amenaza, desde hace siglos, como un tósigo. Ella conoce cada cuerpo, la espera y los deseos ocultos, siniestros, de cada hombre. Se ríe y me atrapa en el gesto, enternecida o sólo intentando enternecerme.

Ella lleva un vestido violeta, holgado y sin mangas, con lentejuelas y canutillos; unos tirantes le cruzan los hombros desnudos. Mirarla me provoca cierta especie de ternura; ella o sus ojos o su mueca, no lo sé. Los brazos se mueven a través del aire de la noche que habita en el salón, así permite que esta brisa se meta por debajo de sus axilas, roce sus piernas, una de ellas apoyada en el barandal donde cada bebedor deja reposar su cuerpo ebrio.

Me acerco a Octavio y Cecilio, que hablan a mi lado. Sólo sé balbucearles que es *ella*, que es ella la misma con quien he soñado hace años. Se sorprenden, ríen estáticos, no sé en qué piensan o por qué se burlan. Les repito que es *ella*. Hugo se acerca y me pregunta si estoy seguro. Sé perfectamente que es ella, en el salón *El Ferry*, un día de agosto; hace calor y los ojos le brillan, se inflaman, y *ahora mismo entiendo que son sus aretes infames los que fulgen y me enternecen*, los mismos que se reflejan en sus pupilas y los inflaman embelesando el alma de cualquier ingenuo. Creo, sin embargo, que el amor es lo que me conmueve aunque *hoy sé* que me equivoco; sólo *ahora*, después de tantos años, me pregunto si el amor tiene que ver con la ternura y si mi cuerpo tiene que ver con el cariño de esa mujer parada enfrente. Después de muchos años descubro que no, que la ternura y el amor son sólo un goce mórbido, una suerte de enfermedad que debilita los sentidos y los vence.

Hugo camina ufano hacia ella y desde entonces el espacio en que me muevo es absurdo y lento. Se prolonga más. Él es alto, más confiado; intuimos los pasos y el rodeo que va a dar, el largo recorrido entre las mesas. Hacia allá se dirige desocultando los orígenes del cuerpo y del instinto. Llega a la barra, se le acerca pero ella nunca deja de mirarme. Por primera vez, al sonreírse ellos dos, descubro otra enfermedad del cuerpo, quizá su peor alergia: tengo celos, tengo celos de Hugo hablando con la puta. Hugo me hace un guiño desde allí, una señal con la mano que *ahora* justo miro deshacerse en el tiempo y la distancia. Solón me toca el hombro, me empuja levemente. Pienso que nunca debí cruzar el umbral de este momento, imagino si aún es posible desear otra cosa pero no tengo voluntad para hacerlo. Trato de indagar dónde se produce la angustia, en qué sitio de mi cuerpo. Oigo el murmullo de los demás detrás de mí. Alzo trabajosamente las piernas, me dirijo hacia la barra oprimido por un gran desasosiego, lo reconozco: el miedo ciñe mis muslos, mis rodillas; al mismo tiempo dejo caer los brazos, sin voluntad. Desde ese momento, *ahora lo sé*, el cuerpo ha empezado a envejecer, las manos se entorpecen, crece el torpor y el cansancio en el cuello. No cabe sublevarse, contradecir mi destino. Percibo la mano de ella posada en la mía. Hugo me hace otro guiño conciliador que, de nueva cuenta, se disuelve en un puro gesto sin olvido y sin entendimiento. La mujer camina por delante de mí, me jala, no me suelta un instante. Por fin, salimos por la puerta trasera del salón. Aún imagino a mis amigos y a mis primos, como si pensar en ellos me infundiera alguna fuerza. Veo un angosto camino de concreto. Caminamos hacia campo abierto, allí las habitaciones son contiguas. Le pregunto si la puedo desvestir cuando entremos. Es cierto, eso le digo. Ella asiente pero no puede entender, no comprende mi ilusión, ese deseo flagrante que, por primera vez, me atrevo a pronunciar frente a alguien. No me arrepiento, lo he dicho, era mi sueño desvestir a una mujer, no así penetrarla.

Nos detenemos en una especie de cubículo donde un hombre gordo no deja de observarme. Ella me dice que tengo que pagar el cuarto. Saco un billete. Ella señala al señor gordo y él me sonríe: no adivino si es burla o conmiseración, si acaso se apiada de mi cuerpo. Sin duda él también sobrevive del deseo como todos, *ahora lo sé*. Le pago. Mete las manos por debajo del mueble: saca dos billetes y los deja quietos enfrente de mí. Busca indagar la abulia de mis manos, la torpeza de mi cuerpo y someterlo aún más, alargar el tiempo de mi cita con la prostituta y prolongar indefinidamente este espacio. El hombre gordo se burla. Jalo los billetes sin rozarlo, atento a su arte de prestidigitación. Los guardo en una de las faltriqueras e inmediatamente ella me tira de la mano otra vez. Caminamos y deseo en lo más profundo de mi alma que esta puta sea mi esposa.

Ella abre la puerta de la recámara sin llave, acaso nada más la empuja. *Hoy* surge la idea de que, pese a todo, sigo un orden y me duele formar parte de él. Su voluntad preestablecida —es decir, la de ese Orden que a todos nos rebasa alguna vez— me detiene. *Lo comprendo ahora*, sin embargo entonces miro cómo esta mujer empuja la puerta y de inmediato se abre. El orden nos aguarda como un tigre inmenso a punto de saltar. Tengo temor de perder el equilibrio y caer en el abismo si tropiezo, si mi voz dudara o la impostara un instante. Ella reconoce el cuerpo que va a apaciguar y no debo tener miedo.

Cuando reparo en dónde estoy, la puerta se ha cerrado; la luz se ha vuelto mortecina y mancha cada sitio. La mujer, sin embargo, no me ha esperado, ella sola se quita la ropa. La observo y no comprende mi reproche. No se ha quitado los zapatos de tacón mediano. Sólo lleva unas pantaletas puestas; los senos de la puta son chicos y afilados, sus pezones muy grandes se abultan hacia arriba al tocarme. Ella busca hacerlo con fingido cuidado, como una madre.

Me arrodillo, la miro unos segundos y descubro las comisuras de sus labios intrigados, sus ojos gigantescos. Con las manos y en perfecto orden, doblo hacia abajo sus calzones sin dejar de posar un instante la palma en sus caderas. Acerco el rostro. Cuando las bragas han tocado sus rodillas, ella interrrumpe mi labor y decide levantar uno de los pies y desembarazarse de la prenda. Se apoya en uno de mis hombros. Me levanta tomándome las manos y me lleva al borde de la cama, me desviste, ella se acuesta, estoy enfrente de ella y *ahora sé* que el cuerpo que está allí, aguardándome, no me pertenece, sólo simula ser mi cuerpo, su reflejo, que se obsequia. Su cuerpo no será mío aunque me acueste con él, es un espectro nada más. Nadie tiene un cuerpo para sí, nadie ha tenido jamás el cuerpo de alguien. Sin embargo entonces no lo sé.

Me sonríe, de nuevo contemplo las mórbidas comisuras de su boca, la infamante ternura que provoca en los hombres. Me pide que vaya, no junto a ella, ni a su lado, sino sobre ella. Estoy allí, no recuerdo cómo ha sido. No le digo nada, simplemente bajo para olerla, pongo mi rostro encima, me contengo y presiono, la chupo. Luego me separo de ella y alivio el aire, me levanto, acerco los ojos a los de la puta. Hay una cara inexistente, ininteligible. Siento su mano moviendo mi pene hacia abajo y hacia adentro de ella. Quiero comprender un poco más y de pronto me resulta imposible. Pongo mi boca en sus hombros y no contengo la saliva, la mojo. Ella se mueve debajo de mí, ligera, como si no me tuviese encima o no supiera que soy un cuerpo en su horrenda pesantez. Me muevo, la sigo. No encuentro un lugar donde apoyarme, sencillamente no aparece el punto, la piedra angular, y sólo queda por delante estar allí, moverme sobre ella. En ese preciso segundo creo que estoy a punto de desmayarme.

Fue todo. El alma y la carne no volverían a ser jamás una sola sustancia. A ambas les concernía —de ahora en adelante— la desolación. El alma y el cuerpo (que son idénticos en el principio), no eran sino *alma* y *cuerpo* irresarciblemente separados. Quedaba la repetida lucha por buscar educación en cada cuerpo: la seducción perdida y reencontrada. Desear, obtener e inmediatamente haber perdido. Así, hasta el final.

—*Muchacho, te digo a ti, levántate*; me dejaste ensalivado el hombro —me dijo ella, empujándome y haciéndome a su lado.

A mi lado Solón y Octavio se tambalean, sudan, el Ford toma el camino de vuelta a la ciudad, hacia la costa; la carretera es la misma —la misma que lleva a todos los lugares y a ninguna parte— pero el mundo es distinto, angosto. Octavio y Solón, los dos a mi lado, no dejan de insultarse con exclamaciones socarronas. El primero le dice al otro que es un mamarracho amanerado; Solón le insulta, se bromean, todos en el auto se desternillan de risa. Más pequeño, entre ambos, voy yo, Federico, en el asiento trasero: no dejo de oír sus imprecaciones y su bullicio. Pareciera que por un momento me han olvidado; no, me equivoco: simplemente están a salvo pues ahora soy uno de ellos, celebran el unánime despojo de mi cuerpo, el acto que, por fin, me liga y rehabilita hacia el mundo. Están contentos y *ahora* puedo imaginar sus ojos arrogantes, su mirada crepitando esa noche. Observo el camino, las manos de Cecilio que no sueltan el volante. Una tiniebla caliente y espesa amortigua nuestra piel que, por culpa de los movimientos del auto, sin querer, se toca. No quiero que nadie fije sus ojos en mí. Afortunadamente la posición del asiento en el Ford nos mantiene ajenos uno del otro. No hallo otro resquicio u otra forma de disminuirme y desaparecer que la de estar atento al camino de la carretera y observar de reojo las manos de Cecilio que ahora mismo me dice a bocajarro:

—Le mamaste el mono, ¿sí o no?

Todos se sueltan a reír justo cuando tabalea el Ford. *Ahora* no me daría vergüenza decirles la verdad:

—Pues qué me crees, ¿estoy loco?

Lo digo y me creen: sólo un loco haría eso. O un ingenuo. Respondo con aplomo e inmediatamente me entristece mentir. (La carretera es casi recta hasta tocar la costa de La Paz, su malecón entrañable y, a estas horas, probablemente vacío. Algunos faros de autos aislados rompen la oscuridad y el espeso sentido del tiempo.) Me entrego endeble y sin voluntad para impedirlo a una suerte de tristeza egregia, opto por lo más quebradizo del espíritu y, sin proponérmelo, empiezo a soñar. Me duermo.

Duermo. Es de noche. Hay una claridad cegadora en la cocina. Aguardo con mi hermana y mi padre a que *ella* nos sirva la cena. Bebemos un vaso de leche. Contemplo el vello del maxilar de mi hermana empapado, muy blanco. Me burlo de Selma al verla encuadrada bajo la luz del techo, poniéndole grandes cucharadas de azúcar al vaso. Mi padre me reprende y guardo silencio. Oigo chisporrotear el aceite con las salchichas que ha puesto a freír *ella*. Ahora me mira. Su gesto es lo más cálido que encontraré en muchos años. No hallo ese gesto por ningún otro lado. Luego, amable, los ojos bellos, su delicada faz bañada por la luz de ese foco, me dice algo, no encuentro nada más que esa voz y el mundo se vuelve desde entonces pequeño: sólo está mi madre que me observa y su piel que se evapora en el quehacer de los trastes, mi padre que nos amonesta, el chisporroteo de la sartén sobre la estufa. Su contorno es frágil, casi rompedizo. En cualquier instante puede escaparse, huir, *lo sé ahora*. No lo sé entonces. Me da pena no haberlo sabido esa noche, la siguiente y las anteriores. Cenamos. Mi madre se acomoda en la silla con dificultad, espera otro hijo; el vientre deja ver pocos meses, quizá dos, para que conozca y me acostumbre a su ser nuevo en la casa. *Ahora* sé que no vendrá jamás y me avergüenza.

La luz del techo define los contornos y nos ciega; todos en la mesa hablamos al mismo tiempo. Queremos decir algo importante, imponer nuestra voz y nuestra voluntad. Se mastica, se gesticula, se hacen aspavientos con las manos y todo, de pronto, queda recortado para mí ante esta luz y el fondo oscuro de la noche en las ventanas. Cada uno quiere decir sus palabras sin saber que los demás también buscan afirmarse frente al *otro*. Cada quien duda de sí y, por eso, obcecado, se nombra, alza la voz. Miro a mi madre como si fuera otro hermano, ella interrumpe, nos quita la palabra o la cede, se mueve y araña el espacio como hacemos nosotros sin imaginar que la copiamos, tal y como observo que hace Selma, mi hermana, tal y como me contemplo en el espejo redondo de algún mostrador o, a veces, en el vestidor de mis padres cuando ellos no están. Hablamos, nadie hace el menor caso. Mi padre es quien menos habla; aun si lo hace cualquiera de nosotros lo interrumpe y le quita la palabra. Él no se molesta y comprende. Sí, comprende: somos idénticos a ella. Terminamos y mi hermana y yo sabemos que es hora de ir a la cama. Son las nueve. Los beso y digo a mi madre que la espero. No dormimos si antes no sube ella y nos arropa.

Selma y yo, cada uno en su cuarto, la oímos subir. Nos revolvemos buscando prolongar esos minutos fugaces. Vigilamos el repiqueteo de sus pasos. Entra en el cuarto de mi hermana y la atiende primero. Escucho las voces de ambas mujeres, una oración que conozco y empieza «*Baruj Atá Adonái*». Comprendo que mi hermana no quiere desprenderse de ella y la retiene. Por fin, oigo a mi madre que se despide y camina hacia mi cuarto. Está oscuro, sólo entra la luz que permite la puerta entornada. Se expande esa luz. Ella entra y columbro su cuerpo, sus brazos; se sienta a la orilla de la cama después de haberme cubierto. Siento sus manos que rozan mi pecho cuando acomoda las colchas. Tengo frío, me arrebujo y me cubro con las manos. Mi madre me oprime tras las cobijas y logro calentarme un poco más. Me inquieto; ella musita apenas la oración «*Baruj Atá Adonái*». Cada palabra suya es un bálsamo y también (sin imaginarlo ella) una punzada, sí, el desventurado fin de su estancia en mi recámara. Solamente busco aquellas palabras que puedan retenerla un poco más, sin embargo no logro encontrarlas. La oración está a punto de acabar, luctuosa se desgrana; de pronto oigo contristado las buenas noches; mi madre se levanta y el espacio que ella ocupó se ha vuelto *una isla a salvo de las horas,* pues un calor inconcebible se desprende justamente de allí, una cálida onda que yo mismo no logro generar al estarme quieto y dormido. No descubro qué es lo que guarda el cuerpo de ella. Aprovecho ese espacio y me arrimo a él. Mi madre se inclina y me da un beso en la mejilla. No encuentro en mucho tiempo algo que se le parezca. No es ternura o caridad, tampoco se trata de la agradable corrupción del beso recibido. Es calor. Lo más semejante que conservo en la memoria son sus besos indelebles —repitiéndose si los recuerdo—, convertidos en calor. Conservo la sensación aun después de pedirle que no cierre la puerta, que quiero oírlos a los dos, a mi padre y a ella, y así me duermo.

Duermo. Alzo la cabeza y ahora sé que la he tenido sobre el hombro de Solón. Octavio, mi amigo de México, me remueve. Me espabilo un poco. Oigo la voz risueña de Hugo que dice hemos llegado, muchacho, y entiendo que es otro el que sigue dormido, acurrucado en sueños junto a su madre, y es también otro el que escribe esto muchos años después. Hay una extraña sensación en todo esto, es decir, en el hecho de descubrir que quizá alguna vez fuimos los mismos. Y no, sólo son mis semejantes, los recuerdo, nos recordamos entre *ellos*, es decir, entre nosotros. Aunque no escriban, ellos tal vez se acuerden de mí. Me da pena entonces saber que no soy él, que no soy el que sueña, me avergüenza saber que *ahora soy el que escribe*, el que sólo está para escribirlo todo: comprendo de inmediato que nadie jamás vive y recuerda las cosas a la vez. Me he decidido por la memoria que absuelve, la memoria que salva del tiempo fugaz. ¿Pero quién me absolverá de estos momentos en que solamente soy memoria, escritura? Me duele otra vez saberlo puesto que lo comprendo perfectamente y es verdad. Vivo y también lo comprende el niño de nueve años que duerme en el cálido espacio que su madre le obsequia alguna vez; vivo y lo comprende el adolescente de apenas catorce años despojado para siempre de su inocencia, ese joven que ahora mismo, en La Paz, abre los ojos metido en algún auto; vivo y lo comprenden por fin ellos aunque, es cierto, todavía no lo recuerdan. *Ahora* sólo yo lo entiendo y lo recuerdo con detalle, pulcramente; comprendo y sin embargo no logro vivirlo y ponderarlo de una vez, en un solo tiempo simultáneo y perfecto.

Octavio y yo bajamos del Ford. Es tarde, los faroles

de la calle manchan con su resplandor la casa y el muelle de enfrente. No sé cuándo me despedí de ellos. El auto simplemente arranca y percibo, a lo lejos, su azul cada vez destiñéndose más hasta desaparecer. La brisa del mar logra desperezarme un poco. Los resonantes lamidos del mar horadan los últimos ruidos del Ford. No se ven más casas que la nuestra y los faroles apenas alumbran los tablones rotos y llenos de musgo del muelle. Respiro y oigo la voz de Octavio. Está parado en la terracería que aprovechan mi tío y mi padre para guardar los automóviles. Me espera. Su llamado es más bien una suerte de siseo para no despertar a nadie a esa hora. No hago caso, estoy quieto y contemplo los veleros y los yates del muelle. El mar respira hondo, expele como una ballena y, otra vez, se prepara y toma fuerza. Las poquísimas palmeras se cimbran en la calle. De pronto el mundo se detiene, queda en vilo, y contemplo mi cuerpo de pie, suplantado y ajeno. Por unos segundos todos los objetos a mi alrededor (la ola encabritada y sus círculos concéntricos de espuma, la brisa invisible y tenaz, el cielo atravesado por las astas de un velero, los yates soñolientos, el perpetuo oscilar de las palmeras, el inflexible siseo de mi amigo) nacen por primera vez como si jamás hubiesen sido. Es éste el orden eterno, inaugural, que descubro en cada cosa de mi alrededor. De pronto siento una mano. Octavio —al ver que no respondo— me tironea de la camisa. Está molesto, sin embargo, ¿qué pueden significar sus reproches? Sí, eso son, lo sé *ahora*. ¿Pero cómo puede tener sentido que alguien recrimine o reprenda a otro cuando no lo entiende? ¿Cómo puede tener sentido que las palabras, impúdicos humores de los hombres, insistan en significar cuando nunca tuvieron sentido y, de haberlo tenido alguna vez, se desgastó, perdió su fuerza capaz de hostigamiento? ¿De dónde, pues, los reclamos de un amigo al otro? No entiendo lo que Octavio trata de decirme y ni siquiera lo quiero averiguar. Por un momento resplandece dentro de mí un silencio tan vivo, tan sonoro, que ninguna voz lo puede perturbar: no debe hablarse porque sencillamente no hay nada que decirse, no hay nada que valga la pena escucharse; el diálogo es una impostura, simple superstición de los hombres cuando desean comunicarse. Se monologa. Todo el mundo se habla a sí y a ningún otro.

Octavio abre la puerta de la casa y murmura que me he vuelto loco. Murmura sin significación porque nada la tiene. Lo sigo, me desvisto. Me recuesto en la cama, cierro los ojos. Duermo.

No duermo. Tengo los ojos completamente abiertos. Casi no puedo respirar. Me laten las sienes. No hay nadie en casa, solo estamos mi hermana y yo: la criada se queda siempre cuando mis padres se ausentan. Imagino sus pestañas largas y sus ojos puestos en el resplandor del televisor que la engaña. Epifania tiene las pestañas altísimas, le brillan por culpa de la luz que despide el televisor en la cocina. Adivino desde mi recámara, sobre la cama, su barbilla también alta, casi triangular. Sus pómulos excesivos para la angostura morena de su rostro. Imagino, desde aquí —desde mi cama—, su cuerpo jubiloso y reprimido por su propio peso en el asiento. Está atenta al televisor aunque sabe que muy pronto la iré a llamar. Espera. Ambos aguardamos que mi hermana duerma. Apenas media hora antes se han ido mis padres. A pesar del frío puedo sentir un calor extraño en mis mejillas. Tengo los ojos completamente abiertos, acostumbrados a la oscuridad del cuarto. Epifania no. Ella los tiene puestos en el televisor, las pestañas impregnadas del polen de luz de la lámpara y los ojos hirviendo, fijos en la caja. A Epifania la engañan fácilmente. Yo la engañé. No sé bien cómo lo hice, pero un día, por la tarde, me atreví a decirle que la amaba y me creyó. Quizá ésa fue la primera mentira de amor que dije. Tal vez no la engañé y simuló ser engañada. Fue un domingo mudo y tibio en que los tejocotes y las peras del jardín no se mecían, el único eucalipto estaba quieto y sin despedir ningún olor. Ese domingo, repito, la vi llegar a casa ensimismada, le dije algo y no me respondió. Se le notaba realmente afligida. Le pregunté qué pasaba, no hizo caso y se volvió sin mirarme. Me seducía la pesadumbre de sus hombros. La aflicción que los hacía encoger era, al mismo tiempo, un placer o un deseo profundo por atraerlos hacia mí. Llegamos al cuarto de planchar. Yo acostumbraba irla a ver cuando lavaba o secaba la ropa. Era un reducto dulce y lánguido, muy semejante al que dejaba el cálido abrazo de mi madre y su oración. Mirábamos las copas de los árboles, los quietos oquedales dormitando; el jardín silencioso, emborronándose en el gris superfluo de la tarde. El rincón donde hablábamos era entonces dúctil, impregnado del aroma de almidón. Las camisas en la cesta, los calcetines vueltos un ovillo, la ropa interior tersa y blanquísima, los pantalones enormes de mi padre colgados en sus ganchos, cualquier cosa allí expuesta era sacra y, al mismo tiempo, bendecida por el hisopo de Epifania que, en ese recinto del calor —en ese espacio memorable y embalsamado— oficiaba. Fue entonces cuando ella me dijo, en un arranque de dolor, que su novio no la quería volver a ver. No entendía aún por qué y se sentía enferma, casi a punto de desmayarse; yo pensé que le subía la fiebre. Se acercó a mí y la abracé. Muy despacio, con cautela, puse las manos tras su cuello y *se lo dije al oído* aunque jamás supe por qué. Incluso no sé si era verdad, si en un repliegue escondido de mi ser había realmente un afecto para ella. Se lo dije y sentí su cuerpo serenarse contra el mío. Ella no hizo nada más. Desde entonces nos miramos entendiéndonos, sin palabras.

Ella me había nombrado a un señor desconocido ese domingo. Olvidé el nombre de él. Sin embargo, yo la amaba, al menos creí eso y se lo dije y me engañé o se engañó o quiso engañarme. No encuentro aún una sola respuesta después de todos estos años. A una mujer no la conoces, tampoco puedes compartir con ella su dolor. El nuestro, el que ella dividía conmigo a hurtadillas, se transformó apenas —y sin darnos cuenta— en deseo puro: en el fondo compartíamos el ansia de rozarnos, entornar los ojos y dejar los miembros melancólicos, olvidar su pesantez por unas horas y permitirse espasmos falsos y consuelo.

Tengo los ojos completamente abiertos como tantas noches que salen mis padres y Selma, mi hermana, duerme arrullada por las horas. Son las nueve. Mi recámara está a oscuras pero entra un breve hilo de luz por la puerta entreabierta. Oigo a lo lejos el televisor de la cocina. Ella aguarda mi voz. Laten mis sienes y una mancha de calor cubre mi cuerpo y mis mejillas lentamente. Por fin la llamo. Es un quejido, casi una súplica para que suba pronto. Mis padres no están y nuestra excusa es que el niño espera a que lo cubran, lo cobijen y dejen al marcharse un indicio de luz en la recámara. De pronto el ruidillo distante del televisor desaparece. Imagino sus manos, las largas manos de Epifania acomodándose el delantal, emperifollándose el vestido rosa para que se lo vea ajustado y resalte sus formas. Le queda apretado y permite entrever su carne de sólo veinte años. Los ojos han dejado su brillo, sus pestañas permanecen altas, podrían ser la sombra de un pájaro que vuela y te oculta del sol si lo miras. Sus pestañas son también como la sombra de un árbol. Epifania empieza a subir las escaleras alfombradas, distingo sus pasos amortiguados, su cuerpo esbelto y sin rumores que pudieran entorpecer su deseo escondido. Ella se deja llevar por el deseo que urge en su piel justo cuando va, primero, a la recámara de mi hermana. Observa, la llama sin esperar despertarla. Descubre la quietud de la niña en la cama. Selma no le responde y *ahora* mismo la puedo imaginar cerrando por completo la puerta. Entonces se precipita azorada, minúscula, sin ruido del cuerpo, sin pestañear, a través del pasillo levemente iluminado hasta mi cuarto. Abre. Tengo la mirada lista y acostumbrada a las sombras. Ella no, a tientas se acerca sin decirme nada. Epifania es el sol que no conoce las sombras, sin embargo, adivina mi cama en la espesura. Desde hace meses estoy impaciente. Ella se sienta en el borde. Reclina su espalda contra el muro y oigo su voz entregada: «Aquí estoy.»

Me muevo hacia un lado. Tiene espacio suficiente para subir las piernas. El olor de sus piernas es igual al del pan moreno, ligeramente amargo pero aún suave. También me recuerda el olor de la melapia o la pera. Ella ha cubierto nuestros cuerpos con la colcha y yo pongo una mano sobre sus pantorrillas. Las tiene desnudas y frescas bajo la penumbra de la cama. Ahora reposo encima las dos manos y no dice nada, nunca dice nada. Sólo aguarda ansiosa mi piel sobre lo largo y lustroso de sus piernas. Conozco su rodilla. Una mujer de campo no tiene las rodillas tan suaves. Percibo en la muñeca el borde terso del vestido, parece un alero saliente de la iglesia. Esculpo la piel recóndita, y las corvas —bajo ese mismo alero en penumbra— hacen aparecer las mismas formas que tallo: querubines, santos, diablos en perpetua lucha. Bajo la colcha aparece, muy lentamente, la parroquia de San Jerónimo donde comulgo el domingo, y el padre, inquisitivo, me observa. Hay un brillo —o un destello apenas— que moja mis dedos, también hay un brillo en mis ojos cuando miro al cura. Sin embargo, los rescoldos amargos de la piel de Epifania me mojan. Los rincones de su carne exudan y justo al mismo tiempo reconozco el vino amargo para consagrar. El mundo entero conmina a los cuerpos a que surjan y se conozcan, conmina a que así —en la opaca tiniebla— se desconozcan. Nacemos, pues, justo a tiempo para conocer cómo los cuerpos se repasan de noche, se tocan, se multiplican como el pan, se humedecen y, por último, se desconocen en la oscuridad.

Mis manos no pueden ser las templadas de antes. He rebasado a tientas el borde de su vestido y he alzado sus enaguas. Epifania se deja hacer sin pronunciar un sonido. En lo oscuro es más fácil callar, abandonarse, no pedirse palabras. Paso las manos sobre sus muslos como si a ellos dirigiera una alabanza. Encuentro que el mundo por fuera no es suave, no como lo son los muslos calientes de Epifania. Su carne brilla, obsequiosa, y aguarda que suba hacia ella cada vez un poco más. Tengo la cabeza metida bajo la colcha y ahora levanto el vestido de Epifania, lo alzo por completo —hasta la cintura—, mientras que ella sólo guarda, para sí, un silencio íntimo y hermoso. Epifania deja hacer a mi cuerpo y su deseo tan breve de diez años sin cumplir. Prudente la beso, cubro mis labios resecos con el olor y la humedad de su piel estirada. Empapo con saliva su entrepierna, que ahora ella abre afable, dadivosa, para que mi lengua la moje. Pongo la mano sobre el calzoncillo que tapa el pubis. Arden mis manos a su contacto, acerco el rostro, ella se mueve, se deja hacer mientras que yo poso mis labios inocentes sobre sus calzoncillos y ella arde a su vez, suelta un gemido, lo oprime y, al mismo tiempo, recuerdo sus pupilas mirando la puerta, advirtiendo que nadie la abra y el mundo nunca se entere. Adivino sus pestañas mojadas como si sus ojos hubiesen llorado, idénticas a la parte sombreada que no es otra cosa sino vello en su nuca. Está mojada, lo huelo. No sé cómo puede estar mojada. Mi saliva la empapa pero no es mi lengua, es otro amargor, una frescura enclaustrada y distinta, una antigua humedad por la que muy pronto me aficiono si huelo.

Epifania es de un pueblo. Tiene el vigor y el lustre del campo en las piernas desnudas. Ahora Epifania se ha ido. Ya no miro cómo lavan y planchan las mujeres de otros pueblos —a veces impronunciables— que llegan a trabajar a la casa. No las veo y *hoy*, después de tantos años, no las reconozco. Espero a mi madre por las noches —hasta que vuelve—, antes no duermo. Ella sube y nos cubre. Cuando aún no ha salido fuera con mi padre, me revuelvo en la cama y la llamo, espero la oración que todavía no logro aprender: «*Baruj Atá Adonái.*» Son las nueve, oigo el televisor muy lejos, imagino las pestañas caídas de esa nueva mujer que con facilidad innata cree en los hombres y en las mujeres falsas que accionan sus cuerpos en el resplandor de la caja.

Epifania estaba triste ese domingo, es verdad, y ambos (sin hablarlo, sin discutirlo) decidimos engañar por un tiempo nuestros cuerpos, mentir al destino. *Ahora* lo entiendo y la recuerdo con amor. No hace mucho, sin embargo, encontré estos versos y los aprendí sólo para poder acordarme de ella cuando quisiera:

Epifania volvió una tarde
y yo la perseguí por el jardín
rogándole que me dijera qué le había hecho el hombre
porque mi cuarto estaba vacío
como una caja sin sorpresas.
Epifania reía y corría
y al fin abrió la puerta
y dejó que la calle entrara en el jardín.

20

«Es urgente que Ricardo salga de esa casa. Ya no tiene nada que hacer allí encerrado, metido en esa jaula infestada de infrahombres y roedores, el Distrito Federal. Mató a Inés y eso basta. Aniquiló a la muerte. Si alguien preguntase yo puedo responder por él, decir que fue amor. Ricardo sentía por Laila lo que yo sentí por Roberta. Él salvó su amor, lo salvó a costa de perderlo. Sin embargo, por lo menos ahora que la abandona, guarda para sí algo que ni siquiera ella le puede dar, algo indescriptible, con lo que sueñan todos los mortales y los inmortales. Ricardo saldrá de madrugada, sin hacer un solo ruido, dejando atrás los cuerpos tiesos de su madre, del hombre desconocido y de Inés, oculta bajo su cama, llevando consigo el recuerdo de Laila, su vecina, su primer amor.»

Elías, sentado —cabizbajo en esa piedra—, sin importarle cuánto daño podía hacerle el sol, escribía monótona, frenéticamente, sin volverse un segundo a los lados, sin ver que lo veían, sin importarle los ojos inquisitivos de algunos peatones en el malecón. En ciertos momentos se detenía, mordía la pluma, cavilaba un poco, algo imposible de saber, algún detalle que nadie en Las Rémoras podía discernir y sólo atañía a esa historia que, por fin, continuaba escribiendo libre del peso del amor. Aunque seguía allí, ahora su pasión fluía naturalmente, sin trabas. Amaba a Roberta pero esta vez sin los grilletes del amor; se había logrado despojar de la muerte que lo invadía. Sí, se habían despojado los dos —Roberta y él— para siempre de Inés y, por tanto, se habían despojado de la muerte.

«Él, Ricardo, vendrá a visitarnos a Las Rémoras, no tiene otro lugar adonde huir; aquí conseguirá un trabajo, quizá un lugar donde vivir o tal vez se quedará conmigo, en la biblioteca. Por fin podré conocerlo, verlo como es realmente. Yo, en cambio, no podré salir de aquí. Debo quedarme para escribir su historia, para contarla, para que él no desaparezca de la faz de la tierra. Debo hacerlo aunque mientras me extinga en esta ciudad olvidada, indistinguible en medio de Baja California. Ricardo ha de salir pronto de casa, del Distrito Federal, para venir a mi pueblo, a la ardiente y bochornosa costa de Las Rémoras.»

Elías dejó de morder la pluma y otra vez, decidido, comenzó a escribir en el cuaderno justo cuando un suave austro venido del mar vino a limpiarle y despejarle las sienes:

21

No, de ninguna forma destruiría *Las Rémoras*. Sería un crimen, un suicidio. Debía llevarla con él. Era una de las últimas cosas que le quedaban aparte del recuerdo de amor de Laila y la memoria de su madre. A su padre lo olvidó o acaso vislumbraba un destello, una fracción de él. Estaba muerto.

Así que empacó sus cosas, el breve libro de Federico Ross, *Las plegarias del cuerpo*, el cuaderno deshojado con los apuntes, y salió de casa abrigándose con un suéter negro. Eran las cinco de la mañana. En su calle no había tránsito aún, sin embargo, dos cuadras hacia abajo estaba la avenida Libertad. El ruido incipiente de la madrugada provenía de allí. Se encaminó lento, sin ninguna prisa, absorto. Un auto que no había oído le pitó para que se quitara de en medio de la calle. Ricardo saltó a un lado y sólo por un instante salió de su torpor, de su sonambulismo. Fue en balde: inmediatamente volvió a caer en ese estado de semiinconsciencia, andando calle abajo como autómata, restregándose los brazos para evitar el cortante frío de la mañana.

Por fin llegó a la avenida, al foco de ruido que, por intervalos, lo hacía recordar algo, muy poco: por lo menos que debía salir de allí, de su casa, de esa ciudad infinita, repetida en el rostro de la gente, hostal subterráneo de las ratas. No se puede simplificar y decir que Ricardo estuviera triste, tampoco contento. Sencillamente no pensaba en nada. Las cosas habían pasado rápido, unas tras otras: la muerte de su padre cuatro meses atrás y, sin embargo, remota; *Las Rémoras* detenida y vuelta a comenzar; la enfermedad, Lascurain, la hendedura; la extraña visita de Laila cuando estuvo enfermo, su primera relación de amor con ella; la falsa muerte de Inés; el hombre desconocido que su madre había besado ayer, hoy mismo...

No podía decirse que fuera de noche aunque se viera un fragmento de luna pálida, amarillenta, en el horizonte. Aun cuando el cielo estaba oscuro, un resplandor incierto, mortecino, venido tal vez de las mismas entrañas de la tierra, despejaba la calle, iluminaba levemente el aire. Ricardo pudo distinguir los rasgos de un hombre apurado que, seguramente, se dirigía a su trabajo. Inmediatamente después observó a una mujer en la esquina subiéndose a un taxi. Otra pareja de empleados —ambos con un mismo uniforme azul o verde oscuro—, cruzaron cerca de él; uno de ellos lo rozó sin darse apenas cuenta. El trajín empezaba a desperezarlo. El movimiento de la ciudad convivía suave e imperceptiblemente con el lento y amortiguado amanecer de ese agosto: ambos iban parejos, sigilosos, de la mano. Las tinieblas y el frío desaparecían casi al mismo tiempo que la gente aparecía por aquí o allá, esparcidos, salidos de las cloacas, de las bardas o de los postes de alumbrado eléctrico. Consultó la hora. Eran las cinco y ocho minutos; las sombras aún yacían por doquier, amontonadas; su grosor nublaba todos los objetos, los disimulaba; su endrina espesura impedía ver, por ejemplo, los zapatos al chocar. Uno podía mirar, de súbito, el brillo de las puntas al estar arriba, luego el mismo brillo al caer y tocar el suelo, pero nada más... El golpe, sin embargo, era perfectamente sincrónico al de ese brillo: los pies chocaban cuando era necesario que lo hicieran.

Por fin Ricardo hizo una parada y se subió al autobús. Antes habían pasado dos peseras bajando la avenida, sin embargo, las había dejado ir. Esta vez no había sitio para sentarse; a pesar de ello, se estaba cómodo de pie. Un olor nauseabundo, a azufre, fue lo único que pudo sacarlo un instante de su vigilia. Quizá el olfato, pensó, fuera el lugar más susceptible del cuerpo. Recordó a su madre oliendo los trajes de su padre en el vestidor. Ahora él, Ricardo, debía acostumbrarse y la peste desmayaría. ¿De dónde surgía ese olor? Eran las personas, la ropa, los zapatos de la gente, la comida envuelta, la transpiración del cuerpo al contacto con el frío en la madrugada, el aliento, la cal y el lodo pegado al borde de los pantalones, los calzoncillos vueltos y puestos otra vez, la cerilla de la oreja, la mugre enterrada entre las uñas. Era el olor del Distrito Federal, la podredumbre oculta, la promiscuidad satisfecha, el sueño, las legañas de las viejas, el escaso papel higiénico, los escupitajos en el suelo, las ratas pululando y royendo, la carencia de agua potable, la falta de ropa, los mismos calcetines de ayer, la herida supurante, el niño en brazos...

Ricardo odiaba todo esto. Lo odiaba.

Sorpresivamente se vio odiando y de inmediato se dijo que no podía odiar, que no existía el odio, que era una idiotez. Pero, ¿cómo no podía creer que el odio existiera: ese sentimiento próximo y maravilloso que era odiar al prójimo cuando era tan bueno y necesario? ¿Acaso contemplar a esos abúlicos machos sentados allí, con sus cuatlicues terribles, algunas de esas hembras con sus dos hijos de labio leporino, otras con los suyos en rebozo amordazados, todas sucias, marchitas, indistinguibles unas de otras, morenas —siempre idénticas—, subiendo en cada esquina o apeándose, y tocándole el hombro a él, Ricardo, no eran un vivo signo de humanidad, no era la humanidad misma, comprimida allí, expuesta para odiarla, maldecirla, despreciarla íntimamente y aun, si fuera posible, despanzurrarla como se despanzurra una lombriz?

Casi de inmediato supo otra cosa, lo contrario: podía amarlos. Es más, los amaba.

Ricardo deseaba ardientemente besar al niño con el labio leporino, desarrugar la media oscura a la vieja desdentada, abrazar al hombre que había escupido junto a sus pies, comer de la comida de la mujer encinta que estaba allí, sentada a un lado, mondar la cáscara de la mandarina al niño, acariciar el pelo al ciego, sonreír al chofer. Los amaba a todos. Amaba a esta humanidad comprimida en el autobús, a esa hora, entre la oscuridad y la suave luz naciente. De súbito deseó que menos personas se apearan, que aun más personas subieran, que estuvieran todos juntos, reunidos, pegando sus cuerpos, sus ropas, oliéndose unos a otros, acostumbrando el olfato al sudor, a la mañana gris, a la comida aún tibia —hecha en casa—, todos felices, contentos, amándose por toda la eternidad unos a otros justo como Dios nos ha amado y nos amará...

Cuando por fin salió de su modorra, Ricardo descubrió algo inmenso, tan claro como esa punta de sol que ahora aparecía a un lado de un edificio y manchaba retazos de rostros hundidos, sin expresión: los sentimientos eran eternamente relativos y en verdad nunca importaban más de lo que uno deseaba que importaran. Odiar, amar, o lo que fuera, no existía. Incluso podían patentarse y ponerse en exclusiva nuevos sentimientos, nuevas marcas de sentimientos, ponerlos de moda, comunicárselos a los demás, venderlos, subastarlos, explicarles a los otros cómo es que se sienten, cómo se usan, con qué van, etcétera. Era increíble —pensó Ricardo justo al mismo tiempo que rebotaba contra la ancha espalda de un hombre al frenar el autobús en un alto— darse cuenta ahora; ojalá pudiera siempre ser así, tan fácil, sin ninguna necesidad de matar por alguien para sobrevivir, sin necesidad de salvar nada, sin tener que amar u odiar a nadie, sabiendo que, aunque se sienta, no se siente. Sentir era deplorable.

Conforme se hacía el día en las calles y las mohosas avenidas; mientras el día se empolvaba dentro y fuera del autobús, los pensamientos surgían impalpables, serpenteando. Por fin, en Insurgentes, la avenida más larga del Distrito Federal y posiblemente la más larga del mundo, Ricardo se apeó cogiendo fuertemente su mochila. A las diez para las seis no había tráfico aunque los autos comenzaban a desembocar por cualquier calle, casi como por arte de magia. Las personas se apiñaban entonces en los cruces, esperaban el alto dado a los coches y, por fin, se decidían a pasar al otro extremo. De una isla a la otra. De un grupo de edificios altos, desconsiderados con el sol, a otro grupo similar, igualmente desconsiderado. El Distrito Federal es un pedazo de asfalto que todos los días nace, crece, se reproduce y muere. Sí, lo más hermoso es contemplarlo al morir —o mejor: verlo muerto—, transitar sus arterias, su cuerpo insepulto, cada noche, cuando sólo se ve un auto en una bocacalle, un perro encima de otro, una prostituta aburrida o un borracho salpicando de orines una pared. Los sonámbulos y abstraídos del Distrito Federal son los menos, pero también son los que mejor reconocen el cuerpo de su amada. La hora justa para contemplarlo y poder amarlo es entre las dos y media y las cuatro y media, en la soledad de las tinieblas. Luego es otra cosa, otra ciudad. Después de las cinco o cinco y media, el Distrito Federal se prepara, se viste, espera la luz del día para mostrarse en lo que supone erradamente es su máximo esplendor. A la pobre le encantan las orgías a la luz del sol, ese vórtex de veintitantos millones de habitantes: el revuelo de los niños mustios, las viudas y los abuelos de barba afeitada, los señores fatuos de corbata, los ciegos con sus perros, los tragafuegos diurnos, los testigos de Jehová, las señoritas que van al colegio en autobús, los mendigos circunspectos, los guaruras y los voceadores, las señoras bien vestidas en sus coches último modelo, los chicleros de siete u ocho años de edad, los policías que buscan a un incauto que no circule el día de hoy, los mormones con sus quesos, las divorciadas insatisfechas, las verduleras y sus marchantitas, los que limpian el parabrisa de los autos con saliva, los burócratas del PRI, las secretarias bilingües, las solteronas arrugadas, los muchachos ricos y lánguidos de la Universidad Anáhuac, los rojillos de la UNAM, los profesores muertos de hambre, los obreros de las fábricas, los campesinos plantados en las puertas de la Procu, los infatigables lecheros, los motociclistas, los plomeros y los miles de abogadillos que papan moscas y los hombres solitarios en los cafés de *Sanborns* o esas miles de lectoras aburridas o las vírgenes enfermas de amor. Todos están allí, abejeando, viviendo esa orgía de sol a sol, de veinte horas continuas.

Ricardo subió a una pesera: una multitud de peseras se arremolina de inmediato tras la gente, la persigue. Los autos pitan detrás, los choferes sonríen, las personas aprovechan la confusión para cruzar la calle, el sol comienza a despuntar aunque el cielo encapotado no se lo permita todavía. Ricardo por fin toma un lugar. Es una suerte encontrarlo. Nadie le cede el sitio a nadie. Si una mujer carga un niño, el otro se dice a sí mismo enfático, convincente: ¿para qué diablos lo parió, por qué debo pagar el pastel que se comió otro? Si una anciana está de pie con dos bolsas del mercado en las manos, cualquier habitante del Distrito Federal dice para sus adentros, poco más que convencido: ¿por qué no se ha muerto? No es mi culpa, no es mi abuelita. Así, etcétera, etcétera. Había que verlo, vivirlo, respirar el humo eterno de los cigarrillos, el humo de los escapes de los autos, el incienso de los hippies de Coyoacán, las cagadas de los famélicos perros y las cloacas desbordadas. Había que comprender y ajustarse al detritus y al estrés de una ciudad estrafalaria e ingrata so pretexto de perecer al cruzar una avenida o una bocacalle.

Ricardo no se movió de su sitio, tenía las manos apoyadas sobre la mochila y ésta encima de sus muslos. Ya no sentía frío. En un alto, antes de cruzar el Viaducto, un hombre con bolsas de cacahuates enharinados subió y comenzó a gritar los precios: una bolsa por cinco pesos y tres por diez. Lo más increíble, le pareció a Ricardo, es que seis personas le compraron doce bolsitas. ¿Es que había muelas suficientemente duras para resistir un montón de cacahuates a las seis de la mañana? ¿Acaso eso se desayunaban los pobres de la ciudad? Atrás apareció un hombre con barquillos de merengue, alegrías y obleas con cajeta y pepitas en los bordes. También vendió bastantes. Cuando bajó el primero en un alto, justo en el Viaducto, Ricardo vio subir a una niña de unos diez años. No llevaba nada para vender; sólo cantaba al son de la armónica que entonces Ricardo no supo dónde estaba. Por fin pudo verlo: un niño, tal vez el hermanito, de unos siete años de edad, tañía su instrumento. Tocaba bastante bien, ambos se acompañaban. Ricardo le dio una moneda al niño. La niña continuó cantando mientras caminaba por el corredor de la enorme pesera pidiendo limosna con la mano.

No supo si fue la voz de la niña, la monotonía de la gente al aparecer y desaparecer de las calles como si se pusieran de oferta dentro de un largo aparador, o quizá el mismo vaivén de la pesera por Insurgentes, pero Ricardo se quedó unos minutos dormido. Había pasado Reforma cuando despertó: ¡faltaba poco! Eran las seis cuarenta y dos en su reloj. ¿Pero qué prisa tenía? Realmente, se dijo, ninguna. Pero sí, algo le urgía, debía ser algo: posiblemente un encuentro. De pronto comprendió que era el hambre lo que comenzaba a hostigarlo seriamente. Y no era precisamente la úlcera. Necesitaba comer algo. Contempló a las personas que comían cualquier fritanga a su lado: una naranja, una quesadilla, una oblea azul. Al menos unos cacahuates enharinados lograban mantener aplacado al estómago durante un rato. Esperó cinco, diez minutos, sufriendo cada automóvil que impedía a la pesera dar marcha adelante, impacientándose por culpa de los altos de los semáforos que hacían que el conductor frenara cortándole el aliento a más de un pasajero. Por fin, a lo lejos, la vio, grande, larga, amoratada: la estación de Ferrocarriles. Una multitud de personas, perros y tiendas ambulantes congregada en sus orillas. Antes observó, sobre el mismo Insurgentes, a un bicicletero llevando las teleras sobre la cabeza, una ambulancia dando mal la vuelta, un choque entre un Volkswagen y un Ford: dos señoras distintas, con atuendos distintos, peleándose a grito pelado; un policía en medio, serio, inútil y a la expectativa; un corrillo alrededor impidiendo que siguiera el tránsito.

Dos calles antes de llegar a la estación, en lo que ya era un embotellamiento, Ricardo decidió bajarse. Estaba desesperado, el hambre lo roía. Allí, sobre la acera, a unos cuantos pasos, encontró a un grupo alrededor de una señora muy gorda. Ella extraía de un bote de aluminio lleno de vapor unos tamales —según se los pedían—, los desenvolvía con rapidez y los metía dentro de unas frescas teleras previamente cortadas y guardadas en un bolso. Emparedaba el tamal en un santiamén y de inmediato lo envolvía en una servilleta. Lo entregaba a los clientes y repetía la faena sin dar señales de agotamiento. Su hija, al lado suyo, también gorda y maciza, proveía de champurrado o atole a la multitud de clientes hambrientos. Ricardo observó aquello y constató su hambre.

—De dulce —pidió.

Antes de que la seño se lo diera, él ya tenía en la mano un vaso de plástico con atole de canela. Aunque nunca se lo pidió a la niña, o no lo recordaba, prefirió beberlo sin chistar. Se escaldó la lengua al mismo tiempo que algún barbaján con prisas lo empujaba. Ricardo se volvió pero ya no pudo verlo, una culebra de personas caminaba a pasos forzados por la acera. Empezó a lloviznar cuando dio un nuevo sorbo al vasito de atole. Sin embargo, el sol continuaba allí, esforzándose por calentar a ese grupo compacto de humanos. Unas cuantas gotas, minúsculas, cayeron en su frente.

—Aquí está, de dulce —dijo la seño, pero al ver que Ricardo no la atendía, pues seguía viendo hacia atrás, repitió—: Joven, joven..., de dulce.

Por fin el joven Urrutia tomó la torta de tamal de dulce y la mordió. Fue infinito el placer que experimentó al tragarla sin demora. Las gotas de agua fueron reduciéndose hasta desaparecer. Quizá era una nube, se dijo. Antes de terminársela, justo cuando le faltaban dos mordidas para acabar, Ricardo pidió otra. Al dar el último bocado, se la dieron. Una satisfacción insensata se apoderó de él. Pagó a la niña, recibió el cambio y sin contarlo se marchó dándole un sorbo al atole. El mundo y la vida cuadraban, connivían, a la perfección a pesar del barbaján ese que lo había empujado. Con la mano izquierda, sobre el hombro, llevaba la mochila, y en la otra, la segunda torta de tamal. Mientras mordía o masticaba, eliminaba obstáculos: gente, perros, lodazales, postes, quioscos. Daba grandes zancadas por la acera a medias mojada —bajando o subiendo por ella según convenía—, hasta que por fin entró en la estación de Ferrocarriles. Un edificio arruinado, con una pátina de polvo endurecida, con escalinatas por doquier, con un largo ventanal que permitía mirar lo que pasaba dentro.

Individuos agitados entraban o salían, familias enteras, maleteros, vendedores persiguiendo a la gente. Ricardo buscó en las taquillas del fondo una que anunciara «Mazatlán». Por fin, luego de una busca que se estaba haciendo interminable, la encontró. Fue hacia ella: a lo sumo había seis personas esperando. La vendedora, sin embargo, tomaba café dentro y mordía una concha de pan con goce taciturno; sólo cuando le venía en gana atendía al cliente. De pronto, como si hubiese recapacitado o hubiera vuelto de un sueño imbécil, preguntaba algo o respondía con desgana. Esto lo observó Ricardo con toda claridad; sin embargo, las prisas se habían apaciguado, su estómago estaba satisfecho y pudo simplemente elucubrar sentimientos hacia las personas que veía alrededor y delante de la fila. Odiaría a algunos, amaría a otros, otros más le serían indiferentes y, por tanto, no sentiría nada hacia ellos, es decir, no existirían para él. Eso era lo que se llamaba equilibrio, se dijo.

Por fin, tocó su turno. Preguntó:

—Para Mazatlán...

—¿Para hoy? —le interrumpió la señorita—. Espere un segundo.

Pareció revisar algo en una especie de pizarra que tenía a su lado. Ricardo ni siquiera le había dicho que sí, que hoy mismo, que era necesario salir de la ciudad. A ella no le importó o lo había entendido mal.

—Disculpe, ¿a qué hora sale? —preguntó Ricardo, interrumpiendo la pesquisa de la joven de cuencas marchitas.

—A las veinte horas con treinta minutos —respondió la otra displicente, segura de su oficio.

—¿Por la mañana no hay nada? —insistió, casi rogó Ricardo.

—Veinte horas con treinta minutos, lo quiere ¿sí o no? Hay gente esperando, no me haga perder el tiempo.

—¿Cuánto es?

—Quinientos cuarenta y siete pesos con cincuenta y cinco centavos...

—Démelo.

Sacó la cartera, contó frente a ella unos billetes, y hasta que no le hubo pagado, la joven no tuvo a bien darle el boleto junto con el cambio. Por fin se hizo el trueque. Ella aprovechó la pausa y mordió su concha. Entonces, girándose, Ricardo preguntó:

—Disculpe, ¿cuántas horas se hacen?

Atragantándose el bocado y haciendo a la vez un mohín increíblemente desagradable, ella respondió con los labios llenos de azúcar blanco:

—Veintidós horas.

—Gracias —dudó un segundo y por fin, lleno de bilis, se atrevió a preguntar—. ¿De casualidad usted no se llama Concha?

La otra no pareció comprenderle y sólo después, en el instante de ver los ojos del muchacho salpicados de burla y a la señora de atrás de la fila reírse por el chiste, la joven gritó alguna obscenidad; Ricardo, sin embargo, estaba lejos, hizo caso omiso y prefirió no voltear.

Debía esperar doce horas y luego otras veintidós en el tren. Aunque en realidad no llevaba ninguna prisa, sintió de pronto que sí la llevaba, que tal vez lo esperaba alguien para una cita, un encuentro que no sabía cuál era exactamente y que no era con Elías. Antes de verlo a él habría otro encuentro importante, casi lo auguraba.

Durante un par de horas deambuló por la estación

cargando la mochila. En un puesto de revistas estuvo hojeando varias hasta que el dueño lo echó al ver que no compraría nada. Hizo una fila de tres personas para bolearse los zapatos y sólo cuando tocó su turno se retiró ante un mofletudo hombre perplejo. Por fin, luego de haber salido unos minutos de la estación y mirar Insurgentes —algunos coches obstruyendo la circulación, un camión de carga ennegreciendo el aire, los puestos de comida, un viejo renqueando y vendiendo lotería en los altos—, entró de nuevo y con parsimonia y sosiego suficientes se sentó en una de las largas filas de asientos de plástico amarillo. Luego de mirar un rato a su derredor, fastidiado, abrió la mochila y sacó *Las plegarias del cuerpo* de Federico Ross. Empezó a leer la segunda parte del relato, vehemente, sin tregua, guardando de vez en cuando la respiración:

(Segundo día)

El cuerpo hace caridad al alma. Es su labor cuando ha fallado y renuncia a ser sustancia. Entonces busca sólo repetirse y prolongarse. El hombre vive así de caridad, la obtiene de su propio cuerpo y del consuelo que le obsequia el otro.

Mientras, la carne se desgasta, y busca instaurar, repitiéndose, ese estado perdido en que el espíritu aún descansa sobre las aguas, y flota, liminar. Esa actitud o naturaleza del cuerpo la perdí a los catorce años. Si antes (a los nueve años, como dije) descansé tranquilo sobre los hombros de Epifania, apenas la noche anterior, en *El Ferry*, había extraviado la sustancia, la había hundido irrevocablemente en las aguas. Habían socavado mi inocencia. Si antes convivían alma y cuerpo, si al cabo fui los dos, ayer había violentado (para siempre) una sustancia idéntica, ansioso quizá por escindirla. En adelante debían ser dos distintos, alma y cuerpo recuperándose, congraciándose uno con otro, en un eterno ir y venir sin tregua. Era la historia de todos, lo adiviné esa mañana: nuestra propia historia de amor. Pero, ¿cómo podían ser así las historias de amor que el mundo y los hombres contaban? ¿Cómo podían ser así, deplorables, sin razón? En resumidas cuentas, las historias de amor eran la misma historia absurda, abyecta, que Alguien tramó y que asimismo se repite inmemorial, detestable: perderse y recobrarse, hundirse y flotar. Tan verdadero que se hace insoportable.

Pensaba en esto —o al menos reconstruyo *hoy* los indicios— recostado en la cama, tieso, con los párpados obstinadamente cerrados a pesar de la claridad que se filtraba en el cuarto. Oía el ventilador susurrar en el techo. Distinguía pasos afuera, en el corredor, las voces de mis tíos, de mis padres, mi hermana Selma, mis primos Emilio y Aarón, todos ellos en el bullicio y la preparación del desayuno ese verano. De repente (todavía *ahora* lo oigo, lo distingo luego de tantos años transcurridos y aún *hoy* me estremece) un grito desencajado me hiere en lo más hondo del cansancio: mi abuela me llama. No hice caso. Continuaba, sí, bajo las sábanas sin atender al ruido y el contacto ajeno que significaba (en este instante) para mí el mundo exterior. Soñar, seguir soñando la mañana entera sin detenerme ni vacilar en mi cansancio. Rehuir la claridad y los contornos difíciles de fuera, adustos. Seguir encogido hasta que, por fin, la noche se ayuntara con la tierra y la oscuridad se cerniera sobre el mundo —sólo eso rogaba en mis adentros; aguardar, empecinado, el silencio: la voz de mi abuela callada, eternamente callada. Pero ella no hizo caso —no haría caso—, porfiada como estaba en despertar mi cuerpo. Oí, en cambio, el chirrido de la puerta y entró. Movió primero a Octavio. Supe que tenía que abrigarme contumaz en el sueño, mantener esa preciosa parálisis del cuerpo y el severo rictus bajo las sábanas. No me atreví siquiera a pestañear. Imploraba al mundo continuar durmiendo. Mi abuela quería desligarme del tiempo, de otro muy anterior, quizá al de Epifania yaciente, dormida a mi lado cuando yo tenía casi diez años. Rumié aparentando cansancio, inocencia. No era cierto. No había inocencia ya, al contrario: estaba por completo alerta.

—Basta, abuelita —le dije conteniendo la voz sin ser grosero.

—El desayuno está listo —dijo con voz satisfecha, de hoja de lata—. No vamos a esperarlos toda la mañana, Federico. Es muy tarde y deben aprovechar el día.

—No tenemos hambre, señora —era la voz de Octavio a través de las sábanas, una voz embadurnada de sueño.

—Ya sabes que tu madre y tu tía se molestan, Fede —repitió la voz desajustada de mi abuela.

—Ahora vamos —contesté con aspereza.

Mi cuerpo respondía cada vez que ella posaba la mano sobre las sábanas —obligándome a despertar—, un tacto que me impelía a levantarme y que yo no toleraba. Esa mañana era otro, no lo sabía ella y no tenía por qué averiguarlo. Un *otro* escindido.

—Está bien, ya me voy —dijo mi abuela alejándose—, pero no se tarden.

—Sí, señora... —la respuesta de Octavio buscaba limar asperezas, cortesía impuesta que, sin embargo, me movió a risa. Su voz había traspasado las sábanas que lo envolvían; una suerte de quejido. Otro más y no podría continuar como estaba, concentrado y perseverando, a como diera lugar, en su sueño. Lo comprendí perfectamente, no pude aguantarlo y solté una carcajada.

—¿De qué te ríes, imbécil? —me dijo.

—De mi abuela —contesté

—¿Sí? ¿Por qué de tu abuela?

—Bueno, de mi abuela y de ti.

—¿Qué de mí?

—Nada, tu sueño. El mío ha sido fingido. Hace una hora que no puedo dormir. Sólo pienso.

—¿En qué piensas?

—Nada particular. Lo de anoche.

—Así que madrugaste pensando en lo de anoche. No dijiste nada en el camino de vuelta, Fede.

—Me quedé dormido.

—Sí, ya sé. ¿Pero cómo estuvo? ¿Valió la pena?

—Sí —no podía decir otra cosa, la respuesta era obligada.

Lo más grave era no saber si había valido la pena o no. Era mi obligación decir que sí pero también decirlo podía no ser cierto. Me empeciné unos segundos y quise acordarme. La mente en blanco, la memoria de las sensaciones como un hueco. Debía pasar el tiempo y aun así serían poco identificables. Escribirlas tal vez un día como forma de recuperación. Aún no sé, no me atrevo a darle una respuesta a esa pregunta de Octavio. Le digo que sí porque es evidente. Debo descubrir rescoldos, indagar en lo más íntimo y mi respuesta es *ahora* ambigua: un puñado de páginas escritas que sólo atisban, descifran mal y ante mí comparecen.

La casa que alquilaban mi padre y mi tío David era una antigua oficina de dos pisos. Por todas partes se notaban fragmentos desconchados de pared. A pesar del color deslavado por la lluvia, conservaba un aspecto añejo y marítimo, una de esas casas aparentemente descomunales que cualquiera imagina leyendo un pasaje sobre La Habana. Hay veces que la imaginación se superpone a la realidad, la recubrimos y la engañamos al haber leído o visto algo semejante, un parentesco mínimo que logra hacer de pronto que mistifiquemos lo vivido. Me sucede así con la enorme casa de dos pisos en La Paz. No logro separarla de una lectura que hice unos años después: *El verano feliz de la señora Forbes.* En el cuento dos niños piensan que han matado a su tutora en una casa veraniega. No recuerdo más. No he querido revisar siquiera el relato. Tengo miedo, no quiero desnudar la memoria de mi casa y de aquella otra superpuesta. No me importa saber ningún detalle y no quisiera descubrir mi error. La realidad vivida es fábula, la imaginación se interpuso alguna vez y no puedo separarme de ella. Para mí la casa junto al muelle es la misma —añeja, marítima— que en algún pasaje describió su autor (si es que lo hizo) hasta el embeleso.

Puede existir a la entrada de la casa una franja de tierra para estacionar los automóviles que miro invadidos de polvo. Quizá una terraza amplia con unas sillas desvencijadas y una mesita al frente que nadie usa. Desde allí se contempla el mar. A la izquierda se observa el muelle contiguo a un astillero siempre sin gente. Nunca hay trabajo, se les ve en el muelle bebiendo cerveza; son las personas que cuidan durante el año las embarcaciones, los capitanes o pescadores, nunca los hombres del astillero. Surtos, hay varios yates norteamericanos y algunos veleros muy nuevos que miro navegar las pocas navidades que pasamos en La Paz (mis padres y mis tíos prefieren las vacaciones del verano). A la derecha hay un grupo de piedras hacinadas: son la punta final de un almacén o una fábrica que no se construyó jamás. A mitad del mar se ve un conjunto de troncos sujetos en desnivel, una suerte de trampolines surgiendo a lo alto. Están atenazados con sogas blancas que los marineros usan y que no se deshilachan con la sal. En la punta de esos grupos de troncos sin uniformar, unos más altos que otros, se miran copos de nieve que no son sino excrementos de gaviotas que todo el año vienen a posarse o guarecerse allí. Tal vez para eso están hechos y yo no lo sé. También dan relieve, sin saberlo, a este mar. Una vez encima, haciendo clavados con los amigos y los primos, muchos años atrás, descubrí que no había olor y que las heces que blanqueaban las puntas sobre el agua eran tersas casi como nieve. Añoré mucho tiempo volver a poner las palmas de las manos allí. No recuerdo por qué no lo hice. No he vuelto.

La casa está un poco apartada del centro de la ciudad de La Paz. Se llega por una larga calle deshabitada y sin tránsito que nace del malecón. No hay indicios de luz eléctrica por ese camino y el asfalto está lleno de baches y agujeros que no permiten circular. Sólo se ven algunos camiones de carga pasar entre semana a la fábrica o al astillero. Mis tíos y sus dos hijos ocupan el segundo piso, dos recámaras amplias comunicadas a través del baño. Hay un largo pasillo exterior que da vista al mar y, a la orilla, una terraza. Luego una escalera que conduce al patio interior o al rellano justo al lado de una puerta protegida por un mosquitero. Es la entrada posterior a nuestro piso. Allí la cocina, la sala de estar con un televisor muy viejo que miramos por las noches, un corredor donde convergen varias recámaras, dos de ellas con baño.

No sé exactamente cómo nos arreglamos y dispusimos de suficiente espacio esos largos veranos junto al mar. Era costumbre ir a La Paz con mi padre y la familia de mi tío David. Entre ambos habían comprado un yate algo viejo pero que podía muy bien llevarnos por tres o cuatro días a excursionar a Nopoló, a Bahía Concepción o, más cerca, a la Isla del Espíritu Santo. En algunas de esas playas, a veces vírgenes, la arena se mantenía intacta, llena de un resplandor que hería por su misma ausencia humana. No distinguíamos aún entre una playa y una isla, no importaban los contornos y la geografía. Llegar a esos rincones en auto era tarea imposible y pocas embarcaciones fondeaban allí, quizá iban más lejos.

Nosotros le creímos al Veracruz cuando decía que aquélla era una isla ausente, nueva, sin descubrir. Azorados y sin esperar siquiera que mi tío o mi padre anclaran, saltábamos y competíamos a nado hasta tocar la orilla. Entonces nos atrevíamos a explorar la isla desierta. Con su pelo ensortijado, oíamos al Veracruz darle un nombre, cavilábamos en su ocurrencia y sus buenos inventos, pero el nombre estaba allí, puesto desde antes en esa carta marítima preventora de bajos o escollos. Nos asombraban esas largas dunas de arena donde pasábamos el día revolcándonos, la transparencia del mar por el que caminábamos largos tramos sin mojar apenas las rodillas, de repente una anguila obstruyendo el paso y obligándonos por un instante a permanecer quietos, el salto fugaz y perfecto de una mantarraya a la cual no distinguimos sumergida, alguna aguamala de un azul turquesa que se confundía en el agua, el cielo puro, sin nubes, y el sol encandilado sobre nuestros hombros.

Por la noche, si el Veracruz veía bien y aceptaba, nos quedábamos mis primos y algunos amigos, mi hermana y yo, a acampar. Nos preparábamos para dormir a la intemperie. El Veracruz nos hacía una enorme fogata y yo sabía que mi madre observaba las llamas desde el yate, quizá le advertía a mi papá de algún peligro o le decía algo a su hermana Frida. Era una lástima ver cómo caía la noche y se esfumaba el mar, a las ocho a más tardar no se podía ver nada. A un palmo de la mano no lográbamos revelar las caras de los otros y el Veracruz entonces encendía los leños que habíamos juntado por la tarde. Los hacinaba y los prendía. La hoguera duraba tantas horas que nosotros no la oíamos jamás chisporrotear y apagarse.

Acuclillados o sentados sobre la arena lisa, contábamos historias de piratas; el Veracruz las decía inmejorablemente y podíamos sumergirnos en ellas sin dificultad, oyendo el quejido del mar y las olas buscando acercarse. El mundo se demoraba mientras que, reunidos por horas, adivinábamos el contorno del yate dormido. Yo atisbaba los rostros entre las llamas con la misma sensación del que se expone y tiene cerca el caos o lo informe.

De pronto, sin darme cuenta de que se había levantado, sentí el peso de Octavio cayéndome encima; su cuerpo demoliendo la ulterior quietud de la noche.

—Basta, despiértate —me dijo descubriendo las sábanas—. Vamos a desayunar antes que vengan otra vez y se enojen —y mirando el reloj que hay sobre el respaldo, en la pared, gritó a mi oído destemplándolo—: Cabrón, ya pasan de las once.

Observo su cara pero no lo atiendo.

—No tengo hambre, no chingues —le contesto impasible.

—No importa, yo sí tengo hambre. Levántate antes de que tu abuela venga otra vez.

Bostezo y con desusado trabajo me estiro luego de que Octavio se quita. Me duele horriblemente la nuca, no sé si es el golpe o la mala posición en el sueño. Nos ponemos unos shorts y unas camisas delgadas y salimos del cuarto. Se oyen los gritos y el alboroto que hacen mis primos, Aarón y Emilio, en la cocina. Miro a mi madre que prepara algo junto a la estufa.

—Otra vez desvelados —dice.

—No tanto, mamá —respondo.

—No tanto, señora —repite Octavio como un eco.

—¿A qué horas llegaron? —pregunta la voz inoportuna de mi hermana.

—Temprano —contesto y luego me arrepiento de responderle a ella que no merece, por su edad, ningún trato.

—Temprano, temprano... —oigo la voz molesta de mi padre.

No digo nada. Prefiero no contestar. Mi tío David mastica con fruición. Los demás empiezan a discutir los planes del día. Todos, por unanimidad, quieren irse a pasear al centro y comprar falluca. Mi padre vuelve al periódico. Oigo la voz de mi tía Frida que nos dice:

—Siéntense a comer. Hay huevos a la mexicana, quesadillas, frijolitos, fruta, ¿qué quieren?

—Yo nada, gracias —contesto sentándome a un lado de Emilio, su hijo mayor, que sólo tiene once años.

—Gracias, yo ahora me sirvo —dice Octavio.

Sabemos que a los dos nos gusta Frida; también les gusta a Hugo y a Cecilio, mi primo. No tiene más de treinta y cinco y se conserva muy bien: cada verano es el mismo para ella y para los que miramos cómo se pone, escrupulosa, el bronceador. Lo unta como si supiera muy bien que la observan. Quizá lo sepa. Mis primos —sus hijos—, los dos menores que yo, y Selma no pueden imaginar nuestros ojos lascivos y nuestros comentarios. El verano pasado comencé a oír las ocurrencias de mi primo Cecilio pues antes yo sólo buscaba a Frida de manera afectuosa, tierna, como a la hermana de mi madre, muy parecida a ella pero mucho más joven, más atractiva, mejor conservada. No había reparado aún en todo lo que me seducía su presencia hasta que una tarde, tembloroso, me quedé solo con ella.

Eran los últimos días del verano pasado. A las cinco o seis una lasitud placentera caía sobre los cuerpos y los amodorraba. Había una humedad proveniente del mar y del muelle justo cuando llegué y no oí a nadie en la casa. Me asomé a las recámaras del primer piso, subí al otro y sólo encontré a mi tía recostada en la cama; un ventilador le apuntaba. Vestía un camisón corto y se hacía algo en las uñas de los pies. Mi actitud era la misma, natural, serena: ella era para mí el reverso de mi madre, su semejante, y yo apenas reparaba en su cuerpo, lo distinto que éste me hacía frente a ella. Me pidió que la ayudara; me senté en el borde de su cama y comencé a frotar sus uñas con una lima. Ella se estiró, recargó sus brazos en la almohada en señal de cansancio. Por momentos me miraba, presentí o imaginé que me miraba. Creí que su deleite era observarme y, sin desearlo, mi sexo de pronto se abultó. No supe si ya lo habría notado. Me puse nervioso frente a esa mujer que continuaba, sin embargo, siendo mi tía. Seguí mi tarea sin perturbarme; por momentos veía sus piernas desnudas, las pantorrillas torneadas, el camisón flojo. El calor de la tarde empezó a sofocar y oprimir la recámara. A pesar del ventilador sentí que los poros de mi piel se dilataban; me sudaba a chorros la camisa y la frente. Tenía una mano posada bajo su tobillo, sosteniéndolo en el aire, muy frágil, como un cristal fino y rompedizo que debía limar arduamente y no dejar caer. La suavidad del quehacer quizá la avergonzó y sólo escuché cuando me dijo: «Basta, gracias, Federico.» Me despedí como pude sin atreverme a mirarla, disimulando con una mano el short. Bajé a saltos las escaleras hasta tocar el rellano y vi que no había llegado aún nadie. Entré a la casa, pasé el corredor y me metí en el baño. Sentado en la taza, empapado de sudor, me masturbé. Entonces comprendí las sofisticadas ocurrencias de Cecilio y los demás, pero no les diría nada. De vuelta, en la Ciudad de México, me dediqué a mi práctica pensando sólo en Frida, haciendo memoria lúcida de cada detalle en el cuarto mientras limaba sus uñas: cada paso y las secuencias por donde atisbaba mi recuerdo eran de una voluptuosidad terrible y violenta. Me hería y abundaba en ese placer hasta agotarme. Había caído en el deseo del pie de Frida y no abrigaba en lo íntimo otro sentimiento que volver pronto en verano a La Paz.

Esta vez mi atención estuvo volcada en mis amigos y en las fantasías más disparatadas de Cecilio. Compartía con ellos su impaciencia y ardor por mi tía. Cuando ella no se daba cuenta, posábamos los ojos sobre su cuerpo. Yo la contemplaba largamente caminar por el muelle y las excursiones del yate se hicieron distintas para mí, sólo esperaba con ansiedad que se asoleara junto a mi madre, sus movimientos cuando se untaba el aceite o hablaba con alguno, los besos que le daba a mi tío David. También cuando salía de un camarote a secar con la toalla el cuerpo menudo de Aarón. Las últimas semanas me quedé en casa cuanto pude. Regresaba temprano del mar esperando no ver a nadie y hallarla. Era una lucha a muerte por encontrarla sola en su recámara.

Octavio come rápido y no se detiene sino para mirarme de reojo. Se han levantado de la mesa y sólo mi abuela está sentada frente a nosotros.

—¿Tú no vas a comer nada, Federico? —preguntó.

—No, gracias —lo repito por enésima vez esa mañana.

Mi madre y mi tía lavan los trastes. Se les oye hablar y reír. No quito la mirada de ellas mientras tomo de la mesa un jugo y lo sorbo. Desde el vano de la puerta oigo el grito de mi padre y mi tío:

—Apúrense, mujeres, estamos esperando en el coche.

—Yo no voy, me siento un poco mal, no dormí anoche —dice mi tía, y dirigiéndose a mi madre—: Creo que me iré a recostar, Elvira.

—¿Qué?, ¿no oyen, niños? —dice mi abuela levantándose despacio de su silla—. Apúrense, que los van a dejar.

—Yo mejor voy al muelle. El Veracruz me dijo que iba a estar por allí.

—Si tú no vas, yo no voy —escucho a Octavio detrás de mí.

Siento un estremecimiento correr por la columna vertebral. Sin embargo, aparentando sosiego, le digo:

—No, tú vete, querías comprar un esnórquel.

Sólo quedan Frida y mi abuela en la casa. Me dirijo al muelle al tiempo que los miro marcharse; tal vez encuentre al Veracruz dormitando la siesta o pescando. Entre la polvareda veo a Octavio hacerme una seña por el vidrio del auto, sonríe y me enseña los dientes. No sé qué pueda significar ese gesto. ¿Lo de anoche, el secreto de Solón, Hugo, Cecilio, él y yo? ¿Acaso sabía por qué deseaba quedarme en casa? ¿Se lo pensaba decir a los demás? No, creo que no puede siquiera imaginar por lo que ando al acecho.

No piso el muelle cuando he decidido darme la media vuelta. He perdido de vista el auto. Cruzo el terreno polvoriento donde dejan los coches, después del patio. Me detengo en el solar y todavía no me decido. Por fin subo al cuarto de mis primos en busca de algo que ahora mismo tengo que inventar.

Hace pocos meses se fue Epifania. No hubo razón, o la recuerdo apenas. Aquel hombre volvió por ella un día y se la llevó para siempre cuando yo tenía aún nueve años. Hoy no hay nadie en casa, sólo una mujer sin nombre, llegada de un pueblo impronunciable, que lava la ropa. Sé que está allí, absorta, en el cuarto de planchar, trabajando. Olvidada por completo del mundo y de que existe y gira alrededor del sol. Ella trabaja tenaz, ciega, inconsciente. La observo; no puedo permanecer más de un minuto a su lado. Me alejo. Rondo el jardín. El espacio es inmensurable si estoy quieto, si no actúo. Me acerco otra vez a ese cuarto donde Epifania solía oficiar al calor; desde los vidrios empañados por el vapor que desprende la plancha contemplo a la mujer nueva, de espaldas a mí. Ni siquiera me oye. Estoy parado aquí afuera, tras la ventana, y ella no lo sabe, ni siquiera lo barrunta. Esta mujer está sola, es mayor, y no puede compartir mi soledad como antes hacía Epifania. La tarde mengua y una lasitud extraña invade mi cuerpo. Sólo hay placer allí, en el raro dolor que me invade. Quiero llorar y no sé hacerlo, llorar al menos por alguien, como años después haré cuando muera Hugo.

Abro la puerta y entro en la casa. Los muebles, las mesas, los cuadros, todo está en orden e inmóvil. Me impaciento. Subo los escalones, escucho el timbre del teléfono. Descuelgo, nadie. No logro mermar la soledad, entrar en sus resquicios profundos. Epifania se fue y ella es la obsesión que me consume desde hace meses. No dejó la casa, ella lo sabe: me dejó a mí, sobre la cama, yaciente, aguardando por las noches sus caricias. Prefirió a aquel hombre del que ella un día me habló y del que nunca volvió a pronunciar una palabra. Y del que tampoco yo le pregunté. La esperaba sencillamente por las noches, esperé siempre unos pasos. Los oigo, alguien sube, abre la puerta del cuarto y me reza una oración: «*Baruj Atá Adonái.*» Es mi madre, no eres tú. No sabe que debieras ser tú y no ella la que sube por las noches a cubrirme. Me aferro a su cuerpo, le suplico y no la dejo ir. Por fin sale de la habitación y es como si salieras tú. Ambas se van con un hombre. Otra vez el espacio es inmensurable si estoy quieto y no actúo. Me dirijo a la recámara de mis padres y entro. Voy al vestidor, he cerrado ambas puertas. Junto al ropero se encuentra el baño, hay allí un enorme espejo frontal y la estancia se refleja completa. Me acerco, tengo casi diez años, me observo con atención, me detengo absorto en mi imagen, definitivamente no soy yo. Me parece excesiva simulación, un exceso de artificio, pensar que soy yo el de la imagen y entonces, sí, de pronto sucumbo despacio —un poco lívido—, pues no soy precisamente yo el que está dentro, en el reflejo. Hay, por mi parte, cierta morbidez; el que miro no sabe que existe morbidez y tristeza bajo cada cuerpo. Yo apenas lo descubro, empiezo a desvelar el mío, el cuerpo que miran siempre los demás, el que sólo conozco por los ojos ajenos: me lo dicen ellos si los quiero descifrar. Sobre el lavabo una mano encuentra un lápiz labial. Lo percibo, no lo miro. Cilíndrico, alargado, metálico. Lo destapo con la punta de los dedos. Encuentro sus ojos, seguramente son cuatro tropezando pero yo sólo contemplo dos. Nace la acendrada intuición de que les gusto, sí, les gusto, me piden algo. Alzo la mano que coge el lápiz y me pinto los labios. El que se pinta es otro, otra. Se pinta para gustarme a mí. Lo hace delicadamente, no quiero mancharme. Me guía otra mano, la que ahora veo, más audaz. Observo sus labios rojos, cómo se abultan. Tiene una boca hermosa, frágil y, como yo, muy poco húmeda. Estoy embebido en lo que hago, en sus manos blancas y delicadas. Ella se pinta los labios por primera vez, es muy joven aún, acaso tiene mi edad. Hay ternura en sus ojos, compasión, retraimiento. Como yo, está muy sola, no sabe qué hacer con su cuerpo y sólo busca agradarme ahora. Por eso se pinta los labios. Me veo: qué bella es. Me inclino y aparto por un momento la mirada de sus ojos, ya no sé si me mira, aún no sabe que lo hago por ella. Tomo otra pintura; con la punta de los dedos, apremiado, la destapo y la acerco hasta el borde de mis ojos. La miro, aguarda. Extiende las cerdas negras del cepillo, peina en espiral, hacia afuera, las pestañas caídas. Lo hago un poco mal, se limpia. Con esmero repite el movimiento. La veo más bonita. Otra vez agacho la mirada y ella, en el acto, la baja, pudorosa; yo rebusco entre los frascos y los tubos de mi madre. Saco de un estuche un polvo rojo muy delgado. Ella sabe cómo me gusta el color distendido sobre la piel de los párpados y pasa meticulosa por ellos la esponja. No tengo los ojos acostumbrados y siento que me arden; descubro que a ella le arden también. Se empolva las mejillas, aspiro sin querer y me sofoco un instante: ella tose. Guardo todo y lo acomodo en el lavabo pulimentado y frío. Noto la tensión y la impaciencia en mis manos. ¿Lo verá ella? ¿Sospechará de mi prisa o también ella la guarda, muy íntima, amorosa, sin atreverse a decirlo?

Me acerco otra vez, ella lo hace, se encuentran nuestros ojos y sólo pienso que es más hermosa que antes. Le brilla el rostro y no logro despegar la vista un minuto de la filigrana escondida de sus dientes. Me desvisto, me desabrocho el pantalón, me bajo el cierre, tiro los zapatos a un lado. Me deshago de los pantalones sucios, la camisa, los calcetines y el calzón. Me dirijo hacia el ropero, estoy ansioso, no quiero que ella vaya a impacientarse, note mi ausencia o se fije en mí al hacer cosas distintas. Todavía no entiende que lo hago por ella. Abro las repisas de mi madre y poco a poco saco algunas prendas que no había visto antes. Un corsé de seda, unas medias, una mascada, un sostén negro y unas pantaletas. Voy a otro ropero donde ella cuelga los vestidos. Los paso rápido, los miro apenas. Reconozco cuál es el que ella debe llevar: el que más disfruto verle puesto a mi madre. Por fin doy con él y lo quito de su gancho. Es violeta, muy oscuro, lleno de canutillos y lentejuelas que van de acuerdo con las sombras que se ha puesto y el rubor.

Los dos estamos solos. Me pongo el corsé negro con breves tirantes a los lados. Su contacto es terso y de inmediato me cubre el frescor insospechado de la tela. No me vuelvo; no permito que ella me mire y no quiero darme cuenta si lo hace, si a hurtadillas me espía. Cuando ella acabe de ataviarse y me llame, iré a verla. Me pongo las medias y tropiezo al subirlas. No importa, me incorporo, obedezco ciego a mi prisa. Estamos solos, ella y yo, en el vestidor dentro de la recámara de mis padres. El espacio es inmensurable si estoy quieto y no actúo, lo aprendo, lo repito. Por eso mismo no quiero distraerme; me pongo de inmediato el brassiere encima del corsé y lo ajusto; tomo, del rincón donde los tiré, los calcetines que están con mis zapatos, los hago una bola y con ellos relleno el sostén. Me encojo y alzo de la alfombra el vestido, me lo pongo por encima; me dirijo otra vez al ropero, de rodillas busco unos zapatos de tacón y, sentado en el suelo, me los calzo. Miro la mascada a mi lado y la cojo también; se me cae, pues no sé ponérmela y prefiero dejarla allí con las demás prendas. Respiro hondo, trato de calmarme, necesito aire. Estoy nervioso y no hay razón, no debiera haberla; ella aguarda, sí, me vuelvo y la veo lejana, pequeña, mirándome desde lo más hondo. A la distancia sus ojos son más hermosos aún. Me acerco un poco y trastabilleo. Quiero impresionarla y no sé cómo hacerlo, le sonrío y ella también me sonríe. Se ha vestido sólo para mí; cuando no miraba se atavió para agradarme, para contemplar largamente su cuerpo núbil y desearla. Me quiere, me desea, busca salvarme. Comprende más que nadie mi desazón, la ruina de saber que estoy solo. Conoce mi soledad y mi vehemencia, mi pesadumbre de los últimos meses y su causa: la huída de Epifania. Me da tristeza saber que lo comprende; me ama, y por primera vez siento la nostalgia de algo, quizá sea por alguien que me amó antes, tal vez porque jamás me amaron. Lo que ella ha hecho y su deseo son para mí, para que al fin la posea y así ser yo el primero. Pero no sé cómo hacerlo, no conozco otro cuerpo más que el de Epifania, a quien amé aunque sin entrar jamás en ella.

Tengo los ojos fijos y atónitos, entiendo que ella espera, aguardó a que mis padres y mi hermana me dejaran solo. Nadie me quiere, sólo ella, mi amiga, mi gemela; ahora lo sé y está por fin allí, frente a mi cuerpo pequeño. Subo al lavabo y empujo algunas cosas. Caen, las oigo, no importa. Ahora la miro sobre el lavabo a ella también, miro sus piernas, es casi una niña. Me acuclillo como hace ella. Tiene el rubor puesto y se ha encendido más, no ha dejado de observar cómo la contemplo, cómo aguardo su cuerpo tembloroso y enjuto. Me levanto el vestido y veo sus piernas delgadas, lampiñas; se dejan ver a través de las medias. Sujeto el borde del vestido con la boca, lo muerdo. Me recargo en ella y de inmediato retiro la mano: es muy fría, prefiero no tocarla. Me acercaré a ella sin sentirla. La amo, es quizá la primera mujer a quien amo verdaderamente y me duele hacerlo así. *Ahora* lo sé: es el placer del dolor el que tengo. Desde que la reconociera allí, en el vestidor, tengo el diminuto miembro duro.

Como mi madre, con sus mismas ropas, ella se ha vestido y pintado para mí, para darme gusto. Ahora espera con obediencia mis movimientos, la instrucción de mi cuerpo. Tallo la mano contra mi sexo, lo sobo torpemente, busco acercarme a ella un poco, arrimar mi cuerpo lo más posible pero sin tocarla. Nuestros ojos se encuentran: hay amor verdadero y dulzura en los suyos, me conoce, sé que me ama, y es indefinible mi excitación. Hay un deseo profundo en su cara, en sus pestañas, que ha alargado para mí y que ahora están tiesas; las siento. No aguanto más, suelto el vestido que ella muerde y, al mismo tiempo, pongo mi boca sobre sus labios desprotegidos. No sé besar y es gélido el contacto. Ella soporta mis labios frágiles y, como los suyos, poco húmedos. Continúo friccionando mi verga y con la mano libre vuelvo a levantar el vestido, ella lo hace, y por fin sé que estoy a punto de descargar, lo reconozco por mi respiración agitada. Mi cuerpo resiste por unos segundos, jadeo, no sé por qué lo hago, la miro: sufre, me lastimo un poco a través de ella, se lastima a través mío. Hace una mueca, me quejo. Hay un murmullo perfectamente acompasado. De pronto escucho pasos resueltos subir la escalera; es un ruido formidable. Comprendo qué sucede: la miro asombrarse. Estoy saliendo, sí, me desperdigo sobre ella, sobre el lavabo, contra el espejo. Oigo golpes en la puerta. Fricciono un poco más la mano, levanto la vista y la descubro a ella, sus ojos descubren los míos. Escucho la voz de mis padres, inconfundible, que golpean la puerta cada vez más fuerte. Oigo mi nombre a través de la madera y al mismo tiempo ella, exánime, enfrente mío, dice: «Ya voy, ahora abro.» Sabe perfectamente que la quiero, que la amo. Bajo como puedo del lavabo y me dirijo hacia la puerta. Se ha desvanecido.

Cojo el pestillo, estoy a punto de abrir...

Al llegar al descansillo del segundo piso me siento débil, enfermo el cuerpo, sin fuerzas apenas para mover los pies. Me acerco a los visillos sucios del cuarto de mi tía. Me asomo con sigilo y la veo recostada. Lleva puesta la misma ropa que le había visto antes en la cocina. Descubro la pereza mortal de su cuerpo agitado por la respiración. Muy pronto se ha quedado dormida. El ventilador le apunta el rostro y mueve ligeramente su largo cabello; por un instante el aire sacude sus pestañas. Duerme o aparenta el sueño.

Bajo torpemente, entro en la cocina y tomo una rebanada de queso que está sobre la mesa. Prefiero salir. Mi abuela duerme en alguna recámara, hay un agudo silencio y una sola respiración en la casa. Es enorme el vacío que hay aquí, lo escucho: el de alguien que lo ocupa y, sin embargo, no está en ningún sitio. Una suerte de mudez terrible habita entonces las casas. Este silencio es parecido, pienso, al hueco que dejan los cuerpos inermes, heridos. Están, de algún modo, avecindados a la vida y a la vez ausentes del mundo. Su presencia es la del sueño, la del espectro del sueño, y no comparten con nadie la mortalidad, se olvidan unas horas de ella. Están, sí, pero en otro lugar, apartados; no ocupan tu espacio, viven el sueño del cuerpo, nada más.

En medio del letargo paceño, sin ninguna prisa (la

canícula de julio y agosto provee entonces una suerte de distensión muscular), salgo hacia el muelle. Antes encuentro el astillero olvidado, un astillero sumergido en otro tiempo y como a punto de extinguirse en el calor del mediodía. Lo cruzo y por fin piso el muelle. Camino por unos tablones mohosos donde se ven sujetas las embarcaciones. Me acerco a la última, la nuestra; el yate está solo. Le grito al Veracruz, no responde, seguramente duerme. Salto a la popa luego de jalar fuertemente las sogas hacia mí. Las pequeñas puertas del compartimiento están cerradas. Toco en las ventanillas y no me responde nadie. Doy la vuelta al yate y lo inspecciono hasta que por fin, fatigado, me tumbo en la borda. Me duermo.

Oigo de pronto la voz festiva del Veracruz llevando unos anzuelos en la mano. Hablo con él, me pregunta que por qué no me he ido con los otros al centro, y justo entonces recuerdo la razón por que estuve esperando, haciendo tiempo, decidido a no ir con los demás a la ciudad. Debía volver a casa y mirarla sin perder la ocasión, era eso. Terminaban los días cerca del mar, estaba por concluir el verano, y por delante quedaban largos meses de irritación por no haberla ido a espiar. El Veracruz rió entonces, mostrándome sus dientes descascarados y removiendo en el gesto su cabello sucio.

Crucé el muelle, en algún sitio resbalé en la humedad de las tablas musgosas y me hice daño. Pasé el astillero y encontré una pareja de lancheros bebiendo botellas enormes de cerveza. Seguí hasta la franja empolvada, entre los autos. Al llegar atrás, en el patio, dudé por un instante. ¿Y si ella ahora estuviese abajo platicando con mi abuela o ayudándole en algún quehacer, obligada? ¿Y si continuaba dormida? Me acerqué al rellano, muy cerca de la cocina y, a través de los cristales, no pude distinguir a nadie, la casa seguía igual, en su letargo, perezosa y desamparada. Aspiré hondo, sentí encogidos los pulmones. Me asfixió el polvo de la terracería y por un momento quise toser. Reprimí la garganta, no quería hacer ningún ruido. Hacía un calor indescriptible, un calor cuyo dínamo había resuelto ese verano acabar con los pocos arbustos y frutos del patio. Comencé otra vez a subir los escalones. Más allá de la mitad de la escalera oí el ruido lejano, el chorro gigante de la ducha. Me temblaron las piernas y con no poco esfuerzo logré ascender, callado; nadie me oía y mi sigilo debía resultar absurdo. La abuela no podía subir, estaría aún dormida y al despertar se empeñaría en su labor de costura. Continué así por el corredor, pasando la recámara de mis tíos, hasta asomarme a la terraza. Me volví hacia los lados y no había autos en las calles; lejos distinguí a la pareja de bebedores y al Veracruz que los acompañaba y reía ahora junto con ellos. De pronto él se giró y creí ver entonces un guiño de anuencia en sus ojos. ¿Me había descubierto? ¿Acaso sabía de mi deseo impaciente, impostergable? ¿Se lo contaría a los lancheros y estaría burlándose de mí, de este ardor obstinado por Frida? *Ahora*, después de todos estos años, estoy seguro de que él también miraba complacido el cuerpo de mi tía asoleándose junto a las amuras, y tal vez, el cuerpo de mi madre.

Después de observar si venía un auto, giré y a ocultas entré en la recámara de mis primos. Oía con claridad el caer del agua, imaginaba su rompimiento en los hombros desnudos de mi tía. Cerré la puerta tras de mí y, en el hosco silencio quebrado por el chorro, me acerqué a la puerta del baño que también daba acceso a la otra recámara. Conozco con detalle lo que ahora debo hacer. He aprendido los pasos y las señales. Me laten las sienes, percibo cómo se alteran las venas del cuello; hay un hormigueo procaz e insistente en mi pecho. El mundo sucede, está por acaecer ante mis ojos y aguardo. Contengo la respiración justo cuando oigo las llaves de la regadera y el sonido del agua detenerse, interrumpirse en sus hombros. Estoy hincado frente a la puerta, me arde un poco la rodilla, tengo un ojo puesto en la pequeña hendedura que alguien ha hecho de un golpe. Ella se seca dentro del confín de la regadera y ese fragmento no alcanzo a mirarlo; sólo después la contemplo, cuando ella viene al umbral y su cuerpo queda vivamente iluminado y sé que *no debo descubrir la desnudez de la hermana de mi madre puesto que es carne de mi madre*. La descubro aunque el espacio es angosto y su piel parece rozar levemente el borde de madera. Por centímetros la toco. Un vapor caliente se desprende del baño y lo huelo: es el olor grato de su cuerpo. Frida está allí, enfrente de mí; el sitio queda empañado. Alzo ligeramente la vista para encontrar la redondez inaudita de sus senos. Las areolas del centro aún más redondas, una circunferencia perfecta y rosada que aprieta delicadamente (como si pudiera derramarse) con los dedos. Las veo enhiestas, los pezones puntiagudos. Sólo *ahora* me atrevo a pensar que ella *sabía* que la estaba observando, que su cuerpo reclamaba ansioso la seguridad de mis ojos, los de su sobrino, puestos sobre él, y así se excitaba sin atreverse a aceptarlo siquiera. Bajo los shorts siento mi pene abultado. De espaldas a mí la miro levantar una pierna en la taza del inodoro, ella se seca con minucia asombrosa, el vapor que se ha acumulado amortigua su piel, gotas minúsculas de agua ruedan por su espalda vigorosa y bronceada. Contemplo sus caderas, sus flancos se mueven, quizá me llaman o saben de mi mirada fija en ellos, también de mis ojos puestos en sus nalgas duras y más blancas que el resto del cuerpo. Se pasa con demora o artificiosa delicia la toalla. La observo detenerse entre las piernas y agachar la cabeza. Ahora se seca el pubis, que es un bulto negro y cerrado. Quita la toalla, se inclina un poco más y se revisa algo que no alcanzo a mirar. Sostiene unos cuantos segundos —igual que hace el ala infinita de un chupamirto— su mano allí. Ante la intensa luz que rompe el vapor la contemplo y es real. Toma la toalla y ahora, con las dos manos en alto, estirando su cuerpo, la pasa por su cabello mojado. Cierra los ojos y hay gozo, estoy seguro, en su cara. Se seca con calma y no aparto la vista de su cuerpo completo, puro y dorado, el suceso que es verlo y casi poder sentir en las yemas la carne y poder estrujarla. Apenas respiro, debo ser cauteloso y no romper este encanto. Pongo mi mano y descubro mojados los shorts. Quito la vista de la hendedura. Con cuidado extremo, inaudito, me levanto. Sin embargo, me apoyo en el pestillo de la puerta sin querer...

... abro, me está observando mi madre.

Cuando Ricardo despertó tenía *Las plegarias del cuerpo* abierto sobre el vientre y una pierna sobre la mochila. Estaba extenuado tras la lectura. La simultaneidad de planos de la historia de Federico, el erotismo abigarrado (el fetichismo y *voyeurismo* del protagonista), la confusión de personas en el espejo, los tiempos convergentes, su forma concéntrica, los saltos cronológicos yuxtapuestos, en una palabra, todo... lo había dejado atónito y enfebrecido. ¿Quién era esa mujer que se aparecía en cualquier sitio y a la vez era inasible? ¿Dónde estaba en realidad ese *ahora* ininterrumpido de la historia? ¿Desde dónde se escribía el relato, y cuál era, pues, su verdadero centro? ¿Acaso lo había? Luego, después de haberle dado muchas vueltas en su cabeza a éstas y otras muchas preguntas, Ricardo se quedó profundamente dormido. Cuando se desperezó y observó su reloj, era cuarto para la una. De nuevo se apoderó el hambre de su estómago. Guardó el libro y salió de la estación con la mochila en la mano. Sobre Insurgentes, a dos calles de allí, miró en letras naranjas y enormes *Vips*. Tomó hacia allá y tras haber sido perfumado con varias descargas de monóxido de carbono, entró y recibió de golpe el aire acondicionado del establecimiento. En un rincón del restaurante —un lugar propicio para observar a la gente sin ser observado—, pidió unas enchiladas verdes, bebió una Coca-Cola repleta de hielo, y de postre un pastel de dátil. Justo cuando la mesera iba a servirle el café, abrió la mochila y sacó el cuaderno deshojado. Le pidió prestada una pluma, y la muchacha, amable y coqueta, se la concedió.

En la última página escrita de *Las Rémoras*, dejada muchos días atrás, apoyó la pluma y escribió los sucesos recientemente acaecidos en la aldea junto al mar:

22

Esa mañana estaban allí sentados, en la lonchería de la calle Libertad, Iginio Jasso, Elías y Tony. En una mesa apartada, solo y distante, el doctor Díaz Gros leía una revista que mensual y tardíamente le llegaba del Distrito Federal. El escribidor y Tony se guarecían del calor cubiertos por las sombrillas que ponía su dueño junto a las mesas. El arquitecto, en cambio, recibía con beneplácito los benignos rayos del sol; permitía que le incendiaran la cabeza calva. No eran las once aún y sólo un par de comadronas —aparte del doctor— tomaban el café a un lado, sobre la misma acera de la calle.

La lonchería formaba parte de aquellas casas que, agrupadas, subían Libertad hacia las otras calles sin asfaltar, alejándose así, poco a poco, del mar y el breve malecón. Inmediatamente había una acera —con no más de dos metros de ancho—, una calle vehicular —la única—, y en el centro, el camellón, esa especie de rambla donde Tony tenía permiso del ayuntamiento para poner cuatro o cinco mesas con sus parasoles al lado. Muy temprano, a las seis o seis y media a más tardar, sacaba de la lonchería las mesas, las sillas de plástico y, por fin, las sombrillas, las cuales incrustaba —como si fueran un tallo de acero— en unas pesas de cemento que apenas (con esfuerzos sobrehumanos) podían moverse, de allí que prefiriera dejarlas pernoctar.

Tony a veces se levantaba de su silla, veía si se ofrecía algo en la mesa de las comadronas o del doctor, cruzaba en un santiamén la calle fijándose antes si pasaba un auto aunque no hubiera necesidad —rarísimos eran en Las Rémoras—, se entretenía con algún asiduo dentro de la lonchería, detrás del mostrador, y por fin regresaba a la conversación que tenía a los tres ensimismados, especialmente desde que Elías decidiera bajar de ese peñasco al final de la playa. Incluso esa mañana, para pasmo de muchos, se había puesto a escribir allí en la lonchería —ya no había ido al mar a hacerlo o a la biblioteca, su casa. Más tarde, sin embargo, se unió —como solía antes de lo de Roberta— a las añejas conversaciones con el arquitecto y Tony.

Elías mantenía a su lado, cubriéndolo con el brazo, su cuaderno. Encima, una pluma. Parecía haber interrumpido algo importante. Jasso bebía café sin ningún reparo ni respeto a su intestino. Cada nuevo sorbo le daba ahínco y fuerzas para hablar. Tony lo escuchaba un poco absorto y femenino, cubriéndose del sol. No corría ninguna prisa puesto que en Las Rémoras nunca las hay.

—¿Y ahora que se ha ido, qué piensas, qué vas a hacer? —preguntó el arquitecto a bocajarro.

Tony moría por averiguarlo. Tal vez ésa era la pregunta que él y cualquiera había estado esperando. Habían discutido del amor, de la mentira del amor y de los celos de amor —es decir, el amor y sus variedades—, pero siempre en abstracto, sin una referencia, sin objetivo, sólo por el gusto de hablar y darle fricción a las palabras que a todo aluden, y, sin embargo, terminan sin nombrar nada. Por fin Jasso se había atrevido, había arriesgado el todo por el todo luego de una pausa, tratando de no perder el estilo a sus treinta y seis años.

Al contrario de lo que Iginio y Tony pensaron, Elías no pareció contrariarse; sonrió, se quedó por unos instantes pensativo y contestó haciendo girar al mismo tiempo el cuaderno que tenía a su lado:

—No lo sé. Me imagino que seguir escribiendo.

Los otros callaron: ésa no era la respuesta que buscaban. O mejor: ésa no era la intención de la pregunta. No deseaban saber qué iba a hacer desde ahora el joven bibliotecario de veintitrés con su vida. Querían saber qué iba a hacer Elías con su amor. Eso les angustiaba. Lo demás, en el fondo, no tenía la mayor importancia. El tema del amor, en cambio, les incumbía a todos. ¿Y quién más que un involucrado —un paciente salido de ese hospital—, podía decir lo que creía? Era casi como hablar con un hombre que hubiese estado largo tiempo preso en un campo de concentración.

—Sí, escribir... —insistió el arquitecto—. ¿Pero qué vas a hacer con tu amor? A eso me refiero.

Sin titubear, Elías contestó que nada. Nada. Luego, pensándolo mejor, prefirió escamotearlos diciéndoles:

—Sabía por anticipado que ella debía irse. Nunca me lo dijo y ni siquiera me lo advirtió. Pero yo ya lo sabía. Por eso no me angustiaba. Bueno, sí me angustié, pero al mismo tiempo necesitaba aprender a vivir sin ella, hacerme a la idea, ¿comprenden? Claro que la quise, si es lo que ustedes quieren saber. Y también es cierto que no puedes dejar de querer a alguien de la noche a la mañana.

—¿Pero cómo dices que la amaste, Elías, si apenas fueron unos cuantos meses? —lo interrumpió Tony—. Ahora estás muy tranquilo. Eso quiere decir que no la quisiste; al menos no tanto como tú supones.

—Algo se aprende con todo esto, no sé... —dijo Elías con perfecta serenidad.

—¿Qué? —como una flecha la voz de Jasso, el sol golpeándole las facciones del rostro.

—Bueno, que el amor es un arma de fuego, Iginio, un arma de fuego delicada. De un uso que requiere excesivo cuidado. Y lo cierto es que no sólo el amor. Todos los afectos del mundo son lo más delicado, lo más fácil de quebrarse e irse a la puritita chingada. No sé cómo explicarlo. Pero ahora lo sé, lo reconozco.

—No, Elías, te entiendo perfectamente —lo interrumpió Jasso dándole un nuevo sorbo al café y animándolo a que hablara.

—Yo estoy de acuerdo —dijo Tony al unísono.

—Por ejemplo —continuó Elías—, yo a usted lo estimo, arquitecto, de veras. Y a ti, Tony, también. A veces hasta podría decir que los quiero. Hay que ponerse un poco melancólicos, o borrachos, y listo: digo que los quiero. Después de tantos años es difícil que esto sea una farsa y, sin embargo, poniéndonos en la realidad, cualquier cosita puede suceder para que se termine una amistad de siglos, ¿o no? Los afectos no son engañosos; lo que pasa es que son muy frágiles.

Elías se detuvo.

Sin querer, sin ninguna intención, las palabras dichas, soltadas al desgaire, se ajustaban al arquitecto Iginio y su amistad de años con el licenciado Rosales. Ahora ese afecto estaba roto. Prefirió hacer caso omiso y continuó:

—Ahora imagínense el amor. ¿Qué lo sustenta? ¿Qué le da un garante? Nada. Luego de repetir la escenita varias veces, te vas dando cuenta. ¡Pobrecitos aquellos que llevan veinticinco años y apenas se dan cuenta! ¡Muy tarde! Como la negra Santa y Joaquín, ustedes saben... Ahora ella está sola, y él también, pescando en su lancha, siempre pescando para no morirse de pena. Y lo peor es que ni se pueden ver. Y yo digo: ¿cómo, luego de veinticinco años de haber dormido juntos suceden cosas de esta clase? Pues sí, nada más hay que verlo para comprobarlo.

—Y si no, fíjate: también el caso de Rosales, que enviudó dos veces —interrumpió Tony de repente.

El chiste (la alusión a Inés) no hizo reír a nadie. Al contrario, se quedaron callados y entonces Tony, levemente avergonzado, se paró a servir café a la mesa de las comadronas. Volvió después de un rato y preguntó al arquitecto si deseaba un poco más:

—Gracias —dijo el otro completamente absorto.

Elías entonces dijo:

—Los sentimientos son una cosa delicada, Iginio.

Fragilísimos y como un arma de fuego. Cualquier cosa hace que se destruya algo importante. Es un horror. No se puede vivir así, dejar pasar las cosas como si nada. Temiendo que suceda algo, en cualquier parte, en cualquier momento.

—Es que nadie sabe realmente sostener un arma de fuego. Se te dispara de pronto cuando creías controlarla —dijo Tony con voz meliflua, aflautada, ligeramente desasida del hombrón alto y bigotudo que era.

—Nadie la controla —dijo Elías—. La llevas en la mano, la cuidas, la aceitas. Pero quizá por costumbre se te olvida que está cargada, incluso olvidas que es un arma de fuego, un arma de dos filos: con la que quieres a alguien, lo amas, y con la que eres capaz de destruir al otro, despreciarlo, o destruirte a ti rompiendo precisamente lo que más amas. El amor, los afectos son una cosa tan delicada y transparente, que a veces dudo si realmente existen. ¿Alguna vez los sentiste?, se pregunta uno. Yo ya había visto, antes de lo de Roberta, a muchos hundirse cuando su pasión terminó. No sabían qué hacer, adónde huir. ¿Por qué? Precisamente porque pusieron toda su fuerza, su voluntad, su dependencia, en un afecto, se subyugaron a él, lo hicieron con beneplácito, cerrando los ojos y arriesgándolo todo. Eso no se hace. Yo casi estuve dispuesto a hacerlo con Roberta, sí, a punto. Hace un mes. Sabiendo incluso que estaba mal. Y creo que ella lo impidió. Una vez yo le pregunté si me quería y ella no me respondió, se negó rotundamente a responderme. Sólo por ese exabrupto mío dejamos de vernos varios días. ¡Qué estupidez!, dirán ustedes, pero yo no lo creo. Quizá ella tuviera razón. Puedo decirles ahora que Roberta es más aguda de lo que yo nunca imaginé. Déjenme explicar lo difícil que puede ser querer a alguien que se resiste a ser querido. Sí, pues más que a corresponder el amor del otro, detestan ser queridos. Así hay gente. Se sienten responsables del cariño del otro, del amor que les ponen como un vestido caro. Sobre todo porque no se trata precisamente de un amor que se ofrezca. No, de ninguna manera. Cuando lo sientes, Tony, como yo lo sentí durante estos acalorados meses por Roberta, se lo juro, no te importa nada, quieres hundir al otro con tu amor.

—Pero también es cierto que no querer hacerse responsable de nada, del amor de nadie, es de un egoísmo supremo —aseguró Jasso.

—Sí, de un egoísmo enorme —dijo Elías—, ¿pero qué se le va a hacer? Sobre todo muchas mujeres son así, tal vez las que han sufrido más. No quieren sentirse comprometidas. No desean por nada del mundo volver a responsabilizarse por nadie.

—O bien: le tienen miedo a hacerle daño a alguien. Por eso lo evitan. Por eso su egoísmo. Es decir, un egoísmo humanitario, caritativo —dijo Tony.

—Sí, pero antes que ese miedo, antes que esa caridad que intenta no dañar al otro, está el egoísmo: patente, traslúcido como el agua. Ése es el problema. Muchas mujeres no quieren ensuciarse un poco. Pues amar a alguien, o mejor, ser querido por alguien, es lo mismo que ensuciarse un poco. ¿Dime si no, Tony?, pero amar es todo excepto caridad. Ellas prefieren la caridad, la filantropía. Quieren morir a toda costa, y a cualquier precio, limpiecitas. No digo vírgenes, santas, eso es lo de menos. Simplemente no quieren ensuciarse ni siquiera del amor de su esposo. Y así es imposible vivir, realmente imposible.

—Y eso es lo que le faltaba a Roberta, ¿no es cierto? —preguntó Tony dándole vueltas a la cafetera.

—Creo que sí. En el fondo ella creía que por haberse ensuciado una vez, el día que amó a ese otro, quizá el padre de su hijo, no lo sé, estaba curada, lista para no volver a hacerlo.

—Es decir, Roberta era lo que se dice una mujer pagada de sí misma, Elías —interrumpió el arquitecto pidiendo un poco más de café—. ¿Y no has pensado que, al contrario, ella te amaba tanto que tuvo que huir, no verte, olvidarse de ti, pues comenzaba a ser dependiente de tu amor, de que le correspondieras? ¿O al menos ella comenzaba a depender de su deseo de amarte, lo que, según dices tú, es fatal? ¿Puede ser así, no es cierto? ¿Lo has examinado?

—Lo dudo. Creo que Roberta estaba ufana de su desamor, de su falta de pertenencia a alguien. Y en cierto sentido, ella alimentaba esto. No en su actitud, pues no pongo en duda que debía tener un gran corazón. Pero eso sí: ¡ay de quien la quisiera! Ella pondría coto, todo su desprecio en él.

—Así que ella te despreció —concluyó Jasso, más para hostigarlo a hablar que porque realmente lo pensara.

—Creo que sí, ahora creo que sí —contestó Elías sin meditarlo un instante; era aquél un «creo» que revelaba, sin embargo, mucho aplomo—. A la larga eso pasó, especialmente cuando ella abrió los ojos una tarde y se dio cuenta que estaba ya un tantito enamorada de mí. ¿Comprenden? Eso fue el colmo. No sólo había roto la cláusula de no sentirse nunca responsable del amor de alguien, que, si se ve, resulta de un gran peso, sino que también había correspondido (sin darse apenas cuenta) a ese amor; en otras palabras, deseaba ese amor, deseaba dárselo a alguien, a mí, por ejemplo. Allí, supongo, comenzó a sentir desprecio, primero por ella misma, por su falta, por su debilidad, y luego desprecio por mí, por el amor que sentía yo hacia ella. Era mucho más de lo que nunca deseó y ahora estaba fuera de sus casillas, como cuando a alguien le sale todo mal.

—Puede ser; aparte de amar a su hijo no debía querer a nadie en este mundo —se atrevió a decir Tony, sentado allí, boquiabierto, más alto que los otros.

—Sí, pero eso es un pretexto, una excusa que ella se hace a sí misma, que se ha inventado para poder quitarse de encima cualquier otro amor. Como que el del hijo se le impone, y punto. Lo acepta. Así que por qué no tomarlo y protegerse con él, ¿no creen? Se coge de su hijo y en él pone todo: sus aspiraciones de amor, su deseo de amor, de amar a alguien, y sólo para sentirse curada.

—En otras palabras, ¿tú opinas —dijo el arquitecto— que es un enorme peso el que le carga al niño, amándolo tanto?

—Sí, cuando él no tiene la culpa de nada.

—Quizá tengas razón, Elías —puntualizó de nuevo Iginio, bebiendo un sorbo de café bastante tibio—. Nunca ningún hijo quiere tanto al padre como el padre a él. Es una ley de la vida inalterable. Es más, si no pasara así, creo que sería antinatural. Así que el niño de Roberta debe soportar toda la responsabilidad del amor de su madre, el amor que ella se niega a darle a alguien más. Cada quien debe tener su corazón bien plantado, ¿no creen?, y no hacer de un hijo tu marido. Sobre todo porque tarde o temprano él te va a abandonar. Y viceversa. De cualquier manera, dime, Elías, ¿dónde diablos crees que se haya ido esta mujer?

—No tengo idea —mintió—, no se despidió. Partió ayer. Eso, sin embargo, es lo de menos. Sabía perfectamente que, el día en que esto acabara, ella no se despediría de mí. Así que, por otra parte, Roberta resulta previsible.

—Todas las mujeres, conforme las vas conociendo, son bastante previsibles, ¿no lo sabías? —aseguró el arquitecto mujeriego.

—Perdóname... pero no siempre —lo contradijo Tony en broma, fingiendo haberse ofendido.

—Sí, tienes razón, no todas —rectificó de inmediato Iginio con una sonrisa, desagraviándolo; inmediatamente se volvió hacia Elías y preguntó—: ¿Y crees tú que volverá a trabajar en lo mismo, o buscará un marido?

—¿Marido? —se rió Elías—. Primero muerta antes que encontrar marido, aunque ella jure mil veces lo contrario. No soportaría tener marido. Y fíjese, Iginio: aunque se case con alguien, no será nunca su marido.

—No entiendo —lo interrumpió éste.

—Ella no quiere amar a nadie, se lo aseguro, aunque, por otro lado, diga que sí se quiere casar. Más por el niño que por ella. Roberta se sentiría contenta de morir sola y desgraciada. Una mártir del amor, la Puta de todos los hombres, pero al fin y al cabo de ninguno. Su orgullo se lo dicta así. Debe cumplirlo como parte del destino, ¿comprenden?

—Eso del marido me recuerda la parábola de la samaritana —dijo Tony alborotándose el bigote—. Su quinto marido o el que fuera, según el padre Augusto, ya no era su marido, ¿no es así?

Aunque el arquitecto no entendió, Elías había asentido: así era exactamente. Entonces aprovecharon para quedarse callados durante unos segundos. Jasso por fin lo amonestó:

—Elías, lo que creo es que hasta ahora has vivido de absolutos. Has hecho del amor, por ejemplo, un absoluto. Un mujeriego, más que cualquier otro, duda de los absolutos, pues, créeme, no son ciertos. El amor es, como cualquier cosa, como cualquier sentimiento, relativo. Decides amar a alguien o decides no hacerlo. Pones el absoluto en Dios, lo pones en tu madre o en Roberta, da lo mismo, pero si sabes despegarte un poco y contemplarte en el mismísimo acto de amar a alguien o de odiarlo, ves cómo es siempre relativo, cómo no importa en el fondo lo que sientas o dejas de sentir. Lo odias, lo amas, y te resulta indiferente, ¡qué más da! Por eso, más que un arma delicada, los afectos que has convertido en absolutos son los que se vuelven delicados, ningunos otros. Lo absoluto es aquello que consideras delicado después de cierto tiempo. Dices, por ejemplo, *yo la amo*, y cuando tú mismo lo oyes decir, escuchas un absoluto encaminado sólo a convencerte, a hacerlo perdurar. Y es mentira. Hay un hueco, un vacío imposible de cubrir entre lo que dices sentir y lo que sientes, algo que no sabes qué es, algo que en realidad no sientes, que sólo *dices* que sientes. Créeme, Elías: en realidad no sientes, sólo te convences si tú quieres. Pero a la larga nada de esto es importante, nada es tan importante como al principio nos parece, y menos lo que sientas o dejas de sentir —aquí se interrumpió por unos instantes y luego continuó—: Lo que pasa es que de pronto has perdido la noción de ese hueco, de ese vacío donde no hay absolutamente nada y lo intentas rellenar a como dé lugar. Pero ¿sabes? Si te pusieras en ese hueco, te darías perfecta cuenta de que sólo sientes lo que se te antoja, y no al revés. Es decir, no sientes un afecto como si fuera algo exterior, predestinado. Eso es una patraña, un somnífero. Si te contemplas allí, Elías, si logras ponerte en medio de ese hueco sin tener pánico, sin un acceso de náusea, entonces ves que todo es un antojo tuyo susceptible siempre de cambiar... —se interrumpió de nuevo y dijo—: ¿Sabes por qué cambia un sentimiento, por qué se te dispara el arma, como tú dices, y de pronto dejas de querer a gente que amaste mucho tiempo? De ninguna manera porque no pase nada exteriormente, no. El afecto cambia o simplemente se acaba porque tú decides que sea así aunque a primera vista no te des cuenta. Pero si, en cambio, perduras con el afecto es porque también tú lo decides así, Elías. Construyes con el paso de los años ciertos absolutos, ingenuamente. Enamorarse, por ejemplo, es poner todo en un absoluto que no existe, que tú solo inventaste.

—Tienes razón, supongo —respondió Elías dubitativo, ensimismado; sólo a medias comprendía la voz del arquitecto. Al menos entonces pudo concluir y dejar en claro una cosa: no estaba, hace un mes —cuando amó a Roberta—, en ese hueco, entre pared y pared, donde no encuentras otra cosa que hacer aparte de inventar lo que uno desea que exista, absolutilizándolo de inmediato, según el gusto, el antojo, o la necesidad del momento.

—Sin embargo —terminó Iginio—, acepto como algo necesario que todos nos creamos tarde o temprano un par de absolutos para poder seguir viviendo. ¿Por qué? Es algo que todavía no logro responderme. ¿De dónde diablos proviene esa necesidad cuando sabes que todo es perfectamente relativo?

Tony lo oía sin decir una palabra. Prefirieron quedarse callados, seguir meditando cada quien por su cuenta. Elías, por ejemplo, en la insignificancia de los sentimientos, la delicada arma de fuego que uno carga y se dispara luego de años de cuidarla y sostenerla con tiento; y el arquitecto Jasso, en la imposibilidad de decirle la verdad a Elías, una verdad innecesaria y asimismo relativa: que se había acostado un par de veces con Roberta y que tampoco iba a olvidarla. Si se lo dijera el arma se dispararía y la delicadeza de un afecto como el que había entre ambos, a pesar de la diferencia de edades, podía hacer pummmm.

En ese preciso momento las comadronas llamaron a Tony y éste, levantándose, completamente abstraído aún, pisó una lagartija. Díaz Gros, desde otra mesa, interrumpió su lectura para verlo y soltar una risita.

23

Cuando Ricardo vio el reloj eran las ocho y seis minutos. Había pasado más de siete horas en el gabinete del *Vips*, en un rincón. Solitario y sumergido en las páginas de su novela. Guardó el cuaderno en la mochila y se paró casi a disgusto. Pagó la cuenta y, aunque quiso devolver la pluma a la señorita, el turno de meseras había cambiado hacía varias horas. La guardó bajo el suéter negro, en el bolsillo; quizá escribiría algo más por la noche, quién sabe, durante el viaje.

A través del vidrio podía mirarse una suerte de tiniebla idéntica a la de la madrugada, no uniforme, liviana en varios sitios, tal vez donde la gente caminaba aprisa, donde las suelas de los zapatos golpeaban o el aire tibio se mezclaba con el humo de los motores. Penetró en la estación, atropelló a una vieja inválida, chocó contra un empleado, hasta que por fin estuvo en el andén cuatro. Un guardagujas le señaló la entrada, y preso de miedo —aún le parecía increíble estar allí— tomó asiento. Los carros no iban a más de la tercera parte de su capacidad, así que pudo descubrir, con una especie de malsano regocijo, que estaría solo durante el trayecto, solo como quería estar. Podría repantigarse a su antojo, mirar a través de la ventana o al lado del pasillo, dormir cómodamente. Así fue, lo supo al oír la sirena; no se había equivocado. El tren salió casi puntual, es decir, a las veinte treinta horas, como había dicho una Concha oficiosa y estulta. Ricardo se rió otra vez.

Pasaron casi cuatro horas en que dedicó espacios de tiempo para observar a algunos de sus vecinos, caminar a través de otros carros, sentir el aire tibio de la noche en esa especie de rellano que hay hacia el final de los trenes, entre un carro y otro, pedir un sándwich en el restaurante —el cual abandonó luego de darle dos mordidas—, y, por fin, verdaderamente hambriento de saber qué pasaría, sentarse a leer la tercera parte de la novela de Ross, que lo tenía cautivado:

(Tercer día)

Se han acabado los veranos en La Paz. El tiempo se escapó y apenas se sintió una ráfaga. Cierro los ojos y me descubro en medio, viviendo caprichosamente cualquier día. El tiempo es una tarea infinita. Si me detengo un segundo nace en mi cuerpo un temor; así pues, prefiero continuar escribiendo sin comprender demasiado. Solamente deseo seguir sin atisbar la sima que de pronto se ha abierto. No encuentro todavía la razón de cómo es que se vino a hacer, no atino a ver qué sucedió. El tiempo o alguna brecha se ha ensanchado, un lugar definitivo. Estoy aquí, solo —de alguna forma: fuera del tiempo—, escribiendo, como debe ser. Tengo una desazón necia que no logro abarcar o curar. Es absurdo si me detengo y observo. Dios o el mundo o el tiempo, no lo sé —no quiero saberlo—, nos hunden, nos vejan y se ríen obstinadamente de nosotros, de esta abyección infligida que contemplan. ¿Qué es vivir? ¿Dónde se vive? Mejor aún, ¿cuándo se vive, en qué momento? Sin embargo, de repente intuyo otra vez: no es cierto que se viva como solemos decir. Se trata, al contrario, de una ilusión que compartimos todos por igual. Si de verdad alguien lo hiciera, es decir, *si viviera*, jamás se daría cuenta, pues nadie vive a la vez que discurre en el tiempo; nadie, que yo sepa, *está recordándose que vive*, recordándose vivir. Lo que nos mantiene es la memoria, las variaciones y las formas pródigas que hacemos con ella. En eso pasamos la vida. O en la inconsciencia. Sólo nos engañamos, nos prestamos enardecidos a cualquier nostalgia cuando nos conviene. Y así es que vivimos para el futuro o para el pasado, para antes o para después, según nos plazca, y nada al fin y al cabo es cierto: ninguno de los dos existe. Los dos suceden a la vez aunque no nos demos cuenta. Por tanto, sólo vendría a ser verdad *lo que se vive* —lo que se está viviendo— y ¿quién lo hace?, ¿quién sabe que lo está haciendo y, más aún, que lo va a recordar y ahora sólo sirve para eso, es decir, se ha vuelto ya un mero recuerdo del futuro en ese instante?

De este modo, pues, nos prestamos cándidos a gozar y a sufrir sin memoria, como si la vida fuera (y tal parece que lo es) un arte de prestidigitación y de amnesia. Nadie lo reconoce porque ninguno lo sabe. Yo, en cambio, sí lo sé e irrevocablemente me hundo en esta ruina de ilusión que es mi cuerpo cuando ama a otro con infructuoso ahínco. Y no hay razón para ello, jamás la hubo. No me explico, por tanto, cómo puede ser honesto o pudoroso tocarse, oírse las vísceras distender por las noches, refocilarse, sentir los latidos en las venas del cuello, cuando sería mejor acabar con el cuerpo. ¿Cómo no doblegarse ante tanta descomposición, ante tanto cuerpo malhadado y pútrido, ante esa disolución de la carne irrevocable y asumida, la sinrazón que es contemplar vivir el cuerpo, dolerse, gozar? ¿Cómo no espantarse con su inmanencia, su fatalidad, su infinita caída al fondo?

¿Y el arte acaso no trasciende? No lo sé, no quiero que me importe. ¿El deseo trasciende? No lo sé aunque siempre, lo reconozco, vivo sujeto a él y también es cierto que vivo soñando en el arte, vivo por él e imagino que está allí, en lo eternamente incumplido. Juntos, el deseo y el arte. Sin tocarse, apenas uno ante el otro, reconociéndose, esperando. ¿Esperando qué? No lo sé. Llevan la vida así, en su devaneo, en su incumplimiento. Sólo les queda aguardar, igual a mí. Mientras, ir muriendo muy suave: desvivirme con suavidad, sin reparos.

Los reconozco (al deseo y el arte), pueden estar muy cerca, tocándose. Pueden estar incluso en mi cuerpo y también en el alma de todos los objetos a la vez. Es mi deseo impregnando el ánima profunda de las cosas, *anima mundis*, identificado con ellas un momento. Entonces descubro, en un solo parpadeo, que el arte está muy próximo y se asoma por instantes. El arte, compruebo, está en el alma de las cosas pero no se desvela. El artista, pues, debe doblegarse ante él y así solamente doblegarlo, desvelarlo. Asimismo el deseo aparece, lo veo, lo tengo: está en mí y allá, sobre las cosas, bajo ellas, quizá en ellas. Pero antes no deja de invadirme la oscura premonición de que el mundo es así, eternamente incumplido. Debe serlo, y el arte igual: lo noto en el cuerpo, los objetos, las formas.

Miro, contemplo a los hombres: no viven, simplemente no viven porque *no saben*. Igual yo, contemplo: no vivo, ni siquiera me atrevo a decir que vivo. Recuerdo. Nada más recuerdo, que es muy distinto a vivir. Sólo busco salvar mi vida, la otra, la de antes y la que está por venir. Busco salvar cualquiera de mis vidas: las que no vivo jamás por no acordarme de ellas a tiempo. Sin embargo, cierro los ojos, allí estoy, por ejemplo recordando en el futuro —febrero de 2006— ese *ahora* en que escribo, en que imagino y recuerdo. Si entonces cierro los ojos y lo pienso estaré de nuevo aquí, puedo estar aquí. Sólo si lo deseo. *Ahora* lo comprendo sin dificultad: me puedo transportar. ¿*Ahora*? ¿Cuándo *ahora*? Respondo que no lo sé, no sé cuándo es *ahora*. Tal vez mienta si digo que *ahora* es cuando escribo. Por eso, repito, no lo sé. Pero, y si abro los ojos, ¿dónde estoy? No me aferro a nadie, no miro o palpo mi cuerpo: no estoy en ningún sitio. No deseo ya nada. No me obstino, no pienso y ni siquiera creo que recuerde o imagine. Escribo. Sólo escribo. Perdí el rumbo en lo más hondo del mar: no hay arriba y no hay abajo, no veo una sola burbuja. Escribo. Quizá la memoria está muerta. Muerta desde mucho antes y yo aún no lo sé. No hay razón en obstinarse o desear algo. ¿Cuál habría? ¿Para qué? Escribo y ninguna otra cosa me importa. El mundo está muerto. También estoy muerto yo. Desde antes.

Nunca me había enamorado; eso es igual a decir que me he enamorado alguna vez, en alguna parte, en algún tiempo. Por eso es mejor decir que no me he enamorado nunca. Sólo verlo escrito me llena de una miserable ternura; son palabras que tienen la capacidad para corromper a cualquiera. Si amar o enamorarme me mueve a la ternura (a ese entibiamiento falso y dañino de los sentidos), entonces es claro: se vicia la esencia de mi cuerpo, el frágil equilibrio de sus cuatro humores. Con el amor tal vez se descompone aún más el mineral secreto. Oigo así el vértigo por el que las vísceras transitan y se repliegan, cómo se ablandan los poros de la piel. Me descompongo y me intimida el mundo. Me arredra tener miedo o dolor frente a los otros, entonces me encojo y me lamento. Descomponerme, pudrirse oculto el organismo, me aterra. *Ahora* sé que todos, de alguna forma, cargan con ese mismo sufrimiento y sus vísceras también se pudren sin misericordia. En su estúpido letargo, los hombres van diluyéndose y se olvidan. Sobre todo sucede lo último: los hombres olvidan.

Si hubo un sentimiento ajeno a mí, una punzada o una suerte de enfermedad inexistente, no descubierta todavía —amor la llaman—, lo tuve varios años después. Su nombre es Laila. Aquellos veranos tórridos en La Paz y Los Cabos quedaron muy atrás. Se vendió el yate, se dejó la casa frente al muelle, el Veracruz desapareció. Los años transcurrieron cálida e imperceptiblemente. Entre tanto me sumergí en ese fluir devastador de los cuerpos.

En la memoria, lo he sabido desde entonces, cohabitan dos seres antagónicos que todo lo destruyen: son el gozo y el dolor. El recuerdo es siempre gozoso o doloroso, no hay más. Ellos se mantienen, se soportan con fragilidad, como si se tratara de dos cuerpos líquidos guardados en sus alambiques, justo como hacen el odio y el amor. A veces, sin embargo, el equilibrio se destruye: el dolor es quien se impone, él es el único que quiebra el gozo y la estabilidad. Esta vez, repito, el dolor tiene un solo nombre, un dueño: Laila. Sí, apenas ayer encontré una antigua carta con su nombre escrito en el dorso. Allí estaba, quieta, y adiviné que desde antes —quizá aun antes de que fuera escrita—, conocía su paradero: estas líneas, esta ínfima parte de mi libro.

La carta estuvo escrita, tranquila allí, y muda, sólo para destruir mi goce, lo sé. No tuve, sin embargo, más remedio que abrirla y releerla después de todos estos años; a pesar de mí. Sin embargo, primero contaré lo que pasó. Desde el principio:

En aquel tiempo, a los diecisiete, preparaba una obra de teatro: *Un delicado equilibrio*, de Edward Albee. La dirección de la preparatoria nos apoyaba. Un año antes mis compañeros y yo habíamos montado, con escasísimo éxito, *Los intereses creados*, de Benavente. Había sido un fracaso y una pérdida de meses y de trabajo arduo. Los actores —algunos compañeros— y las actrices (hermanas suyas o amigas) no querían volver a probarme dirigiendo una obra. Quizá al actuar no era tan malo, decían a mis espaldas; pero como director resultaba poco menos que infame. El problema ahora era hallar a alguien más que quisiera hacerlo. Quiero acordarme: vienen a mi cabeza esos días previos a la obra anunciada de Benavente, *Los intereses creados* se recomiendan por doquier en el colegio: boletines, invitaciones a los salones. Todavía faltan algunas escenas y otras más salen deterioradas sin poder ponerles remedio. Una de las compañeras ha ido mágicamente languideciendo en su voz conforme se acerca el día de la puesta. Los ensayos son una ruindad cuando oímos sus parlamentos. Se traba constantemente, mastica las palabras, se le vuelven saliva, las rumia, pugnan por salir y el resultado, al final, es una voz de mujer en sordina, fatídica a la vez que descascada. Una amiga suya tampoco hace las cosas como deben ser, parece que a propósito se moviera a destiempo, sólo para fastidiar y tener que empezar otra vez. Pasamos largas horas metidos en el escenario del auditorio (a puerta cerrada), a veces hasta muy entrada la noche, justo cuando el velador del colegio llega a sacarnos. Silvia no puede pararse jamás donde le piden. Por eso, a mitad de una de esas tardes, luego de haber debatido con todos para que una escena apareciera más o menos puesta, subo a la tarima y a gritos le pido que se vaya si no puede estar donde le indico. Me paro allí, enfrente de todos, y acumulo saliva entre los dientes como un perro: escupo en el suelo exactamente en el lugar donde Silvia debe pararse.

Los demás, lo recuerdo *ahora*, se quedaron atónitos entonces; yo, si debo ser sincero, también. Nunca me creí capaz de un acto semejante. Silvia sale llorando del escenario. Detrás, su amiga. Un fracaso, todo fue un fracaso esa tarde. Dejamos de ensayar uno, dos, tres, varios días. No tengo, pues, que explicar cómo fueron las tres representaciones que hicimos de *Los intereses*. Hubo abucheos, risas, escándalo de docenas de alumnos que habían ido a presenciar nuestra obra. Una vergüenza si no fuera —como sabíamos— una comedia y su intención, a final de cuentas, divertir. Sin embargo, todos en la tramoya percibimos —sin una sola duda al respecto— de lo que se trató realmente: hubo sorna, burdo jolgorio de los alumnos. En varios meses, actrices, actores, iluminista, tramoyistas, apuntador, músico, director no volvimos a vernos la cara. Quizá ninguno de ellos quería encontrar a su desprestigiado pseudodirector que, *además*, se había atrevido a hacer el ridículo papel de Arlequín en *Los intereses*.

Fue, como digo, en uno de los primeros ensayos de *Un delicado equilibrio*, varios meses después, que Laila llegó acompañando a Silvia. Yo había vuelto a ganar el apoyo de la dirección del colegio. Había conseguido el auditorio para los ensayos y las representaciones, nada más. No obtuve un céntimo por ningún lado, aparte de la condición previa de no representar a Sartre o a Genet bajo ningún concepto; a Albee los maristas no lo conocían y por eso aceptaron. Desde el vestuario hasta los enseres para la escenografía corrían por nuestro propio bolsillo. Teníamos prohibido cobrar la entrada. De la dirección del colegio y de los profesores no recibimos nunca otra cosa que aprobación y un poco de ánimo lleno de escepticismo, una especie de simpática curiosidad por aquellos ingenuos integrantes del grupo de teatro y su director. Estaban allí los que en ese año escolar mostraban aptitudes o algún interés por ser considerados actores (y, por supuesto, *aún no me conocían*), y yo, un director obstinado y sin experiencia.

Sólo a Octavio, mi amigo de la infancia y de siempre, le interesó la obra de Albee. La leyó y, como suponía, quedó encantado aunque —como dijo—, iba a ser difícil representarla en la precariedad en que nos encontrábamos. Desde un inicio Octavio quiso hacerse cargo de lo que, presuntuosamente, denominábamos *casting*, es decir, la búsqueda de los interesados y el modo en que pudieran cubrir los repartos. Dio otra vez con Silvia, a la que yo no había vuelto a ver en ocho o nueve meses, y con algunos amigos. Sólo él —entre los jóvenes del anterior ciclo escolar— se atrevió a actuar a pesar de los descalabros sufridos. Los demás *benaventianos* se disculparon como pudieron; al menos eso me dijo Octavio. Pocas jóvenes accedieron otra vez y los hombres restantes los halló —ávidos y sin ninguna experiencia— entre los mozalbetes de nuevo ingreso. Fue justo al tercer día de ensayo que Silvia, menos resentida conmigo, llevó a su amiga para que la acompañara y, de inmediato, para mi mal, pude comprobar de una sola vez y para siempre (aún *hoy* que lo recuerdo) su hermosura tan increíblemente fuera de lo común, es decir, tan fuera de este mundo, así como la calma que su cuerpo transpiraba y esa suerte de olor grato y recordatorio suyo tan semejante al de Frida. Nos presentaron y en menos de un minuto, lo adiviné, estaba ya completamente sumido en ese clima o misteriosa temperatura de su cuerpo. Si algo recuerdo de Laila todavía con claridad es el clima (no sé decir si era fresco o caliente, o si tibio) que me hacía sentir invariablemente al estar próximo a ella. Y aunque no estuviera próximo. Por otra parte, parecía que Silvia había dejado atrás la íntima animadversión hacia mí. Los ensayos habían comenzado a marchar mejor esta vez y la rutina se había vuelto inmejorable. Cada uno estaba verdaderamente disuelto en su papel —como yo quería—, contagiado, y la obra no dejaba de gustarles conforme avanzábamos. De cualquier manera, Octavio y yo sabíamos (por experiencia) que la situación empeoraría en las etapas finales, cuando los ánimos se congestionaran y sintiéramos el peso inminente de la primera representación. Se desencajaban los nervios y cada quien resolvía trasladar sus odios y sus rencillas sobre el que había estado algunos meses dirigiéndolos, yo, su psicoanalista. Igual éste hacia ellos. Ésta era verdaderamente una especie de terapia, ya lo decía.

Dije antes que no tenía experiencia dirigiendo, tampoco un bagaje serio o un método que soportara las ideas extravagantes que entonces yo me hacía sobre el arte dramático. Se reducía todo a un pequeño libro de Stanislavsky y a otro más de un director alemán, Carl Gustav Grüber, que un día me obsequiaron. Las cosas, sin embargo, salían como por arte de magia y yo sólo imaginaba mi papel como el de alguien que a toda costa ha de imponerse a los demás; me apetecía pensar que las cosas jamás funcionarían de otra manera. *Hoy* sé que me equivocaba.

Esa tarde Laila se dedicó a contemplarnos desde las gradas del auditorio al mismo tiempo que guardaba un silencio absoluto, reverencioso. Yo apenas podía desprenderme de su imagen, su presencia, su respiración pausada detrás de mí. Me cohibía imaginarla observando; no podía siquiera acercarme a los actores con la libertad de siempre. No creo, sin embargo, que ellos sospecharan nada; sólo para mí era evidente mi voz transformada y las formas de las manos dirigiendo con una falsa naturalidad. Imploré a los ángeles porque el ensayo acabase y así pues, escuchándome, terminamos temprano. Poco antes de despedirme le pregunté a Silvia por su otra amiga, la joven que masticaba las frases al hablar. Laila, oyéndonos, reconoció de inmediato de quién platicábamos y se echó a reír: casi era un trino su voz, su garganta. La blancura mate y oval de su rostro quedaba entonces vivamente acentuada, indeleblemente fija en las pupilas como el *flash* de una cámara.

—Hace mucho que no la veo —me dijo Silvia—. Parece que no le caes nada bien, Federico.

—Lo podía suponer —respondí, seco.

Incluso Laila (ya lo comprobaba) debía conocer esa manía detestable: escupir al suelo aunque lo hubiera hecho una sola vez en mi vida. Esas cosas se vuelven estigmas con el paso del tiempo y luego te conviertes en *el director que escupe en los teatros*. De todos modos no pareció molestarle, era a mí a quien molestaba pensarlo.

Sin dejar de mirarnos y de platicar, Laila parecía ir a la busca de alguna huella en mi rostro: quién era yo, cómo era y por qué hacía esas cosas extrañas. Tendría que haberle explicado que dentro de escena todo se vuelve un desagravio, todo conduce irremediablemente al rencor, pero no dije nada.

Cuando se fueron, se me acercó Octavio y me dijo:

—Oye, ¡qué guapa! ¿No crees?

—¿Quién? —le respondí con increíble desvergüenza.

—Ella —me contestó—, la amiga de Silvia.

Octavio me dejó anonadado cuando dos o tres días después me dijo, un poco antes del ensayo, todavía en el auditorio:

—Federico, ¿a que no te imaginas? —cargaba una sonrisa de extremo a extremo—. La llamé por teléfono.

Hice un gesto de no tener idea de a quién diablos había llamado y por qué debía estar tan excitado contándomelo. En el fondo ya lo sabía: lo adiviné justamente al escuchar de su boca mi nombre y hacerme la pregunta, que no era otra cosa que una suerte de afirmación.

Le contesté tranquilo y feroz:

—¿De quién carajos hablas?

—De Laila, de quién más —respondió extasiado y lo siguiente lo pude aun imaginar—. Le pedí a Silvia el teléfono y la llamé. Lindísima, no sabes, sin reparos, luego, me dijo que sí, que saliéramos.

—Oye, ¡qué bueno! —le dije.

Me sentí doblemente mal, deshonesto con él y sin fuerza para evitar los celos. Otra vez los celos se metían al cuerpo sin preguntar y siempre sin razón para tenerlos. Me detesté en el acto y no dije una palabra. El ensayo se hizo lamentable por mi culpa al punto de que sólo descargué mi rencor en Octavio y nadie más, como si de él fuera la responsabilidad.

Una semana después, sin embargo, me enteré por un Octavio enfurruñado de que aún no había salido con ella. Fue, debo aceptarlo, una sensación grata. Ella le había llamado para cancelar. Le dejó el recado con la madre y él, por lo pronto, estaba decidido a no volver a llamarla, me dijo. Simplemente no toleraba que le dieran esos plantones. Octavio, había que reconocerlo, era increíblemente orgulloso y susceptible. Por eso abrigué en el fondo la esperanza de que *verdaderamente* no volviera a buscarla.

Por fin me atreví a pedirle el teléfono a Silvia. Lo hice como un niño, a escondidas de Octavio, un mes después. Silvia no me dijo nada pero noté su gesto; estaba realmente sorprendida. Me lo escribió en un trozo de papel y yo lo guardé en la camisa torpe, apresuradamente. Silvia estuvo dispersa en el ensayo. No le dije nada; esta vez preferí mostrarme caritativo y amable. Ella, de repente, miraba a Octavio de refilón, lo escrutaba, y continuaba con su papel, por completo distraída de lo que estaba haciendo. Era previsible que esa misma noche llamara a Laila para decírselo, es decir, *para advertírselo*. Sin embargo, llegando a casa le marqué: quizá me estuviera adelantando a Silvia. Me contestó ella misma, Laila, la muchacha en flor con un eterno clima en el cuerpo: otra vez su voz era un trino melodioso, podía incluso imaginar desde el otro lado su garganta, sus pechos. No pareció reflexionar demasiado para saber quién le llamaba y eso, imposible no aceptarlo, me halagó.

La salida fue espléndida. Pasé por ella al otro día, la llevé a un café y platicamos la tarde entera. Cuando hablaba o sonreía no dejaba de mirar el mate de su piel, sus ojos profundos, sus pestañas oscuras volando incansables a mitad de un rostro oval. Otra vez me sentía envuelto en el clima de su piel, sin ninguna voluntad para abrigarme: algo indescriptible, una verdadera interrogante hasta el día de *hoy*. Irreflexivamente le cogí la mano y ella no dijo nada. Continuamos así, acariciándonos durante horas, hundiendo los ojos en los ojos del otro, y justo entonces —un poco antes de pagar la cuenta en el café, aún sentados, rozándonos las rodillas—, fue cuando lo descubrí, como alguien descubre o da con un enigma aunque sólo sea por un instante, a través de una ráfaga. (Era éste, sin embargo, un enigma que no existía antes.) Sí, fue en uno de esos movimientos casi involuntarios de su mano, cuando ella se echó el cabello para atrás, que me di cuenta: tras la sien tersa y mate tenía amputada una oreja.

Llegan muy tarde del centro. Me entero por Emilio que navegaremos al día siguiente. Mi tío David quiere ir a alguna playa de la Isla del Espíritu Santo, su lugar predilecto. He pasado el resto de la tarde en el muelle hablando de mujeres con el Veracruz. Él tenía varias, me contaba, y en mi curiosidad y en el anhelo sólo quería ser mayor como los demás: tener, como ellos, muchas mujeres.

Por la noche, cuando todos duermen, escucho nítida esa pregunta que ya esperaba oír desde antes. Es la voz inquisitiva de Octavio:

—¿Qué hiciste todo el día, Federico?

No puedo atisbar en la negrura y en esa opacidad de la recámara el gesto con el cual mi amigo busca expresarme algo, hacerse inteligible. Él tampoco puede mirarme. Incapacitados para descubrir nuestros rostros a pesar de estar solos en el cuarto, le contesto:

—Ya no chingues. Estuve en el muelle con el Veracruz. Estoy cansado, me quiero dormir, ¿no ves que mañana salimos temprano?

—¿Y Frida? —insiste.

—¿Qué, no oíste? ¡Me quiero dormir!

¿Lo he engañado o acaso yo solo, ingenuamente, me engañé? *Hoy*, después de todos estos años, no lo sé, no estoy tan seguro. Callamos. También La Paz guardó silencio.

Me gusta, sin embargo, imaginar a la ciudad allí, aguardando a que yo llegue un día y nos encontremos, pensar en La Paz como hace un poeta con su lugar natal:

¡Ciudad
ya tan lejana!

Lejana junto al mar: tardes de puerto
y desamparo errante de los muelles.
Se obstinarán crecientes las mareas
por las horas de allá.

Y serán un rumor,
un pálpito que puja endormeciéndose,
cuando asoman las luces de la noche
sobre el mar.

Más, cada vez más honda
conmigo vas, ciudad
como un amor hundido,
irreparable.

A veces ola y otra vez silencio.

Zarpamos temprano. Los días de excursión debemos estar preparados a las ocho en punto. Mi padre y mi tío preparan los últimos detalles del viaje: un salvavidas que falta, las bolsas y las cajas con la comida, embutidos o vituallas que acostumbran, las enormes hieleras con cervezas y refrescos, aquella lancha de lona inflable, su pequeño motor fuera de borda, las cañas. No vamos nunca tan lejos a pasar la primera noche, pues el yate debe fondear antes del ocaso.

De pronto, en medio del barullo general, entre broma y broma, el Veracruz dice esa mañana que iremos a un lugar nuevo, completamente desconocido. ¿Cuándo? Mañana, después de que durmamos en La Partida, dice. ¿Cómo se llama?, le preguntamos Selma, Aarón y yo. Las Rémoras, contesta y se ríe. *Ahora* sé que lo inventó, que Las Rémoras jamás ha existido, que ese pueblo no aparece en ningún mapa de Baja California Sur. Sin embargo entonces todos le creímos. Quizá un día aparezca en algún lugar, un libro, y yo todavía no lo sepa.

No pude entornar los párpados toda la noche. La pasé en vela con la memoria ardiente de aquellos dos últimos días en La Paz: los recuerdos vivos, encarnados, de Frida, mi tía, y la prostituta en *El Ferry*. No quería perder un solo detalle, y no me cabe duda, me ayudaron a hacerlo los ronquidos inauditos de Octavio.

Son las nueve cuando al fin, aprestados, salimos del muelle; muy rápido divisamos, hacia la derecha, el puerto de La Paz, su largo malecón, y lo pasamos. Transcurren un par de horas cálidamente sentados en la proa junto con los demás, contemplo con atención cuándo la quilla va a romper las olas que le vienen al paso. Las miro, las cuento, espero que el vaticinio que hago sea el justo y, si no, solamente vuelvo a calibrar: entonces la ola deberá romper. Y así sucede. Ése es mi juego, en él me deleito como un sonámbulo. Si miro hacia atrás, observo perplejo (como hace Ismael en *Moby Dick*) las gaviotas y los blancos albatros suspendidos, casi sin moverse encima de nosotros, siguiendo la huella de la estela blanca. Parece, sin embargo, que el yate estuviera detenido al verlas allí, dibujadas contra el cielo liso de la mañana, estáticas, sin mover un ala. Me quedo en vilo sin perderlas un solo minuto de mi vista. Después estas aves gigantescas se aburren y toman otro rumbo, nos dejan solos al salir de la bahía y entrar en alta mar. Pasamos algunas playas: primero, Coromuel, repleta de personas en verano, y poco después Pichilingue, donde parten o llegan los transbordadores de Mazatlán y Topolobampo. Allí comemos; unos ordenan un plato de almejas chocolatas, enormes ostras envueltas en papel aluminio y preparadas con verdura. Otros piden un bonito (también envuelto) o una mojarra a las brasas; otros más un enorme cóctel de abulón, de callo o un ceviche; por último, todos devoramos órdenes inmensas de pescadillas o camaronillas y de arroz con plátano frito. A veces el Veracruz deja el yate y se viene a nado a acompañarnos a comer, otras se queda pendiente y, desde allí (desde esa playa con multitud de turistas asoleándose), contemplamos su melena ensortijada, la corpulencia de su cuerpo moreno, sus largos pies descalzos sobre el timón del barco. Se sienta en el compartimiento más alto como un profeta negro, inmenso, y pierde la mirada en esa lejanía azul que conoce tan bien.

Nos dirigimos por fin a La Partida, una de las ensenadas que cortan la Isla del Espíritu Santo. No hacemos más de dos horas desde Pichilingue que, sin embargo, nos parecen a nosotros —Selma, Octavio, Emilio, Aarón y yo— una eternidad a bordo. Es imposible confrontar con otra masa que no sea el agua aquellas distancias llanas por las cuales nos desplazamos apenas sin sentir, casi aéreos. Los cuerpos se estiran al contacto efímero del viento en los flancos del yate, unos se untan aceite y se asolean, mi padre y mi tío pasan la mayor parte del tiempo con sus luengas cañas, atrás. Platican, beben, esperan con el tesón de los adultos pescar algo para cenar. Mi madre y mi tía se quedan dentro platicando. Nosotros no dejamos de revolotear por las orillas, cogidos del pasamanos, desternillados de risa, persiguiéndonos o a la busca de un delfín. Los hallamos cantidad de veces: son formas azules, otras veces grises y plateadas, hundiéndose unos segundos y reapareciendo de pronto, siguiéndonos hasta el momento final en que se cansan y desaparecen igual que han hecho los albatros poco antes. Los delfines, sin embargo, vienen casi siempre en grupos de cinco o seis, tersos y rápidos en sus zigzagueos, uniformes. Empiezan entonces nuestros gritos, el bullicio sobre el yate, los señalamos, ellos juegan, se revuelcan en el mar. Después desaparecen, huyen para siempre. Los llamamos, les imploramos, pero no nos oyen.

Llegamos por fin a la Isla del Espíritu Santo. Allí, entre otras, está una playa: La Partida. Apenas anclamos, Emilio y yo primero, luego los demás, nadamos hacia la orilla sin esperar siquiera a que inflen la lancha. El Veracruz se queda haciéndolo con un fuelle eléctrico. Corremos con desesperación sobre esa arena limpia, abrasadora; nos sumergimos en el mar para quitarnos el calor y perseguirnos de nuevo. Nuestros enjutos cuerpos se secan y sin embargo, unos minutos después, repetimos esa fatigosa y exultante faena de sumergirnos y salir. El sol se desquita con nuestros cuerpos mojados, parece ansiarlos, busca hacer vapor con las gotas adheridas a la piel.

A mi hermana le salen salpullidos con facilidad. Al rato oímos que mi madre la llama desde el yate, y con una mueca y un odio reconcentrados, ella le responde que no irá. Nos burlamos, nos empeñamos en que se vaya, le decimos con pena que es mujer. Selma se queda inmóvil y masculla una frase que los demás, sin embargo, no oyen. En cambio, yo sí la oigo, se dirige especialmente a mí. No sé por qué de pronto se rompe el edén, desaparece La Partida, se esfuma Puerto Balandra, Pichilingue, Nopoló e incluso La Paz de todos los mapas del mundo. Ella se acerca, me dice algo otra vez, inmediatamente sale corriendo. No es el suyo, sin embargo, el arrepentimiento o la enmienda, es —al contrario— la búsqueda insatisfecha de mi cuerpo, la busca de las más hondas raíces de mi ser. La persigo, crece el encono de ambos bajo este sol fundido en las espaldas y, sin saber siquiera por qué o cómo, me dejo llevar por el instinto. La tiro, la golpeo, los cuerpos se embadurnan de arena en un santiamén. Cada grito suyo *—lo oigo aún, me oprime—* desgarra el sosiego de este mundo, su orden prístino, ancestral, como si fuera un agravio hacia natura. La sangre en la cabeza no deja de hostigarme justo cuando siento que me jalan y entre varios me quitan de encima, pues jamás hubiese tenido voluntad para dejarla. Oigo los lamentos de Selma, otra vez sus gritos como si fueran éstos una impureza manchando la tranquilidad infinita del cielo.

Presentamos *Un delicado equilibrio.* Todo había salido increíblemente bien, ninguno falló en su papel y los errores se habían dejado ver apenas. Todos, a leguas, se veían contentos, satisfechos por su labor de esos meses. Después, cuando el grupo de teatro quiso festejarlo, nos fuimos a la plaza Garibaldi. Octavio, Silvia, Laila y yo en mi auto. En medio del ruido de la enorme plaza, entre voces de mariachis y guitarras, después de haber bebido juntos en una cantina y pasear por la calle, Laila y yo nos separamos del grupo sin decirles nada. Entonces, en una de esas calles angostas y sucias, la besé. Luego desaparecimos. Tal vez imaginé, como todos un día se imaginan

—débil, torpemente—, que esa mujer que está contigo y supones, por un momento, tuya (¿tuya?), con la que decides en una noche helada —y sin decírselo— compartir tu vida, es invariable en su amor; crees que eso que sientes tú es inmortal. Y es, todo lo contrario, un olvido aciago y triste pensarlo: eres mortal, tus sentimientos (como los de ella) son perecederos, cambian. Vivimos en el olvido diario de las cosas, Federico, recuérdalo. De repente cruza la banqueta un viento helado, y observas su rostro pálido, sus cejas espesas, sus profundos ojos, su cuello, su garganta. Todo es inmortal, te repites muchas veces mientras la abrazas y luego, sin percibir cuándo, la dejas de abrazar. Esos días perecen.

A partir de esa noche, vale la pena decirlo, compartimos un tiempo exageradamente breve, hermoso, en que todo fue —como decía Albee irónicamente—, delicado y en equilibrio. Desde un principio ella me dijo que se iba a vivir fuera con sus padres y su hermano; eran cubanos y desde hace algunos meses esperaban obtener la residencia para mudarse a Miami. Imperceptible, frágil, nos abandonó el tiempo de la juventud y, sin darme apenas cuenta, ellos partieron. Laila no pudo quedarse ni postergar su viaje. La aguardaba una nueva vida en Key Biscayne y yo, para mi mal, no participaba en ella. Sin embargo me obstiné, Laila también al principio, y esperamos. ¿Esperar qué? Tiempo, me dije, un tiempo indefinido y absurdo. Tiempo, ese embuste con que nos ilusiona la vida, nos endulza el paladar, y al que todos hacemos caso. Pasaron varios años que *ahora* me agotan si me pongo a recordar, cartas que no me llama la atención leer, algunas visitas, breves y desesperadas, luego, por fin, una última carta suya, la inevitable, en que escribía algo así como perdóname, ya sé que no quieres saber... Federico, me caso.

Después, no adivinas cómo ni cuándo, el tiempo ha transcurrido aún más como a lomos de un río. Abres una tarde el cajón de tu escritorio y encuentras otra carta junto a la de Laila, esta vez la de tu amigo Octavio (la última que también él te escribió, la reconoces), aquella en que te cuenta lo que nunca deseaste saber, lo que nunca le pediste que te dijera, lo que jamás te imaginaste había pasado antes (*cuando salió con ella*) y ahora volvía a pasar, cualquiera que lea esto sabe qué es.

Atónito por ese sorpresivo final, Ricardo no pudo sino recordar a Laila. Verificó las palabras de la joven: su madre había sido realmente novia del autor y Octavio, su padre, había sido el hombre que se la había robado. ¡Qué mierda de amigo!, pensó. Cerró la novela de Federico, decidido a dejar el último capítulo para un mejor momento. Ahora Ricardo acababa de tener una breve intuición —sin saber a ciencia cierta si había sido a partir de algún dato de la novela de Ross—, algo así como el deseo inminente por escribir un poema. Aguardó unos minutos aún, pensando mejor lo que iría a escribir. Sacó del bolsillo de la camisa, bajo el suéter negro, la pluma de la mesera y después el cuaderno de su mochila. Se levantó y fue a la parte trasera del carro. Un vendaval ligeramente frío entraba por la portezuela y salía por el otro extremo. Se sentó luego de haber echado un vistazo a las estrellas; se veía desde allí un campo apenas distinguible entre la espesura, confundiéndose de pronto con un cielo oscuro, muy hondo. Debía escribir —como al dictado— lo que ahora y también antes (hace muchos siglos) otro idéntico a él empezaba a escribir esa noche, a esa misma hora, en un rincón del mundo igualmente apartado pero asimismo real —si es que había algo real en este mundo.

Así que Ricardo, en una especie de arrebato, puso como título hasta arriba de la página de su cuaderno de *Las Rémoras*:

POEMA DEL JOVEN AMOROSO INCONSTANTE A MITAD DE LA NOCHE

24

Yo soy el Amoroso Inconstante, el Único Probable Inconstante
en su gozo procaz,
en su repetido placer deplorable. La noche que mira el antiguo
es la misma Sombra incontenible que miro. La noche que mira al antiguo
—solo, a mitad de Nadie—
es el pulso que idéntico habita esta noche. Bajo la eterna Tiniebla del cielo
soy el eterno concupiscente Señor de los cuerpos en pena.
Soy el mismo adolescente que escribe prolijo, invariable, desde antes,
desde antes: escribiendo siempre. El antiguo y joven nocturno
que abre —sabiendo— el Tiempo a lo Oscuro; el amoroso infecundo Probable
de todos los mundos posibles y los mundos futuros,
Adán último y Adán primigenio. Elevo los ojos: allí la Noche, la Noche constante,

y soy puro y cordial esos hombres (ellos escriben,
escriben esto,
y en mi pecho ecuménico sueñan: sueño en su pecho)
y cada Amoroso Inconstante sabe ahora lo que sé Entonces.

Cuando Elías terminó de escribir el poema, supo que otros como él —después y antes— también lo escribían Entonces; sí, muchos como él, una cantidad indefinible de Amorosos Inconstantes, jóvenes nocturnos de la antigüedad y adolescentes del futuro. Percibió incluso que, si bien había decidido —calculado— que Ricardo escribiera ese poema como parte de la historia que él le hacía vivir en esos momentos (en un tren hacia Mazatlán, como ya se sabe), probablemente Ricardo habría pensado lo mismo de él, justo en ese misterioso cuaderno que cargaba consigo.

Era la una y media de la mañana cuando el edil Francisco Sigüenza, de vuelta de la casa de su novia Pilar, encontró en la playa al escribidor: solo, absorto, garabateando en su cuaderno. Se vieron y de lejos se saludaron con un gesto contenido de la mano, un gesto apenas perceptible. Retiraron de inmediato su vista uno del otro. No podía decirse que se cayeran bien, sencillamente se soportaban. Para Francisco Sigüenza, Elías era un caso imposible de definir, una rareza: sin patrón, sin trabajo, escribiendo algunas cosas sin sentido, eterno meditabundo, poseedor de las llaves de la biblioteca, donde se había arrimado a vivir y a donde nadie iba. Y eso de andar tras una puta, enamorarse de ella, sencillamente no podía comprenderlo, no podía aceptarlo. A su modo, Sigüenza era un recalcitrante conservador de las formas, un puritano. El edil siguió su camino por el malecón bajo la noche cargada de estrellas sin brillo. La luna apenas alumbraba aquellos sitios donde subía el pleamar, lo mismo que solamente iluminaba esa especie de valva destruida de la playa.

25

Eran justo las seis y media de la tarde, es decir, las dieciocho horas con treinta minutos, según una Concha muy poco solícita, y no había llegado el tren a Mazatlán. Después de preguntarle a un empleado, supo que la escala en Guadalajara había sido más larga de lo previsto —escala en la que una multitud acaparó rápidamente los compartimientos. Llegarían a Mazatlán a las siete y media u ocho de la noche.

El ambiente se había vuelto insoportable. La tranquilidad de un principio había desaparecido. Las personas que habían entrado a su carro se movían con insistencia, cambiaban de posición, hacían aspavientos que intentaban remover el calor del aire, abarrotaban el vehículo, comían más para matar el tiempo que por verdadera hambre, repiqueteaban el asiento de enfrente con un pie, tiraban cáscaras de naranja al piso, rumiaban cualquier cosa sin sentido. Estaban todos como en una jaula, desmadejados, mustios, sudorosos, odiándose unos a otros, robándole el poco aire al vecino y sin embargo sonriéndole. Ricardo releyó el poema que había escrito por la noche, ayer, allí mismo. Lo vio en su cuaderno tal cual, interpolado a la historia de *Las Rémoras*. Pudo imaginarlo a él —a Elías— escribiéndolo en la playa, sobre el peñasco. Cuadraba a la perfección. De inmediato el saludo de Sigüenza. Sin embargo, se dijo, ¿para qué diablos había nombrado a su novia, Pilar? ¿Qué caso tenía? Tal vez bastaba con decir que Francisco había salido de casa de su novia, cualquiera, no importaba. ¡Esa fruición por crear personajes!, se reprochó. Sin embargo —se justificó, se excusó a sí mismo—, ella era un personaje aleatorio, no se lo podían criticar, existían siempre personajes aleatorios en todas las novelas. Forster amaba *Guerra y Paz*, y quizá ninguna novela tuviera tantos personajes aleatorios, hombres y mujeres que después de un periplo —un par de capítulos— desaparecían sin dejar rastro. O incluso personajes que no eran aleatorios —sino al contrario: personajes-eje, héroes insoslayables— pero que de pronto debían desaparecer como hacía Galileo Gall en *La guerra del fin del mundo.*

No le importaba a Ricardo que lo criticaran, allí estaba ella, Pilar, y tal vez luego tomara relieve. Nunca podía saberse con exactitud. Aun aquel que contaba las historias no debía saber con precisión la importancia de sus personajes; ellos iban sencillamente pidiéndola, la exigían y punto. Uno, el narrador, los respetaba. Crecían, se perfilaban, y eso era lo más importante de entender y aceptar, pesara a quien le pesara. Aunque irremediablemente escritos, *vivían,* y eso lo olvidaban muchas personas. O mejor: irremediablemente vivían a pesar de estar escritos. Sí, vislumbró entonces la importancia de Pili, esa novia aleatoria.

Francisco Sigüenza estaba realmente contento, casi eufórico esa noche, pudo comprobar Elías con ingente fastidio a pesar de la intrincada oscuridad que impedía encontrar los perfiles —asegurarse de ellos—; sin embargo, no sabía él a ciencia cierta por qué ni de dónde provenía esa alegría, y en cambio Ricardo sí: él, Sigüenza, acababa de pedirla a su madre, iba a casarse con Pili y, por primera vez —luego de años—, había estado hasta muy tarde en su casa. Lo único que el joven Urrutia pudo ver entonces fue la belleza de la joven y su edad: dieciocho años. Inevitablemente sintió envidia de Francisco.

Por fin se oyó el chirrido que hacen las ruedas metálicas al detenerse en la vía. La gente, festiva y ominosa, empezó a desperezarse, a guardar cosas, miles de objetos insignificantes, desperdigados por doquier, como si hubieran acampado allí dentro una semana. Ricardo logró atravesar esa especie de fortificación humana que se hace en los pasillos de los trenes y los aviones cuando se viaja demasiadas horas. Por fin saltó al andén, que entonces estaba iluminado con claraboyas. Llevaba la mochila sobre el hombro aligerándose así del peso. El bochorno invadía todos los resquicios del aire. Se metía por la nariz, transminaba por la piel y de inmediato la hacía supurar un sudor acibarado, tropical. Ricardo tenía los pantalones húmedos, igual los calzones y los calcetines. En una caseta de información pidió horarios del ferry, el transbordador que lleva a La Paz. Debía salir a las diez de la noche, dijo el informante. Sin dar las gracias corrió por los pasillos, a través de la gente, brincándola —algunos hombres dormidos en el suelo, sobre un cartón y cubriéndose con un cobertor a pesar del fuego que había allí dentro—, hasta salir a la calle. Subió a un taxi y pidió —casi como si fuera cosa de todos los días— lo condujeran al muelle. El viaje no tardó más de quince minutos, a través de la ciudad, y a las nueve y cinco estaba frente al mar comprando un billete para esa misma noche, a las diez. Amanecería al otro lado del golfo.

Dedicó media hora más a ver subir los automóviles al ferry, luego se acercó a un carrito de *hot dogs* y comió tres. Bebió un jarrito de tamarindo y por fin subió las tablas que lo llevaban al interior del transbordador. Un ruido insoportable salía de los bajos fondos del barco, del motor quizá. La canícula de agosto redobla siempre su fuerza, inevitablemente achica las gesticulaciones del rostro, las empapa de humedad, empaña los ojos, las muecas, abotaga el cuerpo. Así se sentía él después del viaje a Mazatlán —del que no conocía nada—, luego de este largo viaje que aún no terminaba y que, incluso, no sabía hasta dónde debía llevarlo. En el fondo, sin embargo, le daba igual cualquier lugar. Eso sí: antes que cualquier otra parte deseaba conocer Las Rémoras.

De pronto, sentado allí, sumergido en ese su futuro incierto, desconocido, le asaltó una duda que nada tenía que ver con él, o muy poco: ¿qué pasaría con el licenciado Raimundo Rosales?, ¿acaso lo había olvidado? Debía decidir qué hacer con él; era una cuestión impostergable para no perder la verosimilitud de *Las Rémoras*. Tras meditarlo largo rato, lo supo y verdaderamente le dio pena por él. Sintió tristeza por uno de sus más entrañables personajes. Sin embargo, era lógico. No había nada que hacer por él, no había forma de salvarlo. Luego del interrogatorio, de tantas tribulaciones acaecidas recientemente, era natural. Y justo cuando Elías dudó si debía entregarse a las autoridades. El escribidor estimaba a Raimundo y éste lo estimaba a él; sí, no era un asunto personal; Elías nunca hubiese querido culparlo de un crimen. Empero, ya no tenía ningún objeto, no podía hacerse nada. Era tarde. La aparición y la desaparición de alguien en un libro siempre es aleatoria, sucede incluso en la realidad, sobre todo cuando nadie la desea. Así, casi sin querer, el amor hacía las cosas por ellos, les iba dando forma.

26

—¡Basta! —oyeron exclamar a Elías.

Esa mañana estaba en la lonchería de Tony, en la última de las mesas, a una orilla, bajo la sombra que le daba el parasol. Se había dormido tarde la noche anterior, deambulando otra vez por la playa. A primera hora, con su cuaderno en la mano, se instaló allí, tomó un asiento, y sin intentar hablar con ninguno, se puso a escribir como un poseído.

Eran las once y el sol golpeaba fuertemente, intentando quemar la carne de los que bajaban o subían por Libertad. Dentro y fuera de la lonchería podía oírse el pulular y la algarabía de la gente pidiendo cerveza o café. Era aún muy poca; sin embargo, se hacía notar.

Así era los fines de semana, en especial durante agosto, el mes de descanso de cualquier californiano. La gente empezaba a llegar de Mulegé, de Loreto, de Santa Rosalía o Eldorado. Sobre todo llegaban visitantes de Estados Unidos en sus *mobile homes* o en aventones. Los de más cerca, como Loreto o Punta Chivato, estaban acostumbrados a ir a Las Rémoras, pasar el día y volver a sus casas por la noche. Podía decirse que ése era el mes con más movimiento y más calor en ese villorrio de la costa. Muchos costeños de los alrededores sabían que Las Rémoras o alguna playa de Bahía Concepción eran los mejores sitios para ir de visita un fin de semana. Un poco aburrido, es verdad, si no se sabía emplear el tiempo (es decir, perderlo), pero al fin y al cabo un lugar decente y barato para asolearse y chapotear en el mar por unos cuantos días.

El problema principal eran las habitaciones; había muy pocas, por lo que algunos iban a Mulegé y otros se quedaban allí mismo, en las desteñidas casas que, sin embargo, cambiaban para esas fechas su fisonomía: los dueños las convertían en casas de huéspedes, cada habitación hospedaba casi siempre a los mismos visitantes. Ya se conocían de antaño o por recomendaciones. En agosto se veía a la gente de Las Rémoras trabajar y, si no, por lo menos festejar su santo, lo que no hacían durante el resto del año.

Al lado de Elías, en otra mesa, estaban Jasso y Josefina; ambos bebiendo café con piquete, charlando. El primero, como siempre, tomaba el sol de manera harto inmisericorde con su pobre calva mientras que la segunda hablaba y hablaba. De vez en cuando Tony se les unía un rato, cuando los clientes lo dejaban en paz. Al oír su grito, varios giraron para escudriñar a Elías. Éste, justo entonces, ojeroso y desmadejado, dijo algo para sí al mismo tiempo que levantaba la vista del cuaderno:

—Esto no puede ser. ¿Por qué diablos tardan tanto en encontrarse? Distrito Federal, Guadalajara, Mazatlán y ahora, ¡por si fuera poco!, un pinche ferry a La Paz. ¡Es el colmo! ¡Cuántas vueltas, Dios mío! Ahora, por supuesto, contar lo que pasa en el ferry. No, ¡basta! Al grano, mejor.

—¿Se puede saber qué rumias? —preguntó Josefina, intrigada, desde su asiento.

—Nada —fue cortante Elías, el bibliotecario, volviendo a poner la vista en su cuaderno.

A punto de garabatear algo, ella volvió a insistir:

—Perdóname, pero se puede saber qué es eso de...

—Nada, ahora no puedo decirte —respondió Elías intransigente, y esta vez, sin preámbulos ni consensos, continuó su tarea. Sólo dijo para sí—: ¡Al grano, al grano!

Tony se acercó casi de puntitas, como una bailarina rusa, y sirvió más café en la taza vacía del escribidor. Éste no se inmutó, ni siquiera cuando una lagartija estuvo a punto de transgredir su espacio y brincar dentro de la taza, intentando estúpidamente remojarse en el café. A tiempo Tony la tiró al suelo y ésta, muerta del pánico, se escabulló.

Elías de nuevo no se inmutó ni dio las gracias. Tampoco husmeó su taza y ni siquiera pestañeó —parecía un axólotl sin párpados—; continuaba escribiendo algo indescifrable y minúsculo en su misterioso cuaderno. Tony, sin embargo, fue inmediatamente a la mesa de sus amigos y, sirviéndoles café hasta desbordarlo, dijo con voz baja:

—¿Qué le pasa a este muchacho?

—Eso mismo me gustaría saber —aseguró Josefina, mirándolo a su vez con el rabillo del ojo, enfurruñada.

—Me imagino que estará escribiendo uno de esos folletines que le gusta escribir —indicó el arquitecto dirigiéndose a ella—, pero a nadie le quiere decir, ¿no es cierto, Tony?

—Sí, no quiere —confirmó éste.

—¿No habrá sabido algo Roberta, de qué trata, por ejemplo; ella nunca te contó, Josefina? —le preguntó Iginio Jasso (como en susurros) para que Elías no los oyera.

—No, jamás me dijo nada... —respondió la voz resguardada de Jose; sin embargo, de inmediato ésta le preguntó—: ¿Usted le dio el poema a Sigüenza, no es verdad, arquitecto?

—Sí —dijo él, mirando al suelo, casi arrepentido—, debía hacerlo, Jose, era mi deber.

Los otros asintieron, observaron a otro lado, y no

dijeron más. Elías mascullaba algo al lado suyo. Tony se detuvo, le llamaban de adentro de la lonchería. Cruzó la calle y penetró de un salto. Ambos, Jasso y Josefina, pudieron verlo hablar algo con Pilar. Sorbieron su café. Entonces ella reanudó y dijo:

—Se ha puesto a pensar, arquitecto, quizá lo del poema lo hubiera salvado. Ahora, si no me equivoco, llevarán al licenciado a La Paz.

—Sí, a levantarle cargos, y luego a Mulegé, a la cárcel, supongo.

—Dicen que ni siquiera se ha defendido, no ha dicho una palabra.

—¿Tú realmente crees, Jose, que fue él? —preguntó entristecido el arquitecto.

—Sí —contestó ella sin titubear—, ¿y usted?

—El día que se lo llevaron de aquí, lo creía sinceramente; también esa misma tarde que llevé el poema conmigo y se lo mostré a Sigüenza —dijo Iginio—. Pero ahora no. De veras dudo que hubiera sido él, ¿qué sentido tiene matar a alguien a quien quieres tanto? Quizá por eso me arrepiento.

Se interrumpió, tal vez trataba de indagar en el sentido recóndito que debía guardar todo este asunto y él, Iginio, simplemente no entendía. Luego dijo:

—Por cierto, Jose, ¿sabes algo de la dueña? Quiero decir: la verdadera dueña de la casa. La gringa ésa.

—Me dijeron que llegaba en estos días, quién sabe, la verdad, no la conozco —respondió Jose con voz agotada—. Lo que no sé es qué diablos va a pasar con nosotras si Inés ya no está.

En ese momento volvió Tony y se sentó con ellos. Les dijo:

—Por fin aceptó Pili.

—¿Qué? —preguntó el arquitecto.

—Quedarse a trabajar conmigo este mes —contestó él resplandeciente, como si le hubiesen quitado un peso de encima—. Dice que necesita dinero, va a casarse con Sigüenza. El condenado la pidió ayer, ¡increíble!

—¿Con ese nuevo presidente municipal de pacotilla? Ese muchachito imberbe y pendejo —dijo Jasso francamente deprimido.

—Eso dice. Era justo, llevaban años juntos. Por lo menos me ayudará durante agosto. Es cuando caen los gringos y justo cuando nadie quiere trabajar aquí, arquitecto. A los remoreanos no les importa el dinero, tienen güeva de ganárselo. Imposible que te ayuden. Sobre todo este mes, ¡se desentienden! El resto del año me las ingenio yo solo, ¡ya saben ustedes cómo es esto!

—Sí —dijo Josefina—, no sé cómo haces para sacar a flote el restaurante tú solo. Agosto, ya se sabe, es el mes más duro del año.

—Gracias por lo de restaurante, Dios te lo pague, linda.

—Pero si ya lo sabes, si sabes lo difícil que es, ¿por qué no has buscado a alguien que te ayude, alguien de planta? —le reconvino el arquitecto bebiendo un sorbo de café más acidulado aún que el primero: de inmediato lo escupió—: ¡Se te quemó, Tony!

—¿Qué? —preguntó éste a punto de desfallecer en el acto.

Cualquier error de cálculo en su café o en la comida lo volvía una loca redomada. Las cosas en su lonchería debían estar siempre a la perfección y listas a su debido tiempo, de lo contrario se mesaba los cabellos y todos sabían que no era ninguna actuación, es más: dejaba desparramados unos cuantos mechones. Justo en ese momento, por la misma calle Libertad, vieron a Santa, la mucama de Rosales y Roldán, el cura, hecha un mar de lágrimas, arrastrando los pies. Todos los presentes, algunos sentados, la miraron; algunos dentro de la lonchería, sobre la barra, salieron a recibirla. Incluso Elías despertó de su modorra, abandonó la pluma y giró el cuerpo hacia donde estaba la negra. Fue entonces cuando él, como sus vecinos, escucharon a Santa, la antigua mujer de Joaquín, decir sollozando:

—Se murió; el licenciado murió esta mañana.

El arquitecto se paró de la silla y, tambaleándose —no sabía si por el sol o la noticia—, se acercó a ella y la increpó:

—¿Estás segura, cómo sabes? —y como la otra no respondía, presa aún del llanto, insistió con más fuerza—: ¿Quién te dijo? Santa, ¿quién te dijo?

—Yo lo vi, señor —tartamudeó la negra—. Le llevaba una muda al ayuntamiento, un poco de comida también. Nadie lo había visto, ningún guardia. Pensaron que continuaba dormido. Pero no, estaba muerto.

Elías se sintió desfallecer; los pies o el mismo suelo en donde los apoyaba parecieron cimbrarse justo cuando escuchó la voz terrible de la sirvienta. Sí, Raimundo Rosales había muerto, y eso no era una novela.

27

Murió de amor, no hay otras palabras, se dijo Ricardo justo al bajar del ferry en Pichilingue, el gigantesco muelle de La Paz. Murió de amor. Eran las ocho de la mañana cuando el barco arribó. Todavía sentía los mareos que le provocaba el vaivén del transbordador. Le había venido un acceso de náusea durante el viaje y ahora mismo sentía una indescriptible tristeza por Rosales, pero más que por él —al fin y al cabo estaba muerto, igual que Inés— le daba pena por Santa, que lo quería tanto, por el propio arquitecto y, en especial, por Elías. Sólo él, Ricardo Urrutia, sabía que el escribidor pensó en algún momento entregarse a la policía. Y no lo hizo. Al menos no lo hizo a tiempo. ¿A tiempo?, se cuestionó Ricardo con gravedad, ¿a tiempo para qué si de cualquier manera el licenciado iba a morir de amor desde el momento en que Inés murió asfixiada? Los trastornos del mundo, se dijo entristecido al bajar a tierra con su mochila en la mano, siempre son culpa del amor. Y éste a todos abarca.

Una señora muy gorda lo empujó; sin pedir disculpas, siguió su camino. Sin embargo, este empujón bastó para que Ricardo saliera de su ensimismamiento, su congoja por Rosales, y pidiera un taxi. No supo para dónde dirigirse; preguntó al taxista:

—¿Qué tan lejos está el centro?

—No más de media hora.

—Lléveme allí, por favor.

Ricardo estaba molido, sólo pensaba en dormir; el viaje había sido atronador. Echó un último vistazo al gigantesco ferry y sólo en ese instante pudo verla, parada allí, justo enfrente suyo, junto al muelle, cerca de un quiosco, idéntica a sí misma. Roberta cogía a su hijo de la mano. La reconoció casi al mismo tiempo que sufría un deplorable sobresalto que le impidió detener al taxista. Con todo, se repuso, lo tomó del hombro como un enajenado y le pidió detenerse.

Abrió la portezuela, tomó la mochila y bajó de un salto. Caminó unos cuantos pasos hacia ella. Sin embargo, justo antes de decirle una palabra —no sabía cuál—, ella lo observó fríamente a los ojos, lo escrutó con una mirada verde, agresiva bajo el suave resplandor de los pómulos. La nariz de Roberta, imperceptiblemente más ancha en ese instante, inhaló un incierto olor venido del mar cuando lo vio más cerca, callado, a punto de reconocerla. El rostro de Roberta pedía una tregua, quizá esculcaba en su memoria, intentaba reconstruirlo a él, Ricardo. Era increíblemente parecido a otro; sin embargo, a éste nunca lo había mirado. Tal vez por eso sus ojos de ágata resplandecieron todavía más, centellearon un momento y su nariz se ensanchó buscando averiguar algo inasequible en el aire. No lo encontró. Entonces sólo lo oyó decir a él:

—¿Roberta? Tú eres Roberta, ¿no es así? —ella se quedó estupefacta. Él continuó:

—No me conoces, pero yo a ti sí. Discúlpame. Acabo de llegar, vengo del Distrito Federal.

Luego de quedarse callada —era un silencio bastante prolongado—, se oyó a sí misma responderle, seca, afable:

—Sí, yo voy hacia allá.

—Debí saberlo, disculpa.

Aunque ella no entendió y él sólo comprendió a medias, los ojos de ambos —los de ella aún más— se aplacaron un segundo, se enternecieron, y el niño rompió el silencio:

—Mamá, dijiste que íbamos al mar.

—Espera —le respondió a su hijo—, debemos comprar los boletos antes. Tenemos todo el día para el mar si tú quieres.

—¿Cuándo salen? —preguntó Ricardo.

—Espero que mañana —sonrió ella—. Ahora mismo tengo que ir a ver qué encontramos.

Por primera vez Roberta había sonreído. Tenía una boca ancha, muy roja, y sus comisuras se hundían al hablar o reírse. Intuitivamente comprendió a Elías; supuso su amor aunque él, Ricardo, no lo sintiera. Tenía lástima por él. Dejar de querer a alguien con esa voz, perfectamente acompasada al ritmo de la boca, al sonido que emitía, iba a resultarle muy duro, sí, muy duro. Los ojos de Roberta eran lánguidos, verdes; tenía una frente amplia, despejada; el rostro redondo, felino, lo mismo que la nariz, femenina y grande. Era muy blanca; a través de los ojos verde esmeralda podía verse aún mejor: las sienes, las manos, los hombros eran blancos. Los dientes no, eran mate. Sí, así podía imaginársela Ricardo, de ninguna otra manera. Sintió un ominoso, posesivo cariño al verla taciturna a la luz del sol, respondiéndole a su hijo con parquedad y dulzura.

Sin decirse una palabra, él la siguió —a veces detrás, a veces a un lado— hasta la taquilla, a la otra orilla del barco, cerca también del muelle y de un pequeño restaurante. La esperó fuera de la fila. Ella compró los pasajes y por fin salió con el niño cogido de la mano. Éste la jalaba del vestido, la apresuraba con aspavientos y apretones.

—Necesito hablar contigo —le dijo Ricardo.

—¿Por qué? —indagó ella sin mirarlo, oteando la bahía.

—Es sobre Elías.

Sólo por un momento pareció desconcertarse. Luego ya no; por fin lo había reconstruido en su memoria, sabía quién era él, quién era Ricardo Urrutia. Entonces sólo dijo, sin darle mucha importancia:

—¿Lo conoces?

—No —pero de inmediato rectificó—: Bueno, sí.

—No importa, él a ti sí te conoce, ¿sabes?

Quizá Ricardo no oyó claramente esto último, pues Roberta continuó hacia donde estaban esperando algunos taxis.

—Te conozco, Roberta —susurró él detrás suyo como en un último intento por retenerla—, tú a mí no. Por favor, me gustaría que habláramos. Hay cosas que tú no sabes. Sí, cosas de Elías que sólo yo sé, que sólo yo puedo decirte.

Ella giró y, con un rostro desconsolado, casi cruel, le respondió:

—Créeme, hay cosas que yo sé y que tú, en cambio, no sabes, Ricardo... Cosas importantes que él me dijo sobre ti.

Podía imaginar cualquier cosa, pero no eso, nunca esa respuesta que no contenía nada excepto el propio vacío, su vida despeñándose al vacío y la incertidumbre. ¿Y su nombre? ¿Cómo sabía Roberta su nombre? Y ¿qué cosas sabía ella sobre él? ¿Cómo podía saberlas?

Ella siguió su camino y, antes de abrir la portezuela del taxi, se volvió para decirle:

—¿Nos acompañas? Vamos a mojarnos un rato al mar.

28

Cuando Santa se hubo ido junto con un Jasso lloroso, perdiéndose ambos por Libertad hacia el ayuntamiento, Josefina —que se había quedado sola en la mesa a un lado de la de Elías— le dijo a éste:

—¿Sabes? Les mentí.

Éste no pareció entender lo que la prostituta quería decir, y le preguntó fríamente:

—¿A quiénes? ¿De qué?

—A Tony y al arquitecto, Elías.

—¿De qué, Jose, puede saberse? No entiendo de qué carajos hablas —dijo, aunque continuaba meditabundo con la pluma descansando en la mano cerca de la barbilla.

—Quieren saber qué es lo que escribes. Les dije que no sé y no es cierto. Yo sé muy bien lo que escribes, Elías —sonrió Josefina, mitad enfrentándolo mitad guardando un secreto que sabía perfectamente no debía compartir.

El escribidor no pudo contener el amago de disgusto que fue oírla, un encono gigantesco a punto de estallar. Primero no le hizo caso, aparentó no darle importancia o no creer que Josefina realmente supiera. Luego de sorber su café, se volvió a mirarla de nuevo y le dijo, dejando apenas de fruncir el ceño:

—¿Quién te lo dijo? ¿Roberta?

—Sí —respondió Josefina displicente y contenta al confirmar lo que sabía por su amiga: el contenido del cuaderno que el otro escribía.

Elías no pudo contestarle nada, pues Tony volvió a sentarse junto a ella, evitando diestramente pisar una lagartija. Al mismo tiempo puso enfrente suyo un cóctel de ostión. El escribidor bajó la pluma, la apoyó en el cuaderno y, temblando aún —quién sabe si por la noticia de la muerte de Rosales, quizá por el error de haber dejado alguna vez leer a Roberta las primeras andanzas de Ricardo—, empezó a escribir:

29

—El amor es una sarta de probabilidades.

Roberta se quedó pensativa, quizá reflexionando en

las últimas palabras de Ricardo. Obvio: lo que éste decía tenía que ver con Laila. Ése era su punto de referencia; si no el único, al menos el más próximo. Lo sabía ella por haber leído algo hacía poco en el cuaderno de Elías. Mientras, tumbada en la arena, recargando el peso del cuerpo en un codo, Roberta observaba a su hijo sumergirse y salir contento de las olas ríspidas y ociosas del mar de Coromuel. Éste se cuidaba sobre todo de las aguamalas, que al rozarlas quemaban la piel. Aunque aparecían profusamente en invierno, también durante el verano se confundían —alevosas— con el añil desteñido del mar.

—Míralo así —continuó Ricardo—, un joven invita por teléfono a una muchacha. La vio en una fiesta, consiguió el teléfono y la llama. Ella acepta encantada suponiendo que es otro el que la invita; a éste, en cambio, ni siquiera lo recuerda. El día de la cita él pasa por ella, y al verla descubre que no es la misma a quien miró. Quien le dio el teléfono seguramente se equivocó o le hizo una mala treta. Calla, no dice nada al verla. Ella igual. Al mirarlo descubre que no es aquel que ella imaginó; a éste apenas lo recuerda. Es decir, Roberta, los dos se equivocaron y los dos se sonríen, se mienten al mismo tiempo. Callan por respeto o por lo que tú quieras. Sin embargo, ni uno ni otro cuenta con que ese día van a pasar una espléndida velada. Y así es. Se enamoran y, con el tiempo, se casan. Un año después, en un restaurante, ambos encuentran sentados en otra mesa a una pareja. Ella lo reconoce a él: es aquel que un día miró en la fiesta y con el cual creyó iba a salir un año antes. Al mismo tiempo, él, su esposo, reconoce a la otra joven: es aquella a quien creyó llamar para salir. Entonces, un poco jocosamente, se lo platican. Ríen, se ponen nerviosos. Ahora dime, ¿tú crees que estaban hechos el uno para el otro? Pues no,

¡no estaban hechos el uno para el otro! Tampoco lo contrario. ¿Tú crees que de pronto, así como si nada, enamorados o no, van a ir con los de al lado a explicarles el error y a cambiar de pareja? Así, el amor es una sarta de probabilidades a favor o en contra. C puede estar con B pero también con A. Es pura circunstancia, azar. También es cierto, no lo niego, que la atracción influye, pero hasta cierto punto. ¿Por qué? —Ricardo interrumpió un segundo como si Roberta fuera a adelántarsele aunque ésta sólo lo oía entrecerrando los párpados—. Porque uno siente atracción por varias personas, por muchas... Quizá no por todas y no todos sienten atracción por nosotros, es verdad; sin embargo, el espectro es enorme y así el caudal de probabilidades se ensancha, da para mucho. Cuando abandoné a Laila me di cuenta de esto, Roberta. No existen las medias naranjas, ésa es sólo una falacia del amor, una queja del amante malherido o, al contrario: a punto de casarse. El amor no es exclusividad, es decir, no excluye al otro, a los otros, aunque el que ama de repente lo crea así. El amor se disgrega, se intercambia y es lo más relativo del mundo, desgraciadamente... Tal vez A y B no se enamoren nunca de mí y yo tampoco de ellas, pero eso no significa de ninguna manera que sólo C nació para compartir el amor conmigo. Quizá sea cierto que a A y a B no les gusto, pues no sienten atracción hacia mí o, de plano, yo no la siento hacia ellas; sin embargo, están D, E, F, G, H, y muchas más. Sólo que éstas casualmente no se cruzaron en mi camino. Si no, ¿quién dice y me enamoro de ellas? Por ejemplo, me dirijo a casa de C, pues últimamente le hago la corte; sin embargo, en el camino, choco con D y, sin quererlo, a partir de allí, empezamos a enamorarnos uno del otro. Pero también es cierto que pude chocar con E o con F, ¿quién puede asegurarlo? Quizá sin la ayuda de C no hubiese sucedido nada y en cierta medida debemos agradecérselo, ir a contárselo. O también puede pasar que el día en que voy a conocer a F, dos cuadras antes de su casa, chocamos y empezamos a gritarnos majaderías, nos insultamos. Media hora más tarde, llamo a la puerta de F, a quien no conozco todavía y la veo a ella, a la del choque. Tal vez nos avergoncemos, nos disculpemos o lo que tú quieras; sin embargo, ese amor que en potencia estaba allí se destruye por el antecedente del choque y los mutuos insultos, ¿comprendes? Se arruina lo que de hecho estaba allí, esperando su momento. Así es cierto que F y yo pudimos amarnos pero también es cierto que no pudimos. Da lo mismo, por eso el amor es una sarta de probabilidades, Roberta, a favor o en contra..., nada más. Reconozco, sin embargo, que esto que te digo es espantoso y sólo te lleva al escepticismo, convierte al amor en algo digno de animales racionales. Pero eso, lo quieras aceptar o no, es cierto: el amor es pura convivencia animal, fortuita, perecedera y circunstancial. Lo aprendí luego de haber abandonado a Laila.

Por un largo rato los dos se quedaron callados. Parecía casi una disculpa que Ricardo se hacía a sí mismo cuando oyó la pregunta de Roberta: ¿qué había sucedido con Laila?

Al contrario de lo que él deseaba —preguntarle a ella sobre Elías—, Roberta le hacía explicar las causas de su amor, sus inextricables razones y su separación de Laila.

El niño continuaba incansable en su tarea de interceptar u horadar pequeñas olas verdes. Otros dos se le habían unido en el juego y el sol comenzaba a despellejar sus rostros. Por fin Roberta le dijo, un tanto reconcentrada, dubitativa:

—Puede ser..., puede ser. En primera instancia, Ricardo, el amor se da, sí, por probabilidades, como tú dices, circunstancias meramente fortuitas. Pero hay otra cosa más importante.

—¿Qué? —quitó un codo de la arena y se volvió a mirarla.

—La calidad del amor; sí, la calidad del amor dado y del amor recibido —se quedó pensando un instante, merodeando las palabras, y luego dijo—: Con el paso del tiempo, y también con el paso de los cuerpos, Ricardo, descubres algo, una cualidad que alguna persona te depara y otra simplemente no. En realidad no sé en qué consista, cómo sucede esto. Por ejemplo, cuando pasen diez años y por casualidad te encuentres a Laila, quizá veas cómo lo que entonces sientes por ella es, a pesar de todo, más entrañable de lo que puedas llegar a sentir por alguien más, por ejemplo: alguien recientemente conocido. El reencuentro, ¡ya verás!, va a verificar en ti algo, una especie de cariño o de estima por aquel tiempo anterior, ese tiempo perdido. Entonces descubres una cosa: quien sea que la conozca a ella o la llegue de pronto a conocer, es insignificante en comparación con lo que ella guarda para ti. No debes temerle a nadie; tú tienes las de ganar. Hay algo que ella y tú saben, muy íntimo, que los liga; los demás no lo tienen. Tal vez esto llegue a sucederme un día con Elías, quién sabe.

—¿Pero por qué lo dejaste?

Ella miró en lontananza, más allá de donde estaba ahora su hijo haciendo clavados con los otros muchachos. Sólo respondió:

—Hay cosas que deben hacerse.

—No entiendo, Roberta —insistió él—. ¿Deben hacerse? ¿Por qué?

—No hay porqués, por eso deben hacerse. No se

pregunta uno, o al menos no debe preguntarse más de la cuenta. Sabes que es algo ineludible y ni siquiera cuestionas a tu voluntad, a tu ánimo, a tu alma. Lo haces.

—¿Aunque sea peor?

—Eso no importa, aunque sea peor o mejor. Los resultados en este caso no importan. Es una cuestión que va más allá. Aunque no hubiese sido mejor dejarlo, debía hacerlo; y si era mejor, igual.

—Es muy difícil —dijo para sí Ricardo, esta vez sin mirarla—, es muy difícil ser así consigo mismo. Ni siquiera te respalda la voluntad o una causa. Es un suplicio que te infliges porque sí, porque es necesario aunque no sepas por qué es necesario.

—Empiezas a entender —dijo ella volviéndose para sonreírle.

El sol daba de lleno en sus caras, sólo unas cuantas personas más se hallaban desperdigadas en esa playa de Coromuel, antes de llegar al centro de La Paz. El taxi los había dejado allí luego de su encuentro en Pichilingue. Durante el trayecto Roberta no había dicho nada, sólo se dejaba despeinar gustosa por el viento que entraba a raudales a través de la ventana abierta. Ricardo a veces se volvía a mirarla, sonreía; ella se veía repuesta, menos entristecida y mohína de lo que imaginó iba a encontrarla. Lo único que ella dijo antes de llegar a Coromuel fue: «Si quieres, te quedas con nosotros.» Ricardo no respondió nada pero había aceptado la invitación. Ya en la playa, Roberta compartió un pedazo de toalla con él mientras el niño se iba corriendo al mar que, por lo visto, conocía de siempre. Entonces, antes que Ricardo pudiera preguntarle nada, ella lo miró y le dijo a boca de jarro:

—¿Por qué dejaste a Laila? Eso nunca lo supe. Si la amabas tanto, si tan desesperado parecías por su amor,

¿qué hizo de pronto que la abandonaras? Eso nunca lo imaginé. Incluso no sabía que la habías dejado, nunca pensé que te encontraría aquí, en La Paz. O al menos que no estarías junto a ella. Creo que tu amor era sincero. Sé cuando alguien está enamorado, y tú, Ricardo, lo estabas —inhaló un pedazo de aire, tomó vigor y le dijo—: ¿Te acostaste con ella?

—Dormimos juntos una vez, en mi casa —dudó un instante y luego dijo—: Era la primera vez.

—¿De los dos?

—Sí.

—Entonces ¿qué pasó? No te entiendo, Ricardo. ¿Te desapareciste sin decirle nada? ¿Por qué, si el amor...? —dijo Roberta pero entonces él la interrumpió para decirle que «...El amor es una sarta de probabilidades». Luego le quiso explicar —aunque no supo cómo hacerlo— por qué había dejado de sentir lo que decía por Laila.

Las horas transcurrían insomnes y cálidas en Coromuel. Algunos alcatraces sobrevolaban la orilla del mar, un par de pelícanos se preparaba para zambullirse en el agua gris y apenas levemente agitada. Algunos grupos más se instalaban bajo las palapas o comían bajo una palmera; iban al mar, nadaban un rato y salían para tostarse la piel. Ricardo y Roberta, sentados allí, parecían conocerse de mucho tiempo atrás. El niño vino a interrumpirlos un momento, algo le dijo a Ricardo mojándolo de paso, lo llenó de arena y huyó para irse con sus dos nuevos amigos al mar. Roberta aprovechó para seguirlo y mojarse un momento en el agua. El sol se obstinaba en el lugar más alto del cielo; muy pocas nubes cruzaban o lograban ocultar el calor inmenso que venía de allá como expulsado de un foco gigante e innecesariamente encendido a esa hora del día. Roberta volvió ya casi seca por el aire tórrido de la mañana —la sal del cuerpo endureciéndose—, moviendo a los lados el cabello castaño —ahora ligeramente más oscuro—, y, mirando a Ricardo fijamente, le dijo:

—¿Sabes? Te pareces mucho a Elías —y luego riendo—, aunque varios años más chico.

—O sea que te acuerdas de él.

—Claro que me acuerdo —replicó ella sentándose a su lado, desprevenida por el comentario—, pero no es eso. De veras creo que te pareces a él, demasiado...

—Bueno, ¿y ahora qué piensas hacer? —dijo Ricardo un poco consternado y también ligeramente molesto por el parecido.

—Trabajar, como siempre. ¿Se puede hacer otra cosa en esta viña del Señor? —le sonrió y ella misma respondió a su pregunta adelantándose—: Creo que sí, tienes razón, se puede hacer otra cosa...

—¿Nada más?

—No volver a enamorarme, si de veras quieres saberlo —y sin darle tiempo a que el otro preguntara, ella le dijo—: ¿Y tú?

—No sé, continuar mi viaje.

—¿Adónde?

—Supongo que a Las Rémoras. De cualquier forma, antes necesito dinero. Se me va a acabar muy pronto.

—Deberías conseguir un trabajo —reflexionó ella un instante, y de inmediato le dijo—: Tengo un amigo, él te puede dar algo. No aquí, en Las Rémoras.

—¿Quién es él?

—Tony, tiene un restaurante, bueno, es un pequeño bar..., una lonchería. En agosto hay mucha gente, llega de todas partes. Seguro necesita que le ayude alguien. Está solo. Te daré un recado y verás cómo te da chamba. Creo que puede pagarte bien. ¿Qué edad tienes?

—Diecisiete, ya casi dieciocho —respondió Ricardo, que ya sabía algunas cosas de Tony, pero de cualquier forma estaba encantado de oírla decir que era amiga de él: eso no lo sabía.

—Necesitas saber que es maricón —dijo ella—, pero es muy respetuoso.

—Me imagino que debe de tener su carácter —aventuró él, aunque ya lo sabía.

—Sí lo tiene, pero no importa. La llevarás bien con él, te pagará bastante, estoy segura, y te podrás ir a donde tú quieras después.

—Pues no sé, Roberta, depende de cómo marchen las cosas. De cualquier forma, te lo agradezco.

Roberta aguardó un momento y luego, levemente contrita, intrigada, le preguntó:

—¿No piensas volver con tu madre?

—No lo sé. No por ahora —fue la única respuesta que dio.

En eso volvió el hijo de Roberta con una vara en la mano; en la punta, atravesada cruelmente, una aguamala azul turquesa, gelatinosa, a punto de derretirse. Los otros dos niños se pusieron a su lado mientras veían gotear su propia carne al indefenso animal sobre la arena. Con plena satisfacción contemplaban el poder que el calor ejercía sobre el azul informe que, poco a poco, dejaba la huella de lo que antes fue. Ricardo y Roberta también la veían sin decir una palabra.

—No me dijiste por qué dejaste a Laila si ella era tu primer amor —dijo de pronto Roberta, sacudiéndose la sal seca de los hombros.

—Creo que era necesario. Algo se había roto y todavía no sé qué es...

—Exactamente —dijo ella—, algo se rompió también dentro de mí cuando más quería a Elías. Y por más que me preguntaba, no sabía qué era, no daba en el clavo. De ahí esa necesidad, la necesidad de terminar cuanto antes, lastimándolo tal vez, igual que tú hiciste, Ricardo...

—No creo haberla lastimado, no a ella. Laila es fuerte.

—Estás equivocado. Tú dejaste de amarla el día en que ella comenzó a amarte a ti, puedo jurarlo. Lo que haya sido que se rompió dentro de ti, Ricardo, fue exactamente en el transcurso de ese día, el único que pasaste con ella. Deberías preguntarte qué fue, tal vez tus afectos y tu sexualidad estén separados. Igual que los míos. Te puedo jurar que aún no sé qué es lo que me pasa en ese sentido. Quizá tú lo sepas, llegues a averiguarlo, y me lo digas.

—Tal vez tengas razón —repitió ensimismado Ricardo—. Fue ese día y no me di cuenta...

—Y deberías saber que sí le importó —continuó Roberta—. A una mujer siempre le importa que la dejen. Un hombre abandonado no sufre tanto como cuando a una mujer la abandonan. Al hombre le duele la infidelidad, no el abandono. Creo que Elías no va a sufrir tanto.

—Te puedo asegurar, Roberta, que estás equivocada. A Elías va a dolerle tu abandono. Le duele ya. Incluso hay hombres que soportan la infidelidad. La soportan cuando aman a alguien o por lo menos cuando saben que la otra persona los ama. Él hubiese tolerado tu infidelidad... Te hubiera perdonado. Pero no tu abandono, tu desamor...

—Pero si no he dejado de quererlo, sólo siento que algo dentro de mí se rompió y no sé qué diablos es...

—...el abandono es tal vez la peor de las infidelidades, Roberta, créeme. Y tú, quieras o no, lo dejaste.

Ambos se dieron cuenta de que habían agotado el sentido de las palabras que explican —si es que algunas pueden— sentimientos. Es más, éstos nunca existían, los inventaba el que decía algo, el que creía sentir y, ansioso —obcecado por nombrar el mundo—, hablaba, hablaba, se oía a sí mismo explicándose razonamientos absurdos.

Ricardo se levantó y se metió al mar sin decir una palabra; estaba harto de las olas, del aserradero de espuma que hacían al quebrar, completamente ahíto de su fuerza destructora. Caminaba lento, enjuto, hacia donde estaban los niños. Se unió a ellos mientras Roberta, en la playa, con los codos recargados sobre la arena, los observaba subirse a los hombros de él y brincar contra gigantescas olas a veces verdes, a veces azules o blancas. Así pasaron el día. Más tarde comieron unos platos de arroz y unos pescados envueltos en papel aluminio que vendían en la playa —en el único restaurante de Coromuel— y, por fin, satisfechos, cansados, verdaderamente lejos de cualquier pasado y de cualquier atisbo de sentimiento, se subieron a un taxi.

La sal y esa calma chicha que el calor propiciaba, la indivisible arena, quizá el mismo efecto del tiempo caminando a paso gradual e imperceptible hacia ningún lugar —caracoleando nada más—, eran las causas que podían hacerlos, a Roberta y a Ricardo, diluirse, amaridarse por fin con todo lo demás, con el mundo sencillo de fuera, con aquello que realmente se veía moverse, accionar, buscar algo que no fuera siempre la conciencia. Bastaba de sí mismos. Bastaba de palabras que intentan sólo nombrar. Bastaba de contemplarse —con morbo, con melaza— en el acto de vivir. Ahora se habían olvidado incluso de que existían. ¡Qué grato, qué reconfortante era eso! ¡No existir aunque sólo fuera por un día, por una hora o un minuto nada más!

Al llegar al hotel, Ricardo se separó de Roberta para que ésta se fuera a dormir la siesta con su hijo; salió de Los Arcos y justo enfrente, cruzando un malecón arbolado, se sentó en un pequeño fragmento de arena para terminar la historia de Federico que tantas sorpresas y desvelamientos le había venido deparando. Bajo la sombra fresca de una palmera, por cuarta vez consecutiva y de un solo tirón, leyó hasta el final *Las plegarias del cuerpo*:

(Último día)

Escribo en el futuro. Comienzo a escribir en el futuro, *ahora* lo hago: 23 de febrero de 2006. Cierro los ojos y compruebo que es absolutamente cierto. Estoy allí, escribiendo en estos precisos segundos. Entonces, ese 23 de febrero de 2006, los cierro y estoy de nuevo aquí, escribiendo, y es absolutamente cierto también, es real. Ambas cosas son verdaderas, basta que lo desee. *Ahora voy escribiendo en el futuro* y no es que esté *allá* pues *allá* es ahora mismo, cuando escribo: febrero de 2006. No atisbo el futuro, tampoco lo adivino. Puedo decir nada más que lo recuerdo. Lo añoro porque lo he vivido ya, porque lo estoy viviendo.

Alquilo desde hace cinco o seis años un pequeño departamento en la Rue Monge. Mi piso no tiene más que un gabinete-cocina, una despensa vacía que yo mismo armé, su baño con regadera y una exigua recámara que se convierte en sala cuando llegan las contadas amistades que aún conservo. Decir por qué dejé la Ciudad de México es una larga historia. Simplemente mencionaré que conseguí un trabajo como *lecturer* en la Sorbona y desde hace unos meses me dedico también a la malsana tarea de redactar un largo ensayo que seguramente nadie va a leer. El sueldo apenas me da para vivir solo, aparte de que —es cierto— no podría compartirlo con nadie. Logré mi autonomía un año después de llegar a París. Entonces estaba verdaderamente harto de convivir con alumnos o maestros extranjeros de paso. Sólo con el tiempo y unos ahorritos pude conseguir este ínfimo piso. La calle no es mala y cerca tengo el metro Cardenal Lemoine, que me deja muy temprano en Pompidou o en la universidad. Desde que las cloacas subterráneas se arreglaron, hará cosa de tres años, es posible respirar sin tapabocas en los andenes y los enormes pasillos.

Es tarde ya; acabo de merendar con Volpi y Nedim Gürsel, dos amigos, uno italiano, que busca traducir sus novelas al francés y, el otro, un turco, algo mayor, también novelista y doctor en literatura comparada en la Sorbona, con un libro sobre Hikmet y Aragon. Apenas llegué me he sentado a la computadora a escribir esto tal y como hacía antes: en momentos de arrebato. Justo al inicio, como digo, tuve algo como un alumbramiento súbito o una enorme impresión: era como si hubiese vivido ya esto. Cerré los ojos. Inmediatamente quise acordarme de esa breve novela que publiqué aún siendo joven, a los veintiuno, creo. Me puse de inmediato a buscar entre un revoltijo de libros guardados en estanterías y cajas y por fin, luego de un rato, la hallé: *Las plegarias del cuerpo*. Busqué con desesperación el capítulo cuarto, «Último día», y empecé a leer: «Escribo en el futuro. Comienzo a escribir en el futuro, *ahora* lo hago: 23 de febrero de 2006. Cierro los ojos y compruebo que es absolutamente cierto. Estoy allí, escribiendo en estos precisos segundos. Entonces, ese 23 de febrero de 2006, los cierro y estoy de nuevo aquí, escribiendo, y es absolutamente cierto también, es real. Ambas cosas son verdaderas, basta que lo desee. *Ahora voy escribiendo en el futuro* y no es que esté *allá* pues *allá* es ahora mismo, cuando escribo: febrero de 2006. No atisbo el futuro, tampoco lo adivino. Puedo decir nada más que lo recuerdo. Lo añoro porque lo he vivido ya, porque lo estoy viviendo.» Y era cierto.

Inmediatamente después dejé la novela a un lado y acerqué la computadora para ver qué había escrito de manera arrebatada al llegar, y era exactamente lo mismo. Lo repetí; escribí lo que había escrito. ¿O sólo lo escribí una vez?, ¿era acaso un *ahora* en cualquier tiempo? ¿O fuera de él? Comparé ambos textos y eran idénticos. ¿Cómo había escrito, pues, ese fragmento si apenas lo había escrito ahora, si lo acababa de escribir en realidad?

Había terminado *Las plegarias* los últimos días de febrero de 1975, cuando yo tenía veintiún años, y, sin embargo, *ahora lo estaba escribiendo*. También es cierto que abominé de mi pequeña novela aun antes de terminarla; y fue peor cuando la vi publicada en la antigua editorial Siglo XXI. A veces —hay que decirlo— parecía un mal poema o su intento. Aún conservo el recorte de periódico de un crítico que se ocupó de ella, Armando Pereira, en donde decía que: «*Las plegarias del cuerpo* consiste en un discurso francamente adolescente: apresurado, descuidado, saltando de una peripecia a otra y cuyos personajes, todos ellos adolescentes, se debaten entre un discurso pretenciosamente filosófico y una atolondrada sexualidad más imaginaria que real» (*unomásuno*, sábado, 28 de noviembre de 1975). Empujé el procesador al fondo. Verdaderamente creí que estaba enfermo, delirante, cuando me paré y revisé *Le Monde*, que estaba en el suelo; leí el encabezado: «AUJOURD'HUI, 23 DU FÉVRIER, 2006.» Me senté otra vez y con premura ojeé mi libro, esa historia de amor (o debiera decir: esas muchas historias de amor) que nadie nunca leyó y pasó casi inadvertida en su momento. ¿Cómo pude —como escribo allí que escribo aquí— recordar el futuro, conocerlo? No quise adivinarlo, lo deseé; me puse a recordarlo y ahora lo miraba escrito justamente un 23 de febrero del año 2006. Sí, paso las páginas muy lento; me pongo a leer ese «Último día» de la historia, de mi historia. O quizá me interrumpo, abandono *Las plegarias del cuerpo* a un lado. Acerco el procesador y me pongo a escribir, seguramente eso hago. Voy a pasar esta álgida noche hasta acabar con esto de una buena vez. Luego podré irme a la cama.

Volpi y Nedim me han apoyado desde que hice el plan de trabajo y alguna que otra vez solucionan un aspecto del asunto. Llevo tres meses con la investigación. Hago primero una relectura pertinente de los libros, tomo anotaciones, hago fichas, y sin embargo no me decido a empezar. Suele ser, al menos para mí, lo más difícil. El tema, es cierto, lo busqué —me ha obsesionado muchos años—, pero también me lo encomendaron en el departamento; se trata de algo tan oscuro y a la vez tan vasto como pueden ser las formas que toma la historia de Oseas, aquel profeta menor, en los novelistas del XIX y el XX. No hay nada que limite la investigación y por ello el trabajo cada vez se vuelve más arduo, más cansado. De entrada tengo en mi mesa, desparramados, libros tan variopintos y a la vez tan semejantes como *El idiota*, *Crimen y castigo*, *Santa*, *Naná*, *La Casa Verde*, *Las Rémoras*, *El cónsul honorario*, *El lugar sin límites*, *El filo de la navaja*, *Servidumbre humana*, *Los miserables*, *La educación sentimental*, el capítulo de «Circe» en el *Ulises*, el tercero del *Retrato*, «Los amores de Swan», *ad in-*

finitum. Sin embargo, la lista crece de manera pasmosa con cada nueva sugerencia que los dos, Gürsel y Volpi, me hacen; también con cada hallazgo; por eso a veces pienso que la labor puede llegar a hacerse interminable si me descuido. Incluí a últimas fechas un libro de Nedim, *La primera mujer*, y me queda por revisar —como hoy me dijo— otras novelas de Moravia, Jan Valtin, Sue, Lajos Zilahy, Amado y Onetti. ¿Habrán leído a Oseas estos autores antes de escribir sus obras?, ¿hasta qué punto hay un influjo y, en todo caso, es posible dar con él?, ¿es el azar que se manifiesta o el inconsciente que trabaja en un profeta de Samaria, luego en el Nazareno y después, por poner sólo un ejemplo, en un ruso ortodoxo?, ¿cómo es posible entender a un hombre, a un desquiciado, que en plena agitación política abandona a su familia, grita en las ciudades (igual que hacía el profeta Jeremías) que Dios le pidió una noche ayuntar con una prostituta, escribe luego un libro, y la Iglesia, muchos siglos después, decide hacer de él un texto sagrado? Son muchas las cuestiones para desglosar, muchas las interrogantes, y la tarea me parece a veces irrealizable, sin una base que desde un inicio sustente la estructura completa del proyecto. Hay muy poco escrito sobre Oseas, es verdad. Quizá necesitaría otras manos que pudieran ayudarme en la labor; sin embargo, el departamento no me ha ofrecido a nadie. No sé todavía si resista hasta el final o termine por parecerme mortalmente aburrido. Son dos años y fracción los que supuestamente tengo para terminarlo. Estos días de febrero cualquier intento por salir de casa a consultar un nuevo libro es una herida en el cuerpo: el frío me atraviesa, me llaga, busca con ahínco meterse en las ventanas o a través de la puerta. El calentador eléctrico tiene diez años y apenas calienta la recámara. La zona de Rue Monge es buena aun cuando existan varios edificios muy deteriorados que jamás sufrieron la menor transformación con el paso de los años, como el mío.

Es tarde ya, acabo de cenar con Volpi y Nedim. Han sido complacientes, creo, con mi trabajo; no señalaron tantas cosas como sé que debieron. Esta clase de críticos y amigos suelen ser, a pesar suyo, indulgentes. Deberé buscar a alguien más; a veces pierdo la perspectiva del ensayo, su verdadera finalidad (todavía *hoy* no la encuentro), y comprendo que me arriesgo demasiado. Hemos cenado bastante bien en un restaurante chino que atiende su dueño, Fushía, en el cual nos sirven con esmero. Solemos reunirnos allí entre semana; el frío lo hace cada vez más difícil. Nos hemos despedido con la promesa de volver a encontrarnos muy pronto. Tomo el Metro, me repantigo en un rincón, sólo hay una viejecita en el vehículo; por fin salgo en Cardenal Lemoine y sin chistar me dirijo al departamento. Cruzan pocos autos. Hace un frío devastador. Abro la puerta del edificio y pienso sólo en tumbarme cuanto antes, dormir. No espero el ascensor, subo las escaleras y abro la puerta. Entro, doy un portazo bien calculado con el pie. Resuena. Miro la luz del foco iluminando la pequeña computadora que está sobre el escritorio, rodeada de libros, y sin saber cómo ni cuándo, casi involuntariamente, estoy sentado allí, en la silla antes guardada en el vientre, escribiendo esto que no tiene todavía ningún sentido claro y apenas reconozco: tal vez el instinto me ha empujado otra vez para quitarme la modorra. Sin embargo, se esfumó justo cuando tuve algo como un alumbramiento o una enorme impresión, después cerré los ojos.

Está todo a oscuras y hace un frío cavernoso, de ultratumba —o al menos como uno se imagina que puedan ser las heladas en la muerte, en el averno. Camino por ese lóbrego pasillo que no permite siquiera vislumbrar una franja de luz; *sólo estoy yo*, Federico, que al mismo tiempo me puedo contemplar caminando por allí. Tengo miedo por alguna razón inextricable, misteriosa, y me cubro con los brazos. Tal vez de esa manera el temor acabará por irse. Pero aún no se va. *Me toco*, eres tú, Federico, aunque parezcas ajeno de pronto, aunque simules ser otro. No atino, sin embargo, a tomar otra dirección que aquella *por donde mis pasos te llevan*, Federico, como un imán; ellos vaticinan, indican, te conducen seguros por ese pasillo largo, negro, infernal. De pronto sabes que estás a la intemperie, el corredor ha dado con una calle solitaria y ancha, igualmente a oscuras, donde no hay una sola alma y no se escucha el murmullo de nadie. Tú *—es decir, yo—* continúas así y no sabes por qué no te has parado, por qué no te detienes. Y si lo hicieras ¿adónde seguirías? ¿Regresar? Pero ¿adónde? Si no sabes de dónde vienes, Federico, si de pronto te encuentras caminando aquí, solo, en el pasillo que te condujo a esta calle de baldosas sucias y aún más heladas. Continúas, no oyes más pisadas que las tuyas, su eco resuena claramente en tus oídos, la calle está húmeda, caliginosa. A un palmo de distancia no distingues otro objeto que el vacío, una suerte de abismo espeluznante en el cual puedes caer si te tropiezas. No debes atormentarte, Federico, lo sabes. Ya habrá una luz, algún resquicio, algún sonido que al menos te llame o te guíe, te diga por dónde puedes ir. Sigues, vas a tientas, solitario, *soy yo, Federico, pero eres tú* el mismo a quien una ráfaga de viento se le mete de pronto en la piel, lo llaga, y no sabe cómo esquivarla. Es deplorable. De pronto encuentras, a lo lejos, una luz, una ínfima luz que se desprende del final aún indeterminado de la calle, es un fanal quizá. Caminas aprisa, parpadeas porque el viento golpea tu frente y apenas puedes continuar, jadeas un poco, apuras el paso. Por fin escuchas a lo lejos unos ruidos casi imperceptibles; provienen de esa luz, lo sabes, del mismo sitio en que está la campana de cristal que la provee. Te acercas sin titubear. Conforme lo haces la luz se ensancha y los sonidos se vuelven más nítidos, más comprensibles, descubres la continuidad que engendran, cierta armonía, la afinidad entre uno y otro, y entiendes por fin que es música, Federico, lo que oyes, lo que antes apenas lograbas distinguir. Un poco más confortado, respiras, das una bocanada, contemplas el lechoso vaho subir al mismo tiempo que decides correr por las baldosas a través de la intemperie. Ya no te importa, has separado los brazos del cuerpo y el miedo disminuye, ha mitigado, te alivias de ese peso monstruoso, inicial, con cada paso que das. Llegas por fin a la luz que sale del mismo fanal de cristal sobre esa puerta, y la abres. Escuchas la música que toca una banda y encuentras una muchedumbre disuelta, cansina. Ves un pastel enorme en medio de la pista. Debe ser un cumpleaños, te dices. Hay jóvenes dicharacheros, personas mayores, mujeres hermosas, señores de traje, algunos borrachos, otros fumando, todos acicalados con sus mejores prendas. Han reparado en ti, te observan, sabes que te encuentran distinto y que tal vez no te invitaron a la fiesta. Sin embargo no haces caso, pretendes no enterarte; al contrario, sigues derecho, Federico, metido entre la gente, a empellones; los ves bailar, otros beben y platican. Como un imán *yo te llevo*, Federico, *empujo* tus pies para que atravieses la multitud de cuerpos que aún desconoces y toleres sus apretujones tibios. Recuerdas perfectamente hacia dónde debes ir, hacia dónde tus pasos se dirigen. Lo has sabido toda la vida, *ahora* lo recuerdas: percibes una masa compacta, vas hacia ella. La pista se abre lentamente y atrás, justo en la barra donde algunos se apoyan, la miras. Sola, recargada —apenas, muy cerca de ella, hay un hombre que despacha las bebidas, lo recuerdas bien, lo sabes. Hacia allá te diriges. Desde que ibas por el pasillo, o tal vez desde antes, tu cuerpo estaba encaminado hacia el de ella, te lo dice el instinto, te lo dicta el alma como si se tratara de una fatal premonición. Al acercarte contemplas su vestido violeta de lentejuelas y canutillos que envuelven su figura frágil, erguida; los tobillos que se dejan ver apenas. Ella gira el cuerpo cuando estás más próximo y no logras distinguir su rostro, sus facciones; ni siquiera ves un gesto, sólo encuentras su cabello oscuro, endrino, que ahora brilla con los reflectores de la pista, Federico. Te embelesas justo al verla y haces lo inimaginable por descubrir su rostro, desvelar su fisonomía, sus rasgos puros. Pones aun toda tu voluntad, sin embargo, no lo logras. Entonces compruebas, sabes, que cerca tienes a la mujer más bella que jamás hayas mirado. ¡Pero si no la has mirado antes! ¡Ni ahora! ¿Cómo puedes saberlo, cómo puedes afirmarlo? Sencillamente es algo que se sabe, *¿no es cierto, Federico?*, y no se puede transmitir. Se abrazan sin decirse una palabra, la ciñes del talle, y empiezan a bailar sobre la pista; hay muchas parejas alrededor. La abrazas fuertemente y ella hace lo mismo. Suavemente rodeas su envés, ella apoya sus manos en tus hombros. Te sientes por fin amparado y el temor se aleja, disminuye; por fin lo has olvidado o eso supones. Ambos tienen la cabeza encima del hombro del otro y no pueden mirarse libremente. *Cierro los ojos*, Federico, *y ahora sé*, puesto que tú lo recuerdas en tu alma, Federico, *que la amo*, que sólo a ella la has amado siempre y ahora la tienes muy cerca. No quieres abandonarla, comprendes que ella había esperado a que tú llegaras. No tienes la menor idea de quién pueda ser, quieres sin embargo conocer su rostro, imaginarlo o al menos tener una certeza para poder amarla como a nadie has amado en tu vida, justo como a ningún otro ser humano —lo sabes— amarás. Lo adivinas y te invade una nostalgia indescriptible, una pena que no se puede abarcar. Te aflige no haberla amado antes, o no acordarte. De pronto oyes que la música se ha detenido y las parejas en la pista aguardan despegadas. No quieres sin embargo separarte de ella y tienes que hacerlo. Justo entonces, de súbito, intuyes el verdadero motivo de todo: es un sueño, Federico. Descubres que has estado viviendo dentro de *mi sueño* y allí mismo lo recuerdas, se te revela como algo asombroso y también como un insoportable lastre imposible de cargar. No soportas (te duele) el engaño en que estás metido ¿y sin embargo quién es el culpable? *¿Acaso yo?* Te llena la angustia, el desasosiego, pierdes el aire y le pides con desesperación que te dé su nombre, sí, su nombre... La apremias. Irás a buscarla después, se lo dices, cuando despiertes. No parece entender, sonríe con escepticismo. La observas fijamente, no quieres olvidar sus rasgos, sus sienes, sus dientes alineados y mate, su gesto, el misterioso clima de su cuerpo, sus ojos profundos y negros, quisieras aprehenderlos para siempre, ¿no es cierto? Contemplas sus cabellos: crepitan bajo el arbotante de luz, enmarcan su rostro. Todavía no tienes idea de quién pueda ser esta mujer y sólo apenas, por un instante, crees reconocerla, barruntas algo, no sabes qué, es sólo un tenue balbuceo, la has mirado siempre pero aún no recuerdas dónde, no sabes quién es. Ella mueve los labios y te quiere decir algo. No la oyes, te aproximas a ella, quieres abrazarla, no puedes perderla así, fácilmente, para toda la eternidad. Poco a poco te invade ese frío de ultratumba. Esta vez pones tu oído más cerca, rozas sus labios con tu oreja y aun así no la escuchas: sigues sin distinguir lo que ella quiere decirte. Pronuncia otra vez algo y al mismo tiempo ves cómo se aleja, desaparece, o tú, Federico, eres quien te vas aunque la abraces y la aprietes contra ti. La contemplas aún más lejos, turbiamente. Ella, tu verdadero amor, tu vida, se difuma, desaparece. O tú desapareces. Imploras su nombre, la llamas, gritas que luego irás a buscarla, que irás por ella a donde sea, a donde te pida, que te espere, que te dé su nombre...

Abro los ojos y apenas lo descubro, me obstino en mantenerlos cerrados, concentro mi voluntad en el sueño que se ha ido, busco regresar a él, hago un esfuerzo denodado e infecundo; no puedo, ni siquiera vislumbro el recinto en que me hallaba. Mi mente se resiste a despertar y mi cuerpo se lo pide, se despereza. Siento un agobio en el pecho, la desconcertante gravidez del mundo, una acedia inmensa que no logra abandonarme. No puedo respirar fácilmente, me destapo y el frío se cuela de inmediato en cada rincón de mi cuerpo. Siento líquidos los ojos, una calidez extraña va empapando mis mejillas, baja hasta mis labios y los sala. No recuerdo nada, me quedo un largo rato inmóvil, respiro hondo e intento contener el sufrimiento de esa pesadilla, una suerte de antiquísimo dolor desconocido y también irreparable. Trasuda mi cuerpo, me levanto de la silla donde me he quedado dormido, camino alrededor como un demente en busca de auxilio y por fin me siento en el borde exterior de la cama. Desde allí contemplo, a través de los vidrios escarchados, un cielo gris y tieso como una roñosa mortaja. Son las 4:35 de la madrugada en mi reloj. Me levanto, camino hacia el escritorio, lo hago automáticamente. Jalo la silla y me siento. Paran las lágrimas, ya no siento salados los labios. París duerme todavía, descansa olvidado del sufrimiento de todos los que con él vivimos y antes hemos dejado nuestro país. Enciendo la pequeña luz que tengo al lado, la apunto, busco una hoja y una pluma. Comienzo a escribir, no sé bien por qué lo hago o si solamente es el instinto, de nuevo, lo que me empuja. Garabateo ágil, presuroso, con letra menuda que apenas yo distingo. Sí, hago una descripción más o menos pormenorizada de esta especie de sueño de ultratumba. Termino. Miro otra vez la hora: las 5:05. Por fin dejo la pluma a un lado, doblo la hoja de papel y la guardo.

Esa noche me llevaron por segunda vez. Antes me había visto despojado de una antigua sensación: tener un cuerpo. Entonces, sin saber, quería recuperarlo. Lo supe al mismo tiempo que me despojaba de él y *ahora* lo mantengo sólo vivo en la memoria. Desde hace muchos años permanezco así. Por eso escribo.

Fue algunos días después de esa excursión a La Partida, no recuerdo cuándo con exactitud; quizá la noche anterior a que dejáramos La Paz ese verano, el último. Puede ser. Es de cualquier manera una noche idéntica a la anterior, como son todas las que contemplamos en la vida. Ellas son la misma; nosotros, los que somos diferentes.

Vamos codeándonos en el Ford los mismos de siempre: Octavio y Solón atrás, yo en medio de ellos; Cecilio maneja y Hugo ríe a su lado sin haberse muerto aún. Hace un calor insoportable y el aire está congestionado de vaho. El auto se tambalea a cada paso por la carretera; de pronto algunas luces rápidas enfrente de nosotros rompen la calígine y huyen. Como ellos, ya no soy sustancia, antes lo hemos celebrado —lo han celebrado para mí— unánimes y jubilosos. Estamos igualmente felices esa noche en que el calor de verano empaña los vidrios del Ford: somos iguales, hermanos u hombres, no lo sé, somos semejantes; los cuerpos juntos, derrotados, nos eximen de nuestra fractura, la de la inocencia. Cecilio se concentra en el camino, sigue las franjas blancas despintadas que lo dividen, yo observo sus manos cogidas fuertemente al volante, oigo risas, las indecencias con que nos llamamos, el consenso de mentiras; todos despotrican, me río con ellos. El Ford se tambalea. Hemos llegado, cruzamos una zanja. A la orilla del camino miramos los tugurios, su policromía de luces atravesando el descampado y la música de una banda rayando el horizonte, la negra espesura. Cecilio detiene el Ford, y Hugo, barrigón, desciende primero, detrás de él sale Solón, después yo. Se ven muy pocos autos, debe ser un lunes o martes, no se oye el trajinar de los hombres, nadie vocifera. Con mayor confianza que la primera vez entramos a *El Ranchito*, dentro se oye música, algunos juegan cartas o beben cerveza, dos parejas bailan mientras se magrean sobre la pista al compás que marca la banda. Descubrimos varias mujeres solas, aburridas en sus nichos, con una de las piernas doblada hacia atrás, apoyada contra el muro, aguardando a *su* hombre. Exhiben, sin prestar mucho interés, las rodillas o los muslos con unas medias negras y unas ligas; te sonríen un segundo y te dan la espalda luego, te dejan de hacer caso, miran a otro, dan una bocanada a su cigarro, despectivas. Hugo, procaz y astuto, no le dice a nadie lo que está a punto de hacer, sencillamente lo vemos irse hacia una de ellas. Le dice algo, ella asiente primero pero inmediatamente niega. Hablan, juegan con las palabras, negocian. Por fin se les ve a los dos saliendo por la puerta trasera de *El Ranchito*; entonces

Hugo gira el rostro y nos sonríe dejándose llevar de la mano. Es feliz, este muerto es entonces feliz y no sabe, sin embargo, que está muerto, no tiene idea de que estará tieso en la tumba muy pronto. Inmediatamente nos miramos; observo el rostro de Octavio, incrédulo, cejijunto; hace un ademán y se encoge de hombros sin declarar lo que piensa. Cecilio se me acerca y me pregunta en tono socarrón:

—¿Y tú? ¿No te avientas otra, Fede?

—Aquí no —le contesto con falso aplomo, displicente a mis catorce años de edad.

Al mismo tiempo le doy la espalda y comienzo a caminar hacia la salida. Puedo imaginar sus rostros escépticos, Cecilio mofándose de mí con alguno de sus comentarios y Octavio festejando la proeza del niño. Cruzo solo el terreno donde están algunos autos estacionados. Al tocar mi camisa noto que se me ha pegado al cuerpo y huele a alquitrán. Arriba está anunciado con letras grandes y luminosas *El Ferry*. Conozco el lugar, no hace muchos días —muy pocos— estuve aquí. Reconozco la pista vacía y oigo la misma consola distante, tranquila y canora, sin que intervenga en la paz que ocupa este recinto de amor. Sólo se ve a unas cuantas putas platicar aburridas, sofisticadas, entre sí. Nadie parece reparar en ese adolescente que cruza las manos, yergue la espalda e intenta aparentar mayor edad de la que tiene. Pido una cerveza en la barra. El cantinero me la sirve de inmediato. Saco un billete y se lo entrego, recibo el cambio y me lo guardo con indiferencia. Limpio con la manga el orificio de la botella y al mismo tiempo descubro que no debía haberlo hecho; la empino, hago un esfuerzo supremo para beberme la mitad de un solo trago. Me viene una náusea indescriptible, me apoyo en la barra y cierro los ojos para controlar el amargor del paladar. Un instante después me vuelvo a la izquierda y *la miro*, es *ella* de nuevo, me observa con sus enormes ojos negros, sus ojos pintados y profundos, sus largas pestañas cubriéndolos, y se ríe de mí. Despacio me quita la botella de la mano y, sin preguntarme, comienza a beber de ella. Ambos sabemos por qué estamos allí, a quién esperamos. Le sonrío también, pues tengo esta vez mucha más confianza al hacerlo y el lugar se ha vuelto familiar con ella parada a mi lado. Al verla de nuevo con su largo vestido violeta, los tirantes cruzándole los hombros, los zapatos de tacón mediano estirando su figura breve, esbelta, magra, sus dientes increíblemente blancos y alineados, la tez morena, sus ojos brillando *hasta aquí* —rompiendo el espeso sentido del tiempo—, la botella cogida en el aire, me siento por fin protegido por una mujer y a punto de amarla como si nuestras dos almas se hubiesen conocido desde siempre y se comprendieran.

Quito con cuidado la botella de su puño y bebo; el cantinero no repara en mis movimientos, hace su trabajo o lo remeda. Ella toma mi mano izquierda y me dejo conducir otra vez, sabiendo lo que me aguarda. Mi cuerpo arde. Cruzamos juntos ese angosto pasillo de concreto que conduce a la hilera de cuartos. No hablamos, no nos decimos una sola palabra; nos detenemos otra vez en el cubículo. Dentro no está el hombre gordo sino una mujer mayor, exageradamente maquillada, con un enorme lunar en la mejilla. No se ocupa de mí, cobra el billete que le doy mientras distingo los horribles pelos cubriéndole el lunar. Me devuelve otros billetes. Ahora empiezo a caminar tras la puta, apuro el paso, la sigo. Ella de pronto ha abierto una puerta, quizá sea la misma en que el Orden —como un tigre a punto de saltar— está esperándonos. Me indica que pase; luego ella avanza sin precipitarse esta vez. Cierra la puerta y de inmediato siento su mano atrás, posada suavemente en mi hombro. Acerca su boca a mi cuello. En medio de la recámara empieza a desvestirme, los focos iluminan nuestros cuerpos, la luz nos hace seres inconfundibles. Estamos desnudos por completo; hemos dejado nuestras ropas tiradas en el suelo y nos conocemos otra vez.

La observo recostarse en la cama, lánguida, hermosa, y aguardarme. Sonríe, sus dientes se dejan ver entre los labios y aparece su lengua húmeda, rojísima, entre ellos. Hace una mueca alacre, alza los pómulos. Me acerco, pongo una rodilla en la parte exterior de la cama, y después, muy despacio, subo a su cuerpo. Siento de súbito su carne entera palpitar bajo mi carne y entro. Dispuestos los dos, con nuestros cuerpos contagiados de su semejante, su reflejo, ardemos poco a poco, tallamos nuestra piel como dos pedernales. El calor humedece en un instante las partes aún secas y la carne vibra y luego, poco a poco, se resbala al contacto del sudor que segregamos. Ella se mueve, la sigo alerta; acompasamos los riñones, las caderas, todos los músculos. Ella me coge por las nalgas, mis brazos sujetan su espalda. La aprieto, clava sus uñas, las hunde, y el dolor que apenas tengo hace nacer en mí un placer distinto, un ímpetu distinto. De pronto, todavía dentro de ella, la siento abrir mis glúteos con sus manos, arañarme, luego sólo lo hace con una y, sin decirme nada, sin dejar un segundo de mover los cuerpos, percibo un dedo suyo hundiéndose dentro de mí, penetrándome: tengo un espasmo, ella no deja de empujar una de mis nalgas hacia afuera, lo hace con fuerza y no puedo evitar gemir. Ella sin embargo no permite que los cuerpos reposen, continúa moviéndose; me desconcentro unos segundos, pierdo la fricción y el ritmo de la carne: no evito atender lo que ella hace conmigo atrás. Por fin me olvido y con los dientes hincados en sus hombros busco controlar ese dolor, el gozo interno de mi cuerpo y sus entrañas. Un minuto después siento cómo va sacando el dedo con delicadeza, descubro que no sigue allí pues *recuerdo* un vacío, ese instante posterior a aquel en que mi madre, en tardes cálidas y soñolientas de mi niñez, ha introducido un termómetro para medir la fiebre y lo saca: lo primero es perplejidad, luego un despoblado infinito. Un segundo después oigo un vagido sordo de sus labios.

Aún dentro de ella, en el reposo y la lasitud completa de los miembros, deja su dulce boca sobre la mía; nos besamos. Me quedo mirándola por largo tiempo y sólo después me atrevo a preguntarle:

—¿Cómo te llamas?

En marzo del año 2006 recibí una breve esquela de Selma, mi hermana, donde me daba una lacónica información: mamá murió, luego explicaba las razones que tuvo para no avisarme antes y, por fin, terminaba con una austera despedida en nombre de toda la familia.

Tiempo atrás, cuando viví los últimos años del siglo XX en México, las cosas no habían marchado bien con ninguno de ellos, luego —ya en París— había perdido contacto y sólo recibía (no siempre) sus postales de Navidad. Si París es asfixiante, la Ciudad de México ya estaba en las últimas cuando salí hacia finales de 1998. Su condición era la del moribundo que no sabe adónde huir ni qué hacer con su cadáver (¿qué habrá pasado, me pregunto, con su triste osamenta durante este lapso en que no he estado allí?).

Es cierto, no ha sido ésa la única razón para salir del

Distrito Federal: se trató, como en todas las vidas comunes, del amor —sus proezas y sus vicisitudes—, y luego, cuando las cosas han cambiado de cariz, olvidas la verdadera causa que motivó todo. Entre ellas, es cierto, está una de tantas razones: Laila y Octavio. Creo firmemente desde entonces que el mundo se mueve, al cabo, por el amor. Es una enfermedad latente, parece haber sanado y luego, con los años, la secuela reaparece, brutal. Ahora no puedo ni siquiera describir el sentimiento extraño, cruel, que tuve cuando llegó la esquela de mi hermana al departamento de la Rue Monge. El dolor se me hizo insoportable durante varias horas y sólo con los días disminuyó; empero, la mordedura estaba allí, indeleble. Habían pasado muchos años, igual la costumbre de no saber nada de ellos —ni una noticia— y la abstracción que hace que anulemos las emociones fácilmente, en la distancia sobre todo; es cierto, tal vez por eso mismo no veía una razón para volver a México. ¿Quién estaría esperándome? *Muchas cosas se hacen para recordar y se revelan al final, sin embargo, como una escucha de la muerte, y muchas cosas que quieren hacerse por la muerte son mero recuerdo, temeroso recuerdo nostálgico, angustiosamente guardado para que jamás se pierda*, escribe Broch. ¿Qué haría estando allí? ¿Acaso visitar su tumba? ¿Oír de su fin o su memoria póstuma por innumerables labios ansiosos de contar, de hablar conmigo? No lo deseaba, no tenía sentido. La esquela de Selma era una especie de información y así lo debieron sentir ellos, la familia, al enviármela. Quiero continuar ahora solamente concentrado en mi trabajo, sin que nada me aflija y se entrometa con mi paz, sin enterarme de otra cosa y de ningún detalle. Desde hacía años había perdido la huella de mi madre, me bastaba con su recuerdo; sólo de vez en cuando recibía una noticia de ella. O de mi padre. Siempre reticentes conmigo. ¿Y ahora? ¿Qué debía hacer? ¿Qué se suponía que debía hacer? ¿Qué esperaban de mí? ¿Debía importarme de pronto? ¿Debía afligirme, volverme loco de tristeza? No. Sin embargo, a pesar de todo, debo reconocerlo, me sentí muy mal, increíblemente pesaroso. Era una marea de vergüenza y tristeza incontrolables. Tuve escalofríos y después vino la fiebre. La pena que provoca la muerte de un ser querido permanece varios días, muchos años a veces, se mantiene en algún sitio invadiendo los recuerdos. Sin sanar.

Cuando supieron de mi estado y de la postración en que había caído a finales de marzo, Volpi, Gürsel, y otros amigos no dejaron de buscarme; entre ellos o alguna de sus esposas me atendieron e hicieron compañía. Lo aprecié, pero en el fondo no entendieron, es imposible que nadie comparta tu dolor, que de pronto conozcan lo que antes has vivido y sentido por alguien y ellos no saben, no vivieron. ¿Cómo es, quién es la persona que amaste, alguna vez perdiste y otra vez, fuera de tu país, imprevisiblemente, pierdes para no volverla a ver? Es irremediable, nunca entenderían. Las cosas y los seres que un día abandonamos no regresan ni siquiera con la muerte fulminante, vienen a herirnos nada más, con gratuidad. Para eso sirve la muerte y su tenaz recuerdo, todos lo saben. De allí, pues, que todos debiéramos esperarla a diario, venida de donde sea, de quien sea, cuando sea. Y sin embargo no lo hacemos. Aun de ser posible deberíamos soñar todos con el rostro difuso de la muerte.

No respondí a mi hermana sino hasta un par de meses después. No le decía otra cosa más que gracias, me he enterado. No deseé ahondar en nada, recriminar su tardanza o preguntar ningún detalle sobre la muerte de mamá. Tampoco saber de Selma o sus hijos o de mi padre. Si no me importaron en años, si los había logrado olvidar (eso al menos creí entonces), tampoco debían importarme más de lo que hacían antes; ni siquiera oímos nuestras voces por teléfono desde que dejé México ya hace algunos años. Y tuvimos razón (una razón muy discutible y ambigua) para no hacerlo: era comprometido y podía resultar contraproducente quedarse callados sin apenas saber qué preguntarse, sin apenas saber qué decir. Igual debía sucederles a ellos; a mi padre ni siquiera le di un pésame entonces.

Dos años después *—todavía lo recuerdo con pulcritud, con asombroso detalle—*, a mediados de 2008, termino aquel farragoso libro para la Sorbona y por fin, un poco escéptico y desencantado de París, decido volver a la Ciudad de México. El manuscrito, *recuerdo*, lo abandoné en la imprenta junto con cientos de galeradas corregidas y la promesa de que me lo enviarían tan pronto estuviera listo. Había subarrendado el departamento de la Rue Monge un mes atrás para mudarme con Gürsel y su esposa. Les obsequié los enseres que no me llevaría, algunas pilas de libros y un refrigerador en muy buen estado que no quise dejar al inquilino. Lo demás fueron despedidas con Volpi y los alumnos y profesores del departamento. Afortunadamente, creo, esta vez no quedaba ni la sombra del amor. De Francia me iba sin deber nada y sin que nadie me debiera. Con todos y cada uno de los amigos hubo promesas de un pronto regreso; sin embargo, ya se sabe, jamás podremos saber si volveremos un día a vernos.

En la Ciudad de México las cosas comenzaron difíciles desde un principio, sin trabajo, sin un lugar donde vivir y obligado, a mi pesar, a hospedarme unas semanas con amigos o parientes que no había visto en años. Era un extranjero en mi propio país. Seis o siete meses después encontré un departamento pequeño y amueblado al sur de la ciudad, en la franja más negra donde se proyecta (hasta el día de hoy) el Gran Boquete del Ajusco. Conseguí un empleo como investigador de tiempo completo en la que alguna vez había sido Universidad Nacional Autónoma de México, no lejos, y he recomenzado allí, en el Departamento de Filológicas, ésta mi desabrida labor solitaria. La capital se ha transformado por completo en un enjambre multirracial, irrespirable y peligroso, donde el tiempo no existe para nadie y en cambio, las prisas y el estrés son habituales. Es a partir de este momento que los hechos acontecen tal y como *ahora* los voy a contar:

En septiembre del año 2009, quince meses después de haber llegado de París, ya instalado, mis tíos Frida y David me invitan para celebrar *Rosh Hashaná* con la familia. En su casa de Polanco están familiares que no he visto en muchos años: aparte de Frida, ya mayor, y de mi tío, están Aarón y su horrible esposa, Ruth; también Emilio, que se divorció hace algunos años; mi hermana, su marido y sus dos hijos; otras tres hermanas de mi madre, solteras, muy viejas ya; los hijos de ellas y sus nietos, que nunca había visto en mi vida. Me siento entre ellos un extraño cincuentón, desmembrado de esta clase de cenas a las que había dejado de asistir durante años. Cuando mi madre murió, tal parece que mi padre dejó de participar en ellas. Recuerdo *ahora* la obligación moral —todo era una cuestión moral para mi padre— que era para él asistir a una de estas cenas con un tipo de comida que siempre ha detestado y que, de paso, deberá agradecer con insinceros cumplidos. También el mantenerse en pie (pues siempre ha sufrido de la columna) toda esa larga oración ininteligible que precede la mesa y por la que jamás ha sentido agrado. Los hijos de Selma se han criado como típicos niños judíos —su esposo lo es; ella, sin embargo, aún festeja las Navidades con la familia de mi padre como hacíamos, antaño, los dos. Por un lado *Yom Kippur*, *Rosh Hashaná*, y por el otro lado, Semana Santa y Año Nuevo. Creo, a pesar de todo, que nunca nos ha importado otra cosa que la de revivir una memoria (la de la niñez, la de nuestra adolescencia), identificarnos con ella, y de allí, precisamente, nuestra nostalgia. Ésa es, quizá, la fe, la verdadera religión.

Muy tarde, poco antes de la medianoche, luego de la oración que Aarón y un hijo suyo hicieron en hebreo, cenamos. Se come hasta el hastío las exquisitas hojas de parra que han preparado con esmero las mujeres; las alubias, las bolas de matzá en su caldo, el pollo en su jugo que llaman *yash táyam*, una enorme pierna de cordero, una suerte de albóndigas sabrosas que son los *quipe basha* y el *meshi méshmor*: exquisitas calabazas rellenas de carne y arroz servidas con chabacano, extracto de tamarindo y ciruelas, banquete que endulza este inicio del año judío. Por fin, luego de los postres, del dulcísimo *balawa* y del café turco, pasamos varios a la sala junto al comedor a mirar unos viejos álbumes de la familia. Entre tías y sobrinos que brincotean o se arrastran cerca de mis pies, paso las duras hojas; me quedo meditativo al ver aquellas fotos carcomidas por los bordes, amarillas. Sí, la fruición y la crueldad del tiempo. Continuamos mirando las fotos durante un largo rato, paso las hojas con calma, con cierta melancolía. Por fin me detengo en una con horror, lleno de una certeza dolorosa que brota en mi alma sin anuncio, sin aviso. Permanezco un rato absorto ante ella, sin pasar las hojas del álbum. Los ojos de los demás aguardan impacientes mi mano para que dé vuelta a la hoja, están a la expectativa. En la fotografía se ven varias jóvenes de pie, sonríen en torno a un enorme pastel que adorna una mesa a mitad de una pista. Es una foto bastante arrugada y vieja; abajo se lee: *noviembre de 1949*. Justo a mi lado, sin desviar la mirada un instante, le pregunto a Frida quién es esa mujer que en medio de las otras he reconocido de inmediato:

—Es tu madre en su cumpleaños.

Ni siquiera necesité oírlo para confirmarlo. El rostro lo había contemplado antes y no lo supe distinguir: era la misma joven de dieciocho o diecinueve años con la que alguna vez soñé en París. No me cabía la menor duda, era la misma y ese rostro, apenas vislumbrado, estaba allí: ojos profundos, cabello oscuro crepitando bajo el reflejo de un arbotante, la calidez del rostro, el cuerpo grácil y el vestido idéntico, violeta, bordado con lentejuelas y canutillos.

Recupero la memoria y de inmediato cubro el abismo: era *ella* esa noche, sí, en esa oscuridad inmensa de mi sueño y apenas —después de tantos años— me doy cuenta. Busco a mi hermana entre los demás y la miro en el comedor hablando con una de mis tías:

—Selma, ¿cuándo murió mi madre?

Me mira desconcertada, no parece entender mis palabras, tal vez le parezcan absurdas y aguarda. Otra vez le grito y, perturbando de súbito la paz de esta casa, la increpo con los ojos desorbitados:

—Dime, ¿cuándo murió mamá?

—¿Qué?, espera, no lo sé, déjame recordar, Federico —me responde al mismo tiempo que se esfuerza por indagar en su memoria.

—En febrero de 2006, si no me equivoco —dice Frida consternada.

—¿Qué te pasa? —me dice mi tío David.

—Fue el 23 —interrumpe mi hermana—. La madrugada del 23. Ahora cálmate Federico, y dime, ¿qué sucede?

—No pasa nada, Selma, no pasa nada... —ahora estoy seguro pero sólo debo ir a casa y comprobarlo.

Todos me miran en la sala, mis ojos todavía absortos en la fotografía en blanco y negro, fijos en el rostro de esa mujer en un salón que yo, tres años atrás, soñé, y apenas hoy recordaba. Dejo el álbum y, sin despedirme de nadie, salgo. Ha sido una premonición y reconozco lo que *ahora* debo hacer; siento calor en las sienes y las venas del cuello a punto de estallar, la respiración entrecortada. Bajo las escaleras sin esperar el elevador, dejo el edificio y tomo el auto desde Polanco hasta el Ajusco. Piso el acelerador con la amarga certidumbre del que ya sabe con lo que se va a encontrar, la respuesta a su más hondo e inescrutable deseo. El Periférico se vuelve interminable, un circuito eterno que debo recorrer. Por fin llego, dejo el automóvil, subo acalorado, con vértigo, y abro el departamento; los nervios y el miedo no me dejan accionar, me atenazan. Todo está listo para responderme; todo, desde mi infancia. Me oprime un temor antes ya sentido, un miedo visceral. Me sudan las manos y no puedo contener un instante la vehemencia y la excitación con que hago las cosas.

Abro los cajones del buró, los del escritorio; desparramo los libros de sus repisas, los tiro al suelo; saco fólders, pequeñas cajas que guardo desde hace muchos años. Abro un clóset y al fin encuentro lo que busco: doblada en el fondo de una caja está aquella hoja que nunca más volví a leer y en la que describí, tres años atrás, el dolor que un sueño me produjo, una pesadilla similar al sufrimiento de la muerte de alguien o a la pérdida irreparable y eterna. Con letras menudas, un garabateo apenas descifrable, está escrito: *23 de febrero de 2006. Apenas me he despertado. Termino de escribir a las 5:05 a.m. París.*

Lo sé como una adversidad innecesaria de verificar: a esas mismas horas, al despertar de mi sueño, murió mi madre. Leo el texto un poco tachoneado: «Está todo a oscuras y hace un frío cavernoso, de ultratumba —o al menos como uno se imagina que puedan ser las heladas en la muerte, en el averno. Camino por ese lóbrego pasillo que no permite siquiera vislumbrar una franja de luz; *sólo estoy yo*, Federico, que al mismo tiempo me puedo contemplar caminando por allí. Tengo miedo por alguna razón inextricable, misteriosa, y me cubro con los brazos. Tal vez de esa manera el temor acabará por irse. Pero aún no se va. *Me toco*, eres tú, Federico, aunque parezcas ajeno de pronto, aunque simules ser otro. No atino, sin embargo, a tomar otra dirección que aquella *por donde mis pasos te llevan*, Federico, como un imán; ellos vaticinan, indican, te conducen seguros por ese pasillo largo, negro, infernal. De pronto sabes que estás a la intemperie, el corredor ha dado con una calle solitaria y ancha, igualmente a oscuras, donde no hay una sola alma y no se escucha el murmullo de nadie. Tú —*es decir, yo*— continúas así y no sabes por qué no te has parado, por qué no te detienes. Y si lo hicieras, ¿adónde seguirías? ¿Regresar? Pero ¿adónde? Si no sabes de dónde vienes, Federico, si de pronto...» Interrumpo la lectura pues de súbito tengo algo como un alumbramiento o una enorme impresión. Cierro los ojos y *me veo escribiendo ese fragmento: ahora mismo lo hago*, febrero de 1975, 4:53 de la mañana, a punto estoy de acabar la descripción de un sueño que es un horrible recuerdo, una suerte de nostalgia futura. Estoy por terminar *Las plegarias del cuerpo* cuyo final es, al mismo tiempo, la descripción pormenorizada del sueño con el que hoy, 23 de febrero de 1975, me he despertado: «Justo entonces, de súbito, intuyes el verdadero motivo de todo: es un sueño, Federico. Descubres que has estado viviendo dentro de *mi sueño* y allí mismo lo recuerdas, se te revela como algo asombroso y también como un insoportable lastre imposible de cargar. No soportas (te duele) el engaño en que estás metido ¿y sin embargo quién es el culpable? *¿Acaso yo?* Te llena la angustia, el desasosiego, pierdes el aire y le pides con desesperación que te dé su nombre, sí, su nombre... La apremias. Irás a buscarla después, se lo dices, cuando despiertes. No parece entender, sonríe con escepticismo. La observas fijamente, no quieres olvidar sus rasgos, sus sienes, sus dientes alineados y mate, su gesto, el misterioso clima de su cuerpo, sus ojos profundos y negros, quisieras aprehenderlos para siempre, ¿no es cierto? Contemplas sus cabellos: crepitan bajo el arbotante de luz, enmarcan su rostro. Todavía no tienes idea de quién pueda ser esta mujer y sólo apenas, por un instante, crees reconocerla, barruntas algo, no sabes qué, es sólo un tenue balbuceo, la has mirado siempre pero aún no recuerdas dónde, no sabes quién es. Ella mueve los labios y te quiere decir algo. No la oyes, te aproximas a ella, quieres abrazarla, no puedes perderla así, fácilmente, para toda la eternidad. Poco a poco te invade ese frío de ultratumba. Esta vez pones tu oído más cerca, rozas sus labios con tu oreja y aun así no la escuchas: sigues sin distinguir lo que ella quiere decirte. Pronuncia otra vez algo y al mismo tiempo ves cómo se aleja, desaparece, o tú, Federico, eres quien te vas aunque la abraces y la aprietes contra ti. La contemplas aún más lejos, turbiamente. Ella, tu verdadero amor, tu vida, se difuma, desaparece. O tú desapareces. Imploras su nombre, la llamas, gritas que luego irás a buscarla, que irás por ella a donde sea, a donde te pida, que te espere, que te dé su nombre...»:

Siento que me abraza otra vez, más fuerte, y ella me responde:

—Me llamo Magda, Magda Gómez —observo sus ojos negros, profundos como la noche, los más cálidos y amorosos que jamás me han contemplado. Comprendo por qué se llama Magda Gómez y en lo más hondo de mi alma descubro que la amo. Ella me dice—: Soy tu deseo, ¿no lo sabes? Tú eres mi marido, mi hermano y mi hijo, de hoy en adelante ya no te llamarás Federico, te llamarás Yizreel porque yo te he engendrado y te amo.

Febrero de 1975.

30

Cuando Iginio Jasso, acompañado de Santa, entró en el cuartel del ayuntamiento, dos guardias acompañados del cura Augusto Roldán cargaban el cuerpo envuelto del licenciado Raimundo Rosales. Al ver la mortaja, las lágrimas acudieron al arquitecto. De inmediato vino a acompañarle en su tristeza la negra, quien estaba parada muy cerca, estupefacta e incrédula ante la muerte de su amo; lo mismo Rosinda, la secretaria, que no se movía de su lugar.

Ya un grupo de agachadas, viejas plañideras —que así se llaman en Las Rémoras y no tienen otro quehacer durante el año que acompañar a los occisos hasta su última morada—, aguardaban fuera del desvencijado edificio de la presidencia, vestidas todas de luto, unas catorce o quince, cubiertos los rostros con velos oscuros y a punto de comenzar sus llantos, sus plañidos y sus ruegos a Dios. Varias cargaban un cirio y otras un rosario, hacían aleluyas o clamaban al cielo piedad por el muerto. Este coro de agachadas no dejaba de ser un morboso espectáculo en Las Rémoras que, a fin de cuentas, impresionaba y llamaba a muchos a su encuentro. Así, ellas comenzaron su labor justo cuando el edil, Francisco Sigüenza, mofletudo y conservador, con unos veintinueve años encima y recientemente comprometido con Pilar, salió a la calle con los ojos enrojecidos por el formol que antes se puso a olisquear para dar una buena apariencia. Tras de él, el cuerpo envuelto de Rosales, el cura, y otros hombres de guardia del mismo ayuntamiento. Al final, Santa, derramando copiosas lágrimas y cargando un nutrido paquete de hojas, se apoyaba cuanto podía en el arquitecto. Un concurrido grupo de curiosos se había apostado fuera de la municipalidad para intentar escudriñar algo —una mano del muerto— sin tener demasiado éxito. El féretro y su constructor esperaban un poco más allá. Al no caber el mueble por la puerta angosta del edificio habían optado por cargar el cuerpo hasta el féretro, allí sellarlo, y por fin llevarlo en andas hasta el panteón que da al mar.

El cementerio se halla más allá del malecón, exactamente al lado opuesto del mismo municipio, donde ya se había congregado una muchedumbre. Primero se cruza la cancha de basket, luego la calle angosta del malecón hasta el hacinamiento de rocas que, hacia el final, rompe la perfección de esa concha de mar e impide el paso de manera directa —por lo que se toma la calle de Encaladores—; posteriormente se sale del circuito de casas que circunscribe al pueblo y se pasan sus últimas lindes; después se sube por una loma más o menos empinada y, por fin, quinientos metros más allá, mirando al mar desde un otero, se halla un pequeño prado con árboles y palmeras. He allí el panteón que, unos años atrás, dispusiera precisamente Rosales cuando se encariñó con un poema francés que había leído engolosinado y de donde le había surgido la idea.

El cortejo comenzó cuando Sigüenza dio la señal a sus esbirros. El féretro lo cargaban cuatro pescadores. Uno de ellos, Joaquín, no se volvía hacia los lados para no encontrar los ojos de Santa. Junto a los guardias que primero habían sacado el cuerpo y, continuando la procesión, estaban las agachadas con sus cirios apagados. El sol se empecinaba a esa hora sobre el cuero cabelludo del arquitecto Jasso, quien —aunque acostumbrado como estaba a los baños solares—, apenas podía disimular el escozor, lo mismo que el cura Augusto. No había un solo atisbo de brisa y el camino hacia el panteón se hacía exageradamente despacio. Los cuatro pescadores comenzaron a sudar por culpa del peso de la caja, pues aunque el cuerpo de Rosales era magro y pequeño, el mueble en sí era aparatoso y completamente desproporcionado a las medidas del muerto. Sin embargo, el otro féretro se había utilizado ya cuando se cargó el cuerpo de Inés hacía muy pocos días, lo que significaba que nadie —ni mucho menos el carpintero encargado desde tiempo inmemorial de construir aquellos muebles en Las Rémoras— contaba con una muerte tan próxima a la de la dueña, como fue la del licenciado esa madrugada.

Incluso Tony ya había cerrado la lonchería, y Pili,

junto a él, se había aproximado al grupo que entonces sumaba más de doscientos. Justo al incorporarse se encontraron con el doctor Díaz Gros, se saludaron y los tres siguieron el cortejo. Nuevos mirones o comadres que todavía no habían podido creer que Rosales fuera un asesino —tan inofensivo y comedido como era, decían— se juntaban y tomaban su puesto hacia el final. Una que otra de éstas lloraba repentinamante aunque pronto hacía por enjugarse las lágrimas. Otra de ellas reconvenía a su compañera mientras le pasaba un pañuelo diciéndole que dejara los llantos y las lamentaciones para las que ese oficio tenían. Las agachadas, por su parte, se desgarraban en gritos, ahogando incluso el murmullo imperceptible del mar.

A esa hora del día, casi la una ya, las olas dejaban de frotarse unas a otras; apenas unas lenguas de agua lamían la arena y la humedecían. La valva de Las Rémoras parecía más bien una laguna, y el mar, un espejo brillante y pulimentado. El cielo, en su quietud, apacentaba a su vecina iridisada hasta intentar fundirse, amaridarse con ella más allá del horizonte, después de donde la mirada alcanza. Las aves, embotadas por el cielo tórrido y mohíno de agosto, sin viento para planear, ya habían aprovechado esa modorra para guardarse a las afueras del pueblo y entonces sólo unas cigüeñas nadaban en el azogue intacto al lado de un par de pelícanos que tomaban el sol encima del peñasco más grande, justo en donde Elías solía sentarse a rumiar su infelicidad.

Ahora el escribidor se encontraba a más de un kilómetro de donde venía, sinuosa y pausada, la procesión. Luego de que Tony hubo cerrado y los pocos clientes desaparecido, él había tomado hacia el panteón con su cuaderno en la mano y allí, desde esa altura soleada, esperando a que el cortejo estuviera más cerca, había escrito lo que era una especie de epitafio a quien, sin desearlo, había llevado él mismo a la tumba.

Decía así:

MEDIODÍA

Este Sol que se acentúa
como un largo ábrego amante,
amodorra en un instante
la conciencia y la atenúa.

Cadencioso continúa,
bailando siempre fragante
entre oquedales. Errante,
de repente se sitúa

en los ojos, al azar,
perplejos de oro, abrasados
por un cenit que es altar

para aquel quien haya visto
(como tres hermes alados)
al enhiesto áspid, Cristo.

Mientras tanto, dejando atrás las últimas piedras del malecón y desviándose ligeramente hacia Encaladores, el cura cogía el hisopo y lo movía con ímpetu en el aire aunque el agua bendita que pretendía extraer de un ánfora y derramar, ya hace mucho hubiera dejado de existir. Así que lo que hacía era hisopear que no bendecir con agua a nadie.

Ya venían subiendo la loma que lleva al panteón cuando una agachada, exhausta por el esfuerzo que era plañir mientras se ascendía la cuesta, cayó desmayada justo a tiempo para que un esbirro la detuviera y se la echara en los hombros como un bulto negro de raíces. Todas se volvieron y las plegarias quedaron en vilo por un instante. Sin embargo, rápidamente Sigüenza, por no demorar ya el momento de enterrar a su antiguo jefe, dio pábulo a los guardias y a las agachadas para que no se detuvieran, así también a la tropa que venía detrás y a los más de doscientos remoreanos que dirigían sus pasos al sepelio. Al mismo tiempo que azuzaba al primer grupo, miró a Pili algo atrás, cerca de Tony, Rosinda y del doctor Díaz Gros, por lo que al instante —en una muestra de arrebato autoritario— mandó a un guardia a que la trajera a su lado, lo que éste hizo en el acto confundiéndose con la multitud que enfilaba la cuesta. Para esto, la canícula de agosto empezaba a hacer estragos en niños que debían cargar sus padres, en mujeres preñadas y llenas de curiosidad, en los mismos pescadores desfallecientes y hasta en los esbirros que, uniformados de azul, debían cargar un fusil a todas luces innecesario.

A menos de doscientos metros Elías pudo distinguir, primero, el plañido inconfundible de las agachadas y, segundo, el cuerpo alto y delgado de Francisco Sigüenza junto al del cura que, sin ningún acólito ni ayuda, había hecho él solo la extremaunción a Rosales esa misma mañana cuando la negra Santa fue en su busca con ruegos e impaciencias. Entonces el escribidor se levantó de la sombra donde había escrito el sonetillo al finado y se quedó observando, bastante perplejo, la mancha humana que iba aproximándose hasta allí. Jamás hubiera imaginado él, ni Sigüenza, ni Santa, ni el mismo arquitecto, cuántos allegados y cuántas mujeres irían a despedir al licenciado. Si el edil Francisco se había decidido a hacer pronto el funeral y, según el reglamento lo instituye, hacerlo más o menos enjaezado para un presidente municipal, fue para evitar disgustos entre la escasa población —por lo que se sabía del asesinato de Inés a manos de éste— y, sobre todo, para que la gente de Las Rémoras no se enterara y no tuviera curiosidad de ir a verle. Lo que no imaginó Sigüenza esa mañana es que fuera a correrse la voz tan rauda en un lugar donde todo era tan lento, y lo que aun menos imaginó es que fuera tanta la tristeza de esa gente que estaba allí y seguía incorporándose al final del cortejo.

Por fin la mirada de Elías chocó con los ojos turbios y llenos de formol del joven presidente municipal interino que entonces cogía fuertemente la mano de Pilar. Por fin, muy próximos los dos, cara a cara, no tuvieron otra opción que saludarse con un gesto desigual, un fruncimiento seco, al mismo tiempo que el cura Augusto —quien por fin había dejado de hisopear a diestra y a siniestra—, lo saludaba afablemente y con grandes muestras de alegría al verlo allí, solo, esperando el entierro de su amigo el licenciado.

Los pescadores bajaron el féretro con la ayuda de dos guardias al mismo tiempo que —quizá por una imprudencia de los ojos, quizá por una necesidad íntima del deseo inquieto— Joaquín encontraba los de Santa enrojecidos y vidriosos. Sin embargo, nada se dijeron esos ojos. O quizá se dijeran todo y nadie lo advirtió dada la conmoción reinante y dados los empujones y atropellos que unos a otros se propinaban por estar más cerca del cura, que entonces comenzaba a leer de espaldas al mar y frente al féretro y el semicírculo de gente apiñada alrededor. La fosa estaba previamente excavada y una larga sombra confundía el enorme hueco en donde iba a descansar Rosales. Por fin, el cura dio visos de haber concluido la lectura, el sermón y aun la despedida, cuando varias figuras de mujeres se acercaron abriendo brecha entre la multitud y gritando.

Bajaban el féretro al hoyo practicado, cuando Josefina los paró en seco diciendo:

—Padre, no pueden enterrar aquí a ese desgraciado.

Nadie pudo creer lo que oía o nadie pudo oírla; empero, el cura, intrigado, preguntó, haciendo al mismo tiempo un alto con la mano a los hombres que bajaban el cajón:

—¿Pero de qué hablas, Josefina?

—¿Cómo que de qué hablo, padre? —insistió ella.

A su vez ésta se vio interrumpida por Ruth, que dijo a voz en cuello, para que la mayoría pudieran escucharla:

—Apenas hace unos días usted mismo enterró aquí a Inés, ¿cómo puede enterrar a su lado al hombre que la mató? No estamos de acuerdo. Se lo prohibimos, padre.

Nadie había caído entonces en la cuenta de que las prostitutas tenían razón o al menos decían la verdad: la dueña, o la pseudodueña, Inés, estaba enterrada precisamente al lado del hoyo. Todos se volvieron y observaron la pequeña cruz sobre la tierra aún bastante húmeda, sin pasto, porque el lapidario todavía no había acabado su labor y la lápida no estaba encima. Los presentes se quedaron atónitos; las agachadas, sorprendidas, voltearon a ver de reojo a propios y extraños; Tony, Rosinda y el doctor Díaz Gros, muy próximos, parando la oreja, no daban crédito a las palabras y a la exabrupta intervención de Josefina y Ruth; Sigüenza, era por demás decirlo, había sido cogido *in fraganti*; Pili mientras tanto lo miraba y, a su vez, miraba a las putas, casi enternecida; todos, inmutados o perplejos, no sabían qué responder o qué hacer o hacia dónde dirigir ahora sus ojos justo cuando el cura Augusto, inspirado por el Espíritu, resolvió:

—Muchachas, creo que tienen razón y para ya no armar más alboroto, manos a la obra.

Dos guardias y Joaquín, los tres haciendo las veces de sepultureros, empezaron a cavar veinte metros más lejos de donde se encontraban y ya no donde la tumba se guarecía del insoportable bochorno con la sombra benéfica de un árbol. Elías, que hasta entonces había permanecido cabizbajo al lado de Santa y Jasso sin decir una palabra, quiso intervenir para defender el sitio que se debía al licenciado, pero el arquitecto lo detuvo de un brazo, comprendiendo que de todas formas iba a resultar en balde... y hasta contraproducente. Los remoreanos habían asentido con un murmullo grave a la propuesta de las prostitutas y, además, el cura ya había decidido por todos. Nada se podía hacer. Elías quedó pensativo y molesto. Le dijo a Iginio y a Santa, que se abanicaba con un legajo de papeles:

—Ya ven, hasta en la muerte el amor tiene sus impedimentos. ¡Qué chingadera! ¡Qué importa si están juntos! Déjenlos así, ¡qué no ven que se amaban!

Un hombre detrás de él le pidió que se callara. El escribidor lo hizo enfurruñándose aún más, a regañadientes. Al mismo tiempo, Iginio Jasso, quien había estado durante todo el funeral embargado por la pena, embebido por los más recientes recuerdos, vio que Santa había estado abanicándose con ese montón de hojas escritas a mano. Le preguntó, sólo para distraerse, sin verdadera curiosidad:

—Santa, ¿qué llevas allí?

La otra, también ensimismada en las paladas de Joaquín y consternada por la muerte de su amo, no lo oyó o no le puso mucha atención, por lo que el arquitecto tuvo que repetirle, casi en el oído:

—Santa, ¿qué son esos papeles?

—Ah, se me olvidaba, arquitecto. Los cogí esta mañana del escritorio del cura. Fui a buscarlo para darle la mala nueva antes que a ustedes y con la prisa, esperándolo, me los llevé. Luego se lo dije y me contestó que no importaba, que podía leerlos y dárselos más tarde. Por eso los he estado cargando toda la mañana.

—¿Y los leíste?

—No.

—¿Por qué? ¡Qué poco curiosa eres, Santa!

—No es falta de curiosidad, arquitecto. Es que no sé leer —y pensándolo otra vez, le dijo—: Mejor voy a devolvérselos ahorita, que luego yo los pierdo.

Y antes de que ella tomara su resolución y se acercara a Augusto, el arquitecto y Elías la cogieron de los hombros como si ambos se hubieran leído el pensamiento:

—Dame aquí —dijo el escribidor, arrebatándole los papeles.

—*Crónica de un converso*, por Augusto Roldán —leyó Jasso que decía en la primera hoja.

—¿Nos lo puedes prestar, Santita? —rogó Elías, a quien ya se le había pasado el disgusto anterior, sólo por la curiosidad que llevaba de leer algo como lo que tenía allí, a la mano, sobre el mismo cura de Las Rémoras—. Lo leemos y te lo devuelvo yo, te lo prometo.

—Mañana mismo, si quieres —insistió Iginio.

—Por favor, tú nomás no le digas nada... Ni cuenta se va a dar.

—¿Pero para qué diablos lo quieren? —preguntó la negra—. ¿Y si es importante? ¡Váyame a echar la culpa el padre y a excomulgar!

—Te juro que no lo hace... —dijo el arquitecto. Sin embargo, Iginio no pudo terminar con sus promesas, pues entre la multitud, que pasaba ya de los cuatrocientos a esa hora de la tarde, hubo un murmullo general mientras le abrían paso a una mujer rubia, no muy alta, de unos cuarenta y cinco años, empeñada en llegar al centro del lugar. Por fin, cerca de ellos y todavía detrás del cura, que contemplaba las paladas que se hacían enfrente suyo, Ruth, Josefina y las demás putas se sorprendieron de verla allí, y una le dijo:

—Señora, ¿pero cuándo llegó usted?

La pregunta y lo que vino fue un mismo concurrir de cosas, un vórtex de acontecimientos y malas interpretaciones y entendimientos funestos.

Primero fue el rostro del cura que la miraba a ella, a la rubia, como si viera al Ángel del Señor apareciéndose, lo mismo que ella lo miraba como si fuera la Esfinge; luego, casi de inmediato, Santa vio a Joaquín y Joaquín miró a Santa conturbada, lo que asimismo ocurrió entre Francisco y Pilar, ésta sobre todo ansiando descubrir a través del edil qué es lo que estaba sucediendo... justo cuando éste no hacía sino contemplarla a ella boquiabierto, ignorándolo todo; simultáneamente, Elías, Iginio, Rosinda, el doctor y Tony escudriñaban a Ruth y a Jose buscando averiguar a través suyo —una señal al menos— qué diablos estaba sucediendo, al mismo tiempo que éstas observaban intrigadas... ora al cura, ora a la cuarentona rubia, buscando conocer a través de ellos cualquier posible signo que las ayudara; así, una multitud enfebrecida y *voyeurista* intrigaba con propios y extraños... cuando eran los extraños, a su vez, quienes miraban a los propios sin ningún recato ni discernimiento, ambos bandos ávidos por inquirir algún detalle, por minúsculo que fuera; en resumen, pues, se trataba de un estático maremágnum de miradas y preguntas veladas súbitamente interrumpidas por un golpe seco, formidable, que a todos sorprendió y dejó completamente helados: el del cura desplomándose en el hoyo, encima de la caja, entre un par de paladas.

Un fragoroso silencio invadió el panteón, y sólo hasta que pasaron un par de minutos (saliendo de una multitud efervescente y callada), se oyó a alguien aventurar un diagnóstico:

—O fue el demonio o fue el calor, quién sabe.

—O fueron las dos cosas —dijo otro.

31

Luego de haber dejado las cosas guardadas en el hotel, Roberta, el niño y Ricardo se encaminaron al centro de La Paz, donde compartieron la tarde entera escudriñando baratijas y falluca a través de los aparadores iluminados y los anaqueles sucios de las tiendas. La Paz vive de esta clase de negocios y muy poco del turismo, y por eso durante el mes de agosto se ve en Los Cabos más visitantes que en la misma capital. Las tiendas de bebidas de fruta o nieves de sabores se suceden a las de ropa, electrónica o juguetes. El comercio estadounidense ha devorado al mexicano y muy poca es la mercancía que todavía compite.

El niño cogía la falda de Roberta al cruzar una calle o a veces se atrevía a pedir la mano de Ricardo. En la izquierda llevaba cogida una paleta de arroz que, antes de morder, se derretía e iba a caer en forma de grumos blancos al suelo. Lo mismo Roberta, que aun apurándose a chupar, no lograba contener los estragos del calor: su lengua cedía y las zarzamoras de la paleta caían raudas. Ricardo, en cambio, bebía con lentitud un agua de cebada.

A veces reían los tres al ver a algún transeúnte cómico arrastrar una de las sandalias descosidas o a una señora caérsele una bolsa de pan; esperaban un minuto a que el niño se olvidara de un juguete demasiado caro para el bolsillo de los dos; comparaban el precio de una videograbadora por el simple juego de hacerlo y especular; perdían las horas atravesando calles sucias y restaurantes de mariscos, se contaban chistes. Sobre la calle podían observarse puestos de pescado frito que un empleado envolvía en tortillas y vendía como si fueran tacos; algunos carros de *hot dogs* envueltos en tocino y repletos de aguacate, o bien, una larga hilera de sillas alrededor de un coche-cocina ofreciendo platos hondos de carne de birria, cebolla curtida y tostadas; y junto a cada cliente una botella verde de Coca-Cola, una Yoli de limón o un vaso de agua de jamaica. La tarde, sin embargo, se empecinaba en obstruir los movimientos de la gente e impedirle pensar demasiado; el calor provocaba una sed y un hambre exageradas. Los paceños, como cualquier bajacaliforniano, tomaban la vida con calma y apetito, una buena y calculada dosis de ambos. Cuando había con qué, compraban bisutería gringa, o, de plano, visitaban los famosos prostíbulos de las afueras.

Desde una pequeña plaza, Roberta, el niño y Ricardo miraron los paquebotes merodeando la bahía, incansables, diminutos. El hijo de ella quiso acercarse para ver. Declinaba el día; un sol rojo iba depositándose en los sótanos del mar, tras las lanchas, como si se tratara de un vino de cepa, maduro. Las olas se amorataban y parecían producto de un cielo protector y vinífero.

Por fin, alrededor de las ocho de la noche, agotados, se dirigieron a Los Arcos, el hotel de Roberta. Ella se bañó con el niño; después lo hizo Ricardo. Él se vistió dentro del baño y por fin, listos los tres, salieron de nueva cuenta a comer un caldo de camarón y un coctel de pulpo en el *Bismark*, un pequeño restaurante enfrente del hotel. Luego caminaron por el malecón sin decirse una palabra, tímidos de empezar a hablar de lo que tanto les concernía a ambos. Por fin regresaron a las diez a su habitación de Los Arcos. El hijo de Roberta se caía de cansancio; así que en el momento de entrar en el cuarto —aún vestido sobre la cama—, el niño ya daba cabezadas. Roberta lo desvistió con delicadeza para no despertarlo, y por fin lo dejó recostado en el medio.

—No tienes que dormirte en el sofá —le dijo a Ricardo—; aquí cabemos los tres.

Luego de decir esto, entró en el baño. Ricardo oyó el sonido de las gárgaras que hacía ella tras cepillarse los dientes; al mismo tiempo, él iba quitándose la camisa, el pantalón y los zapatos.

—Pasa... —le dijo Roberta saliendo del baño con una playera ligera cubriéndole el cuerpo.

Urrutia, desnudo como estaba —sólo con los calzoncillos puestos—, entró y repitió la misma operación; luego se lavó con jabón el rostro, se refrescó los hombros, las axilas, y orinó mientras contemplaba el semicírculo del pecho en un espejo que abarcaba todo el muro. La media circunferencia del vello resaltaba aún más, era más roja. Por fin hoy, luego de varios días, no había tenido que pensar qué diablos pasaría con *Las Rémoras*; esa tarde, junto a Roberta y el niño, había vivido nada más: Ricardo había desaparecido para Ricardo.

Cuando salió, Roberta estaba recostada a la izquierda de su hijo, los hombros desnudos, acariciándole la frente. El niño suspiraba con vehemencia, a punto casi del ronquido. Sudaba. Era gracioso observarlos juntos, la madre y el hijo, la boca grande, ligeramente fruncida, los mismos ojos. Al mismo tiempo ella removía su pelo y le soplaba en la frente. Al mirarlos, Ricardo se quedó parado allí, indeciso. Por fin ella le hizo un ademán. Él se acercó casi de puntillas y se metió bajo la sábana a la derecha del niño. Un ventilador hacía esfuerzos denodados para expandir el viento desde el techo. El calor, sin embargo, apenas se había atenuado. Roberta había dejado una ventana abierta y en su lugar cubría una malla. Apagando una lamparita a su lado, a oscuras en la recámara, ella le dijo:

—Ricardo, hay algo que no sabe nadie.

—¿Qué? —preguntó él rompiendo con su voz la tiniebla ardiente del cuarto.

—Me fui de Las Rémoras luego de que murió Inés, la dueña del lugar donde yo trabajaba. Bueno, no es la dueña, pero...

—Sí, ya sé. Es una gringa.

—No, no sabes —repitió ella—, tú siempre crees que sabes todo, te adelantas, Ricardo. Le echaron la culpa al alcalde, al presidente municipal...

—...Raimundo Rosales. Un buen hombre —insistió adelantándose de nuevo.

—Y no fue él, no fue él.

—Fue Elías —dijo Ricardo otra vez—. Te entiendo...

—No entiendes, no entiendes nada, te digo —repitió Roberta bajo las sábanas, llorosa—. No la mató Elías.

—¿Entonces quién? —preguntó.

—La maté yo.

El rostro de Ricardo, si alguien lo hubiese visto, se había quedado como petrificado. Su boca se había contraído en una especie de mueca horrible. Habría una equivocación, se dijo, seguramente la había. Roberta se engañaba, se sugestionaba, se hacía sufrir para redimirse. Antes que continuara, escuchó lo que precisamente él, Ricardo, no sabía...

—Por la noche, cuando Rosales salió de la recámara de Inés, estaba yo en la sala oyendo a Lolita. Todos dormían, Josefina, Ruth, las demás chicas; igual el niño en otra parte de la casa. Cuando subí a mi cuarto, el primero del pasillo, Elías estaba allí, desnudo, boquiabierto, sobre la cama. No lo esperaba.

Guardó silencio. La oscuridad del cuarto se enrarecía aún más con las palabras que decía ella. La presencia ígnea del silencio, del mutis, iluminó un segundo los ojos verdes de Roberta. Ricardo vio una lágrima fugitiva asomársele en el rostro. Lo confirmó al ver estirarse la mano de ella para enjugarla. Entonces él sacó un brazo de la sábana y, rodeando la cabeza del niño, comenzó a acariciar la frente de la prostituta. Ella a su vez acariciaba la frente de su hijo y le soplaba con tristeza, sin ganas.

—¿Qué pasó entonces? —insistió Ricardo con un susurro que no quería alterar la forma del momento.

Con esfuerzo, permitiéndose unas cuantas lágrimas surcar sus mejillas y mojar la sábana, ella dijo:

—Nos miramos. Luego evitó por un segundo mis ojos. Se volvió hacia el balcón. Entonces yo me acerqué y me senté a su lado, le acaricié el pelo. No estaba segura pero algo dentro de mí me impedía entonces dormirme con él, hacer el amor. Quería acariciarlo, disculparme, no sé... Quería que se fuera. No se lo dije. Giró el cuerpo, la cara, y se dedicó a observarme fijamente, a absorber cada detalle de mi rostro. Adiviné algo y me asustó: desfallecía de amor, al contemplarme y tocar mi cara con las yemas de los dedos, desfallecía de amor. No podía competir con él, jamás lo amaría como él me amaba a mí. Me lo hacía más difícil. Me asusté, Ricardo, demasiado. Quería pedirle, rogarle que no me quisiera tanto, que al menos no lo mostrara, no me lo dijera con los ojos... Pero no iba a hacerlo, no iba a hacerme caso, eso nunca se lo puedes pedir a nadie.

—¿Entonces tú no lo amabas?

—Hasta ese momento sí lo amé, lo quise como no había querido a nadie en mucho tiempo, tal vez desde que olvidé al hombre que fue el padre de mi hijo. No lo sé. Quería explicarle que estaba arruinando nuestro amor, sí, nuestro amor, con su pasión desmedida, con su afán. ¿Cómo decírtelo? La suya era una pasión desfalleciente, a punto de dar la vida por alguien, justo lo que yo nunca hubiera deseado, lo que no quería que hiciera nadie por mí, no lo merezco... Nadie lo merece. Te vuelven víctima, sí, el moribundo, el desfalleciente, te vuelve su víctima, Ricardo. Eres su asesino a regañadientes, un asesino que a la fuerza es víctima, ¿comprendes? Algo dentro de mí se rompió; algo que, ya te dije en la playa, no tiene nombre. De pronto sabes que no lo vas a recuperar, que está perdido para siempre...

—¿Qué? ¿Qué está perdido para siempre, Roberta?

—El amor que sentías, el amor a alguien. Todo lo que quise a Elías se arruinó para siempre, se hacía irrecuperable..., ya no podría amarlo como antes. Jamás lo querría igual. Entonces...

—...lo odiaste.

—Sí, lo odié, pero distinto a como odias a un enemigo, muy distinto. Lo odiaba porque había arruinado, sin quererlo, sin saberlo incluso, una posibilidad de amor más grande, una nueva posibilidad de que yo pudiera un día amar a alguien. Tal vez fue la última oportunidad que tuve. No podía perdonárselo, ¿comprendes? Era como querer decirle: «Por tu culpa, Elías, no te amo; porque me amas tanto.» Era una contradicción, lo sé...

—Sí, una contradicción que, sin embargo, no lo es... Te entiendo perfectamente, Roberta.

—No hicimos el amor. Él estaba desesperado, quería recuperar algo roto haciéndolo por última vez, insistiendo que lo hiciéramos. No se iba a lograr nada, ¿comprendes? Yo lo sabía. Por más esfuerzos que él hiciera o yo hiciera por salvarnos, era imposible, no lo quería ya..., o lo quería como algo lejano, perdido en el tiempo. Acostarnos por última vez rompería incluso el último encanto, la antigua llama, los buenos recuerdos...

—Entiendo, Roberta. A partir de entonces Elías era un recuerdo. Aunque lo tuvieras a tu lado, Elías era poco menos que un buen recuerdo, un fantasma...

—Sí, alguien a quien quise; alguien que, en cualquier momento, iba a amar, amar realmente y, sin embargo, me asustó. Él tuvo la culpa. La tuvo desde aquel día, una semana o dos atrás, en que me fastidió con una sola pregunta. Me decía implorante: «Roberta, ¿me quieres o no?»

—Elías te chantajeaba.

—Exactamente, así lo sentí.

—¿Qué le respondiste?

—La verdad.

—¿Cuál era la verdad?

—No responderle nada.

—Ése fue tal vez el principio del fin, ¿no es cierto?

—Creo que sí.

—Nunca debió haber preguntado...

—Tenía derecho a hacerlo, supongo. Sin embargo, no debió haber preguntado, tienes razón.

Luego de una pausa, destendiendo la sábana, Ricardo le preguntó:

—¿Por qué dices que tú mataste a Inés?

Por un instante ella titubeó, luego le dijo:

—Cuando Elías se hubo ido, igual, por el balcón, y yo lo vi desaparecer por el terreno baldío, escuché un ruido insignificante. Me asusté, creí que era el niño, pensé que había escuchado a Elías...

—¿Escuchar qué, qué es lo que debía haber escuchado? —la interceptó el joven Urrutia cogiéndole la mano a través de la cama, reclamándole la verdad.

—El llanto, el llanto de Elías. Eso. No quería decírtelo, Ricardo. Perdóname. Ni siquiera me pedía algo, todo lo entendió. Lo que le dije, unas cuantas palabras, lo entendió. No quiso rogarme y eso se lo agradecí. Sin embargo, pobre Elías, no pudo contener el llanto. Lo abracé muy fuerte...

—¿Qué ruido era ése, Roberta?

—Alguien golpeaba bajo mi cama, con los nudillos o con las rodillas, un ruido imperceptible, desigual. Por fin, temblorosa, me agaché y la vi. Era Inés.

—¿Cómo? ¿No estaba muerta? —dijo Ricardo, que casi no daba crédito a sus oídos; hubiese deseado que la luz del cuarto estuviese encendida, verla claramente al decir aquello—. ¿No la había asfixiado Elías? Yo pensé...

—Intentó asfixiarla, pero... —interrumpió lo que tenía que decirle por algo decididamente más importante, algo necesario—: La odiaba, ¿comprendes? Decía que ella era la culpable, que ella era quien me impedía salir de allí, que por culpa de Inés yo era una prostituta. Que no quería que nos amáramos, que no convenía a sus intereses. Yo le respondía siempre lo mismo, que no es cierto, que por lo menos durante cinco años había estado haciendo lo mismo, con Inés o sin ella.

—¿Te reprochaba?

—Jamás. Ni siquiera insinuó algo. Eso se lo agradecí siempre.

—¿Entonces?

—Entonces yo comprendí todo, comprendí los ruidos. Fue como el impacto de una bala. Sintiendo perdido nuestro amor, Elías iba a matar a aquella que él creía culpable. Con eso, él pensaba, bastaría, recuperaría mi amor por él, ¿comprendes? ¿Ves cómo desfallecía de amor, cómo llevaba las cosas a sus últimas consecuencias, se resistía a que lo nuestro desapareciera? Y déjame decirte, Ricardo, algo que tú no sabes, que he aprendido muy bien: todo en esta vida se acaba, tarde o temprano desaparece.

—Lo sé. O al menos empiezo a aprenderlo.

—Sobre todo lo que más se quiere. Siempre es bueno irse acostumbrando. Nada debe impedir que se termine algo cuando su hora ha llegado.

—¿Tú la ahorcaste, no es cierto? —preguntó Ricardo con la voz todavía más adelgazada, diciendo las palabras que tal vez no debía decir allí, junto al hijo de Roberta transpirando cerca de ellos.

—Sí, yo la ahogué; la pobre apenas podía respirar, estaba amoratada. Puse una almohada y salvé a Elías en lugar de salvarla a ella —se detuvo, después dijo—: No me preguntes por qué estaba en mi cuarto, bajo mi cama. Podía haber jurado que no estaba allí. Que yo misma la cambié cuando me cercioré de que ya no respiraba.

—Tal vez lo soñaste y no fue así —dijo Ricardo—, te quedaste profundamente dormida...

—Sí —contestó—, y por eso al otro día, Josefina y Ruth la miraron allí, un brazo fuera de mi cama.

—Te despertaron y creíste que te echarían la culpa, ¿no es cierto?

—No, desde el principio Josefina dijo que el último en entrar había sido Rosales. Ella siempre despotricó contra él. Yo también lo había visto. Todo encajaba. Y como él es el presidente municipal...

—...pensaste que era un tipo inmune, que no le pasaría nada —terminó Ricardo que, sin embargo, no quiso desmentirla: Rosales «era» el presidente municipal, lo «había sido» antes de morir; ahora «es» Sigüenza quien lo sustituye; pero esto ella no podía saberlo, porque esa misma tarde, luego de acusarlo, desapareció de Las Rémoras.

—Quizá ya hayan terminado los interrogatorios y pueda marcharse —dijo para sí misma Roberta—. Entiendo que en Las Rémoras nadie va a querer al licenciado igual...

Elías asintió con un gesto que intentaba no aclarar nada sino sólo dejarla con su verdad falseada. Ella había matado por él, por Elías; él por ella. Los dos se habían equivocado. Ricardo lo entendió y prefirió quedarse callado. Ella no merecía el dolor de la verdad.

—Lo que no entiendo es por qué Elías no la dejó en su cama —dijo Roberta de pronto, ensimismada—. ¿Por qué metió a Inés bajo la mía, arriesgando a que alguien lo observara al cruzar el pasillo? ¿En qué pensaba? Todo esto resulta muy estúpido, incongruente. Yo debía hacerlo, debía cargar con el cuerpo pero para no culparme, para no culparlo a él, ¿comprendes? Por eso te digo, Ricardo, que estoy segura de haberme llevado a Inés a su cuarto luego de asfixiarla por segunda vez. ¿En qué diablos pensaba Elías? Eso sigo sin entenderlo.

—Yo sí entiendo —fue lo único que pudo murmurar, y al mismo tiempo esperó que ella no hubiera escuchado.

—Buenas noches —dijo la mujer.

Elías pasó una mano por los párpados de ella a través de la oscuridad y pudo comprobar cómo Roberta había dejado de llorar hacía un buen rato. Se sintió aliviado. Antes de quedar dormido, un segundo antes tal vez, se dio cuenta de una cosa: ya no la abrazaba a ella, ni la tocaba; abrazaba al niño cerca de él. Se sintió feliz unos segundos y se quedó dormido.

32

CRÓNICA DE UN CONVERSO

por Augusto Roldán

Un abismo de gente pululaba de un lugar a otro bajo el calor del mediodía. El cenit o una estrella a mitad del día golpeaba duro sobre nuestras cabezas lo mismo que el pico de un zopilote del desierto ardiente de Baja California. La muchedumbre (algunas gentes apiñadas alrededor de un merolico como horripilantes moscas revoloteando sobre un excremento humano, otras insaciables escuchando el ritmo pegajoso de un grupo de salsa pagada por el municipio) atiborraba las calles aledañas al malecón de La Paz.

Los tres veníamos por la acera que bordea la línea del mar. Muy poco dicharacheros, Solón y Cecilio, mis primos, y atrás yo, Augusto, íbamos dando largas zancadas a pesar de no tener prisa ni lugar a donde ir. Fláccidos los cuerpos como hierbas agostadas por el insufrible calor, y agüitados —como aquí se dice—, teníamos perdido el rumbo. Las últimas muchachas conocidas ese verano habían vuelto ya a México. Estábamos hartos y hasta pesarosos. Un vientecillo acidulado golpeaba nuestros ojos aunque el mar —a esa hora ya vencido—, apenas se veía repiquetear. Caminábamos con bastante prisa —una prisa sin sentido—, supongo que hacia el departamento que mi padre había alquilado ese verano, cuando en dirección contraria a la nuestra y por la misma acera, cruzó una muchacha de mediana estatura, a leguas se veía que norteamericana. Tenía una barbilla delgada, casi puntiaguda; los ojos difundían un calor distinto al que allí había; eso fue todo lo que vi fugaz, atropelladamente.

Casi al mismo tiempo Cecilio le cerró un ojo y le dijo bromeando *adiós*. Solón y yo nos miramos perplejos. Por un momento creímos que Cecilio la conocía en realidad, pues ella le devolvió el saludo amablemente. Le preguntamos allí mismo, desconcertados, si la conocía, y él, seco —petulante como se comportaba siempre que conocía a alguna mujer—, respondió que no, en absoluto. Solón se volvió hacia mí y nos retó: «Echen, pues, un volado para ver quién se va tras ella. Yo paso.» «¿Y por qué tú no, cobarde?», le dije de inmediato. Fingió no oírme, giró hacia su hermano Cecilio para saber si aceptaba la apuesta y, sin esperar a que lo pensáramos un segundo más, tiró la moneda al aire. Muerto de miedo aún —pues los juegos y las apuestas de azar siempre me lo han infundido—, grité con una claridad irreversible: «Águlia», cuando la moneda estaba a punto de caer. Gané, sí, gané. O perdí, quién sabe, cómo explicármelo y explicarlo a los demás después de todos estos años. Visto ahora en perspectiva, sólo Dios Nuestro Señor conoce sus designios y las personas o ángeles de que se vale. Aquí, en contra de cualquier *suspense* narrativo, me adelanto para decir que este volado —o la cobardía de Solón— habría de cambiar mi vida para siempre.

Lo que primero confundí con azar era, desde luego, la Providencia; lo que ahora me impulsaba hacia ella, esa chica —y yo no sabía nombrar—, era el Espíritu de Dios, el Espíritu de fuego, el Paracleto. En ese momento sólo atino a decir que iba tras ella con el alma atribulada, temerosa, más en el fondo por no quedar como un mojigato frente a mis dos primos que por verdadero ánimo de conquista. Después de la segunda cuadra le di alcance. Llevaba unos shorts de mezclilla descoloridos con las puntas algo deshilachadas; no recuerdo, pero quizá así se usaban entonces. Un par de metros detrás pude apreciar su cuerpo esbelto y delgado; luego, caminando a su vera, contemplé su busto: breve y puntiagudo, sin sostén; el perfil igual al de un canario, como el de un ángel que resplandeciera.

—Oye, hablas español —le dije muerto de miedo pues casi siempre las primeras dos palabras las pronunciaba con un pánico atroz.

—Sí —respondió sin volverse a verme aunque yo sabía que ella ya podía imaginar quién era el que tenía a su lado.

—¿Adónde vas, te acompaño? —le pregunté con suavidad, arriesgándolo todo como tarde o temprano debe hacerse.

—Si quieres —contestó lo mismo que responde una mujer china, polaca o mexicana en lugar de decirnos simplemente «sí».

¿A qué se debe? ¡Quién sabe! Ése es un misterio que ya no trato de resolver desde hace muchos años, quizá desde que tomé los hábitos. Sin embargo, así fue que comenzó la charla, los dimes y diretes que, aunque siempre son triviales, no dejan —por lo mismo— de ser sustancialmente frágiles, pues un solo error o una imprudencia rompe la banalidad y el misterio en que una relación desde un principio se apoya. Casi nadie recuerda esa primera conversación, ¡tanto es el nerviosismo y la adecuación que se busca para no equivocarse, para no tropezar y poder seguir creando algo que no sabemos en qué terminará! Lo cierto es que uno casi siempre está más pendiente de lo que oye de sí mismo (y a tiempo para responder con precisión al gusto del otro), o de plano: se acaba por escupir un sinsentido con apariencia de gran razonamiento.

Se llamaba Jenny, vivía en San Diego con una tía, hermana de su madre. Ella ya había estado varias veces en La Paz, y le encantaba, lo mismo que Los Cabos y Las Rémoras. Le parecía un lugar tranquilo, sin pendientes, sin prisas, como todo Baja California. La gente bajacaliforniana era amable, servicial, dispuesta a ayudarte siempre, sin complejos con los gringos, acostumbrados a su manera de ser. Al mismo tiempo que me iba diciendo esto, nos sentamos en una especie de acera volada que está junto al mar, en el malecón, con las piernas tendidas al aire; observábamos los peces que se juntan allí como un ramillete y nadan entre las piedras que están cerca del dique, el cual no es más que una prolongación de la calle. A nuestras espaldas los vehículos pitaban a veces aunque nunca sea necesario.

Mi tío, el padre de Solón y Cecilio, tenía entonces un Ford del 64, espacioso, muy bien cuidado, azul celeste. Al morir, unos años antes, Cecilio lo tomó. Algunas veces salíamos a «maleconear», lo que aquí en La Paz no significa otra cosa que ir a recoger muchachas o, de perdida, conocerlas. Ellas están allí paradas, sobre la avenida; casi siempre en un grupo tres o cuatro, conversando, mirando los autos que pasan, observando si es que hay algún conocido o un hombre que simplemente les atraiga. Una o dos se suben sobre el cofre de su carro estacionado; las otras simplemente se recargan en las portezuelas. Charlan, parlotean, pasan las horas en esto mientras que, de vez en cuando, miran si alguien se acerca, si es que hay alguno que decide conversar con ellas. Esto sucede normalmente los sábados y los domingos. Es entonces infinito el hacinamiento de gente joven en busca de conquistas, calle tras calle, sobre el mismo malecón, a partir de las cinco de la tarde hasta la una o dos de la mañana. En eso invierten los paceños las horas largas de sus fines de semana. Los viernes prefieren reunirse en las dos únicas pistas de baile que hay allí.

Eran las cuatro cuando alquilé un pequeño paquebote con pedales. En realidad ella lo pagó, pues yo había dejado la cartera con Cecilio. Ella también pagó las dos paletas heladas que nos comimos después. Luego seguimos caminando por el malecón, hasta una hora en que ya habían dejado de pasar los autos y, en la plaza, la orquesta había callado. No había merolico, ni música, ni policías; sólo algunas parejas arrinconadas besándose. Estábamos solos, con la pantalla del mar a nuestros pies. En alguno de esos bordones de playa nos besamos, larga, tranquilamente. No recuerdo por qué no la seguí después, sólo recuerdo que nos despedimos y tomamos cada quien nuestro propio camino.

Por la mañana, a las diez, supe que Cecilio y Solón habían ido la noche anterior a bailar a El Rollo. Quisieron saber a pie juntillas qué había pasado ayer aunque yo quise disuadirlos. Obviamente resultó peor y su empecinamiento se volvió fastidio. Al final, sin embargo, pude salirme con la mía y pude guardarme ese perdurable secreto que hasta el día de hoy revelo no sin antes haber solicitado un dificilísimo permiso eclesiástico. Pero volviendo al asunto... Mis primos quedaron convencidos —o eso creí— de que no había sucedido nada. Me bañé y acicalé lo mejor que pude, y salí hacia Los

Arcos, el hotel donde se hospedaba Jenny, junto a la costera y a unas cuantas cuadras del centro. Normalmente aprovechaba las mañanas para leer *Los Miserables*. Esta vez ni siquiera me importó. Quería ser puntual.

Al llegar al hotel la vi sentada en el balcón que está en el lobby; contemplé a hurtadillas, como si se tratara de un delito, uno de sus brazos recargado en el antepecho de la balaustrada. Iba vestida con una saya blanca, unas sandalias oaxaqueñas y el cabello lo tenía recogido atrás con dos largas trenzas. Poco antes de que yo llegara, desde la calle, en un automóvil, un joven moreno a quien conocía perfectamente le gritó no sé qué piropo, y ella simplemente le sonrió. Al reconocerme, hizo un ademán que intentaba despedirlo. Nos saludamos y para mi sorpresa empezó a preguntarme multitud de cosas. Yo solamente aguardaba para preguntarle si conocía a aquel muchacho. Me dijo que en su vida lo había visto.

—Venía siguiéndome desde hace rato y me invitó a su coche, le dije que no... Pero ya ves, los hombres son muy necios...

Sí, y Marcelo más que nadie. Sentí incalculables celos, debo admitir. A los dieciocho años tuve, por primera vez, celos de otro como yo. Antes yo no sabía qué querían decir. Le pedí —con cierta ingenuidad, es cierto— que si un día, por cualquier motivo, nos dejábamos de ver, buscara a cualquier hombre excepto a él. ¿Por qué?, me preguntó sonriendo, picada en su curiosidad. Entonces tuve que contarle lo que no quería contar: el atractivo que Marcelo provocaba en las mujeres y que yo simplemente no podía comprender. Moreno, esbelto, más o menos alto, ligeramente ojeroso, atrevido, grosero y hasta violento algunas veces. Y lo más increíble era ver su comportamiento con ellas. Era íntimo amigo de Cecilio; a Solón, en cambio, lo detestaba por mojigato.

Yo a él lo conocí una tarde hacía algunos años cuando mi primo me lo presentó. Cecilio y él iban delante en el Volkswagen; yo, atrás, mirando a través de la ventanilla. Era domingo. Serpenteaban los grupos femeninos por el malecón. Ellos dos eran tres años mayores que yo, así que casi siempre los seguía, aprendía de sus conquistas, de su comportamiento, de sus historias, que no se cansaban de repetirme con lujo de detalles. De pronto vi cómo Marcelo se pegaba a la acera por donde caminaban dos chicas bastante llamativas. Él les gritó; al principio yo supuse que eran amigas suyas, cuando luego descubrí (para mi sorpresa) que les hacía una seña y una de ellas se acercaba al auto sin dar muestras de haberlo visto en su vida. La saludó, le preguntó cómo se llamaba con un tono ufano, despectivo y, luego, sin más, le dio un billete y la mandó a que le trajera unos cigarros. Todo esto no podía creerlo; como por arte de magia Cecilio y yo observamos cómo la chica hacía precisamente lo que Marcelo le pedía: entraba en la tienda con la amiga, le traía los cigarros y por fin de vuelta le preguntaba si eran ésos los que quería. El colmo del asunto fue cuando él le dijo que no, que ella no le había entendido, que si no sabía hacer un pinche favor que entonces mejor no lo hiciera. Vi el rostro de las dos chicas demudado, vi cómo la arrogancia de una mujer había sido domeñada y doblegada por él, por Marcelo, el amigo de Cecilio, con un solo comentario agraz y pérfido. Entonces él simple y despectivamente abrió la puerta y como dándoles una orden les dijo que se subieran. Ellas se miraron. Sin embargo, no era esa mirada la de la complicidad femenina, sino otra cosa, tal vez la de la comprensión mutua —la de las dos—

ante la virilidad soez y fuerte. Se subieron atrás conmigo. Quizá entonces yo tenía más miedo que ganas de acercarme a una de ellas y empezar a hablar. Marcelo las tranquilizó, lo mismo hizo Cecilio por espacio de un rato, dando siempre vueltas por el malecón. Por fin, sin preguntarles nada, Marcelo enfiló hacia Coromuel, una playa que está a las afueras de la ciudad, más allá de El Rollo, el cual, de alguna manera demarca el límite establecido. Sin embargo, pude ver a Marcelo internarse por otra playa escondida que yo no conocía, reírse, palmotearse con Cecilio, poner una cinta de rock en el autoestéreo, no hacerles ningún caso a las muchachas o hacérselo cuando le venía en gana. Entonces sólo quitaba una mano del volante, cruzaba el respaldo de su sillón, y la ponía sobre la pierna de la más bonita, la que estaba precisamente a mi lado, en medio. Yo realmente estaba confundido, también inmerso en lo que Marcelo hacía o dejaba de hacer con artificio, seguro siempre de sus toscos movimientos. De pronto una de ellas se atrevió a preguntar que adónde las llevaban, a lo que Marcelo no quiso contestar aunque todos la oímos. Él hacía como si conversara todo el tiempo con Cecilio, olvidándose de las chicas, dándole importancia solamente a su charla insulsa. Yo no había dicho una palabra, tal vez sólo les pregunté el nombre para hacer la plática o para tranquilizarme. Cuando la más bonita volvió a preguntar, Cecilio le respondió —un poco más condescendiente que Marcelo— que se dirigían a la playa. Queremos regresar, dijo la otra. Entonces bájate y lárgate, le gritó Marcelo enfurecido al mismo tiempo que detenía el coche, abría su puerta y la empujaba con brutalidad. Él, obviamente, sabía que ella nunca se bajaría allí, un lugar desolado que, a esa hora, ninguno reconocía y donde ni siquiera había indicios de pavimento, sino solo metros de arena y sumideros. Marcelo continuó con desparpajo hasta llegar a la playa y allí, por fin, detuvo el auto. Se bajó junto con Cecilio y sin invitarnos a bajar se quedaron ambos platicando a la luz de la luna. Era un lugar hermosísimo, de un quietismo absoluto, virgen. Las olas prestaban su rumor al brillo que las inundaba poco antes de haber tocado el suelo y disolverse. Era evidente que Marcelo llevaba allí a todas sus conquistas, si así podía llamárseles a esos ligues primitivos. Entonces ninguno de nosotros tenía edad ni dinero para pagar un hotel, es cierto. Las cosas sucedían en los autos, en los miradores, donde fuera. En La Paz, sin embargo, eran muy peligrosas las playas, pues a veces se aparecían un par de soldados quienes, en lugar de mantener la ley, la violaban impunemente, y así se sabía de infinidad de casos de parejas robadas y ultrajadas.

Por fin Marcelo regresó al auto donde los tres nos encontrábamos; tomó a la más joven por la mano y le pidió con un falsete ligeramente más dulce —sólo ligeramente— que lo acompañara. Ella lo tomó de la mano y salió con él; inmediatamente vino Cecilio y llamó a la otra. Cada pareja tomó un rumbo distinto de la playa mientras yo esperaba allí, quieto, azorado. Cuarenta minutos después, volvía Marcelo con la joven más hermosa cogida de la mano, sin decir una palabra. Sin embargo, antes de que regresara mi primo, unos diez minutos más tarde, los oí a ambos empezar a discutir algo en la playa —no supe exactamente qué. Sólo observé cómo Marcelo descargaba su furia tirando una botella contra unos peñascos. Luego, cuando hubo llegado mi primo, sin decirle nada a su compañera, lo vi levantarse casi de un salto y subirse al coche. Le dijo a Cecilio que ya era hora de irse y sin más dio marcha al Volkswagen. «¿Y las chavas?», pregunté. «Ellas se quedan», me respondió. La que se había ido con Marcelo empezó a gritarnos, la otra correteó tras el coche y empezó a tirarnos piedras. Lloraba. Marcelo puso la cinta de rock otra vez y luego se echó a reír. Había un timbre raro, falso, en su risa, en todos sus ademanes; yo no dije nada, continuaba atrás, atónito. Sólo más tarde me dijo, me sermoneó:

—Ya ves cómo les gusta que las traten: como perras. ¿Tú crees, Augusto, que ellas se subieron a la fuerza, crees que nos las cogimos a la fuerza?, ¿verdad que no? Las mujeres son unas putas de la mala vida. Ya verás cómo luego nos buscan. Y no para pedirnos una explicación sino porque quieren que te las cojas de nuevo; nunca están satisfechas. Son unas cerdas.

Lo más increíble, le dije a Jenny mientras caminábamos saliendo de Los Arcos, es que todavía las vi un par de veces subirse con ellos en el Volkswagen —cumpliéndose así el vaticinio de Marcelo. Sencillamente no comprendía el comportamiento de una mujer. Era un misterio bien difícil de desentrañar. Tal vez Marcelo tuviera razón y yo no había nacido para comprenderlas. Había desde entonces una parte en mí que detestaba profundamente: no poder actuar, no poder moverme como Cecilio y Marcelo, esforzarme algunas veces y no lograrlo. ¿Cómo despreciar y tratar mal a una mujer, cómo hacer que se diera esto en mí naturalmente?

Le había contado a Jenny lo mismo que no quería contar, incluso le había revelado una de las facciones de Marcelo que ella no conocía y por la cual se sintió invadida desde entonces. Sin saberlo, ya los había atado, había establecido un primer vínculo entre ellos. Un lazo débil, frágil, si se quiere, pero ahora uno sabía algo del otro. Esto es lo que se llama una relación, vivimos inmersos en una especie de comunidad de relaciones, una telaraña pegajosa y maloliente. Yo era muy joven entonces para saberlo, sin embargo, uno aprende... Jenny, en cambio, me contó —más para aliviar mis celos y para reconciliarse que por otra cosa— que tenía una hija de cuatro años, la cual vivía con su tía en San Diego. Se había casado a los dieciséis, luego se había divorciado... Tenía veintiún años y ahora viajaba con un señor mayor, su jefe, a quien acompañaba en sus viajes de trabajo.

Comimos temprano y en la mesa pude reparar mejor —¿cómo no lo había hecho antes?— en la tristeza irrecusable que guardaban sus movimientos. No era el menosprecio como yo había pensado ayer; era la abulia y la pena por haber vivido muy aprisa. Lo notaba al mirar sus párpados cabizbajos cuando ella iba, decidida, a desocultar una verdad; al mismo tiempo observaba una frente ancha, un rostro bien modelado, suavísimo. Y sobre todo, cómo amaba esa mujer a su pequeñita, la nostalgia que sentía por ella cuando platicaba. Cuando terminamos quiso volver a los paquebotes. Pedaleamos hasta alejarnos lo suficiente de la costa y allí, completamente solos, estuvimos largo tiempo besándonos, acariciándonos... Volvimos a la playa y tuve que pagar una hora más de alquiler debido a la tardanza. Saltamos a la arena, ella se empapó las rodillas y luego caminamos por el malecón como habíamos hecho en marras. Por fin, nos despedimos con la intención de encontrarnos otra vez esa noche. Regresé a la casa e intenté leer. Luego de un rato dejé la novela de Hugo y cogí un cuaderno donde, sin percatarme bien de lo que hacía, empecé a garabatear algunos sinsentidos, una serie de denuestos vehementes a Dios, muy típicos míos en aquel tiempo; se trataba de una suerte de delaciones e injurias a todo aquel arte morboso con que Él se nos representaba, formas que espoleaban nuestros peores instintos —según yo—, ejemplos contra la vida y contra natura, contra Jenny y contra mí, es decir, contra nuestro sublime amor y nuestra inmensa alegría. Pasé esas horas llenando —lo recuerdo— páginas y más páginas: anatemizando y blasfemando como no había hecho nunca en la vida. Ahora sólo recuerdo esta estrofa:

He nacido y me han culpado,
he nacido y me constriñen
a creer que unos clavos ciñen
unos pies que yo he clavado.

En toda la tarde no llegó nadie de la familia a casa, habrían ido a una playa o al centro, no lo sé. Salí un instante a la terraza y el sol en medio del firmamento pasó de ser una poma sanguinolenta, a convertirse en un oscuro precipicio, un hoyo gigantesco donde se confundían cielo y mar. Volví a la mesa y continué escribiendo, corroborando lo que desde hacía tiempo meditaba cuando por primera vez leí a Nietzsche: la muerte que a todas luces significa la cristiandad, la muerte que se empeña dar Cristo a la vida. Muchas barrabasadas, Señor, Tú lo sabes, y por eso Te pido perdón, ahora y siempre. Bendito y alabado sea Tu nombre.

Me bañé, me afeité la escasa barba, me vestí imitando el cuidado y acicalamiento de Lucien de Rubempré cuando por fin vuelve a París en *Las ilusiones perdidas*, mi novela predilecta en ese entonces, y salí en un taxi al hotel de Jenny, mi ángel guardián.

—¿Ya llevabas tiempo esperándome? —le pregunté

al llegar y verla en el mismo sillón donde la había recogido esa mañana.

Sin responderme primero, alargó una bolsita de papel y la abrí. Al mismo tiempo ella me preguntó:

—¿Te gustan? Son tacos.

—Me encantan —le contesté—, pero para qué me los das si quedamos en que iríamos a cenar...

—No, no vamos a ir a cenar —respondió con una voz que intentaba reconciliarse al mismo tiempo que rompía algo muy frágil dentro de mí.

—¿Por qué, dime? —la interrogué.

—El señor con quien vengo me pidió acompañarlo a una cena. Ya sabes. Es mi trabajo, te lo advertí.

—Está bien —contesté orgulloso, herido—, ¿entonces ya debes irte?

—No, caminamos primero un rato —ordenó, sugirió, quién sabe— y luego, si quieres, me acompañas.

Así estuvimos maleconeando como media hora, luego nos sentamos en unas bancas que hay en medio de la plaza donde los grupos tropicales suelen tocar salsa y mambos en los días feriados. Abandoné la bolsa cerrada, la comida intacta: había perdido el apetito. Fue en ese momento cuando un Volkswagen se acercó a nosotros y vi adentro a Marcelo y a un amigo de él a quien yo no conocía. Viéndome, me gritó a manera de chanza:

—Oye, presenta a la señorita, cabrón. ¿Qué, ya no reconoces a los cuates?

—Hola y adiós —le respondí seco.

Ella, sin embargo, les sonrió como intentando aminorar mi falta de cortesía. Se fueron. No pasaron cinco minutos cuando otro auto se detuvo a nuestro lado y esta vez, sorprendido, vi a dos hombretones gordos, de pelo rubio, hablarle en inglés. Tenía que despedirse. Comprendí. Sólo me dijo:

—Unos amigos de Mel, los tengo que acompañar a la cena. ¿Sabes? Presiento una noche aburrida...

Ella se subió al auto, al lado de ellos. Sólo la vi marcharse mientras yo caminaba hacia el lado opuesto de la calle. Venía casi gimoteando cuando otra vez se detuvo el Volkswagen de Marcelo y me invitó a subir. El amigo de Cecilio iba desternillándose de risa, hablaba de mi plantón —el que Jenny apenas me había dado—, de mi ceguera, de mi falta de arrojo con las mujeres, las muy putas, las muy cerdas, repetía. No podía ni siquiera darle a Marcelo y a su amigo una explicación, una justificación, resultaba superfluo y hasta imbécil de mi parte intentar hacerlo. De pronto sugirió que fuéramos esa noche a El Rollo, que allí encontraríamos otras golfas que valieran más la pena. Acepté. Sin embargo, primero fuimos a la casa en busca de Cecilio y Solón. Cuando llegamos, Marcelo me pidió que no tardara, que les avisara nada más y nos fuéramos pronto a la disco.

Subí aprisa y les dije a mis dos primos que abajo nos esperaban. Mi hermana insistió en ir pero yo, con argumentos sofisticados, le puse el alto. Mi madre terció y me advirtió que si no iba con ella tampoco yo tenía permiso de ir. Por fin, bajo esa amenaza, salimos disparados los tres, Cecilio, mi hermana y yo. Solón se quedó en casa. Sin embargo, debo ser franco: en el fondo no tenía apetito ni voluntad de farra. ¡Me estaba enamorando y aún ni maldita cuenta me daba...!

No recuerdo casi nada de esa noche, sólo que pasó volando. Imagino que volvimos a casa muy tarde y yo estaba rendido, dispuesto a acurrucarme en cualquier sillón, a no pensar más en Jenny, en sus besos, en las caricias que nos dimos en el paquebote, en nuestra soledad. Amaneció casi de inmediato; una luz infame, a través de la ventana abierta, había doblegado a la noche; los destellos del sol entorpecían la vista, los cabellos alborotados me cubrían la frente. Salí de casa desde las diez de la mañana y me puse a buscar a Jenny como un desesperado; no la hallé en su cuarto de hotel ni en el centro ni en el malecón. Todos los sitios los recorrí infinidad de veces, volví a cada lugar al mediodía, visité de nuevo los lugares que juntos recorrimos. Hasta las cuatro de la tarde dediqué todas mis fuerzas en escudriñar La Paz, sus playas, los paquebotes, cada tienda, los restaurantes, las calles, los hoteles. Nada, parecía que Jenny se hubiese extinguido.

Regresé a casa destituido, aplazado. Quería morirme del fastidio, de la amargura estúpida que me invadía. Qué fácil me había enamorado yo que, por sobre todas las cosas, detestaba el concepto «amor» como se desprecia una idea primitiva y vulgar. Como un niño odia a una niña. Estaba más agüitado que nunca. Dedicaba los minutos y las horas a hacer formas retrospectivas con la imagen de ella, lo que me representaba de ella en la memoria: siluetas, movimientos fugaces... Sí, las manifestaciones más típicas del amor que se consuela a sí mismo. Eso me sucedía al mismo tiempo que intentaba penetrar al Leviatán intestinal de *Los Miserables*, lo que me resultó de plano imposible. Preferí tomar un cuaderno y escribir ahora que en la casa no había un alma y el silencio se rompía sólo por el motor del aire acondicionado.

Me despertaron Cecilio y mi hermana. Estaba dormido, el cuaderno sobre las piernas. Me acordé de todo, el día desperdiciado en la busca infructuosa de mi ángel. Sin embargo, mi primo Cecilio pronto me animó para ir a la disco. Salimos de casa a las diez, empero, justo antes de entrar a El Rollo decidí que era mejor ir a buscar a Jenny a Los Arcos. Me separé de él, me quedé con el Ford y me dirigí a su encuentro. En balde. Visité luego otros tres hoteles del centro aunque sabía que allí no la iba a encontrar. Perdí más de dos horas en ese trajinar por la ciudad. Volví a El Rollo, otra vez, bastante descorazonado. Fue al entrar, antes de acercarme a la pista de baile, que los vi a los dos. Marcelo y Jenny bailando abrazados. Justo en ese instante sentí la presión de una mano. Era Cecilio.

—¿Pero dónde diablos andabas, Augusto —me dijo, me amonestó—, so idiota, no ves que se comen a tu gringa?

Impávido, desarmado, le sonreí. Permanecí imperturbable hasta el momento que una sombra indiscernible cruzó frente a mí: una mujer cualquiera, sin rostro, a la que invité a bailar, automáticamente.

A propósito, imperceptiblemente, la llevé hacia la otra esquina de la pista. Por fin, bajo las luces incendiarias y la música atronadora, nos vimos los cuatro, es decir, los tres: Marcelo, Jenny y yo. Todos nos saludamos con una camaradería pletórica de odios y afectos soterrados.

—¿Pues dónde te metiste? —me preguntó Marcelo, moreno, alto, atractivo con sus espesas cejas.

—Holgazaneando nada más —respondí sin dejar de bailar, pisando al ritmo del estruendo, alardeando de una indiferencia llena de hipocresía.

Platiqué con Jenny mientras bailábamos los cuatro entre humaredas de cigarro y niebla artificial. Marcelo, me di cuenta, no iba a soltarla ni un segundo, ni siquiera para que ella fuera al baño. Conocía muy bien a los paceños quienes, a salto de mata, no se tientan nunca el corazón para quitarle la mujer a su propio hermano o a su amigo. Nos separamos como si allí, en ese espacio, no hubiese sucedido nada. Y todo había pasado ya: Jenny bailaba, a propósito, con aquel con quien yo le pedí *ex profeso* no se dignara nunca a hablar, y Marcelo bailaba con la misma que, él sabía, a mí me gustaba. Y yo estaba con quien no deseaba estar: una completa y perfecta desconocida. Así que, ya fuera de la pista de baile, me despedí de la joven y le di las gracias. Fui a sentarme a la mesa vacía de Cecilio. Él bailaba con una extranjera. Estuve así largo rato, insomne, solo, la mirada perdida en la botella de alcohol, sin beber, y observando a la gente a través del humo azulado de los cigarrillos, hasta que por fin me decidí e invité a una joven a sentarse a la mesa. Ella aceptó y estuvimos más de una hora charlando, fingiendo yo una plática amena, empequeñeciéndome cada vez que vislumbraba a Marcelo y a Jenny en la pista —ora abrazados, ora hablando contentos—, involucrados sus cuerpos muy pronto, recipientes blandos de emoción.

Supongo que nadie reparó a esa hora en mí, en lo que me pasaba —quizá por el alcohol y los cigarrillos—, aunque yo sí contemplara, como a través de un filtro, a mi primo Cecilio: conversaba con una morena robusta, de piel tostada. La había conocido esa noche y él estaba a punto de besarla, lo conocía. Ahora Marcelo, sin disimulo, acariciaba en un rincón de la mesa un brazo de Jenny mientras, tranquilo y autoritario, la apretaba contra sí. Ambos se rozaban y jugueteaban enfrente de mí —disculpándose quizá a sí mismos, exculpándose, pues yo estaba acompañado, conversando con otra mujer—, hasta que sus labios se encontraron y, perdida cualquier vergüenza, empezaron a estrujarse con denuedo y avidez sobre la ropa. Mientras —por más que intentaba yo pasar inadvertido, ser invisible—, me resultaba una tarea verdaderamente imposible, angustiante, *no observarlos*, continuar platicando como si nada estuviera pasando. Parecía un perturbado mental. Mis ojos —si alguien los miró en la oscuridad— eran los de un desquiciado. Sobre todo a Jenny, a ella, no la comprendía, no podía penetrar su realidad, su mundo insensible; apenas dos días antes nos habíamos besado en el paquebote, habíamos... Y ahora...

Fue en ese instante cuando me vinieron de arriba los primeros escalofríos, el primer síntoma de Dios. Primero se introdujo a las celdas de mi mente una suerte de imagen de un Cristo redentor, un Cristo perdonando a los hombres. Inmediatamente quise rechazar el rostro, las pestañas casi iridiscentes, el sayal blanco, la correa, las manos finas, azulosas, largas, del Señor. Sentí un hostigamiento oscuro (venido desde arriba) en el pecho. Un hostigamiento amoroso. Había en mí, es cierto, una antipatía congénita hacia ese Cristo que por un segundo desapareció pero que muy pronto volvió a meterse, esta vez con más ahínco, a través de los poros de mi piel. Me repetí muchas veces, como si fuese un conjuro, la estrofa que días antes había escrito en la casa, los cientos de estrofas y frases que había escrito hasta entonces. No sirvió de nada, Señor. De repente comprendí Tu presencia, la presencia de un Cristo benevolente, misericordioso. Ahora estaba fuera de la disco aunque físicamente estuviera allí; yo, Augusto, estaba aparte, en un lugar remoto.

Este Cristo mientras tanto se enseñoreaba perdonando a los hombres, infatigable, sereno, impertérrito. Lo veía caminar, tocar los rostros, limpiarlos a su paso con una sola caricia de sus dedos pulcros. Bajé los ojos de la imaginación puestos en Su rostro y ahora pude contemplar Su pecho, cómo el corazón relucía como si fuera un pequeño sol. Una luz incandescente atravesaba Su carne y después la ropa, sin quemarla, iluminando al mismo tiempo un rostro cansado y hermoso. Caminaba hacia mí, me observaba, no podía apartarme de Sus ojos, de Sus labios murmurantes, pálidos, nombrándome, callados, indicándome algo incomprensible tal vez en el lenguaje de los hombres; algo que, sin embargo, comprendía a través del cuerpo interior, como si se tratara de una lumbre marcándome con grafías sutiles la piel íntima del cuerpo. Algo innombrable se metía por mis sienes; algo que, por un instante, tuvo nombre, un rubro: Cristo. Así Él instauraba Su nombre; Él, ese inefable.

El olor, el propio sabor de mi boca, el sonido que había, todo se adjudicaba de una buena vez y para siempre el nombre de Cristo, la palabra de Cristo, el Verbo Encarnado que es Cristo. Era el advenimiento del Inefable, introduciéndose dentro de mi cuerpo, en cada uno de sus resquicios, por cualquier parte, sin mi autorización. Un algo manifestándose, irradiando un poder inaudito. Un fuego crecía cada vez más fuerte mientras cruzaba vertiginosamente mi espalda y mis brazos; ese fuego me tenía entumido en mi asiento, como si estuviera alcoholizado, perdido. Me ardían las sienes, la frente, las pupilas. Era una especie de brasa interior, honda, perpetuándose a cada instante, sin permitirme salir, decir una palabra, huir, responder nada, sujeto a la silla. Era como una fuerza que colmaba todos los recintos del mundo, de la vida, del espíritu y la carne, ensanchándolos, empujándolos hacia arriba, despojándolos por un minuto de su gravidez, de su pesantez, de su humildad inmanente y terráquea. Sí, era el Inefable, ahora lo sé, mostrándose incidente, encontrándose conmigo en el tiempo, otorgándose un nombre para que yo, el más grande miope, lo comprendiera y lo hiciese inteligible: Cristo. El Inefable se manifestaba, se exhibía esta vez a mí, para que lo guardase, para que yo me amparase con Él, para que me consolara con Su espíritu purificador, vivificante, Su espíritu de vida.

Señor, eras Tú entonces interrumpiendo la festividad de los hombres, el baile, la juerga, los abrazos, el alcohol; Tú, cruzando esa morada y permitiendo que yo te presenciara allí como si fueses una zarza ardiendo, la zarza de Moisés. Fue la presencia de lo inefable lo que experimenté allí —lo que se presentó a mis ojos incautos— internándose y repitiendo Su nombre: Cristo. No soltaba yo el hombro de aquella mujer, de aquel último refugio humano. El calor no permitía que me moviera de allí, que soltara sus hombros. Seguramente, imagino, esa desconocida sintió encima el calor vivificante del Paracleto, el mismo Consolador que Dios enviaba a su hijo, a mí, a Augusto Roldán, pecador empedernido, sin fe.

Por fin, tomando fuerza, obnubilado, me levanté y me acerqué a Cecilio. Le pedí que me llevara a casa. Me miró consternado, escéptico, iracundo. Quizá pensó que yo estaba completamente borracho. Se resistió un instante; arremetí; por fin decidió llevarme. Algo le dijo a la mujer con la cual estaba; yo, igual —me despedí sin mirarla siquiera a los ojos—, y salimos de allí rápidamente, a través de la humareda y la música que habitaba ese salón impenetrable y sólo por Dios penetrable. Me había olvidado de Jenny, del ángel causante de mi conversión; de Marcelo, igual. No había reparado en ellos al salir de allí. Necesitaba aire fresco, el aire fresco del mar golpeándome en el rostro, despabilándome un poco la mente, los músculos embotijados del cuerpo.

Nos subimos al Ford azul celeste de mi tío; Cecilio manejó sin decir una palabra, echando chispas de odio por los ojos. Le había interrumpido su faena, su conquista de la noche. Cruzamos todo el malecón, de punta a punta, las ventanillas del auto abiertas. En lontananza distinguí un grupo minúsculo de estrellas flotantes, esquivas. Aparecían y volvían a disolverse. Por fin, un cuarto de hora más tarde, llegamos a casa. Sin mirarme, sintiendo quizá que algo fuera de su capacidad de comprensión sucedía, Cecilio me dejó. Sólo cuando me bajé del auto oí su voz gritándome enfurecida: «Estás loco de remate, cabrón.»

No le contesté nada, ni siquiera volví el rostro. Esperé a que se fuera, a que regresara con los otros a la disco, al recinto al que él pertenecía, al que yo, Augusto Roldán, ya no podía pertenecer, pues ahora era otro, sí, Augusto era otro, un hombre distinto, resurrecto. Así que sólo aguardé a que Cecilio se perdiera en la inmensidad de la noche junto al ruido del Ford y crucé la calle; bajé la enorme banqueta que, igual que si se tratara de un dique, subyuga las olas del mar, y me instalé sobre una roca en el único trozo de playa que allí se podía contemplar.

Era otro, yo era verdaderamente otro distinto al de ayer. Y lloré, lloré toda la noche, como nunca en mi vida había podido hacerlo, sin un motivo, sólo porque sí, con enorme gusto, limpiando mi alma y mi espíritu durante horas hasta que vi destellar el sol en el Oriente.

Nihil obstat
Imprimatur

33

Cuando despertó, todavía en ese estado absurdo de tibia duermevela, Ricardo intentó recuperar algo de la calidad ignominiosa de su sueño. Con enorme trabajo, a duras penas, pudo recoger algunos atisbos; poco a poco pudo reconstruirlo casi todo. Sin embargo, un instante después descubrió conturbado que el cuerpo del niño al lado suyo había desaparecido, lo mismo que había huido la respiración de Roberta. Restregándose los párpados, Ricardo se dio cuenta, comprendió: había perdido el rastro de su personaje. Ya no la volvería a ver...

Miró al lado suyo, sobre la almohada, dos sobres escritos improvisadamente. Encendió la lámpara que estaba sobre el buró, del otro lado de la cama, y leyó lo que decía cada uno en el frente: *para Ricardo, para Elías*. Supuso todo sin necesidad de abrirlos. Para él... una despedida que no era indispensable leer; para Elías, una carta (amable acaso), una misiva de amor, una postrer despedida, una sencilla y pura lamentación —tampoco podía estar seguro. Por un instante pensó en abrir la que correspondía a Elías, pero desistió. Debía ir, conocerlo y darle lo que le correspondía. Ahora estaba más que nunca obligado, comprometido a visitar Las Rémoras, conocer ese villorrio junto al mar que él mismo había inventado, contemplarlo con sus propios ojos, no leerlo ni escribirlo más. Sin embargo, antes debía sentarse a redactar algo. ¿Pero qué? Se quedó unos segundos pensativo hasta que, por fin, supo lo que sería... *Las Rémoras* debía contener por lo menos un sueño, ¡claro!, era parte de la vida. Lo haría cuanto antes, incluso antes de continuar con la historia de Roldán y la gringa, pues los acontecimientos se venían precipitando y luego sería más difícil hacerlo...

Sin más preámbulo y abriendo las cortinas y las anchas ventanas del cuarto, acercó la exigua mesa de la habitación a la cama destendida. Luego se sirvió un vaso de agua y se puso a escribir de un solo tirón en su cuaderno deshojado. En una hora, poco más o menos, compuso esa especie de sueño para el escribidor, su propia pesadilla vívida, ominosa, la cual Elías el bibliotecario debía —por supuesto— olvidar en cuanto se despertara en su humilde casa-biblioteca de la calle Encaladores. Cuando lo viera, cuando lo conociera, se lo mostraría... Tal vez reconocería la descripción de ese sueño.

34

Mientras tanto, Elías había dejado al arquitecto luego de haber leído junto con él ese relato de amor contrariado, *Crónica de un converso*. Ensimismado y un poco triste, el escribidor pasó las últimas horas de la noche hasta que cayó en un profundo letargo, y entonces soñó lo que sigue:

UCLA, que es un imaginario campus universitario, alberga sólo a colegiales o profesores. En los últimos meses todos tienen miedo de un muchacho que conocen perfectamente bien y que sin embargo ha sufrido transformaciones: se dedica a matar compañeros, incluso los despedaza o los devora cuando le viene en gana. Nunca hay una razón para hacerlo. Depende nada más de su ánimo. Puede sentirse melancólico y no hacer ningún daño; puede, al contrario, estar contento e intentar matar a alguno. Existe un gran pánico entre los profesores, los alumnos y hasta en los hombres que hacen la limpieza del campus. Nadie, empero, hace nada para impedirlo. La causa: tienen miedo a lo incomprensible. Pero hay algo más, nadie en el fondo se atreve a descubrir su miedo, ni siquiera lo dejan traslucir. Mostrarlo es desconocer a quien conocen perfectamente. Tanto saben del muchacho que aun les parece bastante increíble que pueda hacer esos desaguisados que, a últimas fechas, ejecuta simplemente cuando su humor se lo ordena. La verdad es que la vida en el campus ha mudado su antiguo cariz, las cosas no son iguales. El temor tiene embargados los sentimientos de todos. Esto, a Elías, al igual que a los demás que están allí, le apesadumbra. Siente terror como cualquier otro. Últimamente se ha perdido la huella del joven; saben que está en algún lugar *dentro* del campus, en alguno de sus edificios, pero sin salir más que cuando desea matar. No es que se oculte, no; simplemente busca estar solo, guardado de las miradas harto rencorosas de los demás, descansando. Matar, ahora lo entienden los otros, es para él sólo una necesidad fisiológica; nunca una venganza, un símbolo de algo, una imposición. Una noche, en una de las calles del campus más pobladas, donde no importa que las compañeras se paseen, pues allí están reunidos todos, o casi todos, platicando bajo una farola y bebiendo refresco en vasos de cartón, olvidados del asesino, aparece el muchacho y descuartiza a uno, a dos... Lo hace enfrente de todos, a la luz de las estrellas que iluminan lo suficiente esa noche, y después se va tranquilamente. Nadie se atreve a moverse, a decirle nada; lo ven hacer; todos tienen miedo y a la vez están felices de no haber sido ellos las víctimas. Por fin, horas más tarde, hartos de su miedo intestinal, sobrellevándolo, salen varios en su búsqueda. ¿Por qué lo hacen? Nadie lo sabe. Actúan más para superar el terror que los inmoviliza que por verdaderos deseos de acabar con él. Sin embargo, cuando lo han decidido, nadie corre tras él. Elías, de unos veintitrés años, con otros cinco compañeros y dos profesores, los más intrépidos, se dirige con calma (que toca tal vez el límite del pánico) a uno de los edificios. Suben, cruzan un pasillo largo, iluminado, y se quedan esperando —sin ningún signo aparente de impaciencia— en una de las innumerables recámaras. Charlan, esconden su horror, quieren irse de allí y olvidarse de todo. Elías pide que le expliquen cómo se dispara un arma, pues nunca lo ha hecho. Sus compañeros le explican y él entonces empuña la única pistola. Por fin, en la recámara contigua o en una misma recámara que está justo dentro de la que ellos están, oyen el ruido de la regadera. En ese preciso momento, los dos maestros se despiden, les desean suerte y dicen que ellos por lo pronto irán a otra parte del campus a averiguar. Elías tiembla cuando ellos se han ido, cuando los ve desaparecer al otro lado del largo corredor y, sobre todo, cuando se deja de escuchar el ruido suave, amortiguado, de la ducha. Es él, todos lo saben. Escapa de ese confín un leve vapor. Por algún extraño motivo Elías ha abandonado la pistola sobre el mueble. No sólo siente miedo hacia su compañero más joven (el más joven de todos en el campus, el loco, el asesino frenético), también tiene reprimido un gran odio hacia él. Está obnubilado por ese odio. Es atroz lo que hace el muchacho, es cierto, pero eso a él, a Elías, ya no le importa. Ahora es mayor la inquina reprimida tanto tiempo. A pesar de todo —eso Elías lo sabe—, nunca se atrevería a matarlo; algo lo liga insolublemente a él. Elías tampoco es capaz de matar a nadie. Se contiene pero siente un indecible temor hacia aquel que, desnudo, sale justo cuando se ha abierto la puerta del baño. La luz del cuarto lo sigue, ilumina el vapor y su piel. El joven los ve, les sonríe, tiene el cuerpo apocado y un tanto pálido, un círculo rojo puede mirarse arriba de las dos tetillas, su espalda continúa bastante húmeda aún. Todos los que están allí dentro se conocen muy bien, desde hace muchos años. Incluso la forma en que lo miran y lo tratan, la manera impasible y natural con que el joven asesino los trata a ellos hace suponer que lo entienden y lo aceptan así como es, al mismo tiempo que ratifican cierta inmunidad de que goza quién sabe por qué causa. Él puede matar cuando tenga esa necesidad orgánica, parecen indicar los ojos y el silencio de los que están más cerca; solamente él es el único que puede hacerlo cuando le convenga, aunque desafortunadamente —es verdad— deban morirse uno por uno todos los que están allí. Al entrar en el cuarto se quita la toalla y abre un cajón para buscar la ropa interior. Aún no ha visto la pistola o sencillamente no le presta ninguna importancia: de cualquier manera él *tiene asegurada su vida y no puede morirse, sería ir en contra de la ley natural, de alguna ley divina.* Él es el sacrificador, el sacerdote del holocausto; los demás, las víctimas. Nadie puede y nadie quiere romper esa armonía. Y si los que están allí al principio lo pensaron —quizá llevados por el arrebato o la furia—, lo cierto es que se han arrepentido ya, él lo sabe. Todos lo miran con pavor; quieren huir aunque el joven les sonría amablemente, aunque los salude como si nunca hubiera sucedido nada, como si otro fuera el asesino y no lo recordara entonces o no le diera demasiada importancia. Es, sin embargo, en el preciso momento en que el muchacho se va a poner el calzón y está apoyándose en el mueble, cuando Elías decide coger la pistola y apuntarle. El otro primero no le cree, no lo reconoce, le guiña un ojo suspicaz al mismo tiempo que termina de ponerse tranquilamente su calzón. Elías apunta justo en el centro, temiendo errar, a sólo un metro de distancia. Es una broma, cavila el joven mientras los otros imaginan que él, el asesino, tal vez eso mismo se imagina. No, no es una broma; Elías tiene un miedo atroz pero ya no puede dar marcha atrás. Es necesario, útil; debe cumplir aunque haga mal, aunque rompa la armonía del universo matando a ese joven sacerdote. Oprime el seguro del gatillo con el dedo gordo y dispara hacia su pecho, no suena nada, no hay ni siquiera olor a pólvora, no hay bala. El otro, desperezado y atento, saca de inmediato una pistola que tiene dentro del cajón (debajo de la ropa interior) y le apunta al mismo tiempo que Elías (arrepentido ya, pues preferiría no haberlo intentado, preferiría no estar allí) ha vuelto a cortar cartucho y dispara tras haberle apuntado nuevamente con extrema lentitud, exagerando la puntería, dispuesto a no fallar esta vez, hacia el centro del pecho del adolescente. Éste se tambalea, resiste unos instantes, parece que tiene fuerza aún para cargar su pistola una vez más, pero un segundo después no la tiene y cae a la alfombra, abatido, humedeciendo la alfombra con su cuerpo. Ya en el suelo, hecho un ovillo, Elías apunta otra vez hacia él. A menos de dos palmos de distancia y con la cólera invadiendo su alma no sabe por qué, con el mismo odio contenido —enfrente de los otros que, asustados, lo ven y no pueden aún creer lo que ha hecho—, comienza a disparar al cuerpo, a balacearlo, a hundir y hender su carne joven, hasta que uno de los otros cinco allí presentes se le aproxima y le coge la mano, lo detiene, mientras le grita:

—Basta Elías, basta. ¡No te das cuenta quién es! ¡Detente ya!

No es sino hasta ese momento cuando Elías logra contemplar en el joven asesino a Ricardo, es decir, en Ricardo al mismo Ricardo de toda la vida, lo que no había hecho antes. Ahora observa con claridad a quien antes no había podido reconocer. Y no es tampoco sino hasta ese instante que Ricardo, en un último estertor, descubre que era él mismo el asesino del campus, es decir, aquel que está a punto de expirar.

Elías —el que sueña—, que en este instante se ha fusionado con el mismo que dispara y ahora es uno junto con él, se detiene y lo mira tendido como si lo contemplara por primera vez; tira la pistola, sale de allí, corre por el largo pasillo iluminado y, antes de huir del edificio, se esconde en un cuarto. Se apoya contra un mueble, oculta el rostro en las manos y comienza a gemir, a maldecir... Se suelta en un llanto compulsivo, desquiciado. Y es que jamás ha sentido tanto sufrimiento, jamás ha acumulado tanto dolor en tan breve tiempo. Dice entre dientes, masculla:

—¿Cómo pude olvidar que era Ricardo? ¿Cómo pude olvidarme si en realidad nunca lo olvidé?

35

Ricardo estaba sobrecogido, alucinado. Para él, escribir lo anterior había sido una revelación antes que un mero añadido. Al despertar, es cierto, ese sueño no había sido nada: lo había perdido de vista. Sólo había empezado a cobrar forma cuando hubo decidido hilvanar esos retazos que guardaba en su interior. Entonces sí se le reveló la angustiante calidad de su sueño... Una pesadilla en donde él y ningún otro era el protagonista y, sin embargo, no lo descubría sino hasta el final, justo al escuchar su nombre...

Después de un largo rato y de haberse dado un duchazo de agua fría, Ricardo optó por continuar con el desenlace que iba a darse entre el cura y la gringa:

36

La tarde anterior, como ya dijimos, Elías la había pasado con Iginio Jasso leyendo la *Crónica de un converso* hasta que el ocaso fue cayendo sobre ellos sorpresivamente. El arquitecto luego fue a devolverle el legajo de papeles a Santa. Eran posiblemente las siete y media o las ocho pues el cielo parecía una pira de fuego, un hogar donde el añil se debatía con el negro. Entonces Elías se despidió del arquitecto y tomó directamente hacia su casa. Apenas abrió la puerta, sintió la insufrible calina que habitaba dentro: sin voluntad y sin fuerzas, cayó derrumbado por el agotamiento del día y de los funerales...

Cuando despertó había olvidado todos los incidentes de un sueño que, sabía perfectamente, había tenido pero que no podía recordar por más que se empecinara. Ahora no quedaba ni huella de él. Sólo un regusto de algo triste, desconsolador, algo que mejor nunca hubiese querido soñar; empero, no sabía absolutamente nada en realidad, ni un solo fragmento; no guardaba un vestigio, y eso lo tuvo inquieto durante un rato esa mañana.

Salió de su casa hacia el único lugar adonde valía la pena dirigirse ahora: el desvencijado Altozano, que así llamaban a la pequeña sacristía en la que el padre Roldán oficiaba los sábados y domingos, y donde también vivía. El escribidor quería saber más de él —pues se había convertido, de alguna forma, en personaje de novela—, averiguar cómo se encontraba después de su caída y si iba adelante en su restablecimiento. Pero antes que nada —aunque no deseara admitirlo—, se había empeñado en indagar algo más sobre la gringa de la historia, ese ángel del Señor. Sin pensarlo más, se enfiló hacia allá sin antes haber probado bocado...

Eran las diez y media de la mañana y el calor ya empezaba a penetrar las carnes de los remoreanos. Fue justo al salir de Encaladores, pasar Sardineros, y cruzar el malecón, cuando el escribidor se apercibió de algo sumamente importante —algo que de pronto lo cimbró allí, a mitad de la calle— y en lo que aún no había reparado esa mañana. Entendió que no iba a saber lo que su sueño contenía hasta que Ricardo no llegara a Las Rémoras y se lo permitiera leer, y por eso precisamente tenía que hacerlo llegar cuanto antes. No podía tener la más remota idea de lo que contenía la descripción de Ricardo pues, entre otros impedimentos, estaba el de que él, Elías, *no había escrito lo que Ricardo había escrito aunque sí lo que vivía.* Así que el escribidor cundía en prisas por leer el sueño de Ricardo. Al leerlo, se dijo, podré reconocer si aquél era verdaderamente mi sueño... Y si acaso lo fuera, podría entonces temer que el joven Urrutia estuviera escribiendo lo que él, Elías, iba viviendo en realidad, lo que (¡claro!) a todas luces resultaba inverosímil.

Quizá todo fuera pura adivinanza, se dijo Elías mientras caminaba otra vez: suposiciones falsas y traídas por los pelos merced al sueño que tuve. ¿De dónde diablos sacaba yo que uno sabría lo que el otro soñó? ¿Acaso sólo porque antes escribí que Ricardo «en una hora, poco más o menos, compuso esa especie de sueño para el escribidor, su propia pesadilla vívida, ominosa, la cual Elías el bibliotecario debía —por supuesto— olvidar en cuanto se despertara en su humilde casa-biblioteca de la calle Encaladores». Imposible, absolutamente imposible y hasta estrafalario. Un fracaso. Empero, repitió para sus adentros, debía esperar, debía esperarlo...

Cuando menos lo imaginó, casi como un autómata, había llegado y daba aldabonazos a la única casa con aldaba que había en Las Rémoras, el Altozano. Se sorprendió al comprobar lo viejo que se había ido poniendo el que le abría la puerta: el doctor Díaz Gros. Se saludaron afectuosamente, con un abrazo que cualquiera que no conociera al doctor lo creería falso.

—¿Cómo has estado, muchacho? —le preguntó—. ¿Reponiéndote?

Elías entendió la alusión a Roberta y asintió: qué otra cosa le quedaba, tampoco deseaba explicarse, desenvolver el pergamino de sus sentimientos, leerlos en voz alta y volverlos a enrollar. ¡Qué fiaca! ¡Y qué caso podía tener! Debía olvidarse de Roberta y cuanto más pronto mejor. Eso hacía aunque los demás no parecían ayudarlo.

—¿Cómo está el cura? —preguntó Elías.

—Sólo un poco mejor, tuvo una fuerte contusión arriba del occipucio —respondió Díaz Gros afinando la sonrisa y palmeándolo—. Pero puedes pasar, está despierto.

Sin preguntar más, Elías enfiló hacia el fondo de la estancia, hacia la puerta azul, mientras la figura del doctor, con su pelo blanco, ralo, lo seguía, un poco más alto que él y también más ancho. Díaz Gros, sin embargo, no era gordo. Tenía la espalda y el tórax muy grandes y los brazos cortos. Era lento y majestuoso en el andar; un hombre tranquilo, sabio, nada impresionable. Llevaba puestos invariablemente unos anteojos de carey con lentes verdes, ligeramente oscuros y manchados. Vestía siempre de traje claro a cuadros y con mancuernillas que le abrochaban las mangas a pesar del calor que hacía en Las Rémoras. Jamás se le veía quitarse el corbatín rojo, a veces rosa; se vestía con desenfadado anacronismo o más exactamente: una especie de meticuloso desenfado.

Elías abrió la puerta azul, atravesó un breve pasillo y, al final, después de cruzar un vano estrecho sin puerta, contempló la figura despatarrada y taciturna de Roldán; lo miró esta vez añoso, gris, tendido sobre la cama con un montón de hielos en la mano. Acercaba el trapo a la frente y luego lo sacaba del confín de la cama. Encima del respaldo, un crucifijo. A su lado, ancha y negra, desparramándose un poco en la silla de mimbre, se veía a Santa columpiándose, recóndita y doblemente pesarosa. Se levantó un instante para coger el trapo empapado y volvió a sentarse.

—¿Cómo está, padre? —dijo Elías acercándose a la cama e inclinándose con moderación.

—Reponiéndome, Elías, reponiéndome... —contestó Roldán con esfuerzo y con voz sumamente fatigada—. Pero ya que estás aquí, dejémonos de protocolos y vayamos pronto al grano. Dime: ¿qué piensas, te gustó o no? Dilo francamente, sin excusas ni rodeos.

El escribidor, un poco sorprendido, no comprendió o prefirió entonces hacerse el desentendido. Se volvió a mirar a Santa, escudriñándola. Ésta se columpiaba con parsimonia y mantenía la cerviz gacha, observando o contando cada baldosa rota del piso, ajena a aquella lastimosa realidad. Más que un siniestro respeto, había en la negra un siniestro pudor.

—Santa me dijo esta mañana que habían leído mi *Crónica* los dos, el arquitecto y tú —confirmó el cura de un tirón, arriesgándose a perder el aire, perdiéndolo.

—Sí, lo leímos —respondió Elías, mirando con el rabillo del ojo al doctor, que permanecía quieto escuchándolo todo: seguramente él también conocía la *Crónica*.

—Bueno, ¿y qué piensas? Tú eres el que sabe de estas cosas, ¿no? Y no creas que le temo a la crítica, hijo. Incluso me dio gusto saber que te hayas interesado en leerla...

No atinaba a contestar, ¿qué timbre debía emplear para no ser mentiroso con el cura y tampoco complaciente?

—Me gustó, padre, en general me gustó; recrea muy bien ciertos pasajes de La Paz. Especialmente me gustan los paquebotes, el malecón, la discoteca. Marcelo está muy bien construido, es quizá lo mejor, un verdadero hijo de... —no terminó, arrepentido—. Lo retrata avieso y cruel, como corresponde, aunque sin llegar a ser un personaje maniqueo. Solón y Cecilio, en cambio, se me esfuman... Por otro lado, usted no hace ninguna distinción entre el autor y el narrador, ambos son el mismo, es decir, usted, lo que le presta a la historia un tinte más o menos anacrónico, lo mismo que esas palabritas añejas que le gustan tanto, como de novela de Galdós. Sin embargo, hay algo en el final, padre, algo que a mí simplemente no me cuaja... ¿comprende? Y es que, la verdad, no entiendo cómo puede cambiar la vida de un hombre así, de un día para otro. Hay, pues, algo oculto...

—¿Qué? —preguntó el cura, intrigado.

—Un dato escondido, es decir, una escena que no está, que usted se salta u oculta y no sé por qué. No sabría decirle dónde o cuál.

—¿Una «obscena», quieres decir? —intervino Díaz Gros en broma.

—Sí —repitió Elías—, para ser más exactos, creo que es algún pasaje, algún dato de la relación entre usted y Jenny, algo que no quiso contarnos por algún motivo. Porque, déjeme que le diga, resulta un poco excesivo y gratuito creer que uno puede enamorarse tan pronto sin que no haya pasado nada antes, ¿comprende, padre?

—Claro que comprendo la insinuación, pero en sí, ¿qué objetas a la historia?

—Eso, padre, el que un hombre cambie su vida por culpa de una mujer...

—*Gracias* a una mujer, dirás, no por culpa de una mujer, eso es lo que no entendiste —lo atajó Roldán, y de inmediato repitió como en salmodia—. Aparte, recuérdalo: ella era un ángel.

—Es cierto, gracias a la gringa (quiero decir al ángel), dice usted que cambió su vida, ¿no es verdad? Pero ¿realmente fue Dios? ¿Y si no fuera Él, padre? —arremetió el escribidor sin mucho tacto—. Capaz y solamente fue la frustración lo que lo llevó hasta allí, el mismo fracaso amoroso. Es muy posible que esto lo sepa usted mejor que yo. ¿Se ha puesto a analizarlo, a mirar las cosas con objetividad?

—¿Quieres saber una cosa que te va a sorprender

demasiado, Elías? —aguardó una fracción de segundo, tomó aire y dijo—: Hace muchos años, ya siendo sacerdote, supe que no existía Dios —esperó otra vez un instante y terminó—: Sin embargo, creo en Él. No es una contradicción, te lo aseguro. Cuando descubrí esto que ahora les digo, también me di cuenta de que ya jamás podría vivir sin Él, así que...

—...¿cómo sobrevivir cuando sabes que no existe Aquel por el que vives, por quien tiene sentido estar aquí? —concluyó Elías.

—Exacto —dijo Roldán—. Y de la misma forma, no creas tú que me atribula saber que no Existe; más bien me aterrorizaría dejar de *creer* en Él.

—La fe del carbonero —dijo Elías.

—En otras palabras, usted no ha perdido la fe en Dios, Augusto —intervino el doctor—; sólo ha dejado de existir Dios, ¿no es eso?

—Más o menos así —respondió éste con voz fatigada—, por eso les digo que me doy cuenta de más cosas de las que ustedes se imaginan.

Bastante incrédulos aún, Santa, el doctor Díaz Gros y el mismo Elías no daban crédito a la confesión que acababan de oír. Por eso, luego de estar un minuto a la expectativa, el escribidor comentó:

—¿Y ahora qué va a pasar?

—¿Ahora qué va a pasar? No entiendo, Elías —dijo Roldán.

—Ella está aquí, el ángel, usted lo sabe —guardó silencio y, cavilando un poco, continuó—: ¿Sabe? Nunca imaginé que Jenny fuera la misma dueña de la casa, es decir, que la gringa de la *Crónica* fuera la misma gringa que delegó el burdel a Inés. ¡Qué chiquito es el mundo!

—Pues sí, ahora ya lo sabes. Por eso vino a Las Rémoras; no creas que vino a visitarme a mí —y se rió—. Aunque era presumible que llegaría al enterarse de la muerte de Inés, tengo que aceptar esta vez que Jenny me tomó por sorpresa. Son años, muchos años, ¿sabes? —pareció desempolvar a través de una pátina de tiempo como si fueran siglos de polvo acumulado—. Sólo hasta hace poco me enteré por la misma Inés quién era la gringa; igual que tú, puedes estar seguro. Hijo, yo tampoco sabía. Ojalá y cierre esa casa de mala muerte...

Ni Elías ni Díaz Gros dijeron nada, asiduos clientes de Inés. Se miraron como dos cómplices. Sin embargo, sólo el doctor habló, esta vez para dirigirse al escribidor:

—Ella está por llegar, nos lo ha venido a decir Santa hace una hora.

Roldán, sin embargo, encubría sabiamente el nerviosismo que debía sentir. Sí, a pesar de lo que debía depararle el encuentro con Jenny, el cura sabía disimular. Santa levantó un instante la mirada y la posó suavemente en el doctor: no se sabía si para asentir o para negar que venía. Éste caminó unos cuantos pasos hacia un sofá de dos plazas y se sentó a un lado. Era obvio que esperaba la llegada de la gringa lo mismo que el cura y el escribidor. Todos aguardaban en el Altozano con ansias desmedidas.

—Por cierto —dijo de repente Elías, rompiendo ese silencio casi sepulcral, roto sólo por el crujido de la silla de mimbre de Santa—, ¿sabe, padre, que sus primos vienen para acá?

—¿Mis primos? ¿Cecilio y Solón? —esta vez Augusto sí parecía sorprendido—, ¿y tú cómo sabes, de dónde sacaste que venían para acá?

—Me enteré y en parte venía a decírselo. Ellos se enteraron de que está usted un... poquito mal, y decidieron venir a visitarlo, aprovechar la ocasión. ¿Hace mucho que no los ve, padre?

—Años, lo mismo que a Jenny...

—Pues hoy por la tarde salían de allá, de la Paz. Seguramente se detendrán en Loreto a comer, qué sé yo. Hoy los verá usted. Debiera estar más contento.

Justo cuando decía esto se volvieron a oír los aldabonazos, esta vez menos fuertes, más dubitativos. De un solo salto se paró Díaz Gros sin percatarse de sus años, permitiendo que el cabello ralo y blanco se alborotara en su frente y se desaliñara un poco. Era obvio que estaban todos preparados para el recibimiento. Sobre todo Roldán, quien rápidamente acomodó las mangas y el cuello de su camisa, alisó la sábana que lo cubría y ensalivó la palma de su mano para endurecerse el copete. Santa continuó inconmovible, mirando al piso, contando baldosas o aguardando igual que los demás, siniestra y pudorosa, como ya se dijo. Al mismo tiempo que Díaz Gros salía de allí por el vano hacia el pasillo, Elías tomaba la posición del doctor (es decir, el sofá de dos plazas) listo para presenciar ese encuentro como si fuera realmente un estreno de cine al que nunca antes hubiese asistido. Y es que nunca había asistido a un estreno de cine, pues en Las Rémoras no los hay.

Todos, sin embargo, guardaron silencio cuando se oyó la voz sonora de Díaz Gros saludar con imperturbable aplomo a la recién llegada. A pesar del misterio que debía cundir para él, lo mismo que para los otros —sólo Santa no sabía leer y sin embargo algo barruntaba—, el doctor supo comportarse a la altura de las circunstancias y de inmediato la hizo pasar. Se oyeron unos pasos, el tiempo se hizo eterno en el corredor hasta que por fin todos los convidados a la habitación pudieron observar a una mujer delgada, rubia, de unos 45 o 47 años de edad. Traspasó el umbral como si se tratara de una aparición, tenuemente.

Elías, mientras tanto, recorría el trayecto que iba de los ojos de Roldán a los ojos de Jenny con rapaz avidez, una mirada horizontal irrumpiendo —como la de Díaz Gros— en la recámara del cura. Augusto, se dio cuenta el escribidor —y no sólo él sino también el doctor y Santa—, tenía descompuesto el semblante, pálidas las mejillas fofas. Estar prevenido (tomar sus precauciones) no había servido de nada.

—¿Cómo te sientes, Augusto? —preguntó la gringa sin ningún acento, muy desenvuelta en el trato si se toma en cuenta que hablaba con el mismísimo cura de Las Rémoras.

—Mucho mejor, Jenny, gracias —contestó Roldán al mismo tiempo que los demás descubrieron una cosa: no existían allí dentro, habían desaparecido de la escena.

—Me da gusto volverte a ver.

—Lo mismo digo —automáticamente sincero, irreflexivo, Roldán.

—Realmente has de imaginar por qué he venido.

—Sí, lo supongo —esperó un instante y continuó—: Yo no sabía que la dueña de esa casa eras tú, Jenny. Sólo hace un año me lo dijo Inés. ¿Por qué? ¿Por qué la casa, y aquí en Las Rémoras?

—Es muy largo de contar y no vine para eso. Sólo quiero desearte suerte; espero que te recuperes. Ya me dijo el doctor que no es nada. Sólo un rasguño —mintió.

Sabía que no era un rasguño sino una horrible contusión. Jenny afectó sabiamente una sonrisa. Esta mujer madura, inteligente, sabía amagar una sonrisa de piedad o gozo, según el propósito y la eventualidad. Así la imaginaba Elías. Roldán la había descrito perfectamente; el cura era un extraordinario copista de la realidad, pensó.

—¿Cómo está tu niña? —preguntó el cura.

—¿Niña? Ya es una mujer —rió esta vez la gringa con un timbre acidulado—. Está esperando su primer hijo.

—Me da gusto saberlo. Y... —titubeó Roldán.

—¿Marcelo?

—Sí, Marcelo.

—Me casé con él.

—Sí, eso lo supe, Jenny, me lo contaron poco después mis primos. ¿Los recuerdas?

—A Cecilio, sí; del otro, Solón, tengo apenas un vago recuerdo. Era muy tímido.

—Sí, Cecilio era amigo de Marcelo, lo seguía a todas partes. Como un perrito faldero —recordó Roldán con gusto.

Permanecieron callados durante unos segundos, frente a frente; esta vez ni siquiera Santa quiso interrumpir y paró de columpiarse, señal de que oía todo y lo guardaba en su regazo. Jenny dijo:

—Me divorcié hace varios años, Augusto. Inmediatamente después vino la idea del burdel, si eso era lo que querías saber. Tú no estabas en Las Rémoras entonces. De cualquier forma, nadie me conoce aquí, ¡qué importa!, sólo algunas de las muchachas, y eso porque yo se las enviaba a Inés desde Tijuana. Ella siempre se hizo cargo de todo. Así lo dispusimos las dos desde el comienzo y, ¡ya ves!, funcionó. Bueno, funcionó hasta ahora. No quería venir, y menos cuando supe que tú estabas aquí.

—Sí, primero me enviaron del seminario a Querétaro, luego a Los Mochis y, por fin, pedí mi traslado aquí. Cerca de La Paz. Amo este lugar, Jenny.

—Sí, lo sé —dijo ella—. Por eso precisamente no venía, Augusto. Yo continúo viviendo en San Diego, con mi tía, la hermana de mi madre, ¿recuerdas? Ella es muy vieja, está a punto de morir. Es como mi madre. Aparte...

Se quedó callada, suspensa en las palabras que iba a decir. Por fin, se atrevió y le dijo a Roldán:

—Tú, el Altozano, este templo, son como enemigos míos aunque realmente no lo sean.

—¿De quién? —preguntó azorado el cura.

—¿Cómo de quién? De mi casa, de mi burdel. Somos dos facciones contrarias, Augusto. Claro que lo entiendes.

—Entiendo, Jenny, pero debes saber que tú no eres mi enemiga y tu casa... —esperó, no halló las palabras justas y por fin dijo—: ¿Ahora piensas cerrarla?

—No, en realidad vine a arreglar asuntos del ayuntamiento. Hablé con un tal Sigüenza, un jovencito insoportable, y ahora me regreso a San Diego. Josefina se queda a cargo. Ella es «la dueña» de la casa de hoy en adelante, lo mismo que lo había sido Inés. Hablé con ella y con las chicas, les he dado instrucciones; sólo me extraña que Roberta se haya ido sin decir una palabra —reflexionó un instante, dudó—: Creo que no son cosas que tú quieras saber, discúlpame. No creo que te importen, Augusto.

—Te equivocas. Claro que me importan.

Callaron. ¿Acaso había algo más que decirse? Sí, lo había. Por eso tal vez se quedaron mudos justo al mismo tiempo. Sólo en ese instante la mirada de la gringa recorrió la habitación y se percató de los ojos humedecidos de Díaz Gros. Luego tuvo el valor de mirar, por primera vez, al escribidor, apareció reconocer. Elías tenía puestos los ojos en ella, traspasándola.

—¿Tú eres Elías? —lo interrogó.

Asustado, éste asintió. ¿De dónde lo conocía? En la vida la había visto. Jenny se limpió una lágrima al mismo tiempo que volteaba hacia la negra, la cual —otra vez— contaba baldosas rotas en el piso aunque ya no se columpiaba. Por último, observó fijamente el crucifijo sobre el respaldo de la cama y piadosamente se santiguó. Elías no dejaba de pensar triunfalmente: «¿Qué hubiera dado el arquitecto por oír lo que yo escuché hoy? ¡Caray, qué suerte he tenido!» Interrumpió su pensamiento una pregunta anodina del cura, una pregunta que sólo intentaba romper el hielo de ese ardiente silencio:

—¿Y para cuándo tiene su hijo?

—¿Mi hija, dices? —preguntó la gringa a su vez como si temiera equivocarse—. En dos meses. Un poco, menos, quizá.

—¿Y quién es el padre? ¿Con quién se casó? —inquirió sonriente, cabizbajo, Roldán.

Consciente de asombrarlos a todos, Jenny respondió:

—Marcelo. Y para más informes: no están casados, Augusto, viven juntos —había sido tal vez demasiado explícita, los miró a todos, aguardó, y por fin dijo—: Adiós, Augusto. Me dio mucho gusto volver a encontrarte. Cuídame a Josefina y a las otras, por favor. Sobre todo cuídamelo a *él*: tú sabes que es lo que más quiero en la vida...

Sin decir más, giró sobre sus talones, seca, decidida, y tomó por el mismo camino por el cual había entrado, esta vez sin despedirse de nadie, dejándolos a todos con la boca abierta, atónitos e ignorantes, sin saber a quién se refería con *él*. Un segundo después se oyó el golpe de la puerta al cerrar. Todavía azorados de lo que habían oído allí, incapacitados para hacerle frente o para odiar a alguien —a alguno de los dos integrantes de la historia—, Elías tuvo la fuerza para levantarse del sofá; también sin despedirse de nadie, salió del cuarto y del Altozano. Debía escribir de inmediato el encuentro de Ricardo con los primos de Roldán, pero antes se detuvo en el telégrafo de Las Rémoras.

37

Cuando Ricardo terminó los dos capítulos de su novela —primero aquel del sueño que Elías tiene y luego ese otro en que se juntan los protagonistas de *Las Rémoras* en el Altozano—, eran casi las doce del día. Se moría de hambre, pero también era urgente ir a conseguir un boleto a la estación de autobuses para esa misma tarde. Debía llegar cuanto antes, pues estaban sucediendo allá, en Las Rémoras, infinidad de cosas dignas de una novela. Al final, sin embargo, respondiendo más a sus tripas, Ricardo se decidió a comer algo primero. No podía continuar en ayunas. En la esquina del hotel estaba el puesto de mariscos. Caminó hacia allá con desparpajo. Llegó donde estaba un carro con una vitrina empotrada; adentro podían verse recipientes llenos de abulón, pulpo, almeja, ostión y camarón. Un hombre despachaba con rapidez unos enormes vasos de plástico con marisco, verdura encima, salsa catsup y chile. Después les exprimía un limón. El vaso rebalsaba comida fresca, recién extraída del mar. Eso era el desayuno común y corriente de un paceño, y, si no, unas camaronillas o, de plano, unos sabrosos tacos de pescado empanizado. Ricardo pidió un coctel de ceviche, unas galletas saladas para combinarlo, un agua de cebada, y los comió allí, sobre la acera, de pie, como hacía otra media docena de transeúntes hambrientos. Se dijo que era precisamente en ese sitio donde la familia de Federico, en *Las plegarias del cuerpo*, se paseaba justo cuando él estaba espiando a su tía (si es que la espió auténticamente). Se rió al recordar esa escena. Continuó comiendo. Mientras masticaba, preguntó al del carrito cómo llegar a la estación. No estaba lejos, a lo sumo a cuatro o cinco cuadras de allí. Pagó la cuenta y tomó directo hacia donde se le había indicado. El calor arreciaba como si fuera un temporal de fuego, una canícula invariable durante los doce meses del año. No podía andarse media cuadra sin dejar las axilas de la camisa completamente empapadas, escurriendo tibios cuajarones. Todavía con el vaso de cebada en la mano —del cual bebía mientras caminaba—, llegó a la estación: un tramo sin asfaltar, ningún edificio. Al fondo el ruido descomunal de varios autobuses, algunas personas descendiendo, otras subiendo a algún autobús de tercera. Ricardo, nervioso, caminó hacia una especie de cuartito hecho de lámina donde dos mujeres despachaban los boletos a través de una ventanilla. Había una aglomeración de ciudadanos que buscaban, como él, partir cuanto antes de la ciudad. Gritos, tropezones, niños llorando, la rabia de un joven o un pobrecito viejo al que nadie hacía caso, dos señoras aprovechándose y metiéndose a la cola, unos encima de otros al mismo tiempo que un autobús descargaba su monóxido de carbono en los rostros que allí se congregaban. Las señoritas de adentro, acostumbradas tal vez, no parecían inmutarse; mostraban toda la calma del mundo —o de la que precisaran— y sólo se servían atender a quien hubiese tenido la osadía de penetrar en el tumulto. Ricardo se decidió y, tirando el vaso en un bote de basura, se dispuso a penetrar esa selva humana. Luego de varios trompicones, pellizcos y majaderías que recibió de una de las dos señoras parapetadas en la misma ventanilla, sin arredrarse un instante (y sacando a ésta última adversaria de un solo empellón), pidió a la encargada un boleto para ir de inmediato a Las Rémoras.

—¿Qué? —repitió ésta sin dejar de masticar un chicle—. ¿Las Rémoras?

—Sí, el primer camión que salga, por favor —casi rogaba.

—No tenemos boletos para Las Rémoras, no que yo sepa. Espere... —dudó y volviéndose a su amiga para asegurarse, todavía en el interior de esa especie de mampara de lámina, volvió a decir—: No, no tenemos boletos para Las Rémoras puesto que Las Rémoras no existe.

—Sí existe —insistió Ricardo descorazonado, en medio del tumulto que hacía esfuerzos denodados para sacarlo de allí y ocupar su puesto ganándoselo a codazos y jalones de cabello—, luego de Loreto y Nopoló, a menos de una hora de Mulegé...

—Mire, no tenemos localizada a Las Rémoras, tampoco hay transporte hacia allá —dijo la empleada enfurruñándose y sin dejar de mascar la mitad de su chicle, molesta pues se le había incrustado en las encías la otra mitad—; si quiere un boleto para Mulegé, dígame, pues hay gente esperando.

Ricardo estaba a punto de contestarle que sí, que a donde fuera —ya luego vería qué hacer: bajarse del autobús antes, por ejemplo—, cuando una descarga sobrehumana lo sacó de la fila y un señor robusto, en camiseta, tomó rápidamente su puesto. Sin rendirse, ofuscado por el calor, Ricardo se aprestó para penetrar el cúmulo de cuerpos a través del smog depositado entre ellos. En ese momento una mano fuerte lo alcanzó del hombro. Instantáneamente se volvió y pudo ver a un hombre recio, rubio, de unos cuarenta y ocho o cincuenta años de edad.

—Disculpa, ¿no eres tú Ricardo? Mi hermano y yo sabemos que quieres ir a Las Rémoras —un hombre de rizos también rubios, fuerte como el otro pero menos alto, apareció detrás del que le hablaba, quizá un poco más simpático—. Nosotros vamos para allá.

Ricardo no pudo responder, estaba completamente turbado ante esa aparición. Miraba el rostro de uno y el del otro: no cabía duda, los conocía al dedillo: Cecilio y Solón, los verdaderos personajes de la *Crónica* y *Las plegarias del cuerpo*. Todavía sin tiempo para salir de su asombro, se dejó arrastrar por la mano fuerte de uno de los primos de Roldán y caminó hacia donde ellos iban. Apenas había leído (o escrito) la *Crónica de un converso* y *Las plegarias* y ahora se venía a topar, frente a frente, con ellos, los dos hermanos. Toda la desazón acumulada un minuto antes se tornó vivo alborozo al reconocer los rostros de los primos paceños de Augusto, que eran, a su vez, primos de Federico.

—¿Y cómo es que van a Las Rémoras? —preguntó Ricardo aunque él, mal que bien, ya lo podía imaginar.

Para su sorpresa oyó cómo el más bajo, seguramente Cecilio, le dijo:

—El cura de allá es nuestro primo y hace ya bastantes años que no nos hemos visto. Recibimos un telegrama hoy, muy temprano: decía que estaba muy grave.

—Pero, ¿cómo, si yo creía que no estaba tan grave? ¿Quién les envió el telegrama? ¿El doctor Díaz Gros?

—No, Elías, el escribidor —dijo Solón—; incluso nos pedía que pasáramos al hotel Los Arcos a recogerte. Por lo visto él sabía que tú estabas allí. No te hallamos en tu cuarto y decidimos pasar a la estación. Pero tú, ¿de dónde conoces a nuestro querido Augusto?

—En realidad no lo conozco, sólo había oído de él —«y de ustedes», iba a decir pero pudo aguantarse las ganas para no tener que entrar en más detalles.

—Entonces tú conoces a Elías —dijo Cecilio con aires de entendido y sin dejar de andar en el borde de la banqueta.

—No precisamente, pero no importa —respondió Ricardo—. ¿Cuándo piensan salir a Las Rémoras?

—Ahora mismo. En realidad íbamos saliendo hacia allá —respondió Solón apresurando el paso—; si quieres podemos pasar por tu maleta...

—No es maleta, sólo son unos cuantos cachivaches. De cualquier forma se lo agradezco. La mujer del mostrador es realmente insoportable y colarse entre toda aquella multitud....

Justo en ese momento, Ricardo vio frente a sí el Ford azul: definitivamente Roldán y Ross habían copiado de la propia realidad o, ¿por qué no?, la realidad copiaba (como dicen algunos novelistas) a la ficción. Le abrieron la puerta, Solón subió atrás y él se quedó al lado de Cecilio que, por lo visto, era quien siempre manejaba.

—¿Y este carro? —preguntó.

—Es un Ford 1964, hermoso, ¡eh! —le guiñó el ojo Cecilio—. Me lo dejó mi padre antes de morir.

—No te lo dejó —lo contradijo su hermano—, tú lo tomaste.

—Bueno, bueno... —contestó mientras conducía sin poner ninguna precaución y a punto de golpear con el cofre a un transeúnte soñoliento.

Por fin, en menos de tres minutos, llegaron a Los Arcos. Ricardo pidió que lo esperaran un segundo, cruzó el lobby —ese mismo donde Jenny aguardaba a Roldán con unos tacos envueltos veinte o veinticinco años atrás—, subió la escalera, entró en el cuarto y sacó el pequeño hatillo de ropa sucia, el cuaderno deshojado de *Las Rémoras*, la pequeñita novela de Ross y las dos cartas de Roberta. Bajó a tropezones y, sin decir adiós al encargado, salió del hotel para subirse al Ford. Llevaba prisa, era su oportunidad y por eso le bullía la sangre de sólo imaginarse que pronto estaría conociendo el mismo pueblo que él había inventado. Ya había platicado y dormido con Roberta y con su hijo, estaba al lado de Cecilio y de Solón, ¿cómo no iba a ser real Las Rémoras, cómo no iba a existir? En su fuero íntimo quería burlarse de la dependienta de la estación, zaherirla, restregarle su poca fe en el rostro.

Por fin entró en el auto que lo esperaba, cerró de un golpe la portezuela y los tres tomaron por el malecón borrachos de alegría por ese inesperado encuentro. Primero debían cruzar el malecón, pasar las playas de Coromuel y Pichilingue —lugares donde él, Ricardo, ya había estado— hasta tocar Puerto Balandra; allí tomarían la carretera que muy pronto deja de bordear el mar para internarse en el desierto de Baja California. Por unos momentos les pareció que el calor había menguado ligeramente, sin embargo no se trataba en realidad sino del viento que iba colándose, liviano, por cada rincón del Ford, procurando esa sensación de bienestar y alivio. Y es que el auto era muy acogedor, podía uno despatarrarse libremente y hasta abarcar con los brazos toda la longitud de los asientos; aun así, sobraba mucho espacio; fácilmente hubieran cabido más cuerpos aparte de los de ellos tres. Ricardo, extasiado, contempló durante largos minutos un desierto pletórico de líneas iridiscentes que ora desaparecían, ora aparecían, según crecía el contoneo incesante de las olas que no eran sino espejismos de luz. Casi al mismo tiempo, por la izquierda y como por arte de magia, un grupo de gaviotas y alcatraces ablandaba el aire, lo que quería decir que muy próximo se hallaba el mar (esta vez el Pacífico) aunque no pudiera observarse desde allí. Un minuto después, sin embargo, Ricardo contemplaba —y éste no era un espejismo— el voluminoso mar, un fragmento de él justo donde, precisamente ahora, en lontananza, un pelícano presagiaba una caída absurda, incongruente. Sin embargo, luego se perdía la señal del Pacífico, sus aguas de un índigo temible desaparecían y el auto se internaba en pleno desierto: ahora hasta llegar a Ciudad Constitución y poco después, a veinte minutos, a Ciudad Insurgentes. Cecilio sólo se detuvo allí para cargarle gasolina al Ford e, inmediatamente, prosiguieron su camino, esta vez cruzando de lado a lado la franja angosta de Baja California. Una hora más tarde, aparecieron una serie de albatros soñolientos y largos, los cuales abarcaban con sus alas grises o blancas ese cielo palpitante y desnudo; tapaban, por escasos segundos, el sol, sin meterse jamás con las demás aves. Y era que el mar reaparecía de pronto ante los ojos de cualquier espectador —y esta vez se trataba del Golfo de Baja California—. Eran aquellas aves como agujas finas clavadas en el azur de la tarde. Ricardo pudo aun presenciar —cuando la carretera se encontraba en una suerte de encrucijada no muy alta, una vista de sólo poquísimos metros para tocar el mar— un cardumen gigantesco de peces voladores —nunca los había visto, jamás hubiera creído que existieran hasta que los vio unos segundos: saltaban juntos, onerosos y simétricos, instintivos. Pero nada era comparable, en alegría, en euritmia, en gracia de impulsos, a los juegos de las toninas, lanzadas fuera del agua, por dos, por tres, por veinte, o definiendo el arabesco de la ola al subrayarlo con la forma disparada. Por dos, por tres, por veinte, las toninas, en giro concertado, se integraban en la existencia de la ola, viviendo sus movimientos con tal identidad de descansos, saltos, caídas y aplacamientos, que parecían llevarla sobre sus cuerpos, imprimiéndole un tiempo y una medida, un compás y una secuencia. Hombres de poca fe los que no han visto, se repitió, y por eso no creen. Mientras, con la mano y sin apenas inmutarse, Solón hacía piruetas a través de la ventanilla abierta intentando imitar a las toninas; así permitía que el aire desnudara y diera forma a sus dedos, los multiplicara a su antojo. Ricardo giró la cabeza atrás de su asiento y pudo verlo; se sonrieron; ninguno pensaba nada en ese momento, simplemente se dejaban llevar como si los tres —Cecilio conduciendo un poco circunspecto, tomándose en serio su labor tal y como hace en *Las plegarias del cuerpo*— fueran a bordo de un barco de vela y las olas acudieran para chocar con la eslora, al mismo tiempo que iban siguiendo la línea blanca punteada, y a veces descolorida, de la carretera. Ricardo observó a su mano izquierda un letrero que decía «Puerto Escondido», el cual conducía hacia una carretera sin asfaltar. Lo pasaron en un amén. Poco después se anunciaba Loreto. Aún no se veía un solo auto en esas inmediaciones, era extraño; pareciera como si ellos tres fueran los únicos sobrevivientes en esa latitud, los únicos deseosos de ir y conocer Las Rémoras. Ningún otro ser, pero ¿por qué? Nadie más les creería, pensó Ricardo mientras también él empezaba a hacer piruetas con la mano sobornando al viento, compitiendo con Solón, que estaba detrás de él y lo aventajaba en esas destrezas casi aéreas. Pasaron por fin Loreto —fea, sucia y aburrida— y, justo al entrar en Nopoló, Solón quiso detenerse para comer alguna cosa. Eran las dos y media de la tarde. Ricardo aceptó gustoso, pues también el hambre lo reconvenía aunque se hubiera zampado, unas horas antes, un monumental coctel. Debían comer algo, repitió Solón, aunque Cecilio no estuviera muy convencido con la idea: él quería llegar cuanto antes. Por fin, lo hicieron en el hotel del Estado, pues Isla Negra se anunciaba en reparación (aunque era obvio que nadie lo reparaba). A las tres y media, ahítos de pescado y vino, de almejas y abulón, de tortillas recién hechas y frijoles refritos, estaban de vuelta en el auto: Cecilio conduciendo como solía hacer, Ricardo al lado y atrás Solón, quien reposaba su almuerzo. Ahora que el Ford iba costeando el mar y el desierto a un mismo tiempo —el primero a la derecha, el segundo a la izquierda—, a más de tres horas de La Paz (a una hora y veintiséis minutos justos para alcanzar Las Rémoras), Ricardo oyó cómo Cecilio, desenfadado, le preguntaba a Solón si tenía ánimo para contar su excéntrica historia de amor con Zolaida, pues de lo contrario se aburrirían terriblemente lo que faltaba del camino. Solón, cogido por sorpresa, dudó un segundo al mismo tiempo que abandonaba esas lánguidas piruetas que había vuelto a empezar y metía la mano en el auto; parecía no dar crédito a Cecilio, creer que lo estuviera diciendo en serio —¿contarle su historia a un extraño?—; sin embargo, luego, despatarrado como los dos que iban delante, sin hacerse mucho de rogar, dijo:

—Si quieres, Ricardo, te la cuento; no es edificante, pero creo que te puede gustar —y dudó por un momento—. ¿Estás seguro de que quieres oírla?

—Sí —contestó Ricardo sin titubear un instante, verdaderamente intrigado.

—Y como eres escritor, puede ser que te guste aún más y un día te animes y la escribas; yo siempre quise ser escritor —dijo Solón mientras le hacía un raro mohín, un guiño de complicidad.

Ricardo esta vez no pudo dejar de sorprenderse: parecía como si el telegrama de Elías que ellos le habían mencionado lo dijera todo sobre él. Sin embargo, contento de oír una historia de amor —que eran irremediablemente sus predilectas—, no quiso ponerse a averiguar más e insistió a Solón que se la contara cuanto antes, puesto que éste ya lo tenía embargado de emoción y curiosidad. Al mismo tiempo giró el cuerpo hacia él, se arrellanó con un pie bajo el asiento trasero para estarse más cómodo y dispuesto a oírlo lo que faltaba del camino.

Por fin, vio cómo Solón revolvía en su mente, ora buscando las palabras adecuadas, ora indagando en algunos viejos sentimientos, para comenzar y de un tirón contarle:

38

Elías, sentado en una de las mesillas con parasoles de la lonchería de Tony, detuvo la pluma un instante y levantó la punta hasta los labios. Meditaba, mitad sonámbulo mitad angustiado. Miró a Pili, la prometida de Sigüenza, con una cafetera en la mano, a punto de cruzar la calle hacia el camellón. No hacía tanto calor como solía, el sol estaba ahora muy bien oculto por una inmensidad de nubes como coliflores, una suerte de austro ligero acariciaba los rostros de los pocos que iban y venían por la calle Libertad. A su lado se paseaban unas lagartijas soñolientas. Allí sentado, Elías estuvo merodeando esa historia que desde hacía años le atenazaba. Era el momento de escribirla, sí. Preguntó la hora a

Tony, quien se había acercado con cierto amago solícito: casi veinte para las cuatro, le dijo. Los tres, Solón, Cecilio y Ricardo, debían estar aquí en una hora y veintitrés minutos a partir de este instante, pues justamente ahora les faltaban por recorrer 128.1 kilómetros. ¿Se aburrirían? No, sin embargo debían allanar ese lapso perdurable que a él, Elías, ya se le volvía infinito. ¿Pero de qué iban a platicar durante la siguiente hora? Realmente no tenían por qué hacerlo, se dijo. Guardarían un cálido silencio y punto, esperarían a llegar mientras miraban el cascabeleo del mar a su derecha, las aves sobrevolándolos, el desierto terso y azaroso a su izquierda. Sin embargo, tal vez Ricardo quisiera indagar, como él, en Augusto Roldán o en Jenny, la gringa, o en Marcelo, ¿por qué no?, a quienes ellos dos, Solón y Cecilio, conocían tan bien. Seguro él hubiera querido preguntarles, saber algo más; empero, antes —se dio cuenta— Cecilio ya había pedido a su hermano que contara la triste historia que yo, Elías, conozco al dedillo, la que desde hace años estoy obligado a escribir y he venido postergando. Y si ellos llegan a Las Rémoras en una hora y veintiún minutos —pues ya han pasado dos y la velocidad promedio oscila entre los 85 y 90 km/h— el relato deberá durar, pues, exactamente lo mismo, es decir, al terminarlo de contar Solón, podré encontrarme con ellos aquí y mirarlos a los tres, conocer por fin a Ricardo. Elías se volvió a Tony para pedirle su reloj prestado; perplejo, éste se lo quitó de la muñeca y se lo entregó. Luego de dar un sorbo al café que Pili le había servido —el pobre Tony (se veía a leguas), tenía unas ganas inmensas de conversar con él—, Elías agachó la cabeza en el cuaderno lo mismo que un burro persigue una zanahoria sin alcanzarla jamás y comenzó a escribir mirando antes el reloj, tomando el tiempo de nuevo —una hora y veinte minutos con catorce segundos a partir de ese preciso momento, en otras palabras: 126.4 kilómetros por recorrer (por restar) si la velocidad promedio se mantiene entre los 85 y los 90 km/h—, y poniendo como título:

LA ABOMINABLE HISTORIA DE AMOR DE SOLÓN Y DE ZOLAIDA

39

km.126.4 —Lo único que necesitaba yo en ese mo-
(00:03) mento de mi vida, aunque la amara, era
estar solo, completamente solo, y lo úni-
co que ella deseaba en ese momento de
su vida, quizá el más difícil, era estar
conmigo. Sin duda fueron ésos los días
más duros, más aciagos, para ella, mi
amada, y para mí. ¿Cómo salvarlos, cómo
hacer para no permitir que se fueran a la
km.126 sima, se perdieran en el infinito más ho-
rrible de la nada? Jamás —lo sabía ella,
lo sabía yo— volveríamos a amar como
habíamos amado durante ese año, esos
preciosos once meses en que ella decidió
para siempre, y de manera irrevocable,
dejar a su Señor, a su Amante, Jesucris-
(00:45) to. ¿Comprendes? Dios había dejado de
serlo para ella para que lo fuera yo; ella
me lo decía, me lo susurraba a cada ins-
tante, se arrodillaba ante mí para repe-
km.125 tir —con ardor y sin cansarse—, que yo

era su único Señor, ella mi sierva, yo su
único dios, ella mi esclava. Y yo entonces
podía decir lo mismo: que Zolaida era mi
diosa, mi única Señora, que le pertenecía,
que iba a ser su esclavo para siempre.
Nunca la traicioné, ni siquiera cuando
vino el día nefando, cuando teníamos
que tomar una resolución, una alternati-
va que, como a leguas se ve, no existía. En
otras palabras: era nuestro amor una es-
pecie de ecuación indescifrable, imposi- km.124 **(01:25)**
ble, sin ninguna solución. Sí, no la había:
ella necesitaba *estar conmigo* y yo necesi-
taba *estar sin ella*, ambos nos amábamos,
te lo repito, lo juro. No, no, de ninguna
manera la traicioné; simplemente pedí
que me dejara solo, completamente solo,
profundamente solo; eso no era traicio-
narla. Yo lo hacía, al contrario, *porque* la
amaba, porque la deseaba con toda mi
alma y moría de locura y de pasión por
ella. No, nunca la traicioné, al contrario,
intenté, intentaba amarla aún más, con
toda mi voluntad, con toda mi mente. Y km.123
ella, pobrecita, ella, justo en ese tiempo,
en esos mismos días nefandos, me nece-
sitaba a mí, vivía para mí, tenía que estar
conmigo a todas horas para no morir- (02:15)
se. Quizá no lo entendí cabalmente aun-
que siempre le dije que lo hacía, que com-
prendía su dolor, su angustia. Quizá no
supe medir el grado de su requerimien-
to, de su inquebrantable necesidad de
mí, tan imperiosa, tan sanguínea. Jamás
pensé ser un dios insustituible y, aunque

ahora éramos los dos insustituibles y lo
km.122 sabíamos y nos holgábamos por ello,
nunca imaginé que ella, pobrecita, no
pudiera vivir sin mí. Vivir sin mí por lo
menos un instante, vivir sin mí un se-
gundo; yo era algo así como su corazón,
su aliento, el alma, no sé. Habíamos lle-
gado juntos con nuestro amor desmedi-
do, desfalleciente, a un punto muerto,
un punto de no retorno, a la verdadera
(03:05) raíz de todo lo que cuentan, de todo lo
que sueñan los profetas verdaderos y fal-
sos del amor; a la muerte —si quieres
km.121 verlo así— del amor o, donde la muerte
—justo en el centro del amor— se hace
presente. El nuestro, sin imaginarlo, se
había convertido en el amor más dañino
e imposible del mundo, y también debía
(03:32) ser, fue, el amor más desdichado que
hubo. Yo debía, quería, estar solo aunque
la amara —¡no, no, *porque la amaba*!—,
ella, al contrario, debía estar conmigo
porque me amaba. Exactamente así, tal
como lo oyes. Y no se trataba simple-
mente de ceder, de que uno de los dos se
comprometiera y le dijera al otro: ella:
«Está bien, comprendo, vete, soportaré
km.120 estar abandonada este tiempo que tú exi-
ges para ti, para estar solo»; o yo, al con-
trario: «Soportaré este tiempo a tu lado
(04:10) para no estar solo como necesito estar.»
¿Comprendes? No era fácil; ni siquiera
debía discutirse su dificultad o su facili-
dad. Era, lo que se dice, un planteamien-
to imposible. El amor nos había hecho

una jugarreta o tal vez un Dios iracun-
do, omnipotente, queriendo reivindicar-
se por haberla perdido, nos había llevado
a esa situación deshauciante, a ese lugar
límite. Dios nos tenía ojeriza. Quizá, si
los dos lo hubiésemos sabido, si hubiéra- km.119
mos conocido un año antes el futuro, si
hubiéramos podido ver con claridad lo (04:51)
que tarde o temprano pasaría, habríamos
renunciado a amarnos. Sí, porque modi-
ficar la vida o nuestro amor, no, nunca,
imposible. Mejor hubiéramos renuncia-
do a nuestro amor, esa dádiva enorme, la
más grande que la vida me ha dado y que
a los once meses me quitó. ¿Compren-
des? Sólo porque sí, como un requeri-
miento, idéntico a como nosotros —ella km.118
y yo— teníamos otro requerimiento dis-
tinto, ineludible, por satisfacer. Pero así
es la vida, supongo. Zolaida había naci-
do en el Distrito Federal justo cuando yo
cumplía diecinueve años. Tal vez desde (05:33)
ese instante nuestras vidas iban a estar
indisolublemente juntas y también, aun-
que parezca paradójico, indisolublemen-
te imposibles de juntarse, *necesariamente*
solas. Suena cómico, pero también resul- km.117
ta trágico. Podemos decir que nuestras
vidas eran trágicamente absurdas o, por
lo menos, tragicómicas. ¿No lo son aca-
so dos soledades juntas? Su madre, sin
quererlo, fue tal vez el motivo que la lle-
vó a la religiosidad desde muy tempra-
no. Zoraida, que así se llamaba su ma-
dre, era chilena y había perdido a su (06:12)

km.116 primer novio. ¿Cómo? Se suicidó por una
razón muy tonta, o, si quieres, una sinra-
zón: había reprobado sus exámenes de
ingreso y esa misma noche tomó un fras-
co entero de veronal que su madre guar-
daba y a las dos horas (dicen que arre-
pentido de su acto) murió. Zoraida se re-
fugió en las novelas, devoró la biblioteca
de su padre y los libros que le prestaban
sus amigas santiaguenses. Zoraida llegó a
(06:44) México justo cuando tenía veintiún años.
Entró en la universidad y, por fin, un se-
mestre antes de recibirse, quedó prenda-
da de alguien por segunda vez. Era un
viudo de treinta y dos años, con dos hi-
jos. Ella, a la sazón, tenía veintitrés. Se ca-
saron tal y como se cuenta al final de las
novelas de Jane Austen, es decir, muy fe-
lizmente; vinieron los padres de Chile, y
km.115 aunque la madre de ella no aprobara que
(07:12) el marido fuera viudo, al final tuvo que ac-
ceder y así se unió con discreto regocijo a
los festejos. Lo mismo hicieron los dos
niños que él tenía: una mujercita de cin-
co o seis años y un hombrecito de tres.
Zoraida, hermosa, abnegada, los cuidó
como si hubiese sido su madre. Con el
paso del tiempo, los niños terminaron
queriéndola más a ella que a él. Un buen
día, en un acto de iluminación, cuando
Zoraida cumplió los treinta, siete años
después de casada, deseó tener un hijo.
(07:50) km.114 Lo deseaba con toda el alma aunque an-
tes sólo lo hubiese pensado de refilón.
Sólo dos años después, tras una ráfaga de

ruegos y súplicas, él aceptó a regañadientes. Tuvieron una niña: mi Zolaida, mi amor, mi diosa, mi Juno, mi Venus, mi guardiana, mi vestal, mi canéfora, mi nínfula, mi ondina, la misma creatura que nació el día que yo cumplía diecinueve años y lo festejaba en *El Ranchito* con amigos y primos. Un martes. (08:11)
En ese tiempo breve que vivimos juntos Zolaida y yo —muchos años después de lo que te cuento— fue que indagué en mi memoria y descubrí, sin mucha dificultad, que ese martes en que nacía mi Zolaida, a las dos de la mañana, yo me ponía por primera ocasión hasta las cachas, ¡ya sabes: una guarapeta de aquéllas! Hace años que no bebo, lo dejé. El padre de Zolaida no era un hombre realmente rico cuando se casó por primera vez, y sólo lo era medianamente cuando se casó por segunda vez —es decir, con la madre de Zolaida—; sin embargo, para el tiempo en que mi niña, mi vida, mi virgen, nació, puede decirse que era un hombre acaudalado, retirado a sus cuarenta y cinco y sin saber qué hacer con lo que le restaba de vida aparte de cuidar (y multiplicar) sus riquezas. Pero es curioso, ¿sabes? Le temía a la muerte más que a nada; a la muerte y a la vejez. Dedicado a la Bolsa, a contar interminablemente las enormes ganancias que le había dejado la venta de una refinería, el padre de Zolaida se levantaba consuetudinariamente a leer el *Excélsior* mientras desa-

km.113 (08:33) km.112 (08:59)

yunaba un jugo de naranja con papaya,
km.111 sorbía un café espresso, comía sin ganas
y con monotonía dos huevos con tocino y pan tostado, visitaba luego a un amigo separado de su mujer, jugaba dominó con otros cuantos, y, más tarde,
(09:40) veía películas en la televisión. Dice ella que de los treinta días que tiene el mes, quince los pasaba su padre fuera de casa, fuera del país. ¿Dónde? Nadie sabe, la madre nunca lo supo; tampoco quiso ponerse a averiguar. La que indaga, ya se sabe, descubre, y a veces es mejor no mortificarse. Hay que hacerse responsable de lo que se va a saber o de lo que se quiere saber. Mi Zolaida tenía tres años
km.110 cuando su madre descubrió dos cosas sin
querer, una junto a la otra: que su marido tenía una o más amantes y, casi al
(10:20) mismo tiempo, que tampoco lo amaba
más. Sencillamente, sin complicaciones, sin llanto, supo en el fondo de su corazón que no quería a su esposo como lo había querido antes, al principio; ahora simplemente no le importaba que tuviera otras amantes. Poco tiempo después —como si se tratara de una coincidencia o una petición vindicatoria del destino—, justo en la presentación de una
km.109 novelita muy mediocre, *Las plegarias del
cuerpo*, a la que ella asistió por pura casualidad con una amiga, la madre de Zolaida conoció al autor, un primo hermano nuestro —por parte de nuestro padre, sí—, Federico Ross, un mequetrefe pseu-

donovelista del Distrito Federal que a la
postre tenía veintiún años cuando enton- (10:57)
ces ella tenía treinta y cinco. ¡Imagínate la
diferencia de edad! ¿Lo conoces? ¿Has
oído su nombre? ¿Sí? ¿No? ¿No a él, dices,
sino el libro? ¿Así que leíste esa porquería
de noveleta? Bueno, pues aparte de que km.108
transcurre en La Paz y de que nosotros,
Cecilio y yo, aparecemos en ella (él cuen-
ta allí que nosotros lo apadrinamos, ¡lo
iniciamos, pues, con las putas!, y no es (11:22)
cierto, ¿sabes?), no tiene nada que merez-
ca la pena. ¿Sí? ¿Te parece que es buena?
Sería cosa de discutirlo, de cualquier ma-
nera, déjame volver a la historia de mi
amada, ¿te parece? Dice mi Zolaida que
un día le contó su madre (ella era muy
pequeñita y quizá lo imaginó) que desde
que se vieron los dos, Federico, mi primo,
y la esposa engañada, se desearon, se gus-
taron, se amaron. Parece que entonces les km.107
sobrevino una suerte de atracción pro-
funda y mutua, un arrebato del corazón,
de las venas, del mismo espíritu gimiente.
También, hay que decirlo, se trató de una
atracción muy peligrosa y casi digna de
aparecer en una historia. Al principio él
sospechó que ella sólo lo quería por sus
libros —¡horrendos para mi gusto!— y
para vengarse de su esposo; luego supo
y confirmó que no, que el motivo era
mucho peor —si se sabe ver desde cierta
óptica—, pues ella realmente lo quería km.106
por él, ¿entiendes?, lo que entonces le dio
al ingenuo cierta satisfacción —al menos

al principio. Sin embargo, el imbécil no
tardó en darse cuenta muy pronto de que
ella, la esposa lastimada, la Zoraida heri-
da, verdaderamente lo amaba a él, Federi-
(12:43) co Ross, y no nada más *por él* —¡oh para-
doja!—, sino que también lo quería para
apropiárselo, para devorarlo y poner su
vida entera, la de ella —la esposa desahu-
ciada y entumida—, en manos de él, ese
espárrago de novelista: es decir, no lo que-
ría nada más por el arte de querer, por el
(12:59) arte amoral de acostarse y beber, hasta las
heces, la delicuescencia que entraña el en-
km.105
gaño, sino que la muy canija damisela lo
deseaba para sí misma, como se desea a
un hijo o a un hermano menor con quien
se comete incesto y al que no se piensa
devolver jamás. ¡Ella estaba transgredien-
do las más elementales normas del trián-
gulo amoroso, donde el cornudo deja de
serlo cuando ella verdaderamente se des-
borda de amor y se vicia del amante vol-
cando sus sueños en él! ¡Justo como si Fe-
(13:33) derico fuera su esposo! ¿Comprendes? Se
km.104 habían invertido los papeles lenta y su-
brepticiamente como sucede en *Thérèse
Raquin*, la cual seguro el incauto de Fede
no conocía, pues de lo contrario, nada de
esto le hubiera sucedido. Pero ¡ya ves!
¡Oh, cruel ironía!, ¡jugarreta infame! Sólo
después el escritorzuelo reaccionó, pero
ya era demasiado tarde. Ella lo amaba con
frenesí, vivía desesperadamente por él, se
mesaba los cabellos por él, incluso leyó
todo lo que había leído él. ¡Era el colmo!

Federico —sin faltarle razón para ello—
se sintió tragado, furiosamente envuelto
en los labios de esa mujer aún no madu-
ra pero tampoco joven. Treinta y cinco
años. Una mujer perfecta. Zolaida me
dijo que aún recuerda cuando su madre
lo llamaba a hurtadillas por teléfono: seis,
siete y hasta ocho veces diarias. Ella, mi
pequeña amada, tenía casi cuatro años y
sospechaba que algo muy extraño esta- km.103
ba sucediendo o estaba por suceder. Sus
otros dos hermanos, sus dos medio her-
manos, no reparaban en nada, no imagi-
naban ni siquiera un átimo de esta frau-
dulenta historia de adulterio. O por lo
menos ella actuaba discretamente frente a
ellos, sus hijastros, un poco mayorcitos. (14:42)
Zolaida, por ese tiempo, llegó a escuchar
la voz del joven amante de su madre tres
o cuatro veces por teléfono; luego lo co-
nocería. Su madre, ya en la más irreversi-
ble locura pasional, la ponía a hablar du-
rante un par de minutos con el joven es-
critor. Quería camuflar la situación, es
obvio, despistar a la niña. Pero los niños, km.102
más a esa edad, lo entienden todo. A los
seis meses, cuando el novelista en ciernes
había decidido abandonarla —aunque le
pesara enormemente decidirse a hacer- (15:19)
lo puesto que a su modo la quería—, su
marido se entera, la descubre *in fraganti*
—hablando con él por teléfono—, la re-
crimina con violencia, pelean, y muy
pronto se divorcian. A Federico Ross le
cuesta más que nunca decidirse a aban-

donarla ahora que ella está sola, los pa-
dres en Chile, perdida en sus libros, en
sus interminables novelas de amor. Cada
km.101 vez cunde más el miedo, las ganas de de-
jarla, pero él, sin voluntad, simplemente
no se atreve. El adulterio, sin imaginarlo,
(16:00) se volvió en su contra. Cuando menos lo
piensa, ella y su hija de cuatro años están
instaladas con él en su departamento. Al
poco tiempo ella consigue un trabajo y
comienzan ambos una nueva vida; al me-
nos eso es lo que me contaba mi Zolaida
o lo que se imaginaba. No pasaron otros
seis meses cuando el padre logra quitarle
a la niña después de un juicio legal. Zo-
km.100 laida, de cinco años, recuerda algunas
disputas, visualiza al abogado de su pa-
dre de lentes oscuros, alto, pelo rubio, un
perfil cruel, lo recuerda con nitidez; in-
cluso ella me cuenta que soñó intermina-
bles noches con la nariz chata y amorata-
da del señor que la cogió del brazo y la
(16:44) llevó a una oficina para intimidarla, ha-
cerla declarar contra su propia mamá.
Era una mosca verde, de ojos vidriosos,
gigantescos, que venía a morderla por las
noches en sus pesadillas. El abogado lue-
go la dejó sola en el despacho durante
km.99 una, dos horas, hasta que mi niña encon-
tró a su padre. Ése fue el fin de la madre
de Zolaida. Perdió para siempre a la niña
y perdió la razón. Seis meses después, im-
perceptiblemente, sin que él, Federico, el
escritorzuelo, se lo pidiera, lo abandonó.
Ya no lo amaba. Antes que él se decidiera

a dejarla, Zoraida lo dejó para irse a su (17:30)
Chile natal. Nadie más supo de ella, nadie
averiguó; nunca buscó a su hija, no in- km.98
tentó siquiera reclamarla, pedir que le
permitieran verla por última vez. La ma-
dre de Zolaida había perdido la razón y,
ahora, en los últimos meses en que toda-
vía Federico la vio, ella ya no leía, sólo *lo
releía* todo, pero con más voracidad, po-
seída por los personajes de sus libros: de
repente podía convertirse en Ana Ozores
o Ana Karenina, Ariane D'Auble, Otilia
Rauda, Mrs. Ramsay, Nastasia Filipovna, km.97
Tina, Milly Theale o la otra Mildred —la
de Maugham—, Emma Bovary, Azul
Larralde, Gervasia (la madre de Naná),
Fermina Daza, Renata Guillén, Ursula
Brangwen, la Maga, la pobrecita de Justi-
ne, la mulata Tereza Batista, Molly Bloom,
Ada Veen, Albertine, la misma tía Julia, la (18:21)
marquesita de Loira o Jacinta, sí, la de
Galdós. ¿Mi Zolaida? Bueno, pues obvia-
mente le afectó, le afectó muchísimo; los
niños se dan cuenta de todo, ¿entiendes?
¿Y cómo ella, tan inteligente, no iba a dar-
se cuenta? De pronto había perdido a la km.96
madre; sus otros dos hermanos, lo mis-
mo. En realidad, creo que ellos no que-
rían al papá. Ninguno de los tres. En todo
caso, el señor halló una institutriz, una
mujer venida a menos pero refinada, cul-
ta, educada entre numerarias del Opus
Dei. Mi Zolaida, mi amada, creció entre
esos grajos, esas urracas malditas de Dios,
entre esos buitres de mal agüero, devora-

dores de niñas indefensas. Desde los cin-
(19:11) km.95 co años de edad. ¿Cómo no iba a ser re-
ligiosa, la pobre? Me cuenta que había
semanas que dejaba de comer, hacía pe-
nitencia, una endemoniada penitencia.
¿Para qué, por cuál motivo? Nunca me lo
dijo, sospecho que porque se sentía cul-
pable. Es absurdo, claro, pero se sentía la
única culpable del divorcio, culpable por
la madre, como si el padre le hubiera
achacado a ella la culpa. Y aunque no lo
km.94 hiciera, en el fondo, ¡recuérdalo!, él nun-
ca la quiso a ella, a mi Zolaida. Vino al
(19:58) mundo como una miga, como una pe-
queña dádiva que el padre iba a darle a su
mujer. Era una especie de recompensa
por haber cuidado de sus hijos durante
casi diez años. La madre de Zolaida había
sido también como una madre para sus
dos medio hermanos. Ahora, todo el cui-
dado y el amor puesto en los tres hijos se
había disuelto, se había perdido en algún
(20:19) lugar de su extraña locura. ¿El joven es-
critor? Según supe luego, él a ella nunca
la olvidó, inclusive la buscó después de
varios años. Nadie lo hacía, ninguna ami-
ga; a nadie se le ocurrió jamás escribir a
km.93 Chile, a sus padres. Por fin, Federico supo
—por una carta del padre de Zoraida—
que la madre de Zolaida había dejado
Santiago muchos años atrás para volver.
Pero no era cierto, ella no había vuelto a
México jamás; la madre de Zolaida había
muerto. Sin embargo, los padres de Zo-
raida no podían haberlo ocultado. Quizá

no lo supieron. De cualquier forma, él se
lo hizo saber, es decir, se lo hizo saber a
mi Zolaida aunque en realidad no la veía,
casi nunca la veía. Sí, no se la volvió a (21:05)
encontrar mientras ella se hizo mayor,
mientras se fue haciendo más hermosa.
Después de esos seis meses en que la
niña, mi adorada, hubo vivido con él,
con Federico Ross, y con su madre en su km.92
departamento, sólo en un par de ocasio-
nes se encontraron. Se saludaban; incluso
ella a mí me cuenta que sentía cariño por
él; a pesar de todo, Federico había cuida-
do a su madre durante un tiempo y la ha-
bía querido. Sin desearlo, Federico come-
tió un error —o transmitió el error— al
decirle a mi Zolaida que su madre había
muerto. No sé, ella tenía trece o catorce
años. Era justo, por un lado, que lo su-
piera, ¿no crees? Pero, por el otro, iba a
resultar mucho peor. Ahora comprendo
el sentido tan arraigado de culpabilidad
que ella, mi amada, tenía e iba incubando km.91
cada día como un espanto, una raíz fría y (22:08)
amarga. Ya no era sólo la separación, la
huida, la locura de su madre, sino que es-
taba allí, presente, espeluznante, la muer-
te, estigmatizándola. Por otro lado, ¡ya
ves!, estaba esa asquerosa institutriz. Una
urraca, un buitre. Por lo que ella me
cuenta, esa tutora era una mujer enorme,
alta y rolliza. La frente y los dos maxilares
los tenía llenos de pecas; las pecas del
mismo color horrible de su cabello: rojí-
simas. Un monstruo rojo deambulando

por la casa, castigándolos y, sobre todo,
insuflando con perspicacia el sentido maligno de la culpabilidad. Culpabilidad de
todo, ¿comprendes? Los golpes en el pe-
(23:09) cho, la catequesis instaurada por Kempis,
Maciel, Escrivá de Balaguer, Loyola y sus
km.90 secuaces. Había que sentir la culpa abstracta del Juicio, ¿y cómo no la iba a sentir por su madre, por el pecado cometido
por Zoraida? El padre de ella, como siempre, se desentendió, vivía fuera de esa
casa. De viaje o simplemente de entrada
por salida. La dueña, la sustituta, la usur-
(23:49) padora, era la institutriz y, por otro lado,
con las enormes ventajas que normalmente tienen éstas sobre una niña recogida a los cinco años de edad. Los otros, sus
hermanos, sus medio hermanos, se habían salvado de sus garras. O por lo me-
km.89 nos habían sabido amilanar su fuerza.
Eran diez años mayor que la niña. Así
pues, olvidada, dejada del mundo, de los
abuelos, de la madre, del padre, creció mi
Zolaida acumulando culpa y también una
especie de muerte presagiada. A los trece
años, cuando supo la muerte de su madre
—de la misma madre a quien apenas había conocido—, esta culpa se multiplicó,
tomó conciencia, como te digo. Allí empezaron los ayunos, las semanas alabando el
(24:40) km.88 nombre de Cristo, dándose interminables
golpes en el pecho que pasaron a ser luego inclementes fuetazos en sus manos y en
sus piernas. Allí comenzó también la anemia que no la dejaría nunca. A los quin-

ce años, ya estaba decidido, mi Zolaida,
mi querida hermana, mi gemela, mi vir-
gen, mi vestal, mi ondina, mi sílfide, mi
ninfeta, iba a ser una hermana consagra-
da, hermana del Divino Verbo Encarna-
do, una de las peores y más sórdidas con-
gregaciones que el Reino de Dios ha es- (25:12)
parcido jamás sobre esta Tierra. Aunque
a su padre no le encantó la idea, ya era
muy tarde. No lo impidió puesto que
tampoco creo que realmente le importase
demasiado. La niña era un perfecto de-
chado de virtudes y una humilde sierva km.87
del Señor. Sin embargo, algo muy curioso
sucedió poco antes que ella ingresara a la
Orden. Quién sabe si ésa fue la causa por
la cual nos conocimos. A un ateo puede
parecerle extraño, insulso, pero el caso es
que por alguna razón —mi Zolaida de-
cía que era el Espíritu Santo— ella pene- (25:55)
tró en una iglesia un miércoles al anoche-
cer. Allí, de pie, encontró a una multitud
cantando, orando, algunos tomados de la
mano. Eran los Misioneros del Espíritu
Santo. Dice ella que de pronto se sintió
invadida de una nueva savia, algo recon- km.86
fortante, el Espíritu de Dios. Allí no había
culpas ni vergüenzas. Ella me contó que
la sensación allí dentro era la de un háli-
to distinto que no la recriminaba, no la
impelía a la culpa como hacía invariable-
mente el agrio aliento de la institutriz o
de esas hermanas del Divino Verbo En-
carnado. ¿Por qué? Eran hosanas, cánti-
cos hermosos al ritmo de las guitarras y

las panderetas, alabanzas a Dios, y una
alegría hospitalaria que muy pronto se
apoderaba del más reacio y lo ablandaba.
Es decir, lo contrario de la Congregación
(26:54) km.85 del Divino Verbo Encarnado, a la cual
dentro de muy poco tiempo ingresaría
para siempre. Ella me lo dijo, allí verda-
deramente cambió su vida, con los caris-
máticos. ¿Cómo, si solamente cambió de
congregación, puedes preguntarte, es de-
cir, de orden o como quiera que se llame?
No, es más difícil y más enrevesado que
eso, Ricardo. Ella quería ser una monja
enclaustrada, olvidada y alienada del
mundo, un poco como su madre, una es-
pecie de loca de atar. Dice que sólo en-
tonces, después de diez años de ascesis,
(27:33) recibió al Espíritu Santo, antes no. ¿Y
cómo diablos iba a ser ella, mi amada,
una monja sin antes recibir al Espíritu
km.84 Santo? A sor Juana, ¡ya ves!, le pasó. Es
un poco difícil de explicar pero desde que
ella, Zolaida, me lo dijo, me quedó algo
muy claro, y es que muchos sacerdotes
que ofician el mismísimo sacramento de
la conversión del pan y el vino, la trans-
mutación de éstos en carne y sangre de
Cristo, no han recibido aún el Espíritu
(28:12) de Dios. En qué cambia recibirlo o no,
¡no me lo preguntes, no sabría contestar!
¡Y como yo no creo! Obvio, todo esto me
recuerda también el caso singular de mi
primo, el cura, Augusto Roldán; supongo
km.83 que lo que a él le sucedió hace veinticinco
años con la gringa aquella fue exactamen-

te lo mismo: recibió el Espíritu de Dios.
Las Lenguas de Fuego, el Paracleto, como
él nos decía, se vinieron a posar en su
frente, a coronarlo, a bendecirlo, ¡como
que yo no le creo un pelo! Pero no im-
porta, lo respeto. De cualquier forma, (28:59)
paso a decirte, Ricardo, que mi Zolaida
abandonó la encerrona y la funesta con-
gregación, y se hizo misionera del Espíri-
tu Santo. ¿En qué consiste serlo? Bueno,
pues, antes debes saber que para una se-
ñora del Opus Dei —como era la institu-
triz— debió de ser un gran golpe. Más de km.82
diez años aconsejando y guiando a su pu-
pila, para que ahora viniera conque no
quería ser monja y menos numeraria...
sino misionera, ¡y peor!, del Espíritu San-
to, ¡una carismática! Era como decir: ¡viva
Erasmo, muera José María Escrivá de Ba-
laguer! Bueno, el caso es que mi Zolaida al
final se impuso al poder inquisitorial de
su institutriz —o esas mismas Lenguas
de Fuego que dice Augusto al final se im-
pusieron, ¡gracias a Dios!— y poco antes
de cumplir los diecisiete ya era toda una
experta en menesteres religiosos, órdenes,
misiones, vía crucis, conventos, ministe- km.81 (30:01)
rios, retiros, claustros, ayunos, congrega-
ciones, etcétera, pero eso sí, nada del
amor, ni un beso ni una idea ni un re-
quiebro en toda su vida. Una belleza ex-
cepcional como ella, una virgen en la tie-
rra, una sacerdotisa no creada para ese
sacerdocio sino para el del amor, ¿dónde
encontrarla? ¡Imagínate! Sin embargo,

con lo único que jamás pudieron estos
padres misioneros fue con su idea malsa-
na de los ayunos. Zolaida no transigía.
Tal vez disminuyó su inapetencia, au-
km.80 mentó su apetito, sin embargo, la anemia
no la abandonó. Esto es algo irreversible;
lo que no se come a cierta edad ya de
nada sirve que se haga más tarde. Son da-
ños fisiológicos irreparables. A los dieci-
siete, pues, mi amada había cursado
cuantos seminarios puedas imaginar que
los padres misioneros le impusieron. Del-
gada, muy blanca y ojerosa, sonreía siem-
(31:11) pre mientras movía las manos y los dedos
afilados idénticos a los de una pianista
consumada. Mi Zolaida desgranaba rosa-
rios en el aire, sin saberlo, habituada, al
mismo tiempo que los ojos le brillaban
km.79 como aljófar, con la misma intensidad (si
es que has visto alguna vez cómo brilla el
aljófar). Su cuerpo, siempre erguido, ful-
minaba el espacio (como una pintura de
El Greco). Su nuca era pequeña y res-
plandecía invicta junto al cabello recogi-
do. Zolaida tenía la ternura de un cana-
rio, la agilidad de un pez; ella hendía, con
su movimiento, el cierzo del campo y en-
turbiaba, a su paso, la bonanza del mar.
Al mismo tiempo tenía la fuerza de una
virgen o de una amazona enfurecida,
una de esas hembras del ciclo del Anillo
de los nibelungos, sólo que compasiva y
fiel. Por otro lado, como podrás imaginar,
km.78 cualquier penitencia a esas alturas era lo
más fácil para ella, ¡con las consabidas

costumbres que se había inventado! Era
una misionera del Espíritu Santo cabal y
completa, la mejor. ¿Y en qué consiste
serlo? Muy sencillo, como su nombre lo
indica, misionan, excursionan, se aventu-
ran para convertir a hombres perdidos de (32:33)
la mano de Dios, como yo, jo, jo. Así pa-
saron cerca de cuatro años durante los
cuales mi Zolaida cruzó por mar, por aire
y por tierra, por inhóspitos parajes, todo
el país. Exploró la selva lacandona, San
Luis Potosí, Durango; se internó con los km.77
mijes de la sierra de Oaxaca; fue a Gue-
rrero, Michoacán y Puebla —que no lo
necesita: son bien mochos—, conoció a (33:00)
los yaquis de Sonora; convirtió a jóvenes,
a viejos, a alcohólicos, a drogadictos, a
perdidos de la mano de Dios, a meneste-
rosos, a ricos, yupis, a testigos de Jehová
—los más difíciles—, a mormones, a ad-
ventistas del Séptimo Día e, incluso, a un
par de sectas enteras escondidas en la sie-
rra Tarahumara y en la frontera con Gua-
temala. Viajó más de una vez a Centroa-
mérica y sus éxitos eran rotundos. Dios la
acompañaba y ella era su sierva; convertía km.76
a cientos, oraba por ellos, les ponía las
manos sobre la cabeza, hacía que desapa-
recieran dolores, borracheras, rencillas,
para que al final estos ricos y soberbios y
rudos se tumbaran en sus brazos y se pu-
sieran a lloriquear como chiquillos. Visi-
taba casas, tocaba a sus puertas, insistía
hasta que le abrieran y entonces con-
versaba con las familias durante horas.

(34:11) Ella disfrutaba esta labor, completamente
opuesta a la inmovilidad de la enclaustra-
da. Así fue mi Zolaida durante años has-
km.75 ta que el padre Óscar, su superior, tuvo la
peregrina idea de enviarla con algunos
misioneros a Baja California donde, se-
gún decía ella que le decía el padre, se re-
quería la mano de Cristo urgentemente.
El vicio y la ignorancia hacían estragos
entre nosotros, especialmente los pace-
ños, me dijo ella que aseguraba el padre
Óscar, quien ni siquiera conocía Baja Ca-
lifornia (así se pasa la mala fama, es decir,
a través de las lenguas viperinas de los
km.74 curas). Así que allá en La Paz, bueno, acá,
nos conocimos. Es curioso, todavía re-
cuerdo el día en que la vi. Cecilio no es-
taba en casa, mi madre tampoco, mi pa-
dre había muerto muchos años atrás, ¡a
(35:03) Dios gracias! La recuerdo perfectamente,
dulce, a punto de trastabillar y evaporar-
se en el calor del mediodía, recortada en
el marco de la puerta que estaba entonces
abierta. Me llamaba. Contemplé su figura
breve, contenida, maravillosa, estampada
contra el mar. Supe inmediatamente que
km.73 la amaba, o que la amaría. ¿Por qué? No
sé decirlo, tal vez después retroproyecté
mis sentimientos y mi amor por ella has-
ta ese lugar, es decir, los trasvasé y por eso
digo que la amaba desde que la vi. Por lo
menos sí puedo decir que me gustó al
punto de querer amarla, *a priori*, sin ne-
cesidad de nada más, sin preguntarme la
causa; por el gusto y el ahínco de hacerlo

una vez en la vida quizá. Ése tal vez es el
verdadero amor, ahora lo creo, cuando
no te preguntas nada del otro y simple-
mente lo haces, *porque sí*, sin ningún ob- km.72
jeto preciso. No me importaba saber por
qué motivo estaba aquí o qué diablos
buscaba en mí; y, al contrario, yo sí sabía
qué deseaba de ella: amarla, simplemente
poder hacerlo sin prejuicios ni trabas. Y
como un ángel que desciende del cielo,
ella había llegado, bendita entre las muje-
res, a mi puerta, esplendorosa, tibia, tími-
da, mi Zolaida. La hice entrar. Me embe-
bí inmediatamente de ella, de sus gestos,
sus facciones limpias, cansadas, mientras
se sentaba en un sillón y me empezaba a
hablar —a canturrear, debería decir. Me km.71
embebí de ella instantáneamente y sin
que se diera cuenta. Sí, como un pajarito,
me trinaba, me decía palabras que senci-
llamente no podía escuchar, pues mien- **(37:07)**
tras ella hablaba yo sólo perseguía la mol-
dura de sus labios, el tamaño, la an-
chura, su rojo intenso y ardiente sin que
jamás, ¡óyelo!, ella se diera cuenta de mis
ojos encima de ella. ¡Pobrecita, como yo,
sin ningún amor aparte del que se había km.70
inventado! Lo más ardiente de Zolaida
eran sus labios y ella no lo sabía aún, no
lo sabía porque nunca había besado a na-
die. Lo sabría muy pronto. Ella no se de-
tenía un instante en su perorata cristiana,
convencida de que yo le prestaba toda la
atención. Y así era. Se la prestaba. Sólo
que no a Dios, a su Señor, sino a ella, a

mi Señora, mi diosa, a sus manos blancas
km.69 —amarillas cuando una tenue luz venía a
posarse en ellas—, en sus cabellos despa-
rramados, húmedos, en el sudor de su
frente, en sus pómulos perlados, mojados
de sudor, de maravillosa agua salutífera y
salada. Cogía la Biblia, la balanceaba de
un lado a otro, la citaba sin abrirla, su
memoria perseguía cada versículo apren-
dido, repetido, recitado mil veces, ahora
vuelto a brotar de su labios finos, raudos,
de coral, como sus dulces palabras. Ha-
bló de Job, de Pablo, pasó a Juan, a los
Proverbios, hasta que en cierto momento
—primero una penumbra misteriosa, ve-
nida del techo, apaciguó la sala de mi
km.68 casa— el Espíritu de Dios me iluminó, la
luz verdadera del amor se hizo de pronto
vívida y abundante en medio de noso-
(38:54) tros. Ella dijo el *Cantar de los Cantares*.
Guardé un profundo silencio, muy dis-
tinto del que antes yo había guardado
para no escucharla, para verla nada más y
poner atención a sus labios trashumantes.
Un silencio tan extraño, Ricardo, tan fijo
km.67 en sus ojos, horadando los suyos con los
míos, que Zolaida se extrañó y se quedó
callada. Esperé un segundo más y le dije
que por favor me leyera algo del *Cantar
km.66 de los Cantares*. Por un momento Zolaida
se desconcertó, hizo una mueca de escep-
ticismo —o lo que yo consideré tal—; sin
embargo, primero sonriéndome, luego
envalentonándose, abrió la Biblia y, como
una experta que no sólo conoce las pági-

nas de memoria, sino que aun con los de- km.65
dos y el tacto puede palpar el volumino-
so tomo y atinar de una sola vez con el
Libro que ella busca, empezó a leerme así
las palabras de la Novia: «Yo dormía,
pero mi corazón velaba. / ¡La voz de mi
amado que llama!» (yo la interrumpí y (40:22)
dije entonces las palabras del Amado): /
«¡Ábreme, hermana mía, amiga mía, /
paloma mía, mi perfecta! / Que mi cabe- km.64
za está cubierta de rocío / y mis bucles del
relente de la noche.» / —«Me he quitado
mi túnica, / ¿cómo ponérmela de nuevo?
/ He lavado mis pies, / ¿cómo volver a
mancharlos?» Me callé, justo allí guardé (40:59)
un silencio reverente, casi augusto; sólo
hasta allí correspondía al Novio, ahora
ella debía continuar, decir las palabras de
la Novia. Dudó un segundo, hizo un mo-
hín —¡pobre amada mía, novia descon- km.63
certada!— y con la boca temblorosa,
amedrentada quizá de comprobar que
conocía de memoria el pasaje, me dijo:
«¡Mi amado metió la mano / por la hen-
dedura; / y por él se estremecieron mis
entrañas! / Me levanté / para abrir a mi (41:23)
amado, / y mis manos destilaron mirra, /
mirra fluida mis dedos, / en el pestillo de
la cerradura. / Abrí a mi amado...» En ese
preciso momento, involuntaria pero ve-
hementemente me levanté de mi silla y
aproximándome a ella puse una mano km.62
sobre su boca, callándola, impidiéndola
continuar y terminar el triste versículo
que reza: «... pero mi amado se había ido (42:02)

de largo. / El alma se me salió de su hui-
da. / Le busqué y no le hallé, le llamé, y
no me respondió.» No me preguntes
cómo sucedió: Zolaida podía leer lo que
faltaba —yo le tapaba la boca, no los pár-
pados—, lo que justamente ahora yo te
he recitado, así que sólo le dije: «No es
cierto, no me he ido, Zolaida, aquí estoy,
a tu lado, y no te quiero abandonar ja-
km.61
más.» Y ella, la hermosa gacela que vino
a conquistarme, a convertirme a Dios, a
su Señor, me abrazó llorando. Empeza-
mos a llorar los dos, primero confun-
didos, desconcertados ante un inmenso
dolor irresponsable; luego lloramos con
alegría, tiernos, contentos de abrazarnos,
inconscientes. Ella, lo entendía apenas,
conservaba un imponderable sufrimiento
en sus entrañas; Zolaida acumulaba den-
tro de su pecho —más que ninguno
(43:04) otro— las desdichas del mundo; yo que-
ría descargarla, ayudarla en su camino.
Esa frágil flor no merecía la fatiga con
km.60 que había cargado siempre, a punto de
romperse, salvando su tallo de milagro;
un corazón que, a pesar de todo, no se
había arruinado y, al contrario, sobrevivía
ensanchándose y compartiendo las últi-
mas gotas de mirra con los otros, sus omi-
nosos semejantes, sin que nadie jamás se
la retribuyera, sin que nadie se percatara,
ni siquiera el padre Óscar, ni siquiera sus
orondos hermanos misioneros, conquis-
tadores todos ellos de almas al por mayor.
(43:49) km.59 Era dar y dar, salvar al prójimo, amarlo,

tenderle la mano, y ella, mientras, sola,
extinguiéndose, oscurecida, a propósito
olvidada y haciéndose olvidar, disminui-
da, mermada a los ojos del mundo. Yo
quería acompañarla en su larga humilla-
ción; eso es lo que había visto en ella
cuando entró en mi casa, cuando pensé
que la amaría y no sabía por qué; eso me
sedujo en ella, creo. Ahora lo contempla-
ba todo, por fin lo había visto. Fue enton-
ces precisamente —revolcados los dos en
una húmeda piara de indistinguibles y km.58
profusas lágrimas— cuando nos besamos
sin buscarlo ella al principio, deseándolo
yo, ansioso, insatisfecho, loco por amarla, (44:37)
loco por no perderla allí mismo, entonces,
cuando al fin la tenía tan cerca. Nos besa-
mos durante horas allí parados, olvidados
del mundo y sus fatuos habitantes —los
pobres, los infelices, los ricos, los tristes,
los creyentes, los inmundos, los abomina-
bles, las putas, los testigos descarriados de
Jehová, los yupis, los muertos de hambre, km.57
los apóstoles y los apóstatas, los enfermos
y los sanos, los santos y los sabios, los es-
tériles y los imbéciles, los célibes, los ig-
norantes, incluso los demás amantes y los
mujeriegos—, uno frente al otro, despo-
jados, mojándonos, pegando los labios
sin sabiduría, apropiándome de su vida a
través de la saliva de su lengua, apropián- (45:11)
dome de su alma bajo el calor del medio-
día. Sí, la besé y le dije muchas veces, re-
petidas veces que nunca me separaría,
que no tuviera miedo: «Aquí estoy, no me

km.56 he ido, jamás me iré de tu lado», le dije,
le repetí innumerables veces al oído
(45:57) mientras la besaba, mientras tocaba con
mi lengua su lóbulo perfecto y ella me
creía. Me creía porque yo *también lo*
creía, por eso nada más. Y al cabo del
tiempo la traicioné, Ricardo, la traicioné,
pero entonces no podía saberlo, no pude
imaginarme la estratagema de Dios, su
furibunda venganza por haberle robado a
una de sus hijas, tal vez a su hija predi-
lecta, una misionera auténtica del Espíri-
km.55 tu Santo consagrada a Él. La traicioné sin
siquiera vislumbrar aún lo que sucedería
once meses más tarde, la aplastante nece-
sidad que tuve, la urgencia irrevocable de
dejarla un tiempo aunque la amara, aun-
que la quisiera más que a mi propia vida.
¿Comprendes? ¡Dejar mi vida! Sí, olvi-
darla por un rato, olvidarme de mi cora-
zón, de mis pulmones e, incluso, olvidar-
me —si fuera necesario— de que existo,
de que alguna vez yo *fui*. Mi vida, a par-
(47:07) tir de ese momento, ya no me pertenecía.
Esos once meses le pertenecieron a ella
como ella antes había pertenecido a Cris-
km.54 to, su Señor. De la misma manera yo le
pertenecía ahora. Sin embargo, lo cierto
es que a los once meses y seis días —los
conté, ¡los conté!, fueron seis días, ¡el nú-
mero de la Bestia!— no podía pertene-
cerle más, debía ausentarme, huir de su
lado, tenía que estar solo... Pero me ade-
lanto, voy muy aprisa. Antes debes saber
lo que sucedió, el cambio sustancial que

fui yo en la vida de Zolaida. Lo mismo
que a mí me acaeció desde ese día aciago
pero también bendito en que nos vimos
en mi casa, en La Paz. Durante la semana km.53
que todavía duró la misión, ella y yo nos
la ingeniamos para estar solos todo el día.
Por fin, hacia el final de su estancia, suce-
dió lo que tenía que pasar tarde o tem-
prano. Primero, que sus hermanos misio-
neros lo supieron e intentaron conven-
cerla; segundo, la decisión de quedarse
conmigo o volver. ¿Pero adónde volvería?
¿A quién volvería, a quién si no pertene-
cía a nadie más? Antes, quizá, a Dios, a
través de las órdenes del padre Óscar, cla-
ro; antes de eso a la institutriz, al mons-
truo rojo; antes a su padre, y todavía mu- km.52
cho antes, a su madre. Ya no había nadie
ahora, no le quedaba nadie más que yo. A
Dios lo había perdido. Ella me repetía las
palabras del Evangelio, aquellas en que
Jesús se dirige a sus apóstoles para con-
minarlos a no dejar nunca el arado, pues
los que lo cogieron y después, arrepenti- **(48:59)**
dos, lo abandonaron, a ésos los abomina-
rá Dios, su Padre, y los escupirá. Crecía, km.51
pues, al mismo tiempo dentro de Zolai-
da, la simiente enferma de la culpabili-
dad. Sólo sedaba su dolor cuando me
amaba, cuando me adoraba y con pasión
me pedía estar siempre a su lado, todas
las mañanas, las noches y las tardes,
oliéndola sin contenerme y oliéndome a
través de ella. Zolaida sobrevivía a su pér-
dida a través del contagio del amor, del

km.50 contagio de su pena conmigo. Se quedó a
mi lado y yo asimismo lo dejé todo. Se
fue la misión y ella escribió al padre
Óscar. Sólo después, a instancias mías, le
escribió a su padre. No recibió respuesta
de ninguno. Realmente no le importaba.
Era una hereje, lo sabía; se había desvia-
do en su camino y lo había hecho por mí.
(50:06) La conoció Cecilio, luego mi madre, y sí,
les gustó, comenzaron a quererla. Al mes
nos salimos de mi casa para vivir en otra
km.49 pequeña vivienda a las afueras de La Paz.
Visitábamos muy poco a Cecilio y a mi
madre. Vivimos simplemente para el
amor, para alimentar nuestra soberbia,
tocar los lugares más sagrados y también
más prohibidos que el amor esconde. Los
alcanzamos, los transgredimos, ¿sabes?,
nos convertimos en nuestros respectivos
dioses y también en nuestros respecti-
vos adoradores, quemamos incienso, si-
mulamos un holocausto infinidad de ve-
ces, tentamos a Dios, convocamos a los
demonios del fuego del amor, nos visita-
(50:54) km.48 ron, nos convertimos a nosotros mismos,
oficiábamos en nuestro nombre, levantá-
bamos plegarias uno al otro, nos perdi-
mos. Pero no nos importó. Pasó el tiem-
po —imperceptible, a paso de hormiga—
y no sucedía nada excepcional o, al me-
nos, nada fuera de la excepción que ya
era de por sí nuestro amor mil veces con-
sumado. Por fin, nos visitó un día el án-
km.47 gel Abbadón, o así quiero llamarle a
aquella pesadilla. Lo recuerdo perfecta-

mente: fue justo a los nueve meses que
me visitó otra vez, sin inquirir si podía
entrar, el sueño de la infancia: pesado, (51:30)
embadurnando las sábanas y, con ellas,
mi sensible y vulnerable cuerpo. Amane-
cí empapado de sudor, sofocado junto a
Zolaida, ahíto de un sueño maravilloso y
a la vez horrendo. Antes, déjame decirte,
Ricardo, que de niños, Cecilio y yo siem-
pre tuvimos poco o ningún permiso para
salir a la calle con los amigos. Todos los km.46
vecinos nos llamaban, pedían permiso a
mi madre, pero ella —por órdenes de un
padre autoritario— nunca accedió a de-
jarnos salir; alguna vez nos escapamos,
jugábamos al fútbol, al bote pateado o, (52:12)
por la noche, a las escondidillas; éramos
docenas de niños. Luego regresábamos
con la plena conciencia del castigo que
iba a cernirse sobre nuestras cabezas,
como el castigo de los macabeos, ¡imagí-
nate! Éstos, los castigos, se acumulaban a
tal grado que dejaron de importarnos; de
la misma manera, y de forma casi igual-
mente proporcional, se hicieron mayores
los obstáculos para que Cecilio y yo salié- km.45
ramos a jugar con los demás niños. La ca-
lle, decía mi padre, no era para los moco- (53:00)
sos sino para los hombres templados;
tampoco era para las mujeres, pues para
eso están sus casas, sí, para que se guar-
den en ellas y zurzan calcetines y hagan la
merienda. Era una letanía horrible que
ambos debíamos oír, que ambos, Cecilio
y yo —y de paso mi madre—, sufríamos

y soportábamos en nuestro interior. Así
que a los nueve años tuve por primera
vez este sueño: era tarde, las siete o las
ocho quizá, descendía un sol en forma de
fruto tras las azotehuelas, tras las casas
arruinadas de la vecindad; las antenas
cortaban en dos el disco amoratado del
km.44 poniente, cuando de pronto veo a mi pa-
dre salir de la casa, cinturón en mano,
(53:43) frenético y cruel. Preguntaba a algunos
chicos y ellos le señalaban el paradero, el
lugar en donde estábamos ocultos, aguar-
dando al otro niño que debía encontrar-
nos a través de las espesas tinieblas re-
cientemente caídas. Acechábamos silen-
tes, hechos un ovillo, nerviosos de que
fueran a encontrarnos. Al otro lado del
km.43 horizonte, justamente, comenzaba a rehi-
lar una luna que a veces parecía fundirse
por culpa del calor de La Paz. Desde
nuestra guarida la veíamos. Alguna vez
creí ver en el cielo al sol y a la luna al mis-
mo tiempo, podía jurarlo y nadie me
creía, dos bolas incandescentes y perfec-
tas en la carne del cielo. El calor empapa-
km.42 ba nuestras ropas mientras, escondidos,
oíamos los pasos acercarse, a punto siem-
pre de correr despavoridos hacia el bote y
gritar: un dos tres por todos mis compa-
ñeros, antes que el otro alcanzara a tocar-
nos. Sí, más de diez chicos en la colonia
esperábamos con ansia y con miedo. De
(54:54) pronto, sorprendido, atenazado el cuer-
po, sentía la mano del chico en mis espal-
km.41 das, levantaba la vista y no era otra mano

sino la de mi padre. Una sonrisa descom-
puesta, malvada, el ceño de un alacrán
barbudo —así justamente la recuerdo.
Quería preguntarme con los ojos por qué
lo había desobedecido e, inmediatamen-
te, me decía que al llegar a casa iba a pa-
gar las consecuencias. Entonces me saca- km.40 (55:29)
ba del rincón y ante los niños me llevaba
cogido de una oreja mientras me golpea-
ba las nalgas con su cinturón. ¡Era verda-
deramente espantoso! Yo retenía el llanto
hasta que, al llegar a casa —empujándo- km.39
me antes dentro de mi cuarto—, me en-
cerraba con llave y me prohibía salir. De
pronto me decía: te he dicho que no tie-
nes permiso de volar, te lo he repetido
cien veces. Pero si no he volado, le decía. (56:09)
Sí que has volado. Entonces, solo, en la
intimidad de la recámara, me volvía a un
lado y veía a Cecilio adormecido en su
cama, suspirando con tristeza, insatisfe- km.38
cho. Entonces yo dejaba de llorar, me
sentaba en una silla frente a una pared
donde sólo existía un cuadro, sí, un cua-
dro: era un campo lleno de flores, con un
estanque a un lado pletórico de nenúfares
flotando y un pequeño puente para cru-
zarlo. El sol, sin aparecer un instante, sin
verse en el cuadro, iluminaba toda la es-
cena. De pronto y sin saber cómo ni
cuándo, yo estaba allí, dentro de la pintu-
ra, caminando sobre el césped, cruzando
el puente, mirando los nenúfares, res- km.37
plandeciente de sol y verdaderamente fe-
liz. Desde allí dentro podía columbrar, a (56:58)

menos de un palmo de distancia, a mi
hermano dormido, suspirando, solitario.
Esto era para mí una especie de revela-
ción, pues si mi hermano dormía, enton-
ces yo no dormía —porque lo estaba ob-
servando— y, por tanto, tampoco era un
sueño lo que estaba viviendo. Sin embar-
go, un minuto después, Cecilio se desper-
taba, levantaba los ojos, se los tallaba, los
acostumbraba al cuadro y se acercaba
(57:31) km.36 para verme mejor. Y es que observarme
en el cuadro era para él lo más natural del
mundo, lo más usual. Yo lo llamaba, lo
invitaba a escaparse conmigo. Él me gri-
taba que estaba listo para entrar; yo lo es-
peraba. De repente, no sé cómo ni cuán-
do, estábamos los dos dentro del cuadro
y, sí, dispuestos a volar —tal y como ha-
bía dicho mi padre—, es más: sobrevolá-
bamos ese campo tomados de la mano
y lo veíamos desde arriba. Y entonces él y
yo ya no éramos un par de figurillas den-
(58:09) tro del mapa del cuadro, sino que está-
bamos dentro de una realidad absoluta-
km.35 mente verdadera, concreta: un campo lle-
no de flores, unas escaleras, un puente,
los nenúfares flotando, el estanque y, más
allá, la casa de Monet, sus pequeñas ven-
tanillas verdes impidiendo el paso de la
luz y rasgándola. En una ventana el viejo
pintor nos miraba mientras sus hermosas
barbas blancas le tocaban el pecho. Alza-
ba una mano hacia el cielo diciéndonos
adiós mientras Cecilio y yo sobrevolába-
mos más alto sobre el prado liso y sempi-

terno. Justamente entonces despertaba,
me desperezaba mi madre. Comprendía
que nunca habíamos salido a jugar bote
pateado, que nunca había penetrado en
ese cuadro —una reproducción bastante
mala que una tía nos había obsequiado—
y que tampoco Cecilio y yo habíamos vo- km.34 (**59:19**)
lado sobre el campo. Nada, no había
nada. Continuábamos, mi hermano y yo,
irremediablemente cautivos en nuestra
habitación, desgajados del mundo, siem-
pre preparados para coger nuestras mo-
chilas y salir al colegio, estudiar esperan-
do el recreo con impaciencia, volver a
casa a las tres, comer sin ninguna hambre
—como una manera de matar la tarde—,
hacer nuestros deberes y encerrarnos. Así
fue durante muchos años, Ricardo, vien- km.33 (**59:58**)
do sólo jugar a los niños de la cuadra des-
de la ventana, oyendo la voz de mi madre
—escaleras abajo— decirle a un vecino
que no tenemos permiso, que no pode-
mos salir, que tal vez la próxima semana.
Ricardo, créeme, este sueño se repitió un
millón de veces, me descorazonaba. Sólo
a Cecilio se lo contaba y él simplemente
se reía; decía que ojalá él tuviera un sue-
ño igual. Bueno, pues ese viaje por los
cielos, como te digo, lo tuve otra vez jus-
to a los nueve meses de vivir con Zolaida km.32 (**1.00:49**)
en las afueras de La Paz, humildes ambos
pero felices, ensoberbecidos ante Dios
por nuestro amor. Ella era la primera
mujer a quien yo había amado, ¿com-
prendes?, y justo entonces volvía a conco-

merme mi sueño, el pecado de mi infan-
cia y juventud. Esa mañana, aturdido,
con el aliento entrecortado, vi los ojos de
Zolaida clavados en mis ojos. ¿Qué te
pasa?, ¿qué te sucede, Solón?, me gritó
desesperada. Y yo la veía, ¡pobre herma-
na, pobre novia!, la sentía ingrávida sobre
mi rostro, aterrorizada ante aquello que
(1.01:33) km.31 mis ojos le impedían ver, que le oculta-
ban, un sueño que nunca compartiría
con ella. Por fin, un poco recuperado, le
dije que no tenía nada aunque, claro, ella
insistió en saber qué había soñado. Le
juré que ya no me acordaba. Ése fue el
primer resquebrajamiento, la primera fi-
sura que sufrió el vidrio del espejo que
era hasta entonces nuestro amor. Éramos
azogue uno del otro, incólume, perfec-
to; azogue sin polvo, sin ningún rayón,
sin sombras, sólo reflejo, un reflejo impo-
(1.02:12) luto y petrificado. No había verdad que
no supiéramos los dos, que los dos no
compartiéramos, no había jamás una mi-
rruña de mentira. Eso era nuestra pasión,
y ese primer resquebrajamiento, la ven-
km.30 ganza del Señor por mi doble pecado, el
de la infancia y el de haberle robado a su
hija, mi Zolaida. Quise olvidarlo y así fue.
Durante varios días no volví a pensar en
ese sueño, logré destruir sus últimos resi-
duos, logré recomponer el vidrio y el re-
flejo se mantuvo igual, sin mácula; al me-
(1.02:52) nos eso pensé hasta que una semana y
media más tarde volví a caer en él, idén-
tico. Esta vez me levanté de un salto; es-

taba a oscuras todavía, afuera sólo un ho-
rizonte de perros, alguna pelea de borra-
chos, cuando Zolaida me abrazó y otra
vez quiso inquirir dentro de mi cuerpo,
deseó saber qué había soñado. Hacía tan- km.29
to calor en nuestra recámara que se respi-
raba con dificultad. Me debatía entre la (1.03:25)
náusea, el calor y la vergüenza. No pude
decírselo, no me atrevía a relatárselo. Le
juré de nuevo que no lo recordaba, que
no era cierto, que nunca había volado.
Estupefacta, me dijo: ¿volabas? No, le res-
pondí, yo nunca dije eso. Sí que lo dijiste,
Solón, yo misma lo acabo de escuchar.
Pero ¿y qué importa si es hermoso volar,
Solón, soñar que volabas? Pero no es cier-
to, insistí, no recuerdo haber volado nun-
ca en un sueño, Zolaida. No importa lo km.28
que recuerdes o no, ven, acércate, me dijo
ella, recuéstate en mi pecho, duérmete.
Tiritando, empapado de sudor, me apreté
contra su cuerpo hasta quedarme dormi-
do. A la mañana siguiente pude cercio-
rarme de que Zolaida no había olvidado
mi exabrupto cuando me dijo a bocaja-
rro, entre bromas y sirviéndome un fru-
gal desayuno en la cama, que estaba en-
cantada de saber que yo volaba, su novio,
que debía de ser muy lindo flotar como km.27
nuestro señor Jesucristo y que ahora yo
era su Cristo y ella mi virgen, mi vestal
sagrada, mi hetaira. No hice caso, masti-
qué la rebanada de pan que solícitamente
ella me había traído, sorbí el café y giré el
rostro hacia la pared para no observarla.

Ella hizo mutis, desapareció del cuarto; una nueva mancha cubría una esquina del espejo que era nuestro amor, pero esta vez era una mancilla más grande. Sin embargo, poco después, rompiendo (1.05:00) nuestra rutina de amor y completamente km.26 desesperado —eran las doce del día—, salí de la casa y fui a buscar a mi hermano Cecilio. Mi madre había salido, así que hablé con él y le dije lo que sucedía. Recordó perfectamente aquel sueño de mi infancia, el cual, si alguna vez —al principio solamente— le había hecho gracia, más tarde —con el paso de los años, al comprenderlo en su debida proporción—, le molestó. Era una herida que no había cicatrizado completamente. (1.05:54) Se avergonzaba. Sin embargo, una cosa era verdad, y es que con el paso del tiem- km.25 po, Cecilio había podido olvidarse de todo (lo ayudó, quizá, el que nunca hubiera tenido un sueño igual). A mí, en cambio, me visitó aquella pesadilla hasta los quince o dieciséis años, luego se diluyó. Cecilio tuvo su primera novia muy pronto, sólo unos cuantos meses después que mi padre muriera de un ataque al corazón. Él era el obstáculo y, ya muerto, (1.06:39) pudimos salir —poco a poco, es cierto— de aquella concha en que el desgraciado nos había metido juntos desde muy pequeños. Yo no pude soportarlo, es decir, km.24 no pude soportar la separación fácil, genuina, de mi hermano, el amparo fugaz que obtuvo con aquella chica. Luego vino

su amistad con Augusto, sí, nuestro pri-
mo Augusto Roldán, y con Marcelo, un
hijo de la gran puta, un amigo paceño
que luego desapareció de la ciudad. Los
tres salían de juerga, conocían mujeres, se
acostaban con ellas. En cambio a mí no
me resultó fácil, Ricardo; no quise, en re-
sumidas cuentas, conocer a una mujer.
No me atrevía. A veces, sin embargo, me (1.07:22)
obligaban y siempre resultaba peor, ¿sa-
bes?, pues podía llegar a ser grosero con
ellas y hasta hiriente, y era sólo porque en
el fondo soy muy tímido, les tenía mie- km.23
do... o rencor. A los dieciséis había perdi-
do a mi hermano para siempre. Odié
a las mujeres, hasta el día en que conocí a
Zolaida, muchos años después. Ella era el
primer gran amor de mi vida, es más:
el único amor, desde la infancia. Ahora,
esa mañana después de tantos años trans- (1.08:49)
curridos, sentado al lado de Cecilio en la
casa de mi padre, le contaba la segunda km.22
visita de aquel antiguo sueño, su maravi-
llosa alquimia de escapismo que, por sus
fragrantes implicaciones, era —en el fon-
do— una horripilante pesadilla, una re-
criminación, una venganza venida direc-
tamente del Cielo, de la propia y magni-
ficente ira de Dios. Yo volvía a sacar a la
luz, ante sus ojos incrédulos, medrosos, el
secreto que guardamos los dos. Furioso, (1.09:36)
Cecilio me insultó, me dijo que aquello
nunca había pasado, que lo olvidara de
una buena vez para siempre, que estaba
harto de escucharme, de oírme repetir lo

km.21 que había sido nuestra horrenda infan-
cia, que me fuera cuanto antes de allí.
Volví a casa resuelto a olvidarme para
siempre del cuadro, del escondite que ha-
bía sido nuestra habitación ante los em-
bates del mundo y la furia de papá. Zo-
laida me recibió más hermosa que nunca,
más tierna, los brazos abiertos, dispuesta
a besarme, a darme de comer, a cuidar-
me. Me tranquilizó un poco; tal vez podía
(1.10:02) rehacer mi vida, restituir la parte rota de
nuestro amor, de ese espejo desnudo que
km.20 fue desde un inicio nuestra pasión ence-
guecedora, nuestro delirante paroxismo.
De pronto, cuando estábamos por termi-
nar la crema fría que ella había preparado
para darme gusto otra vez, me dijo con
horrible y sutil ingenuidad: Nunca me di-
jiste por qué sabías el *Cantar de los Can-
tares*. ¿Dónde lo aprendiste, Solón? ¿Fue
en la escuela? Sí, le respondí seco, lleno
de animadversión hacia su pregunta, listo
para meter un pedazo de pan entre las
mandíbulas e impedir que volviera a pre-
guntarme nada. Sí, le había respondido,
cuando, otra vez, no había sido cierto:
aprendí los versículos del *Cantar* al lado
km.19 de mi hermano Cecilio, en la más tierna,
más amorosa y abominable de nuestras
infancias. Por las noches yo decía, salmo-
diaba, las palabras de la Novia; sin em-
bargo, ese día en que nos conocimos Zo-
laida y yo, pude fácilmente recitar las
otras, las palabras consoladoras del No-
vio, las que le tocaba responder invaria-

blemente a mi hermano. Zolaida debía de
barruntar algo, debía sospechar alguna
cosa, y acaso saber como mujer cuándo el
azogue del amor se empañaba y yo no de-
cía la más pulcra de las verdades. Así de
fuerte era entonces nuestra pasión, te lo
juro. No dije nada más y tampoco ella in- km.18
tentó averiguarlo. Empezó a sentir mie-
do, lo sé. A partir de esa noche, el sueño (1.10:56)
—como por arte de prestidigitación,
mensaje de los brujos, filtro oscuro y da-
ñino— comenzó a visitarme todas las no-
ches sin dejarme dormir, interponiéndo-
se entre mi amada y yo como si fuera un
crucifijo. ¿Qué estaba sucediendo, qué pa-
saba conmigo?, empecé a preguntarme, a
desmadejarme casi con insania. ¿Qué po-
día significar esta monótona visitación,
esta vuelta insistente a la niñez? Al mismo
tiempo que sucedía esto, Zolaida, más km.17
que nunca —adivinando que algo miste-
rioso estaba pasando dentro de mí, des-
garrándome— se aferró a mi vida. Me
necesitaba, mendigaba un beso, una sola
mirada. Se obsequiaba a todas horas, no (1.11:50)
quería soltarme. Todavía ahora no estoy
seguro si es que simplemente yo sentí esa
entrega, esa necesidad suya, tanto o más
porque, imperceptiblemente, la abando-
naba sin querer ni desearlo. No lo sé, tal
vez ella no hubiese cambiado un átimo y
el que percibía las cosas diferentes, más
lejanas y neblinosas, era solamente yo. km.16
No puedo decirlo, Ricardo. Y sí, la amaba
ahora más que nunca. Ante esta soledad

fría, íntima, hiperbórea, que me invadía a
todas horas, que no podía compartir con
ella bajo ninguna circunstancia, la amé
(1.12:39) con más ahínco, con más fuerza, como si
fuera yo la marea que proporcionalmente
—inversamente proporcional, quiero de-
cir— se aleja. Es decir, como si fuera yo
mero reflujo del agua, pleamar de amor
que exige de súbito (para obtener su
km.15 energía) el bajamar consecuente. Así era.
Tenía que abandonarla, al menos por un
tiempo. Eso me pedía mi conciencia, mi
sueño, ¿comprendes? Si la amaba ahora
era, más que nunca, perentorio abando-
narla. No podía hacerle daño a esta niña,
mi hija, mi Zolaida, mi hermana, mi ra-
(1.13:13) mera, mi dulce canéfora, la joven novicia
que un día se me entregó arrodillada
como un ángel guardián, la virgen santí-
sima que once meses atrás —¡no cuento
km.14 los seis funestos días de la Bestia!—, me
había regalado su alma bendita y que, a
su vez, había rescatado la mía sin saberlo,
sin imaginarlo siquiera, sí, no podía con-
tinuar junto a ella sin antes descubrir qué
había dentro de mí, quién era Solón real-
mente, qué carajos era yo. No podía en-
gañar a la esposa fiel con quien comulga-
ba, la joven con la cual me ligaba a diario
en una mutua y escandalosa plegaria. Ha-
bíamos creado nuestra propia religión y
km.13 éramos los dos sus únicos iniciados, los
únicos consagrados y, al mismo tiempo,
los seres que inmolábamos con gozo y
delectación. Sin embargo, cada momento

se volvía inminente, ¡era preciso dejarla!,
era inaplazable el momento en que debía,
por fin, recomponer mi vida, rehacer mi
niñez, descubrir a quién amaba realmen-
te, saber si podía compartir con Zolaida
el resto de mis días y mis noches. Ella, al
mismo tiempo, buscaba envolverme más,
atraerme hacia sí como hace una madre o
una hija desamparada, sola. Sin saber
cómo ni cuándo, sutilmente, sucedió lo km.12 **(1.14:08)**
que te dije al principio: lo único que ne-
cesitaba yo en ese momento de mi vida,
aunque la amara, era estar solo, comple-
tamente solo, y lo único que ella deseaba
en ese momento de su vida, quizá el más
difícil, era estar conmigo a todas horas.
Así que un día me fui, Ricardo, le rogué
que me dejara ir sólo por un tiempo, y
ella me rogó lo contrario, es decir, insis-
tió que no me fuera, que no la dejara pre-
cisamente ahora, que *se moriría sin mí*. Yo
no hice caso. Los sueños continuaban, km.11
volvían a aparecer, a interrogarme, a de-
volverme a mi pecado de infancia, a mi
justo fracaso de hombre. Debía resolver **(1.14:50)**
mi destino, mi vida, antes de atreverme a
regresar con mi Zolaida. No podía estar km.10 **(1.15:38)**
a su lado, era una cuestión que solamen-
te a mí y a nadie más le incumbía, que
sólo yo podía responderme y explicar. Y
lo hice, huí, no escuché sus súplicas, no
quise decirle dónde iba a estar, no quería
que ella me buscara. Tampoco avisé a mi
madre ni a mi hermano. Le juré a Zolai-
da que volvería y así lo hice, regresé,

pero tarde... Viví y trabajé en Tijuana
durante cinco meses; lo hacía, Ricardo,
sólo para sobrevivir; no conocí a nadie,
no quería ver a nadie. Odiaba a los hom-
bres, odiaba a la humanidad entera, sus
complacencias, las segregaciones que los
unían, sus rarezas, sus penas, sus renci-
llas y sus líos de amor; rechazaba por
completo su trato arrogante o melifluo.
km.9 Al principio, casi a diario, yo le escribía a
Zolaida sin darle jamás el remitente. Le
decía que me esperase, que todo iba a sa-
lir bien, que debía recomponer mi vida
ahora y no después, cuando fuera muy
tarde. La amaba y debía limpiar primero
(1.16:10) el estigma con el cual cargué durante tan-
tos años. Los sueños se atenuaron, Ricardo,
fueron disolviéndose con los días, per-
diéndose en el más completo de los olvi-
dos, en el más ignominioso de los esterco-
leros, justo en el lugar de donde prove-
nían. Sí, un solo sueño, multiplicado,
km.8 agotador para quien le dijera algo, le acu-
sara de algo, y le reconcomiera el alma.
El día de la prueba llegó y junto con él la
desaparición absoluta de ese sueño. A los
cuatro o cinco meses de vivir en esa ciu-
dad fronteriza, conocí a alguien y muy a
pesar mío —y también sin mi pesar,
debo decir—, supe que no me disgusta-
ba, al contrario, me agradaba y yo tam-
bién le gustaba bastante. Cuando, al
(1.16:44) poco tiempo, se acercó el instante inelu-
dible en que supuestamente íbamos a
unirnos los dos en una sola carne, de la

misma forma en que desde mi infancia km.7
no me había vuelto a ocurrir —esta vez
en una recámara de hotel de paso—, re-
chacé la oportunidad: simplemente no
podía estar junto a otro cuerpo, cual-
quier otra carne me causaba una viva,
sincera repulsión. Amaba a mi Zolaida.
Cuando lo supe, cuando descubrí que no
tenía por qué excusarme ante nadie, de-
cidí volver, regresar junto con ella. Era el
tiempo convenido. ¿Con quién? Con na-
die, conmigo mismo nada más. El tiem-
po preciso que yo debí aguardar para km.6
que se dictara correctamente mi senten-
cia, es decir, el veredicto final, el tiempo
que verificó mi amor y esa entrega in-
condicional hacia mi Zolaida y jamás ha- (1.17:17)
cia ningún otro ser humano. Dejé Tijua-
na y volví a casa, contento, ansioso por
mirar a mi amada. Sin embargo, ya era
muy tarde: Zolaida, mi querida niña,
cargando con una culpa que no le co-
rrespondía —esta vez la mía—, inició
sus ayunos de antaño, sus largas expia-
ciones por medio del hambre, ¡sus mal-
ditas expiaciones! Mi madre y Cecilio no
pudieron hacer nada. Ella nunca permi- km.5 (1.18:06)
tió que la ayudaran; solamente se dejó
morir como su madre. Era la suya, otra
vez, una culpa acarreada desde los cua-
tro años de edad; el reconcomio de Zo-
raida con el amante ocasional, el infaus-
to escritorzuelo; el remordimiento de la
separación otra vez por culpa de la pa-
sión desenfrenada: primero, entre sus

padres, y, ahora, entre ella y yo; la culpa
de la locura, la degradación y la huida de
Zoraida; el delito de un padre obnubila-
do por la imagen de una muerte tempra-
na; la vergüenza que la institutriz del
Opus Dei, el monstruo rojo, le inculcó a
km.4 los seis, a los ocho, a los diez años; el pe-
cado mortal que las monjas del Divino
Verbo Encarnado le susurraron al oído
como si fuera una verdad inexcusable.
Ya muy avanzada la anemia, la inapeten-
cia había hecho un boquete en la barri-
ga de Zolaida; ni siquiera el suero pudo
contener esas ganas ineludibles por exi-
(1.18:56) mirse de una falta inventada, una culpa
que no había sido suya, que nunca supo
cuál era y que nada más a mí, Solón, me
correspondía expiar; a mí, insisto, el
km.3 gran culpable, el envenenador, el dios de
mi Zolaida, un dios muerto. A eso justa-
mente había yo huido a Tijuana, para
poder amarla sin vergüenza, sin tacha,
absolutamente limpio por fin, sin un pa-
sado oscuro y casi inverosímil, sin un
sueño perverso que viniese a diario a
atemorizarme, a perturbar mi amor, ese
(1.19:27) espejo intacto de mi amor, a reclamarme
que no podía tenerla, que debía dejarla
ya, que no era yo ni siquiera un hombre
km.2 sino una mujerzuela con apariencia de
hombre quizá, un hombre con el com-
portamiento y la actitud de una mujer,
¿comprendes? Jamás —repetía mi padre
como una letanía—, podría llegar a ser
un verdadero hombre, no, yo no era

para el mundo más que un hombrezue-
lo, una incipiente hombreruja —le gus-
taba decir mientras alzaba el cinturón y
me azotaba el culo hasta sangrarme. Lo
gritaba frente a mi hermano hasta ha-
cérmelo creer, hasta convencerme, ence-
rrados los tres en la recámara, mi madre
acechando tras de la puerta, muerta de (1.19:58)
terror e impávida. Y, déjame decirte Ri-
cardo, que tal vez mi padre tuviera un km.1
poco de razón y no fuera la suya simple
iniquidad: ahora, luego de esos meses y
de todos estos años, descubrí que, al fin
y al cabo, yo no era el verdadero hombre
de Zolaida, yo no podía ser nunca su
único e insustituible amor. Lo supe
cuando la perdí y al poco tiempo reen-
contré a mi hermano, a Cecilio. (1.20:14)

XL

Justo al poner el punto final a *La abominable historia de amor de Solón y de Zolaida*, Elías vio —como por arte de magia— al Ford azul entrar por la calle Libertad, la única vehicular en Las Rémoras. Comprobó en el reloj la hora (las cinco de la tarde) y se dio cuenta de que todo coincidía tal y como lo había previsto, es decir, el tiempo de carretera (los 126.4 kilómetros recorridos en una hora y veinte minutos con catorce segundos) concurría con el tiempo que él tardó en escribir —de un tirón— esa historia, y, a su vez, el tiempo que Solón mismo tardó en contársela a Ricardo. Era un auténtico milagro.

El auto se estacionó justo enfrente de la lonchería de Tony. El sol había decaído levemente pero el calor continuaba haciendo sus infernales estragos a esa hora. Elías había dejado a un lado el cuaderno con la pluma encima. Pili y Tony, olvidando sus quehaceres —juntos, como un retrato malo de un padre con su hija—, se quedaron estáticos, muertos de curiosidad, con ganas de conocer a esos tres nuevos visitantes. Elías igual. Por fin, como si se tratara de una visión venida del más allá, Solón descendió primero por la puerta trasera y Ricardo lo hizo después por la de adelante. No había la menor duda; al mirarse, los dos novelistas lo comprobaron: ése debía ser Elías, sentado allí, inmóvil, taciturno, bajo la sombrilla, y ése debía ser Ricardo, de pie sobre la acera, seis o siete años más joven —y aún ligeramente asustado por la historia de Zolaida que Solón le había contado—, mirándolo con gozo —como si Elías fuera una aparición—, con incredulidad también, feliz, sin embargo, por haberlo encontrado. El parecido de los dos era asombroso, a pesar de la edad, a pesar del cabello un poco más claro de Elías. Parecían hermanos o al menos nadie lo hubiera puesto en duda si ellos en broma lo hubiesen proclamado.

Justo al acercarse Cecilio, antes que cualquiera, tuvo un sobresalto: había pisado una lagartija. Se miró el zapato embadurnado. Sólo en Las Rémoras podía suceder esto. Sólo aquí los animales preferían morir de espaldas al cielo antes que moverse de su sitio. Tony se aproximó a Cecilio y, quitándose el delantal, comentó:

—Es una pena, aquí duermen las canijas por doquier.

Cecilio asintió y de inmediato, dándole un giro a la conversación, preguntó dónde podían encontrar al cura.

—¿Augusto Roldán? —preguntó Tony.

—Sí, él.

—En el Altozano, pero si prefieren yo puedo llevarlos. No es muy lejos —se sonrió—. Nada es lejos en Las Rémoras, lo que pasa es que la gente es muy güevona y todo le parece muy lejos.

—¿Sigue mal? —lo interrumpió Solón, que no ponía demasiada atención a los razonamientos que le daba Tony—. Quiero decir, ¿sigue enfermo mi primo Augusto? Es que recibimos un telegrama...

—Sí, lo envié yo —dijo Elías—; supuse que él querría verlos y por eso...

No terminó. Sin embargo, Ricardo entendió el otro motivo, el que lo había empujado en realidad: al no existir transporte a Las Rémoras, Elías había enviado el cable con la intención de que los dos hermanos lo trajeran hasta acá. Y ahora aquí estaba. Lo agradeció sin decir una palabra.

—¿Y cómo sigue? —preguntó Cecilio.

—Un poco mejor —dijo el escribidor—, lo vi al mediodía. No tienen por qué preocuparse. Parece que lo peor ya pasó. Santa y el doctor están acompañándolo.

Todos se quedaron callados, en suspenso, sin saber qué más podían decirse aparte de lo escrito. El cielo parecía un manantial seco, sin nubes, que a veces quería tocar el suelo de tan bajo que corría en agosto.

—Bueno, me presento —dijo Tony, quien de inmediato había intuido en Solón y Cecilio ciertos rasgos que sólo intuyen ciertos hombres—: mi nombre es Antonio Zubizarreta, para servirles. Soy el dueño del local, y ésta es Pili, mi ayudante.

—Mucho gusto —dijo la joven, irradiando candor en sus ojos al mismo tiempo que algo indescifrable en Ricardo le impedía mirarlo de frente.

—Y éste es Elías, el escribidor, el intelectual de aquí —continuó Tony, aflautando la voz un poco más todavía, dichoso de estar presentando a sus clientes—. Bueno, también es el encargado de la biblioteca.

—Allí vivo, sí —dijo éste con un mohín y sin dejar de observar un segundo a Ricardo, a Cecilio y a Solón, respectivamente, todavía asombrado del inmenso poder que la ficción tenía sobre la vida.

—Pues Ricardo —dijo el último— también es escritor, ¿no es cierto, muchacho?

—Eso intento —respondió Ricardo agachando la mirada, intimidado por el honor (o la burla) que de pronto le confería su compañero de viaje.

Pili, sin embargo, no dejaba de no mirarlo, es decir, lo observaba de refilón, de reojo, a hurtadillas, sin atreverse a hacerlo declaradamente. Ahora, justo cuando Ricardo sintió vergüenza del comentario comprometedor, la novia del presidente municipal interino volvió a escudriñarlo al mismo tiempo que un sonrojo delator la invadió a la vista de todos. Las miradas —como se mira—, eran un tutti-frutti digno del mejor paladar contemplativo.

—Si quieren los llevo —insistió Tony a los dos hermanos sin empacho, feliz por desahogarse con alguien nuevo y de su misma razón social—. Pili, hazte cargo mientras regreso.

—¿Vamos? —inquirió Cecilio a Ricardo.

—Si no les importa, yo me quedo aquí. Voy a comer algo —mintió.

—Como tú prefieras —le dijo Tony—. Pili, sírvele al joven lo que quiera, por favor. Yo le invito...

—Gracias, pero...

—Siéntate —le dijo Elías haciéndose a un lado y acercándole una silla. Ricardo se sentó mientras los otros tres (Tony en medio de Solón y Cecilio) se marchaban bajo el caluroso cielo de agosto. Pronto desaparecieron.

Ahora, justo cuando Elías se disponía a preguntar algo a Ricardo, la novia de Sigüenza lo vino a interrumpir diciéndole al menor:

—¿Qué quiere que le traiga?

—Háblame de tú, por favor. Y yo te digo Pili, ¿está bien? —dijo Ricardo coqueteando con ella—. Lo que sea, un jugo de zanahoria o de naranja, si tienes, y una torta —terminó observándola, esta vez de punta a punta.

Pili se alejó contenta, femenina, contoneando las caderas como Sigüenza jamás había visto que se contonearan en los años que llevaban de novios. Definitivamente no le hubiera agradado verla moverse de esa forma.

Sólo una pareja circunspecta, un poco triste, cruzaba Libertad en ese momento; cierto receso —debido a la hora quizá, o a la siesta— despejaba la calle de transeúntes. A pesar de todo era rara tanta soledad. La mayoría tal vez estuviera en la playa asoleándose o aun en sus casas guardándose del insufrible calor. Imposible saberlo. De cualquier modo, la mayoría de los visitantes del fin de semana habían desaparecido ya. Quedaba sólo una resaca ínfima decidida a cubrir la semana entera: unos cuantos paceños, otros mazatlecos, unos cuantos venidos desde Santa Rosalía o Ciudad Insurgentes, y unos cinco o seis gringos como máximo —contando, claro está, a Jenny que, sin embargo, nadie sabía a estas alturas si se había ido ya o permanecía en su casa con las demás muchachas.

Por fin, Pilar se acercó con el jugo de zanahoria y una riquísima torta de pollo con aguacate y crema. Ellos dieron las gracias —Ricardo unas gracias más enfáticas— y ella, contoneándose otra vez, se despidió para mirarlo a sus anchas desde su almena en el interior de la lonchería. Elías le dijo de pronto:

—Te aviso que tiene novio.

—¡No me digas que tú! —lo encaró Ricardo, riéndose.

—No, yo no.

—Ya sé: el tal Francisco Sigüenza, un pobre pendejo.

—Un pendejo, pero al fin y al cabo...

—...el presidente municipal —terminó Ricardo.

—Y dice que se va a casar con ella —le espetó Elías, confiado en que esta vez sorprendería al pequeño don Juan de diecisiete años. Éste ni siquiera se inmutó: ya sabía, se acordaba muy bien de esa noche en que el escribidor observó el rostro afortunado de Sigüenza.

—¡Y a mí qué...! —alardeó Ricardo—. ¡Si ella se me lanza, ni creas que me pienso resistir! Aunque fuera hija del gobernador. Es guapísima.

—Sí, es muy guapa, ¿pero y qué? —le respondió Elías—. Te digo que está enamorada de Sigüenza.

—Yo te digo que no está enamorada...

—Nomás te pido no te vayas a meter en un problema —le dijo el escribidor como si le hablara a un hermanito.

Ricardo dio un sorbo a su jugo, lo mismo hizo Elías con el café. Esperaron, miraron los dos en lontananza, hacia el final de Libertad, justo donde la calle toca el malecón y la pequeña playa en forma de valva destruida. Aunque era verdaderamente increíble tenerlo cerca, el bibliotecario veía como la cosa más natural del mundo hablar con su propio personaje que, al cabo, no podía decirse ya que lo continuara siendo. Éste se movía sin su consentimiento, era libre, real. Exactamente lo mismo podía decir Ricardo ahora que tenía enfrente a

Elías, sacado de las páginas de *Las Rémoras*. Ninguno de los dos, sin embargo, se atrevió a tocar el tema. Prefirieron callar, seguir observando a los contados transeúntes, el pequeño fragmento de mar que desde allí se atisbaba, mientras Pili, sin saberlo ellos, pertrechada en un rincón de la lonchería, los miraba a los dos —especialmente al más joven—, asombrada del enorme parecido entre ambos. De pronto, Ricardo se volvió y le dijo a Elías:

—Tengo una carta para ti.

—Ah, ¿sí? ¿De quién? —dijo éste, simulando cierta ignorancia mientras daba un sorbo a su café caliente.

—Ya sabes, aquí está —dijo Ricardo sin rodeos al mismo tiempo que abría su mochila y la sacaba.

Elías —pudo notarlo el otro— la tomó con mano pesada, temblorosa; luego la guardó dentro de su cuaderno y no dijo nada más, ni siquiera dio las gracias. Ricardo dio una mordida a su torta, la masticó con lentitud y por fin le dijo:

—Estuve con ella, debes saberlo.

—¿Y bueno? ¿Qué cuenta? —inquirió el escribidor con ademán escéptico, desatendido, un poco ufano y fatuo. No quería mostrarse débil frente al menor. Debía, al contrario, mostrar cierto aplomo, no dejarse descubrir y aún menos dejarle ver a Ricardo que el amor había hecho estragos —no pocos— en él. Todo esto lo notó Ricardo, pero no le importaba, al contrario, lo entendía. Así que amablemente, sin chistar, condescendió: iba a contarle lo poco o mucho que supiera. Bebió un trago largo de jugo como si con él fuera a tomar fuerzas, vitaminas, y empezó:

—Yo creo que ella te quiere, al menos eso confesó. Pero aunque no me lo dijera, lo dejó notar mientras estuvo conmigo en La Paz. Las mujeres, sin embargo, nunca evidencian nada, no declaran nada, no sé por qué. Lo esconden todo y uno debe casi adivinar. Les cuesta trabajo ser explícitas, ¿sabes? En eso tiene razón el arquitecto. Pero, Elías, ¿quién soy yo para decirte lo que ella siente?, tú debes saberlo mejor que nadie. No creo, sin embargo, que debas preguntarle a ninguno; sólo pregúntate a ti mismo y ya verás. Quise convencerla, pedirle que volviera contigo. Pero luego la entendí: hay cosas que se acaban y por eso hay que saber aceptarlas cueste lo que nos cueste, tomar al toro por los cuernos antes que nos atraviese. Es una pena que el amor sea así: como un toro. Lo cebas, lo esquivas, lo engañas. Tienes que salvarte, cuidarte de él. Se pone furioso. Nadie en sus cinco entra en el ruedo para morir y, sin embargo, ¿cuál es la razón para meterse al ruedo?, ¿para qué arriesgar la vida? ¡Quién sabe! Pero así es, ¿no? Todo el mundo lo hace. Nadie deja de torear, Elías. La diferencia estriba en que los más grandes, los de más edad, sólo hacen la pantomima, ya no aman de verdad. Aprendes tarde o temprano que no es necesario enfrentarte con un toro colosal, y que más vale hacerte pendejo. Roberta se fue dando cuenta de que tú sí te jugabas la vida en el ruedo y la asustaste. ¿Cómo?, preguntas. Desde el momento en que ella no tuvo jamás la intención de arriesgarse contigo ni con ningún otro. Ya lo había hecho y tenía el fruto de su amor: un hijo. ¿Repetirlo? No. Y ahora tú querías, de buenas a primeras, que ella volviera a la faena contigo, que se enamorara de ti porque tú lo deseabas. No, no, ella nunca iba a hacerlo, Elías. Hay quienes, como ella, escarmientan para siempre desde la primera vez. Con eso les sobra y les basta —esperó un segundo, tomó aire y continuó—: De pronto Roberta decidió que no era justo hacerte más daño. Eso es un síntoma, créeme, un signo de que al fin y al cabo te quería, o al menos eso creo yo. De allí, pues, que el momento para separarse hubiese llegado. Sí, ella lo tomó, aprovechó las circunstancias. Tú no la ibas a dejar jamás, lo sabía; ella tenía que dejarte a ti. Elías, piénsalo, dejaste a Roberta toda la responsabilidad, le exigiste desempeñar un papel que no tuvo más remedio que aceptar —aguardó, bebió un sorbo a su jugo y le dijo—: También me contó lo de Inés —y Ricardo bajó la voz hasta hacerla casi imperceptible (aunque nadie podía escucharlos, ni siquiera una Pili apostada a varios metros de allí)—. Tú sigues pensando que la mataste, ¿no es cierto?

—¿De qué hablas? —el escribidor levantó la cresta.

—Bueno, no voy a discutirlo. Pero vale la pena que lo sepas: Inés murió sofocada por Roberta, no por ti. Sí, sí, yo también me quedé estupefacto. Pero es la purita verdad; ella me lo dijo. Cuando tú te fuiste aquella noche, Roberta oyó unos rasguños bajo la cama, en los tablones. Primero no hizo caso, por fin se desperezó. Allí estaba, amoratada. Tal vez tú mismo viste que murió, tus ojos vieron que la dueña ya no respiraba, sin embargo, hay casos en que los muertos resucitan. O donde los muertos no se mueren jamás. No tengo por qué inventarte nada.

—¿Y entonces?... —arremetió Elías bajo una sombrilla que, sin embargo, ya no los cubría del sol, pues estaba a punto de extinguirse en el horizonte.

—Así que... —continuó el menor— Roberta completó lo que tú creíste haber terminado.

—¿Entonces, ésa fue la verdadera razón por la que se fue? —insistió el bibliotecario—. ¿La inculpé, la hice mi cómplice?

—Un poco sí, de cualquier manera creo que ella iba a irse, tenía que dejarte. Pero te digo: no lo sé realmente, tal vez ella te lo cuente en su carta. Tú puedes decírmelo, Elías.

—No, no —respingó el mayor—, tú quizá no lo sepas, Ricardo, puesto que no la conoces como yo. Ella es omnipotente, o al menos así se ve a sí misma. Ha asumido su papel de puta, es decir, es para todos y, por tanto, no es para ninguno. Fíjate que en eso los curas y las putas son idénticos, ¿no es cierto? Ambos cumplen un mismo servicio: se deben a todos, ni siquiera un poco a ellos mismos. Así como decía san Pablo que más valía guardar el corazón para Cristo que dividirlo con una mujer, las putas no dividen su corazón con nadie, se deben al amor solamente. ¡Pero qué clase de amor ese ése! Difícil de entenderlo. Es un amor tan complicado que, desde sus mismas raíces, ¡óyelo!, debe estar desamando de inmediato. ¿Me sigues? ¡Amando y desamando! Francamente, ¡qué güeva! Nada la podía parar a ella, a Roberta, en su carrera desamatoria: se engolosinó. Ahora tiene prisas, unas prisas sin sentido. Y cuando una mujer no quiere amar a nadie (al menos como yo entiendo el amor) es punto menos que imposible colaborar, es decir, no tiene sentido echarle ganas —aguardó, bebió un largo sorbo de café y por fin se atrevió a murmurar—: Una de esas tardes (la última quizá) en que estuve sentado como una estatua de sal en aquella piedra de la playa, escribí en mi mente el último poema, Ricardo, lo reescribí y lo repasé hasta el cansancio. Quería decir allí, línea por línea, detallada y fríamente, todo el escepticismo a que he podido llegar luego de perderla, luego de amarla y perderla para siempre (y a otras como a ella, ¿por qué no decirlo?). ¿Te gustaría oírlo?

—Te escucho, Elías.

Y éste, sin pensarlo mucho y de memoria, lo dijo de un tirón:

Después de algunos años dejas todo,
lo olvidas sin bastante pena,
sin la necesidad de un desagravio,
incluso lo que más deseabas,
también lo que no tienes e hizo falta.
Después de todos estos años
apenas es el desamor
—la improbable nostalgia de algo—,
lo que en el corazón se puebla a oscuras,
a tientas,
cuando ya te habita.

Aprendes que el dolor nadie lo nota
y si alguien mira te avergüenza:
te ocultas, pusilánime, en la ropa.
Después... muy poco quieres
aunque es inevitable que sea triste;
nada temes aparte del amor
capaz de destruirte.

—Hermoso, Elías —fue lo único que Ricardo alcanzó a decir completamente extasiado por la frialdad y escepticismo del poema, y por su arquitectura y prosodia.

—Gracias, Ricardo, pero no tiene importancia. En el fondo, ¡ya ves!, nadie ni nada tiene importancia, y menos que todo la superchería del amor. Y menos aún este poema...

Éste, sin embargo, todavía pensativo, lo recriminó:

—Pero tú en el fondo aceptas que Roberta, en algún momento, te amó, tú mismo lo dijiste antes, Elías.

—Nunca quise decir eso... o no lo pensé así.

—Claro que lo dijiste y ¿sabes? Creo que, a pesar de todo, no andas tan desencaminado. Ella te quería. No sé cuánto, pero te quiso, me consta. Sin embargo, creo que es hora de que te empieces a olvidar de ella. En eso tienes razón.

—Lo hago. Al menos eso intento. A mí no me pasó como a ti con Laila. Ella no se fue, ¿entiendes?, tú te fuiste, huiste de ella —y lo increpó—: Eso sí debes reconocerlo, Ricardo.

—¿Pero de dónde sacas que por el hecho de abandonarla yo no estuve enamorado?

—Yo no dije que *no* estuvieras enamorado —se acaloró el escribidor—. Es más, me consta que lo estuviste. Pero al fin, la dejaste, no te costó tanto trabajo. Eso es lo que quiero decir.

—No es que me costara trabajo o no, Elías, es sólo que después de lo de Inés, la mucama, era necesario salir de allí, tú lo sabes. No había otra alternativa. Ni siquiera lo hice conscientemente, todo fue nebuloso, torpe, sin mi plena convicción, sin claridad. Estuve enfermo, tuve fiebre y aún conservaba las secuelas entonces. Era otro: perdidamente enamorado de Laila. ¿Qué otra salida había? Y ¿sabes? Todavía no me he repuesto; a veces creo que vivo en un sueño, dentro de una novela, y que por tanto no debo preocuparme por nada y que todo va a salir bien. Créeme, de veras no sé por qué lo hice.

—Fue casi idéntico a lo que me pasó a mí, Ricardo —el escribidor dijo esto y se le quedó mirando largamente: cálido y a la vez cómplice.

—Sí, creo que nos parecemos, Elías: debíamos matar para salir del atolladero. Y lo hicimos por amor. ¡Qué absurdo! Cuando alguien ama, hace cosas sin pensar, o tal vez las piensa demasiado. El amante es un loco, un desquiciado —hizo un guiño, un ademán angustiado, y terminó—: Bueno, tú no hiciste nada, fue Roberta.

El otro no se inmutó. Había aguardado con paciencia el momento más propicio para decírselo, para revelárselo. Era justo hacerlo, igual que Ricardo se lo había dicho a él, lo mismo que Ricardo le había revelado quién había sido la culpable de la muerte de Inés. Era su turno.

—Por cierto, hay algo que tú no sabes, Ricardo.

—¿Qué? —el joven presagiaba algo oscuro, informe.

Elías esperó un instante más y por fin, como dándole al menor un regalo, una buena nueva, le dijo:

—Inés, la sirvienta, no murió.

Ricardo, levemente aturdido por la noticia, creyó primero que no había escuchado bien. Sin embargo, casi de inmediato volvió a oír de labios del escribidor:

—Sí, que ella no está muerta.

—¿Pero qué dices? —le respondió—. Yo mismo la maté esa tarde.

—No la mataste. Tú lo imaginaste, Ricardo... Viviste una alucinación. El amor por Laila te desquició y de allí vino la gastritis que Lascurain nunca supo a qué atribuir; luego la fiebre... Concluiste en tu delirio que debías matar a Inés, ¿no es verdad? Pero no lo hiciste, no te hubieras atrevido, yo lo sé —sonrió y al final dijo—: Como tú dices: hay casos en que los muertos resucitan.

—Entonces, lo soñé...

—No, te digo que lo imaginaste todo... paso a paso, lo de tu mucama fue una «falsa muerte», una muerte que yo... —y Elías ya no dijo más, no terminó la frase, no explicó cómo esa «falsa muerte» era un simple ejercicio de estilo que se había impuesto e iba posteriormente a desechar, un ejercicio que luego, poco a poco, había ido cobrando proporciones inimaginables en la historia al grado de haber terminado por convertirse en lo que entonces Ricardo dedujo que era:

—...Un motivo para venir a conocer Las Rémoras, para venir y conocernos, ¿no es cierto?

Algo los tenía a ambos amarrados a sus sillas, sin voluntad para moverse un instante, sin ánimo de despegarse uno del otro. Por fin, y a pesar de los avatares, estaban juntos, Elías y Ricardo, finamente recortados los dos en la tenue oscuridad acaecida. La noche —o los indicios que se avecinaban de ella— era clara y espléndida, aun se presagiaba más luminosa y tranquila. Un viento como hilos de sal transparentes, una suerte de brisa venida de las mismas entrañas del mar, empezó a refrescar el camellón, incluso debía llegar hasta la mismísima casa de Atuneros —la más distante—, la que alguna vez fue el palacio de Inés y que ahora Josefina regentaba. Sin embargo, por Libertad y el malecón no se veía aún caminar una sola alma. Era extraño porque a esa hora el pueblo entero salía de sus casas y se arremolinaba a platicar, a toquetearse y a desperdiciar un par de horas antes de irse a la cama. Mientras tanto, Elías quería imaginarse de nuevo el maravilloso encuentro de Roberta, de su hijo y de Ricardo. Las cosas que se dijeron. Éste miraba en lontananza, escudriñaba a través de las sombras, veía las casas, contaba los poquísimos árboles que se cimbraban por culpa del aire y el canoro repiquetear de las aves. Recordaba todo por instantes —las peripecias del viaje, el tren a Mazatlán, el transbordador, el doctor Lascurain, Laila, Inés rediviva (o jamás muerta), su madre, la novelita de Ross, el encuentro con Roberta y después con Cecilio y Solón—, sin embargo, unos segundos después, volvía a olvidarlo todo sin remedio. Aquello se hundía sin más en un légamo de sueños y materia irreal. Por fin, saliendo de su modorra, los dos se miraron contentos, imperturbables en su dicha. Se reconocieron: habían visto el rostro del otro en algún lado, en un espejo posiblemente, uno más alto y más serio, uno también más joven que el otro. Elías bebió la última gota de café. Pili salió de su aturdimiento cuando el escribidor le pidió un poco más; Ricardo, a su vez, un jugo idéntico, exprimido por tus preciosas manos, Pilar —piropo que no logró sino poner colorada a una Pili más caderona esta vez y ligeramente más ufana.

—¡Me gusta mucho!, ¿sabes? —dijo Ricardo—. ¡Es justamente como la pensé!, Elías.

El bibliotecario no dijo nada, se sonrió nada más, taciturno, complaciente con el otro. Lo mejor que le había pasado en su vida era este encuentro con Ricardo junto con el libro que había estado escribiendo. Roberta —si ella le hubiera hecho caso— hubiera sido, asimismo, lo mejor de su vida. Pero la perdió, estaba indefectiblemente perdida. Y ahora bastaba de lamentaciones inútiles. Debía volver a empezar.

Unos minutos después Pilar llegó con el café y el jugo de zanahoria. Esta vez no dijo una palabra. Sólo miró a Ricardo, le sonrió, y volvió a su puesto contoneándose exactamente como hacía Laila al entrar y salir de su recámara en la Ciudad de México. Entonces le dijo a Elías:

—Oye, tengo una duda. Es quizá un poco tonta, pero...

—Dime.

—Es sobre... —dudó un instante y por fin se atrevió a decir—: ¿Cómo se llama el arquitecto Jasso?

—¿Cómo que cómo se llama? —se rió Elías—, pues Jasso, Higinio Jasso...

—Iginio sin H o Higinio con H.

—¡Claro que con H! —le respondió Elías.

—¿Estás seguro? —preguntó el menor titubeando.

—¡No me digas que escribiste Higinio sin H!

—Sí —balbuceó Ricardo—, todo el tiempo. Por esto te pregunto si estás realmente seguro.

—Mira: si lo vemos, le preguntamos, ¿te parece?

Hicieron una pausa, bebieron a la par, y esta vez Elías, sin ningún sigilo ni tiento, quiso preguntarle:

—Ahora dime, sinceramente, ¿qué te pareció la historia de Solón?

—La verdad es que nunca pensé que ellos dos...

—Bueno, eso se atisba, según yo, desde que hace mención del sueño, del viaje astral —dijo en broma.

—Anábasis, como sor Juana —comentó un Ricardo doctoral y gracioso—. Todavía me parece increíble, ¡y por si fuera poco, Solón lo suelta como si nada hasta el final, justo cuando habíamos llegado!

—Claro, ésa era la idea, Ricardo, ¡que todo coincidiera! —se rió—. ¡Quién dice y te espantas si averiguas el final! Luego no te subes al auto con ellos. O te bajas a medio camino y no nos conocemos...

—Exageras —le respondió y solamente esperó un momento para soltarle a bocajarro—. La idea de ajustar los tiempos la tomas de la novela de Federico, ¿no es cierto? Justo de aquel pasaje en que tiene ese terrible sueño y lo escribe al despertar, en París. El tiempo de lectura del lector deberá coincidir más o menos con el tiempo de *su* escritura. De las cuatro treinta y cinco a las cinco y cinco de la madrugada.

—Pues no, Ricardo, te equivocas. En realidad no me acordé de *Las plegarias* al escribir *La abominable historia de amor de Solón y de Zolaida*. La idea la tomé, para que lo sepas, de un relato de Carpentier, uno de mis escritores predilectos...

—¿Y el nombre de la prostituta?

—¿Magda Gómez? —confirmó el mayor.

—Sí, ¿por qué Magda Gómez? Ese final me confundió.

—Déjame decirte que a mí también me desconcertó al principio, pero lo investigué y comprendí el complicado guiño de Federico. ¿Recuerdas el libro que escribe cuando está en París? Bueno, pues en él rastrea todas las novelas que de alguna forma han tocado el tema del profeta Oseas que, a la postre, es uno de los temas de Jesucristo: el de la redención de la puta por medio del amor.

—¿Y el nombre? —insistió el más chico.

—Se llama Magda por María Magdalena y Gómez por Gómer, la prostituta con que Oseas se va a casar por órdenes de Dios. En otras palabras, se trata de las dos grandes putas de la Biblia, una del Antiguo y la otra del Nuevo Testamento, las dos al cabo paradigma de Israel y él, Federico, como un nuevo Oseas, un nuevo profeta, que viene a redimirlas. El nombre de Yizreel es porque el hijo de ambos, el de Oseas y Gómer, se llama precisamente así y representa a un Israel restituido. Federico es, entonces, hijo y padre..., y en él confluyen las dos grandes religiones.

—Un poco complicado —dijo Ricardo.

Los dos guardaron silencio, desarmados, eruditos. Bebieron a sus anchas, dejaron que el viento hablara, que los refrescara unos minutos.

—Por cierto —dijo Ricardo de pronto—, ese Ford azul es el mismo de la novela, ¿no es cierto? Desde que lo vi lo reconocí.

—Sí, es el mismo —consintió el escribidor—. En ese auto se llevaron a Federico hace más de veinte años, quién iba a decirlo...

—Muy joven, ¿no te parece? Tenía catorce entonces.

—En absoluto —le contestó Elías—. Depende de cada quien.

—¿Y qué piensas tú de la novela de Federico? —inquirió Ricardo esta vez, cambiando de tema—, pues tal parece que a Solón no le gusta nadita.

—Pues claro, ¿cómo crees que le iba a gustar? —le respondió Elías, al parecer, muy enterado—. ¿No ves que son personajes de la historia, él y su hermano Cecilio?

—Pero de cualquier forma no los deja mal parados, al contrario....

—Sé que rompieron relaciones hace mucho tiempo —dijo el escribidor—. La verdadera causa no fue, como tú piensas, *Las plegarias del cuerpo* ni lo que diga o deje de decir allí.

—Entonces ¿cuál fue o quién fue la causa...?

—¿Quién crees tú? Piensa —preguntó Elías, empalagoso, hostigando el buen o mal entendimiento del otro.

Ricardo reflexionó unos segundos, calibró algunas ideas recientes y de pronto respondió —sorprendido de no haber caído aún en la trampa—:

—¡Zolaida!

—Claro, Zolaida fue la razón del rompimiento. Este puto de mierda habla mal de Federico, pues éste lo mandó al carajo cuando supo de la muerte de Zolaida.

—Tienes razón, no lo había pensado —comentó Ricardo—. El mismo Solón lo dice en su historia: Zolaida era hija única de Zoraida, aquella chilena que Federico conoció el mismo día de la presentación de *Las plegarias del cuerpo*. Aparte, Zolaida y Federico se tenían verdadero afecto con todo y que, pensándolo bien, el novelista había sido amante de su madre.

—¡Imagínate entonces si yo no le iba a tener ojeriza! —dijo Elías asumiendo su papel, ligeramente colérico—. Solón jura y perjura que la amó. Pero eso sí, la mandó a la chingada sabiendo perfectamente cómo era ella: frágil, débil de constitución, propensa a los ayunos y a esa clase de estupideces y mojigaterías. Una anémica, para acabar pronto. Y Solón la enamora conociendo su condición, luego la abandona, pues decide que antes debe rendir cuentas al destino, ¡mira nada más, qué gracioso! ¡Así le sucedió a la pobrecita Miroslava! Aparte, ¡aquí entre nos, Ricardo!, ¿tú sinceramente crees que Solón no se metió con aquel hombre que conoció en Tijuana?

—Es que no caí en la cuenta de que se trataba de un hombre, pensé que era... Bueno, es que esa parte es muy ambigua. De cualquier manera, sí le creí cuando dijo que no había pasado nada y que descubrió su amor hacia Zolaida. Deberías haber visto sus ojos —dijo éste contundente aunque bastante atónito de oír explicaciones distintas a la versión oficial, a la versión que Solón daba.

—Pues yo, por mi parte, no le creo un ápice, ¿por qué piensas tú que no me levanté de la silla a saludarlos? ¡Ir con ese par de putos incestuosos a ver a su primo...!

—Por cierto —dijo Ricardo—. Federico es primo de ellos también.

—Sí, pero por el lado paterno.

—Eso quiere decir que Roldán y Federico Ross no son nada, no son primos.

—Ni siquiera se conocen, aunque claro, el cura leyó el libro de Federico por alguna razón. Él me lo prestó.

—¿Sabes? Igual Laila dice que me lo prestó y la verdad yo no me acuerdo —comentó Ricardo—. Según yo, lo saqué de la biblioteca y no lo devolví jamás.

—Pues ya te dije que estabas afiebrado; ella te lo prestó, que no te quepa duda al respecto —vio la reacción del otro y luego le dijo—: ¿Y bien? ¿Qué piensas?, ¿te gustó? —dándole un sorbo a su café.

—A veces se vuelve exageradamente fraccionado.

Esa constante interrupción de tiempos y, sobre todo, la disquisición filosófica cae gorda. El capítulo que dedica a Laila, quiero decir, a Laila la madre de Laila, jamás me lo esperé, te lo juro. No imaginé que Octavio, su papá, era el mismísimo amigo de Federico, el mismo Octavio de la novela. ¡Increíble las cosas de que uno se viene a enterar en los libros! —se detuvo un instante, acalorado, y continuó—: Pero la visita a *El Ranchito* y *El Ferry*, las excursiones a las playas, la escena de la tía y la del espejo combinadas, son muy buenas. Sin embargo, ¿sabes?, Federico no deja de ser para mi gusto una especie de romántico en desuso, un autor *demodé*: en un sentido casi gótico, quiero decir. Los anhelos incumplidos, la madre (ese eterno femenino), el capítulo final sobre todo, los sueños que concurren, el autobiografismo, cierto miedo que permea las historias y que a su vez son una sola historia sobrenatural. Por otro lado, para mí que las escenas eróticas (mucho más que las truculentas) se le dan con pasmosa facilidad. Al contrario de la historia de Solón y de Zolaida, *Las plegarias* me parece menos velada, mucho más honesta.

—Quieres decir: más descriptiva —lo interrumpió éste—. Más descriptiva en su sexualidad.

—Sí, mucho más descriptiva. Pero eso a mí me gusta.

—Pues para mí una novela pornográfica es precisamente una novela descriptiva —dijo Elías—, mientras que una novela erótica intenta ser sutil, se exhibe menos si tú quieres...

—¿Entonces tú crees que Federico es exhibicionista? —lo interrumpió el menor.

—No lo había pensado, pero ya que lo dices: creo que sí —dio otro sorbo al café, el último, y recordó—: Juan García Ponce, el autor de *Inmaculada*, dijo una vez que la gente decente llamaba eróticas a sus novelas, pero que, como él no era decente, pensaba que sus novelas eran simplemente pornográficas. Más o menos así. Cuestión de gustos, ya ves.

—Opuesto a lo que Lawrence cree. Él detestaba la pornografía.

—Pero Lawrence, ya se sabe, era un caso excéntrico de erotomanía mojigata.

—¿Y a ti te gusta la novela de Ross? —preguntó Urrutia.

—¡Si tú supieras, Ricardo, cuánto tomé de ella para escribir la mía! ¡Tú crees que no me iba a gustar!

—¿Cómo se llama la tuya, Elías? —lo interrumpió el menor.

—*El más largo viaje* —y le hizo gracia decirlo, dado que Ricardo comprendía perfectamente la alusión a su peregrinaje.

—Pero así se llama una novela de Forster.

—No lo sabía —el escribidor se quedó cabizbajo, meditabundo: nunca imaginó que otro le hubiese usurpado tan maravilloso título—. ¿Y de qué trata?

—Pues aunque no lo creas, justamente de lo mismo que a ti y a mí nos ha pasado. Es el relato de un encuentro de dos personajes.

—Ah —sólo pudo murmurar Elías, un poco desilusionado.

—¿Y por qué decías que la historia de Federico Ross te influyó?

—Indirectamente, claro... —sin embargo prefirió no explicárselo y mejor le dijo—: Por cierto, el comentario de ese crítico, ¿cómo dice Fede que se llama en la novela?

—Pereira..., creo —respondió Ricardo, quien evidentemente tenía mucho más fresco el relato que Elías.

—Me parece sencillamente una estupidez, lo que se

dice una lectura superflua —concluyó con arrebato y hasta un poco malhumorado al acordarse de pronto de esa cita que Federico insertaba—. Yo no creo que las disquisiciones que tú dices, Ricardo, sean flojas. Al contrario, son la sustancia del libro. Acuérdate que *Las plegarias* trata sobre todo de una memoria desnuda indagando siempre a través de la vida, recorriendo cada meandro del tiempo. Es más, y Federico lo dice en alguna parte: él está fuera del tiempo, intenta elidir el tiempo a como dé lugar. Es necesario que sea así, ¿comprendes?, pues sólo con la memoria podrá transportarse.

—¡Pero al futuro! —rezongó Ricardo—, ¿no te parece un poco exagerado?

—Es que él nunca *estuvo* en el futuro. ¡*Estará*! Sencillamente logró trasladarse allí por medio de la memoria. En otras palabras, recordó el futuro, *su* futuro. Lo que pasa, Ricardo, es que estamos habituados a recordar siempre el pasado. Y *Las plegarias del cuerpo* rompe con la temporalidad o la fragmenta, igual que hace *La muerte de Artemio Cruz*. Es una historia acaecida en el espacio, moviéndose constantemente y sin respetar las leyes cronológicas, la sucesión natural. Por eso se salta de una escena a otra, exactamente igual que hace la memoria al añorar. Pero creo que cualquiera después de leer las primeras páginas entiende hacia dónde va el relato de Fede y lo sigue sin mucha dificultad. Hay suficientes claves, pistas; por ejemplo: la edad del protagonista, los sitios, los tiempos en que está escrita, las famosas «súbitas impresiones» y los «alumbramientos». Como que también los cuatro días, las cuatro partes, hacen referencia estricta e incondicional a esos cuatro días sucesivos y estrictamente cronológicos de La Paz. Y sólo a partir de allí es que se atreve a brincar, a alterar, hasta cierto punto, el tiempo lineal. Yo ya quisiera escribir algo como

Las plegarias, te lo juro, Ricardo. ¡Y Federico la escribió a los veintiuno!

—No lo había visto así, como tú dices —respondió éste—. Lo que sí es digno de encomio es la sombra de la madre obstruyéndolo todo, obstaculizándolo... entre otras formas con el recurso del vestido de canutillos, ¿recuerdas? Transmite la sensación en cada resquicio; ella lo posee por completo. Está en la tía, en la hermana, en Epifania, en Laila, en el espejo, ¡hasta en la puta...!

—No, para mí que la escena del espejo no es edípica, Ricardo.

—Entonces ¿qué es? —preguntó éste intrigado, concupiscente.

—Incestuosa —respondió Elías casi feliz por su hazaña, por el descubrimiento que hacía al otro, al menor—. La niña del reflejo no puede ser otra que Selma. Bueno, eso digo yo. Sería cosa de preguntarle al autor, incluso quién sabe si Federico lo vea de ese modo.

—¿Lo conoces?

—No, pero me encantaría —dijo Elías al mismo tiempo que se repantigaba en su silla; sin embargo, casi de inmediato se acordó de algo sumamente importante y le preguntó a Ricardo—: Tuve un sueño el otro día, sólo que no recuerdo nada de él, pensé que tú quizá...

—...te podía mostrar la descripción que hice del mío, para ver si coincide... Lo imaginaba.

—Sí, a ver si lo reconocía al leerlo.

—No creo, es bastante aventurado y absurdo. Tenía que serlo, ¿no crees? —dijo mientras abría su mochila y sacaba el cuaderno.

Elías estaba a punto de leerlo cuando una voz conocida, un grito amortiguado —apenas perceptible— los llamó de pronto. Interrumpió la lectura y pudo contemplar una figura espigada dibujándose a lo lejos, coincidiendo con la voz. De entre la oscuridad apareció, primero, el rostro bigotudo, el cuerpo alto —como un gancho— de Tony; luego sus ojos desorbitados, la cara deslustrada, corriendo hacia ellos, gritándoles desde la misma acera de la calle Libertad:

—El cura se nos muere, muchachos. Roldán se muere.

Pili salió otra vez de su aturdimiento al mirar a su jefe y oírlo desgañitarse como nunca lo había hecho; se acercó a Elías y a Ricardo, que ya estaban de pie aguardando a Tony, estupefactos, sin dar crédito a sus gritos.

—Augusto se muere, ¡quiere verlos a los dos! Sí, sí, que vayan. Eso me pidió. Cecilio y Solón están con él. El doctor dice que es urgente.

—Pero si yo mismo lo dejé al mediodía y se veía bien, Tony —dijo el escribidor con el corazón encogido.

—Roldán me pidió que fueran los dos, tiene que decirles algo. Vayan. Yo ahora los sigo —y dirigiéndose a Pili—: Muchacha, hay que cerrar. Todo el mundo está fuera del Altozano, Las Rémoras está esperando noticias de Díaz Gros; ustedes son los únicos, tomando café, platicando, ¡pues en qué diablos pensaban!

—Con razón no había un alma —comentó Elías, todavía imposibilitado de decidirse a mover, agarrotado; esta vez, sin embargo, dirigiéndose al menor, le dijo—: Vamos, Ricardo.

—¿Pero para qué diablos me quiere el cura a mí? —preguntó visiblemente asustado—. Ni siquiera me conoce, voy a estorbar, Elías.

—Si yo supiera para qué te quiere, ya te lo habría dicho —dijo el escribidor.

—Apresúrense —les gritó Tony de nuevo, esta vez enfureciéndose.

Los dos se fueron corriendo como saetas ligeras a través de la negrura de Libertad, justamente hacia abajo, hacia el malecón y el mar bituminoso. Luego girarían hacia la izquierda, pasarían la municipalidad y, por fin, encontrarían el pequeño, casi insignificante, Altozano. Las estrellas encendían el rostro de ambos; la claridad del cielo permitía entrever la cara compungida del escribidor y el gesto desconcertado de Ricardo, sus ojos pasmados y ahítos de lumbre.

Por fin llegaron, una multitud circundaba el Altozano. No había manera de cruzar. Cualquier paso estaba obstruido por la aglomeración de gente reunida para saber de su cura, de su padre espiritual.

Por fin, a empellones y fuertes codazos, lograron atravesar hileras de gente que rodeaba la casa, verdaderas vallas humanas que impedían el paso. Todavía en la puerta, las personas obstruían la entrada y la salida, lo mismo el corredor. Elías gritaba aunque nadie le hacía mucho caso. Por fin, en el otro extremo del pasillo del Altozano, los dos distinguieron el rostro consternado y marchito de Díaz Gros. Él también los vio y pidió a la gente que se moviera, que se quitara de allí. Tampoco a él le hacían caso. Sin embargo, en un último intento suicida, Ricardo y Elías penetraron la masa y se internaron —junto con otros diez o doce principales que ya estaban allí— a la recámara de Roldán. Santa le enjugaba el rostro mientras que Higinio y otros dos se mantenían erguidos y contritos a su orilla. También Joaquín, el pescador, observaba los movimientos de su antigua esposa. El bochorno era insufrible. Estaban allí Sigüenza y Rosinda, la secretaria del ayuntamiento, ambos representando al Estado, calladitos en un rincón, aguardando los acontecimientos; asimismo, Cecilio y Solón, muy quietos, horrorizados a un lado de la cama como dos efigies, perdida la razón. Ni siquiera se inmutaron cuando vieron a los dos jóvenes llegar. Nadie sabía qué había pasado realmente. De pronto Roldán, a eso de las tres de la tarde —sin deberla ni temerla—, había perdido fuerzas, se había puesto lívido y de las narices comenzó a fluirle una espesa sangre más morada que roja y luego más negra que morada. Díaz Gros había estado haciendo lo indecible, compresas, hielo, sangrías. Y nada. Otra vez —pensó el escribidor como en una ráfaga, pues de inmediato lo olvidó— el verdadero motivo, el único, era la aflicción por haber visto a la gringa, la tristeza que le comía el corazón. Todos los mejunjes y emplastos del viejo doctor no servirían de nada. Primero la caída en el hoyo del camposanto al verla, y luego esa visita que él mismo había presenciado al mediodía. A Roldán —por muy cura que fuera— lo perseguía el mismo mal que a Rosales el día que murió. El desafortunado mal de amores. A uno por morírsele su amor —Inés—, y al otro por encontrarse con su antiguo amor, Jenny, la gringa. ¿Y ella, dónde estaba? ¿Nadie habría ido a casa de los Atuneros a avisarle? ¿No se le habría ocurrido a ninguno? ¿Se habrá ido ya? Tampoco estaban Ruth ni Josefina ni ninguna de las chicas; posiblemente ellas aguardaran fuera, junto con la multitud.

De pronto, entre el ruidero y el calor que apenas permitía respirar al moribundo, todos vieron cómo Santa, redonda y vieja, se acercaba a Roldán. Éste le decía algo al oído, apenas movía los labios. La negra, que no podía escuchar, hizo un ademán con el dedo poniéndoselo en sus labios. Todos callaron y este silencio, como por arte de magia, se transmitió hasta los que estaban fuera, muy lejos: eslabón a eslabón la muchedumbre guardó un reverencioso silencio como si las palabras del más allá estuvieran a punto de pronunciarse por boca del cura y, por tanto, a través de Santita. Ésta por fin dijo:

—El padre dice que todos nos salgamos, que no quiere a nadie aquí. Sólo a Elías y... —se le había olvidado el nombre.

—¿Ricardo? —preguntó el escribidor.

—Sí, el padre dijo que Ricardo.

—¿Y quién es Ricardo? —preguntó en voz alta, desde su humilde rincón, Francisco Sigüenza.

—Yo —dijo éste y pudo comprobar (esta vez con sus propios ojos) que el tal Sigüenza verdaderamente era un imbécil: justo como lo imaginó esa noche luego de visitar a Pili, caminando por el malecón.

—¿Y quién eres tú, si se puede saber? —preguntó el arquitecto Higinio con el rostro demudado.

—Es un amigo nuestro —respondió Solón saliendo por un instante de su aturdimiento.

—¿Y quiénes son ustedes? —preguntó Sigüenza.

—Primos de Augusto —dijo Cecilio.

Aunque no era suficiente explicación, ya nadie dijo nada. Tampoco nadie entendía. Santa acercó otra vez su rostro al del cura y dijo que le pedía a ella y al doctor que se quedaran también. Todo el mundo sospechó esta vez de la negra pero nadie dijo una palabra. Sólo Solón, contraviniendo el ruego de su primo, dijo de repente que también él se quedaba. Sigüenza de inmediato lo amenazó: o salía con todos los demás o lo sacaban los guardias. El aludido replicó con el argumento de que eran parientes, lo que al presidente municipal no le importó. Aquí ni lo conocemos a usted, le dijo, y tomándolo fuertemente del brazo salió junto con él al pasillo donde la gente aguardaba y rezaba. Se abrió paso y todos los que estaban dentro del cuarto de Roldán comenzaron a salir sin poner más reparos, aunque todavía quejosos y malhumorados. ¿Elías? ¿Por qué el escribidor?, se preguntaban. ¿De qué privilegios gozaba él? ¿Acaso Roldán le dejaría una herencia? ¿Y el otro, el muchacho que lo acompañaba, sosias de Elías, qué tenía que hacer allí? ¿Por qué lo había mandado traer el cura? Al salir el último, Díaz Gros cerró la puerta y la atrancó. Un murmullo general rodeaba la casa. La noche continuaba clara, con algunas estrellas titilando, colgadas en el firmamento, dispuestas a caer si algo extraordinario sucedía hoy. Aunque la brisa refrescaba el Altozano, el ayuntamiento y quizá hasta los últimos muladares del pueblo, el calor y el bochorno inflamaba los rostros de los remoreanos, expectantes y apesadumbrados. Por fin, Elías y Ricardo, de pie frente al lecho del cura, oyeron los balbuceos de Roldán. Díaz Gros se mantenía aparte, detrás de ellos, mientras Santita continuaba en su labor, enjugándole el sudor de la frente.

—Ricardo: sabía que vendrías —empezó Augusto Roldán, los ojos vidriosos, la voz cansada, torpe—. No por mí... Tú a mí no me conoces, ¿verdad? Vendrías a Las Rémoras a buscar a Elías, lo sospeché...

Ricardo no salía aún de su estupefacción: tantas eran las cosas que iban acumulándose en ese tórrido mes de agosto. Santa se separó de él con el trapo mojado en las manos para que Ricardo y Elías se sentaran cada uno al lado del lecho mortuorio. Encima de éste, colgaba un crucifijo a punto de desclavarse siempre. El cura, divisándolos apenas a través de las nubladas pupilas, continuó con trabajos, a pausas:

—Siendo muy joven, cuando aún no tenía noción de lo que Dios me tenía preparado, conocí a una joven en La Paz... Sí, Jenny. Tú tenías razón, Elías, algo sospechoso escondía esa *Crónica de un converso*...

—Usted, padre, tuvo relaciones con ella, ¿no es cierto? —lo ayudó Elías con voz muy baja para que nadie se enterara en la habitación aparte de Ricardo.

—Sí, y ella tuvo un hijo, fruto de esa relación... Eso no lo sabías, eso no lo cuento...

—¿Quién? —ansioso preguntó el escribidor.

—Lo tuvo sin avisárselo a nadie, sin decírmelo a mí, sin asumir entonces que yo era el padre y no Marcelo, reconociéndolo después. E hizo bien. Si Jenny me hubiese dicho que era mío, no la hubiese creído... Pero no lo hizo; sólo me lo confesó ocho años después en una carta. Si antes me lo hubiera dicho, hubiese pensado que sólo buscaba impedir mi sacerdocio, atribularme. ¿Comprendes? ¿Cómo iba a creerla entonces después de lo que había sucedido con el otro, con Marcelo? Por fin lo tuvo y lo abandonó... El niño fue desde entonces un hijo predilecto de Las Rémoras, el pequeño pueblo adonde ella vino justo al salir de La Paz, huyendo. Aquí conoció a Santa y a Joaquín cuando aún eran esposos, y ella, la negra, mal que bien, lo crió —en eso se volvió a mirarla, pero no la encontró en ningún sitio—. Lo crió junto con todos aquellos que lo miramos crecer, los más viejos...

El escribidor empezó a derramar copiosas lágrimas. Aunque sujetaba las manos de Roldán y apoyaba la frente en su pecho, no dejaba de sentir una especie de rencor hacia él, un rencor teñido de duelo, de lástima, de despertenencia. Y precisamente por cso buscaba convertirse en hombre asiéndose al único rasgo humano que en ese instante poseía: su confusión. ¿Él, hijo de Roldán? ¿Él, el escribidor, el dueño de las llaves de la biblioteca, el solitario, el desamparado de Las Rémoras, el querido por todos y pariente de nadie?

—Sí, por esa razón vine a Las Rémoras, Elías —dijo

el cura—, por eso (cuando recibí la carta de tu madre desde San Diego), pedí que me trasladaran hasta aquí... Las Rémoras debía ser mi parroquia, ¿comprendes?, pues un hijo (mi propio hijo) había nacido en esta costa y era hijo de este pueblo, vivía aquí y, sin embargo, yo ya no podía hacerme cargo de él como padre... legítimo... Perdóname —dijo Roldán en un suspiro que parecía el último; luego, apenas con un leve susurro—: Creo que por eso tu madre escogió Las Rémoras para poner su casa de mal agüero. Para estar de alguna forma cerca de ti... Jenny, mientras tanto, se enteraba por alguien de todo lo que hacías, ¿sabes?, y esa alguien (debes haberlo imaginado) era la misma Inés, su espía, quien sin embargo no te apreciaba nada, lo reconozco, y no sé por qué. Ella me lo confesó una vez poco antes de morir y nunca sospechó que se lo decía nada menos que a tu propio padre, Elías. Tuve que callarme, hacer de tripas corazón. Por otro lado, yo sé que esas buenas intenciones de tu madre no la disculpan. Tampoco mis buenas intenciones —se detuvo un instante, tomó aliento—. ¿Sabes? No supe que Jenny era la dueña del burdel hasta hace poco más de un año, cuando Inés vino a decírmelo. En realidad, no debía haber revelado todo esto jamás... Fue en confesión, te repito. Entonces comprendí y supe por qué Jenny... ¿Entiendes lo que digo, no es cierto?

Elías no salía de su congoja, de su espanto. Lloraba profusamente sin saber en realidad a quién acudir. No soltaba las manos de su padre. Por fin éste, acercándolo a sí lo poco que todavía se lo permitían sus fuerzas, continuó sin perturbarse:

—Como ya los dos saben, ese verano en La Paz vino a mí la revelación de Nuestro Señor, tuve mi primer encuentro con el Espíritu Santo. En la *Crónica* lo narro...

Como a Pablo, Cristo me tumbó de mi soberbia. Entonces, justo en esas vacaciones con mis primos, supe que Él tenía dispuesta para mí la vida clerical, el sacerdocio. De vuelta a México, desobedeciendo a mis padres, entré en el seminario. Enderecé mi vida... o al menos lo intenté —volvió a tomar aire, se le nubló la mirada, derramó una lágrima y dijo—: Cinco años después me enviaron a Querétaro, donde conocí a una joven muy hermosa y devota, se llamaba Helena...

—¿Qué Helena? —Ricardo inquirió con ojos aterrados que estaban a punto de salir de sus órbitas.

—Helena, tu madre, Ricardo.

Éste no salía de su asombro. Al principio no lo creyó; supuso que era un sueño o, ¿por qué no?, un juego macabro del cura Roldán. ¿Pero cómo diablos iba a mentir un sacerdote? ¿Cómo iba a jugar con algo tan serio, tan delicado? ¿Cómo era posible burlarse de alguien cuando se estaba justo al borde de la muerte, qué sentido tenía? Ninguno, era cierto. Por tanto, lo que ahora decía el cura era verdad, era temiblemente cierto. Ésa era su herencia —la de Augusto Roldán—, por eso, pues, los quería allí juntos, por eso también él había salido de la Ciudad de México: no sólo para conocer Las Rémoras y a Elías —lo veía claro—, sino para conocer a su verdadero padre. Y entonces, ¿quién era el otro?

—Ella era esposa de tu padre o del que tú supusiste era tu padre. Y así, como tal —salmodió—, lo debes querer, Ricardo, deberás guardar su memoria... Él estudiaba en la UCLA cuando tu madre vivió por algún tiempo sola y aburrida en la ciudad. Bueno, con tu abuela. Por algún motivo ella tuvo que ir a Querétaro; allí nos conocimos y nos enamoramos. Todo fue muy rápido. Aunque hice lo posible para resistir, el demonio hizo de la suyas otra vez... ¡Imagínate: un seminarista y una mujer casada! Entonces, por un descuido, ella se embarazó y tu padre, su esposo, se fue a la tumba creyendo que él había sido el causante. Helena, tu madre, y yo pensamos entonces que era lo mejor..., lo conveniente. No volvimos a vernos los dos y desde entonces supe de ti por cartas suyas, largas cartas en que me contaba lo que hacías, tus amigos, tu escuela, tus inquietudes de escritor. Todo lo sé, incluso que vendrías, Ricardo. Te esperaba. Tu madre me lo dijo. Me escribió. No tengas miedo, cógeme las manos...

—¿Pero cómo supo? Ella nunca... —Ricardo iba a decir ingenuamente que su madre nunca leyó *Las Rémoras*... pero quién sabe, quizá se equivocaba y alguna vez, sin que él lo supiera, leyó el cuaderno deshojado, se enteró de todo y jamás se lo dijo; por ejemplo, cuando estuvo enfermo, durante esos días de delirio, esas insondables horas en que perdió la conciencia por culpa de la fiebre.

—Debes entender —continuó Augusto, el padre de ambos, balbuciendo, haciendo un enorme esfuerzo—, que Elías no tenía un padre ni una madre y tú, en cambio, sí tuviste un papá y una mamá, Ricardo... Por eso te dejé, tenía que hacerlo, por eso no estuve cerca. Sin embargo, quiero que sepas que nunca me desentendí, quiero que lo guardes en tu corazón... Te quise y te quiero como lo que eres: un hijo. Aunque no te hubiera visto más que en aquellas fotos que Helena, tu madre, me enviaba, yo nunca dejé de orar por ti. Te amaba y pedía a Dios como pido a Dios por Elías... Si los traje aquí, si quería verlos a mi lado, juntos los dos, era para decirles lo que ahora ya saben..., que son hermanos. Que lo supieran... —esperó, pues no pudo impedir que las lágrimas acudieran a sus ojos—. Sí, los dos son hermanos y como tal deben amarse y ayudarse a partir de hoy. Sobre todo tú, Elías, que eres mayor que Ricardo... Y perdónenme: no les dejo nada porque nada soy; sólo un pobre sacerdote lleno de pecados, ¡ya ven! No tengo herencia que dejarles, pues no pertenezco más que a Dios y a su Santa Iglesia, nada tengo. Ustedes, deben saberlo, también pertenecen a Él... antes que a mí, antes que a ustedes mismos —tomó un último aire y agotado, a punto de expirar, murmuró—: Les dejo las cartas, las de Jenny para ti, Elías, ¡cuídalas!, y las de Helena para ti, Ricardo. Están allí..., en esa caja sobre el escritorio. Guárdenlas, verán que no les miento. Los quiero...

Les cogió la mano y en un último estertor —el cual Díaz Gros ya no pudo impedir— Augusto Roldán murió soltándoles poco a poco las manos a sus dos hijos varones, a los dos frutos de sus dos únicos pecados.

Cada uno a un lado de su lecho, conturbados, fríos aún por el terror y el azoro, renovaron las lágrimas. Ricardo menos que Elías. Era su padre, pero hasta hoy no lo había conocido y, por tanto, no podía quererlo. Lo quería, sí, como a una criatura sacada de un libro, como se quiere a un bello y entrañable personaje que se muere en el último capítulo, pero no como a un padre. Imposible. Como él mismo había dicho un minuto antes, su verdadero padre debía ser el otro —el que siempre fue y apenas ahora recordaba— aunque Roldán lo fuera en la sangre...

Santa empezó a llorar; Díaz Gros tampoco pudo reprimir un acceso de pena que inmediatamente contagió a los que estaban próximos al pasillo y podían escuchar. La negra abrió la puerta y sin decir una palabra repitió la noticia. El doctor puso una manta sobre el rostro macilento del cura y luego apoyó una mano en el hombro del escribidor. Por fin Ricardo, tomando la iniciativa, lo sacó de allí. Esta vez, al contrario de cuando quisieron entrar a empellones, la gente de Las Rémoras les abrió paso, con respeto, con miedo casi de tocarlos. Ya en la calle, fuera del Altozano, Ricardo pudo ver entre la multitud a Ruth y Josefina, las reconoció aunque iban ciertamente cubiertas. Ricardo se separó de su hermano para acercarse a una de ellas y le preguntó:

—¿Y la dueña dónde está? ¿Dónde está Jenny?

Contritas las dos, ardientes las mejillas por el calor y las lágrimas, Ruth y Josefina se miraron como si no hubieran comprendido la pregunta o no supieran en qué podía relacionarse con lo que acababa de ocurrir. Por fin, con un bello rostro que Ricardo contempló fascinado, Ruth le dijo, todavía llorosa y con los labios rojos de humedad:

—Salió por la tarde. Estuvo con nosotras hasta las cinco o seis, dándonos las últimas instrucciones, y después se fue. Yo creo que para el otro lado. Ella vive allá, en San Diego. Se ve que había llorado mucho y no quería que nadie la viera y la reconociera. Para muchas cosas es muy fuerte, me consta, y ahora sin embargo algo la afectó. Estaba muy triste.

Ricardo ya no la oyó, simplemente se volvió y se fue junto a Elías. Se abrazaron justo cuando Ricardo distinguió entre el ruido de la multitud el trino de las agachadas, las plañideras de Las Rémoras. Sí, idénticas, se dijo, al entierro de Rosales. ¿Dónde irían a enterrar al cura, en algún lugar especial, cerca de Inés y lejos de Rosales? ¿Lejos de ambos tal vez? ¿En el mismo mirador que hacía las veces de panteón, en la única cuesta que tenía Las Rémoras, muy próxima al mar? Los dos se fueron caminando bajo las sombras de la noche, pasaron las destartaladas oficinas del ayuntamiento, donde sólo un guardia aburrido esperaba sentado alguna orden o, por lo menos, noticias. Cogieron por fin el malecón, y el suave céfiro que secretaba el mar (como si se tratara de un cuerpo dormido) vino en su ayuda, les quitó el calor, los desperezó un momento. Asimismo, Ricardo columbró a lo lejos el peñasco en que su hermano pasaba las mañanas, las tardes y las noches meditando su desafortunado amor por Roberta, completamente abstraído. Pasaron Libertad, continuaron hasta el otro lado del malecón y cruzaron Sardineros. Inmediatamente después Ricardo descubrió (por haberla descrito antes) la calle Encaladores, donde vivía el escribidor, en la misma biblioteca del pueblo. Pasaron unas cuantas casas y por fin Elías se detuvo ante una; ésta, sin embargo, no la conocía el menor, nunca había escrito de ella o al menos no recordaba haberlo hecho. El escribidor, un poco más repuesto por las emociones, aunque sin haber dejado de llorar completamente, sacó una llave y se la dio a su hermano. Éste abrió y de inmediato vio libros por todas partes, en las repisas desvencijadas, en el suelo sin barrer, sobre un escritorio arruinado, en los rincones, en los nichos: una proliferación de libros, hojas sueltas, plumas, lápices, cuadernos y más libros. Quizá no hubiera otra cosa allí o al menos el aspecto primordial de la habitación era, por mucho, el de un Libro invadiéndolo todo. Sólo una luz mortecina alumbraba de una esquina a otra la recámara-biblioteca: una de esas veladoras inconsumibles.

—¿No tienes luz? —preguntó Ricardo.

—Claro que hay luz —y detrás suyo la encendió.

—Entonces ¿para qué quieres aquella veladora? ¿No es para los santos?

—Sí, era para que regresara Roberta por mediación de san Judas Tadeo. Ahora ya no importa. Apágala.

Elías arrastraba los pies, cansado, cabizbajo, mientras que Ricardo se tumbaba en una silla tejida con mimbre, la única en la habitación junto con la cama destendida y el escritorio arruinado por el peso de los libros. De pronto el escribidor se volvió a mirar a su hermano, lo escrutó y le dijo:

—¿Sabes? Quiero irme. Ya no quiero estar más tiempo en este lugar, quizá vuelva después. Ahora Las Rémoras no tiene nada que ofrecerme. Estoy solo... —sonrió—. Bueno: siempre he estado solo.

—Ni más ni menos que yo, Elías. Pero estamos juntos... Recuerda que los dos perdimos un padre, y yo ya había perdido antes a uno hace muy pocos meses, ¿lo sabías?

—Sí, supe que murió. Pero no lo querías, ¿no es cierto?

—No lo sé..., creo que sí, a veces creo que sí. A quien quiero es a mi madre pero ahora... ¿de qué sirve? Yo tampoco pienso volver... No por ahora —aguardó un segundo y por fin, con voz titubeante, se atrevió a preguntar—: ¿Quieres ir a buscar a tu madre? ¿Quieres irte a San Diego?

—No, no —contestó de inmediato, con brusquedad—, de ningún modo. No me entendiste, Ricardo. Simplemente no puedo estar aquí, no quiero...

—Guardas muchos recuerdos, ¿no es cierto?

—Sí —y no dijo nada más.

Ricardo esperó un minuto, por fin se levantó de la silla y atajó a su hermano en su interminable y quejumbroso ir y venir:

—Vámonos juntos, si tú quieres —recapacitó, dudó por un momento, y le dijo—: ¿Quizá desees quedarte para los funerales mañana?, seguramente vendrá algún cura de otro pueblo a reemplazarlo.

—No, Ricardo, precisamente eso es lo que no quiero, ¿no me entiendes? A ti no te conoce nadie en Las Rémoras. Yo, en cambio, soy hijo de este pueblo antes que hijo de Augusto Roldán. Aquí tuve a mi primera novia, aquí me criaron Santa y Joaquín, en esta aldea crecí y trabajé. Aquí amé a Roberta. Fui amigo de Tony, del arquitecto, del mismo Rosales, que me dio las llaves de esta pocilga; de muchos otros, lo ves... Ya no puedo estar aquí, no debo.

—Entonces ¿qué quieres que hagamos?

—Que nos vayamos cuanto antes, eso quiero.

—¿Mañana? —propuso Ricardo con un dejo de timidez.

—Sí, mañana. O ahora, aunque... Sin avisarle a nadie. Igual que hizo Roberta cuando escapó —Elías rastreó en su interior durante unos segundos y dijo—: Ni siquiera tengo ganas de encontrarme a Santa o a Higinio. Tú y yo solos, Ricardo...

—¿Y adónde?

—Al norte.

Justo en ese momento se oyeron los golpecitos que alguien daba en la puerta con remilgado apocamiento. Cogidos en suspenso, sin imaginarse quién podía ser a esa hora, se observaron como si intentaran responderse a través de los ojos del otro. Ninguno sabía nada. Elías se acercó intimidado por el golpeteo; por fin, de un solo jalón que dio, pudo mirar a Pilar en el vano de la puerta. Ricardo también la vio: seria, bella, helada en el tiempo. Una transfiguración a mitad de la noche, un verdadero milagro caído del cielo...

—¿De dónde vienes? —preguntó Elías.

—De mi casa —contestó apocada, bastante rubicunda.

—¿Y qué quieres?, ¿me buscabas? —preguntó el escribidor justo cuando lo empezaba a adivinar: vio una maleta junto a las piernas de la joven.

Dándose cuenta también, Ricardo la interceptó y le dijo:

—Pasa, pasa, Pilar —al mismo tiempo que cogía la maleta y cerraba la puerta tras de sí.

—Gracias... —murmuró.

Ricardo la sentó en la única silla de la biblioteca y se la quedó viendo largamente, apoyado en el escritorio. Pasaron varios segundos y el silencio se hacía cada minuto más lamentable. Por fin, al ver que la joven no pensaba hablar o el miedo se lo impedía, el escribidor le preguntó con amabilidad:

—¿Y bueno? ¿Qué pasa, Pilar?

Ésta no se atrevió a decir nada, sólo miró de reojo al menor que, intrigado, aguardaba el movimiento maravilloso de sus labios.

—Dinos, ¿qué pasa? —insistió Ricardo, que empezaba a sudar copiosas gotas de la frente.

—Es que me fui de mi casa...

Los dos se quedaron mudos... Pero ¿qué exactamente quería significar cuando les decía que se había ido de su casa? Las preguntas empezaron a borbotear de inmediato:

—¿Por qué?

—Porque no quiero casarme con Francisco —dijo con cortedad, casi implorando.

Sin embargo, más explícita no podía ser. A Ricardo se le iluminaron los ojos. El llanto de Elías y la tristeza de él una hora antes podían esperar otro momento o sencillamente se habían olvidado ahora de Roldán. Sólo sentían calor y una ardiente curiosidad por saber qué había pasado.

—Mi mamá quiere que me case con él y yo ya le dije que no quiero. Ella piensa que yo busqué el trabajo para poder casarme con él, eso le dije al menos, y no es cierto; necesito el dinero para irme de aquí —dijo con seguridad y esta vez sin miedo—: A Francisco no lo quiero. Es más: lo detesto.

—Y como es el presidente municipal... —dijo Ricardo con maña, extrayéndole las palabras como se saca hilo cuando se mete aguja.

—Exactamente: mi mamá no quiere desaprovechar la oportunidad, aunque sabe que yo a él no lo quiero.

—Y entonces, ¿por qué diablos eras su novia? —le preguntó el escribidor, quien definitivamente no entendía a las mujeres.

—Yo nunca le dije que quería ser su novia, Elías. Hace muchos años, unos seis o siete quizá, él vino con mi madre a pedirle por adelantado mi mano, para cuando yo creciera... Yo no lo sabía entonces. Y justo cuando cumplí catorce se hizo mi novio *porque sí*, porque mi madre me decía que era el mejor partido... y yo, tonta, la creí, le hice caso.

Esto no lo imaginaba Ricardo y tampoco Elías. El menor de los hermanos creyó desde el principio que aquella noche en que escribió en *Las Rémoras* cómo Sigüenza caminaba por el malecón y salía de casa de la madre de Pili ufano y contento, se hallaba así porque le habían dado como esposa a la joven de dieciocho años. Y no. Eso le hicieron suponer —madre y novio— a la niña. Eso también le hicieron suponer a él, a Ricardo, de manera taimada, con felonía. Pilar estaba dada a Sigüenza desde los catorce o antes —como ella decía—, tal vez desde el momento en que la madre enviudó y el otro —aprovechando la ocasión— fue a pedírsela.

—¿Y el dinero? —la interrogó Elías, saliendo poco a poco de su anonadamiento.

—El dinero es para mí y no para ninguna boda —repitió convencida, firme, Pilar—. Ya me dio Tony lo de estos días. No es mucho, pero... Aunque se sorprendió, no me dijo nada. Él no sabe que me voy.

—¿Y adónde? —le preguntó Ricardo Roldán Urrutia.

—No sé, todavía no lo he decidido —dijo pensativa, aguardó y por fin, mirándoles la cara a los dos como observa un perro faldero, se atrevió a insinuar que los había oído antes de tocar la puerta, sin querer... En otras palabras, les pedía que la dejaran ir con ellos. A donde fueran, no importaba, sería feliz. Aquí, en Las Rémoras la obligaría su madre, la obligaría Francisco... Y no quería casarse con él.

Elías miró a Ricardo. Éste, sin embargo, no quiso mirarlo, pues era evidente que estaba encantado con la idea: Pili y él, Elías y él, ¿qué otra cosa podía pedirle a la ficción?

—Por mí, encantado... —dijo Ricardo zalamero.

—¿Pero cómo carajos vamos a salir de aquí, Ricardo, te has puesto siquiera a pensar? —le dijo el mayor—. Si nos encuentran con ella, estamos fritos, tú sobre todo...

E inmediatamente se arrepintió del comentario: Pilar se ruborizó, dada la alusión... igual que Ricardo. Entonces ella dijo, todavía con los ojos gachos:

—Elías, tengo las llaves del Ford.

—¿Qué? —dijo éste.

—Sí, Cecilio las olvidó pegadas cuando llegaron los tres esta tarde. Yo le iba a decir a Tony pero con las prisas por ir a ver al cura, se me olvidó —dudó un instante y por fin rectificó—: Bueno... realmente no se me olvidó. Preferí guardarlas y dárselas a ustedes.

Ante sus propias narices, Pilar organizaba —mejor

de lo que ellos hubieran podido— lo que debían hacer: huir cuanto antes en el auto... los tres. Ella sacó de una bolsa de su vestido las llaves y se las acercó a Elías. Éste, irreflexivo —casi automáticamente— las cogió. Sólo se le ocurrió preguntarle a la chica:

—Y bueno, ¿tus cosas?

—Aquí están.

—¿Qué esperamos entonces? —preguntó Elías, hecho a la idea de llevársela a ella también: Ricardo resplandecía de felicidad.

—Déjame llevarme unos cuantos libros —dijo éste— y nos vamos.

—¿Y si nos encuentran juntos? —preguntó Pilar—, ¿qué vamos a decirles?

Elías meditó unos segundos y le dijo a su hermano:

—Nada... De cualquier manera, tú, Ricardo, llévate la maleta de Pilar. Tú, Pili, adelántate y nos esperas afuera de la lonchería. Luego sales tú, Ricardo, y al final yo. Nos subimos al auto y nos vamos —se rió.

Mientras tanto, Ricardo ya había escogido una media docena de libros y Pilar tomaba sus precauciones —no tan absurdas si se piensa que ahora mismo su madre iba a buscarla a casa de Sigüenza— para salir. Lo hizo y de inmediato Ricardo le dijo a su hermano:

—¡Ya ves! Tenía algo de razón. No está enamorada de Sigüenza.

—¿Qué libros te llevas?

Ricardo le enseñó los títulos: *La vida breve*, *La casa verde*, *Rayuela*, el *Quijote*, *El siglo de las luces* y *Sobre héroes y tumbas*. Luego guardó las novelas en su mochila, la subió al hombro y con la otra mano cogió la de Pili.

Por último, echó un último vistazo a la pequeña casa de su hermano, que hasta entonces no conocía, y salió. Cinco minutos después el escribidor hizo lo mismo, guardando antes en su mochila una poca de ropa limpia, una caja con poemas y sobres —recuerdos—, morralla que encontró al paso, un par de libros y el cuaderno donde escribía la historia de Ricardo, antes llamada *El más largo viaje*.

Apagó la veladora ofrecida a san Judas Tadeo por Roberta y salió, dejando las llaves puestas en la cerradura y cerciorándose de que en el bolsillo del pantalón llevaba las otras, las del Ford. Si se encontraba a alguien podrían sospechar. Y si le preguntaban algo, que adónde iba a esas altas horas, sólo contestaría que a ninguna parte. Pero no fue necesario puesto que cruzó Encaladores, Sardineros, el malecón, y llegó muy pronto a Libertad sin encontrarse a nadie más que a dos extraños que ni siquiera repararon en su presencia y a Rosinda que, sin embargo, no se percató de él. Aunque las estrellas aclaraban la aldea y su luz adormecía las olas del mar, la misma noche lo protegía de las miradas impertinentes o curiosas. Refrescaba, pero el calor durante agosto jamás respetaba horarios, la calina era diurna y nocturna, se paseaba por las calles, entraba en las casas, mojaba las sábanas con el propio sudor de los remoreanos dispuestos a esa hora —las once quizá— a dormir serenamente, agotados de descansar y no hacer nada.

A lo lejos vio las dos figuras imperturbables de Ricardo y Pilar. No había nadie en toda la larga calle en declive, la subió a pasos cada vez más largos y, por fin, llegó a donde estaban la lonchería —ahora cerrada— y el Ford azul estacionado a un lado, sobre la misma acera. Elías abrió la puerta izquierda —la del conductor— y encendió la máquina. Perfecto. Tenía aún bastante gasolina, el motor se oía bien. Abrió las dos portezuelas para que el menor y Pilar se subieran.

Todo los obligaba a irse esa noche, salir de Las Rémoras e irse al norte. Siempre deseó ir allá. Ahora se sentía menos triste, menos afligido por la muerte de Roldán. A pesar de los acontecimientos —de la cantidad de apariciones, verdades, milagros, vicisitudes, entrañables encuentros—, contaba con Ricardo, su hermano, para viajar. Pili los acompañaba. ¿Qué otra cosa podía desear?

Nadie en Las Rémoras los vio salir, quizá nadie se enteró esa noche sino hasta la mañana siguiente. ¿Qué pensará Tony de nosotros cuando lo sepa?, se preguntaba Elías, sin soltar el volante. ¿Y Jasso, el arquitecto? ¿Lo habría decepcionado darse cuenta de que él, el escribidor, era un ladrón de coches, y también un asesino potencial... aunque —como le había dicho Ricardo— Roberta fuera, al final, quien ahogara a Inés para matarla? Eso no lo averiguaría ya Higinio ni tampoco Sigüenza, sin embargo —recapacitó Elías, escrutando las líneas divisorias de la carretera— el incauto del presidente municipal —arrogante y obtuso— estaría echando lumbre por los ojos mañana al descubrir (junto con la madre de Pili) que su novia lo había abandonado... y hasta cierto punto: lo había hecho en vías de engañarlo con otro. ¿Y Santa? La negra era fuerte aunque fuera emotiva y sentimental. Lo había demostrado toda su vida, no necesitaba de nadie. Primero, la abandonó Joaquín —o se dejaron, quién sabe—, luego el licenciado se le moría en el ayuntamiento, y al último se le iba su querido padre Roldán. (Tal vez el doctor Díaz Gros la llevaría a trabajar a su casa.) Después de eso, ¿qué podía significar para ella que me fuera yo, un simple escribidor, sin despedirme? —se dijo Elías sin dejar el volante, siempre en línea recta. ¿Acaso los otros se despidieron de ella? No lo hicieron, como tampoco Roberta me dijo adiós cuando huyó con su hijo a La Paz, como tampoco Jenny se despidió de mí y ni siquiera se atrevió a besarme al reconocerme en el Altozano —recordaba ahora el escribidor con pena. ¿Qué podían entonces ellos esperar de él? Realmente nada, se dijo meditabundo y desilusionado, pisando el acelerador cuanto podía, cuando la triste y devastada carretera bajacaliforniana —la carretera «1» de la República, según los mapas— lo permitía.

De pronto, Ricardo le preguntó, sacándolo de sus cavilaciones:

—¿Qué vamos a hacer con los cuadernos?

—¿Con nuestras dos historias?

—Sí, Elías, con *Las Rémoras* y con tu relato de mi viaje hasta acá, *El más largo viaje.*

—Lo he pensado, ¿sabes? —dijo Elías, que a pesar de todo continuaba meditando, quién sabe si en aquellos que dejaba, en su idea o simplemente atento a la carretera.

—¿Qué historias? —preguntó Pili visiblemente intrigada.

—Unas que escribimos —Elías no dio más explicación y se dirigió a Ricardo—: He pensado en ordenarlas, ¿comprendes? Un capítulo tuyo sobre mí y Las Rémoras, y uno mío sobre ti y tu viaje, intercalarlos... Creo que tendríamos que leer ambos relatos otra vez, con calma, verificar si es posible. Obviamente tendremos que eliminar el título del mío, *El más largo viaje*, y dejar sólo el tuyo, es decir, *Las Rémoras*. ¿Tú qué piensas?

—Yo creo que sí es posible, Elías —dijo el otro, que verdaderamente se notaba contento con la idea—, y realmente me parece estupendo.

—Sin embargo, surge un enorme problema —lo paró el escribidor cortándole de pronto las alas.

—¿Cuál?

—El encuentro, Ricardo, es decir, el día de hoy... Todo lo que nos ha sucedido desde el instante en que llegaste con Cecilio y Solón y nos vimos, ¿comprendes? —reflexionó y le dijo—: ¿Quién diablos pudo escribir esa última parte de nuestra historia, Ricardo? ¿Quién, cómo, si antes quedaba hecha la distinción: una era tu historia y otra era la mía? Pero justo al encontrarnos se agrava la situación, pues se confunden nuestras vidas. Se hacen una sola.

—No lo creo, no creo que exista ningún problema, Elías —dijo Ricardo, quien lo había estado oyendo con el alma en un hilo, dispuesto a darle a su hermano (y a sí mismo) una respuesta satisfactoria, una alternativa para el libro de ambos—. Podemos reconstruir sin dificultad esta última parte. La escribiremos juntos. Iremos recordando todo lo que hoy nos pasó, es decir, desde que entramos por la tarde en Las Rémoras Cecilio, Solón y yo, hasta este preciso momento. Una suerte de final apoteósico.

Elías estaba maravillado: tan fácil que ahora lo resolvía su hermano y no se le había ocurrido. Eso harían, primero intercalarían sus historias y después, al final, reescribirían, reconstruirían el día de hoy: desde la tarde, a las cinco, hasta el instante en que tuvieran esta charla en el Ford azul, con el viento de la noche refrescándolos del bochorno de agosto y de pronto Ricardo, su hermano, ligeramente preocupado, le mencionara cómo iba a ser necesario hallar un nombre que fusionara adecuadamente el de los dos, sí, una especie de pseudónimo para su libro...

—Ya lo había pensado: Eloy Urroz —le contestó Elías *inenarrablemente* contento—. Eloy, claro, por mi nombre, Elías, pues sin duda suena mejor que Eligio o Eliodoro o Eulogio, ¿no crees?

—Ya sé —lo interrumpió Ricardo lleno de alborozo por la ocurrencia del mayor—. Y Urroz por Urrutia, ya que también es más eufónico que, por ejemplo... Urruticoechea.

—Exactamente —dijo el escribidor—. ¡Así que cuando la tengamos lista, podemos enviársela a algún editor con el título de *Las Rémoras*, cuyo falso autor obviamente sería Eloy Urroz! —Elías no había tomado un solo aire para decir esto, completamente dichoso, volviéndose al mismo tiempo hacia una Pili que no entendía nada de lo que pasaba allí.

—Desgraciadamente, los editores no van a creer nada de todo lo que nos ha pasado, Elías —dijo el menor.

—Déjalos, es su problema si no nos creen. Lo importante es que la gente reconoce cuándo pasó algo realmente y cuándo no pasó, y esas personas (te lo aseguro) sí nos van a creer.

—Tienes razón... —dijo Ricardo, ligeramente pensativo: la verosimilitud y la inverosimilitud de las cosas realmente le afectaba. Ahora, por ejemplo, caía en la cuenta de que un par de cabos sueltos de la historia quedaban por resolverse y sin embargo ya ninguno de los dos tenía deseos de atarlos: las dos cartas de Roberta, la de su hermano y la suya. ¿Qué decían, qué podían contar? Luego, tal vez, las leerían y podrían saberlo. Pero no ahora, aquello pertenecía definitivamente al pasado; era, quizá, la trama de otro libro al igual que lo era ese momento postergado —y ahora olvidado por ambos— en que Ricardo, por fin, le mostraría la descripción del sueño a su hermano.

—Al menos yo sí pienso leer su libro —dijo de

pronto Pilar, que no paraba en su admiración, oyéndolos a los dos, sus compañeros de viaje.

—¿De veras? —preguntó Ricardo.

—Y si trata de ustedes se vuelve más interesante —dijo con feminidad y no sin cierta dulzura—. ¿Es acaso su biografía o algo por el estilo?

—No precisamente, Pilar. Trata de dos vidas que se cruzan, dos personas que se encuentran —le dijo Ricardo.

—¿Ustedes?

—Sí —le respondió Elías, que por supuesto no quería ahondar en el asunto.

—¿Y a quién se la dedicas tú? —le preguntó Ricardo.

—¿Pues a quién crees? —su hermano se esperó para decírselo y, por fin, saboreando sus propias palabras con anticipación, le dijo—: A ti, Ricardo, ¿a quién más?

—Pues yo te dediqué *Las Rémoras*, Elías, ¿a que no te lo imaginabas?

—Francamente, no —le contestó el otro visiblemente conturbado.

Ya no se dijeron una palabra. Ya todo estaba decidido con respecto a su libro común. Esperarían. Mientras, pasaban los minutos con enorme sigilo, recorrían kilómetros sin sentir las distancias, olvidados por completo de su tristeza, lejanos a la muerte de su padre, Augusto Roldán, recordándola apenas pero sin sufrir. Iban leves, aéreos, un poco más contentos. El viento entraba a raudales, penetraba en el Ford por el cristal abierto de Ricardo, refrescaba sus cuerpos, los envolvía a los tres en una suave niebla, en una grata y reconfortante sensación de porvenir. El tiempo transcurría, impávido, sin alteraciones, sin autos que vinieran a destruir con sus reflectores la paz de su pequeña casa rodante, esa alegría que albergaban los tres dentro del auto.

Sólo una hora más tarde, habiendo pasado Mulegé, Pilar —recostada a la derecha, contra la portezuela— le preguntó a Elías:

—¿Y hasta dónde quieren llegar?

Un poco sorprendido, cogido a mitad de sus pensamientos, el escribidor le respondió:

—No sé, Pili. A donde nos lleve este auto, hasta donde tengamos fuerzas y deseemos ir.

—¿Y si gastamos todo nuestro dinero, Elías? —preguntó Ricardo, quien iba sentado atrás del Ford y lo oyó claramente.

—Pues trabajamos y seguimos —dijo, quizá muy confiado del futuro.

—Sí, ¿pero hasta cuándo, Elías?

—No lo sé ahora... ya lo sabremos. El que viaja de veras no sabe hasta dónde va ni tampoco cuándo va a estar de regreso. Es un albur. No hay prisas, hermano. Nada nos impide continuar, cruzar Estados Unidos, si tú quieres, Canadá... No lo sé, de cualquier manera qué importa. Somos libres y estamos juntos.

—Sí, qué importa, estamos juntos —repitió Pilar—. Podemos irnos hasta Alaska...

Una hora más tarde, pasando Santa Rosalía y rumbo a San Ignacio —era la una y media, y el cielo brillaba exactamente igual que cuando salieron de Las Rémoras—, Elías detuvo el Ford en una brecha. Ricardo y él se bajaron, juntos caminaron unos cuantos pasos más allá del automóvil, adentrándose en las sombras del desierto, justo hasta donde la mirada de Pilar no podía columbrar ni definir el contorno de sus cuerpos: dos fantasmas difumándose a pesar de la cálida luz que reflejaban las estrellas. Sin dejar de otear el horizonte —un lugar impreciso donde el negro del cielo se confunde con el del desierto—, los dos se bajaron los pantalones hasta las rodillas y dos apacibles chorros empezaron a caer al mismo tiempo que el vaho —un olor a tibio amoníaco— subía hasta tocar sus narices y los desperezaba, listos para continuar su camino.

ÍNDICE

Impreso en el mes de abril de 2002
en Talleres Brosmac, S. L.
Polígono Industrial Arroyomolinos, 1
Calle C, 31
28932 Móstoles (Madrid)